Noches

sin

Luna

Emma Nandez

America Nandez

A Mis padres, por alentarme a descubrir el maravilloso y mágico mundo de los libros.

A Normann, el hombre de mi vida, gracias por tu apoyo, sin ti no lo hubiera logrado.

Emma Nandez.

A Dios, a mis padres y a mi gran amor Donnie.

Sin ustedes no sería quien soy. Los amo.

America Nandez.

Revisión de estructura y estilo por Koni Selinger.

Foto de portada por Normann Ask.

Diseño de portada por Anita Lovise Ask Olsen

1

Cada verano, viajaba a Noruega una gran cantidad de gente para vivir la experiencia del sol de medianoche, algo que a Manuel le fascinaba y también esperaba con ilusión. El suyo era un viaje especial, iba desde México rumbo a la isla en la que había pasado su adolescencia y a la que se había prometido que jamás volvería; era la primera vez que volvía, a sus casi cincuenta años.

Ese verano no era la excepción, las parejas y las familias llenaban restaurantes y puntos turísticos, entusiasmados con la magia de los largos días sin oscuridad. El día era agradable y soleado, el pronóstico había anunciado lluvias aisladas, pero había fallado, como tantas otras veces. Mientras esperaba la llegada del próximo ferri, Manuel decidió tomar algo para reanimarse.

Abriéndose paso entre la gente que deambulaba por todas partes, se dirigió al quiosco a comprar una taza de café.

Al oír la algarabía que provocó la llegada del ferri, Manuel se detuvo y se alegró al ver que como una orgullosa ballena gigante tocaba tierra y abría sus fauces, dejando salir el alud de autos y camiones que parecía no tener fin. Y más alegre se sintió al pensar que no traía auto y no tendría que estar en las filas esperando su turno para poder entrar.

Cogió su maleta y caminó contento sin poder disimular una sonrisa de satisfacción. Le echó un vistazo a su reloj, como era su costumbre cuando estaba nervioso. Se acomodó sus oscuros lentes estilo aviador y se pasó la mano derecha por su lustroso cabello que la brisa movía a su antojo.

Subió las escaleras dirigiéndose al segundo piso donde el bullicio de la gente y los niños que brincaban y gritaban por los corredores lo pusieron aún más nervioso, mientras el ferri recibía todavía carros y autobuses que se acomodaban en fila, respetando los carriles delineados, sobre el piso de metal.

Cuando el barco pasó por la hermosa costa, Manuel vaciló, y después de dar alguna vueltas, se preguntó si sería mejor comprar el café y perder tiempo en la fila para pagar o sentarse en el salón que servía de mirador. Al fin, se sentó en la gran sala para disfrutar el último tramo.

Su inquietud era comprensible, cuando tenía veinte años se había mudado a México y desde entonces no había vuelto a visitar la casa que había sido de sus padres y que ahora su hermana Laria utilizaba como casa de verano, pero como le repetía su hermana:
—Nunca digas nunca, como dicen por ahí.

Y no es que tuviera algo contra aquel hermoso lugar, sino que como se daría cuenta con los años, su obstinación lo llevó a cometer errores que, de haberlos corregido a tiempo, le hubieran ahorrado muchos mal sabores.

Manuel pensó que Laria y sus sobrinas lo estarían esperando. Sintió que su corazón palpitaba aceleradamente y sus manos estaban húmedas, al igual que la frente. Intentó pensar en otra cosa. Miró por el enorme ventanal que tenía enfrente, el sol brillaba sobre el cielo claro y limpio, las imponentes montañas se reflejaban en el apacible mar, que les servía como espejo. Ya había olvidado la hermosura de Lofoten.

Poco a poco comenzó a sentirse más sereno, tal vez el monótono sonido del barco hizo de sedante, lo distrajo de sus pensamientos a pesar de que era una de las personas que calificaba ese sonido como irritable. Recordó que, siendo pequeños, sus padres los llevaron en el crucero que va de Oslo hasta Copenhague, cuando comenzó aquél zumbido incesante, que lo hizo sentirse tan mal, y cuando Laria le preguntó qué le pasaba, él irritado le contestó que ya no podía soportar ese ruido de motores, ni un instante más.

Entonces, ella prestó atención y, en completo silencio, trató de encontrar lo que tanto le molestaba. Después de unos segundos, le contestó:

—Yo sólo escucho el sonido del mar...

Siempre tan optimista, nunca veía lo negativo en ninguna parte, parecía que nada le molestaba.

Manuel era el mayor de los dos. Cuando tenía nueve años, nació Laria. Eran muy diferentes, tanto físicamente, como de carácter. Laria era muy alegre y no ocultaba lo que sentía. Era optimista y hacía amistades con facilidad, confiaba mucho en la gente e intentaba ver siempre el lado amable de las cosas. En cambio, Manuel era una extraña combinación de tímido, soñador y realista; muy determinante, bastante obstinado y muy reservado. Decía que prefería tener pocos amigos de mucha confianza, a tener muchos conocidos y no poder confiar en ninguno. Aborrecía las mentiras y nunca se andaba por las ramas, siempre decía lo que pensaba, cosa que le causaba algunos problemas con la gente que lo rodeaba, pero era una persona leal.

Laria era alta, pero él lo era aún más. Manuel se parecía mucho a su madre, Tamara, moreno y de cabello negro y liso, con intensos ojos negros y labios carnosos. Laria era una réplica de Erik, su padre, muy blanca, de cabello rubio que le caía sobre los hombros, ojos azules y rasgos delicados. Sus padres habían fallecido hacía cuatro años en un accidente automovilístico.

La isla se iba agrandando a medida que se acercaba el barco. Se acomodó en el mullido sillón y le echó un vistazo a su equipaje de mano, que había colocado entre sus pies, sobre la alfombra multicolor. De nuevo sintió que el estómago se le contraía, como si una gigantesca mano lo apretara con fuerza, tratando de hacerlo añicos. ¡Dije que jamás volvería!, se repitió una vez más.

En cada conversación que tenían por teléfono, su hermana le insistía que los visitara. Decía que ya era tiempo de que conviviera con sus sobrinas un poco más.

–Sólo somos tú y yo, Manuel. No sé qué haya pasado, ni tienes que decírmelo, pero, ¡ya son casi treinta años! ¿No crees que ya es tiempo de superar el pasado? –fueron sus palabras en la última conversación que tuvieron, aunque después se arrepintiera de haberlo presionado de esa forma.

Él reconoció que ella tenía razón. Invitaba a Laria, a su esposo Karl y a las niñas cada verano, dos semanas que pasaban juntos en una lujosa villa de alguna exclusiva playa, aunque Manuel siempre estaba ocupado, ya que nunca se desligaba completamente de su trabajo. Y a la vez, reprochaba a su hermana que se complicaba la vida al no querer viajar con las niñas más seguido, y ella se defendía diciendo:

–Es mucho menos complicado que tú vengas, es más fácil mover a uno, que a cuatro.

Al notar que pronto llegarían, en su rostro se dibujó una extraña sonrisa, ambigua, que no se sabía si era de felicidad, porque su familia lo esperaba o de burla, por ceder a las jugarretas que le hacía el destino...

Cogió su maleta y salió del gran salón. A pesar de que el ferri no había tocado tierra todavía, empezó a bajar las escaleras, sintió que las piernas le temblaban. Se detuvo un poco y apretando el pasamanos con su mano libre se recargó a la pared, respiró profundamente, varias veces, hasta sentirse un poco más tranquilo. Un leve movimiento en el barco le avisó que al fin habían llegado.

Fue de los primeros en salir. Vio a su hermana y sus sobrinas agitando los brazos. Sofía, la de nueve años, no tardó en reconocerlo, alto y moreno, con su típica camisa de franela a cuadros y sus lentes oscuros, fue la primera en correr hacia él para darle un gran abrazo de bienvenida mientras Danila se quedaba con su mamá, apretándole la mano, a sus seis años era todavía un poco insegura.

Él se les acercó sonriente, llevando a Sofía de un brazo y sosteniendo con el otro su maleta, que parecía haberse convertido en un segmento más de su cuerpo.

Laria se secó las lágrimas rápidamente, se había prometido que no lloraría al recibirlo. Pero no pudo controlarse.

—Discúlpame, prometí no llorar... ¡Pero es imposible! —le dijo mientras lo abrazaba

Él tampoco podía hablar, sentía un gran nudo en la garganta, sólo la abrazó, apretándola con fuerza, ante las miradas curiosas de las gentes que pasaban a su lado. Miró a la pequeña, que con su pecosa cara hacía gestos, pues el sol la encandilaba.

—¡Ah! Tú debes de ser Danila, si no me equivoco... ¡Has crecido tanto desde la última vez que te vi que ya no te reconocía! —la embromó y ella agachó la cabeza.

De inmediato, Laria se apartó de él, empujando a la pequeña para que saludara a su tío, a quien sólo le extendió la mano tímidamente, mientras que con la otra se volvió a aferrar a la falda de su mamá.

—¡Vamos, dale un abrazo! Aunque es grande y feo, no es peligroso.

Pero Danila negó con la cabeza y se escondió detrás de ella. La pequeña se parecía a su madre, pero tenía el cabello rojizo y la cara salpicada de pecas, su misma nariz recta y afilada y la boca de labios delgados.

—¿Pero qué cosas le habrás contado de mí, en estos últimos meses, que me tiene tanto miedo? —reclamó Manuel entre risas.

Sofía se apresuró a contestar:

—Sólo cosas buenas tío, mamá te quiere demasiado y nos platica mucho de ti —lo tomó de la mano y empezaron a caminar.

—No creo que recuerdes muchas cosas de mí, Laria, tú te la pasabas en casa de la vecina y solo venías a la hora de dormir. Te encantaba estar en casa de... De...

—Dina. Se llamaba Dina, mi gran amiga de la infancia.

9

—¡Ah, sí! Dina... ¿Y has seguido en contacto con ella todos estos años? —la miró de reojo esperando la respuesta.

—No, menos, y menos con el paso del tiempo, no recuerdo cuando fue la última vez que hablamos.

Llegaron a la parada del camión y ella chequeó el horario.

—En diez minutos llega nuestro autobús. Disculpa que no tengamos carro aquí, como sólo venimos los veranos, y en avión, pensamos que sería un gasto innecesario —se disculpó Laria.

—No te apures, además, la isla no es tan grande... ¿Y Karl?, ¿está en casa esperándonos?

Ella se sorprendió y se cubrió la boca con una mano.

—¿Pero qué...? ¿No te dije que se quedaría en Bergen? ¡Soy de lo más olvidadiza!, con las prisas por empacar pensé que te lo había dicho... Bueno, el caso es que viene en dos semanas, espero que no te moleste.

—¡Pero qué cosas dices! —la interrumpió sonriente. -Claro que eres una persona difícil, pero dos semanas entre tus garras las podré sobrevivir.

Como Sofía lo miró asustada, Laria le aseguró:

—Está bromeando, tu tío es un payasito sin circo.

Pero Sofía no pareció muy convencida y sólo se encogió de hombros, sin entender, mientras los demás se alegraban al ver el autobús que se paraba frente a ellos.

El camino a casa estuvo lleno de preguntas sobre su viaje hasta que llegaron a la puerta de la casa. Les contó que en Frankfurt, había tenido un retraso de doce horas, por una falla mecánica y en Oslo se había dado cuenta, de que su equipaje no había llegado. Así que, sólo viajaba con una maleta, que compró el mismo día que llegó a Noruega y que llenó con las compras de lo más elemental.

—¡Pero qué difícil es quedarte sin tu equipaje! Espero que llegue pronto. ¿Acaso has recibido algún mensaje de la aerolínea?

—No, nada. Ojalá que pronto las recuperes —repitió Laria distraída, mientras abría la puerta de la casa.

—¿Pero, cómo es que no cerraste con llave? —le preguntó sorprendido.

Ella lo miró de reojo, soltando una carcajada.

—¡Pero cálmate! ¡No estamos en México! Aquí no pasa nada, todavía es muy seguro aquí.

Manuel sintió que una corriente eléctrica lo recorría antes de entrar. Iba tan enfrascado en la plática con su hermana, que no reaccionó hasta que estuvo frente a la puerta. No tenía ni la más remota idea de cómo encontraría la casa. Por fuera, estaba igual, conservaba aquel color blanco y el techo de baldosas color terracota. El jardín, amplio, también parecía el mismo con los pequeños arbustos al frente que servían de reja, junto con la banqueta, y aquél césped, que terminaba medio metro antes de que comenzaran las paredes de la casa, en donde los erguidos rosales exhibían, orgullosos, sus hermosas flores.

—¿Conservas los rosales de mamá? —la interrogó emocionado.

—No, no son los mismos que ella tanto cuidaba, los hemos tenido que renovar varias veces, yo no soy tan buena como ella para la jardinería —reconoció con humildad.

Recordó a Tamara, su madre, esperando con ansias cada primavera para trabajar en el jardín. Se pasaba horas podando los rosales y aflojando la tierra a su alrededor. Recordó que ella decía que la tranquilizaba y la alegraba.

Una vez dentro, Manuel se sorprendió de lo agradable que era la decoración. Laria la había renovado y poco a poco habían ido reemplazando los antiguos muebles por otros más modernos, las paredes tenían ahora colores claros y neutros, los relucientes pisos de parquet reflejaban el sol que se colaba por las persianas.

Los espacios eran los mismos. En la planta baja, estaba al entrar un pequeño vestíbulo, en donde colgaban las chaquetas y se quitaban los zapatos antes de entrar. Seguía la sala comedor, con las escaleras de caracol que daban al segundo piso, al fondo. A la derecha estaba la amplia cocina, en donde había una mesa redonda para cuatro personas.

A la izquierda de la sala, había un pequeño cuarto en donde estaba la tv y un medio baño.

—¡Vaya!, ¡pero qué bonita quedó la casa! Definitivamente, eres muy buena para la decoración. Se te da muy bien lo de combinar colores y muebles. Yo, en cambio, soy muy bruto para esas cosas...

Recorrió con los ojos todos los espacios que estaban a su alcance, y de repente, sintió que en cualquier momento, Tamara saldría de la cocina con su acostumbrada sonrisa y pudo ver a Erik, su padre, sentado en el sillón leyendo el periódico.

Laria sonrió complacida.

—Ni tanto, me ha llevado mucho tiempo y todavía no termino con todo. Pero me gusta y me entretengo muchísimo. Además, cada quien tiene sus talentos. Yo no podría, ni en sueños, escribir alguna de las hermosas canciones que te han hecho tan famoso —y lo dijo muy en serio, era la más ferviente admiradora de su hermano, el excéntrico y ermitaño compositor. -Ten, te compré estas sandalias para que andes cómodo adentro.

—Muchas gracias por haberlo recordado, nunca me gustó andar sólo en calcetines dentro de casa —dijo Manuel tomando las acojinadas zapatillas de piel de borrego que se puso de inmediato.

Sofía y Danila corrieron a sentarse frente a la tv.

—¿Pero qué...? ¿No habrá algo que les llame más la atención que sentarse horas frente a ese aparato? No sabes cuánto batallo para que se decidan a dar un paseo en bici o caminar un rato. Hasta he pensado en comprar un perrito, para ver si así salen un poco —dijo Laria decepcionada.

—No, ése es un problema en todos lados —le aseguró Manuel meneando la cabeza, mientras seguía recorriendo con la vista la casa, todavía con la maleta en la mano.

—¡Pero qué grosera soy! Anda, sube y toma el que era tu cuarto. Las niñas dormirán en el que era el mío y Karl y yo en el que era de nuestros padres.

Manuel sintió que la cabeza le daba vueltas, su antigua recámara, tan llena de recuerdos... Y no todos buenos, desafortunadamente. Dejó caer la maleta al suelo y se llevó las manos a la cabeza, presionando sobre las sienes.

—¿Te sientes bien? —Laria lo agarró por los hombros, preocupada.

–Sí... No es nada..., es que todavía ando un poco mareado por el barco. Ya se me pasará, no te preocupes –mintió para calmarla –, ya sabes lo molesto que me resulta.

Pero la realidad era un gran impacto para él: estar de nuevo en esa casa, le resultaba difícil enfrentar la oleada de recuerdos que de un solo golpe lo sacudió.

–Bueno, anda, ve a recostarte un poco –le dijo Laria mientras lo seguía mirando con preocupación. -Yo prepararé algo de comer, tal vez eso te haga falta, un poco de comida.

Manuel no contestó. Levantó su maleta y se dirigió al segundo piso, donde se encontraban las recámaras. Caminaba haciendo un gran esfuerzo por mantenerse erguido y no perder el equilibrio, las piernas lo traicionaban y podía sentir que su hermana lo seguía con la mirada.

El segundo piso también seguía con la misma distribución. Las escaleras daban a un amplio corredor rectangular en el que había cinco puertas. Una daba a la antigua recámara de Manuel, otra a la que había sido la habitación de Laria y una más a la que había sido la de sus padres. De las otras dos puertas, una era la del baño y la otra daba a la terraza.

La puerta de su cuarto estaba cerrada, dando un gran suspiro la abrió y entró con paso decidido. Miró expectante a su alrededor, no se parecía en nada a la que había sido su guarida por tantos años. Las paredes eran de color arena y el respaldo de la cama y las mesitas de noche eran color crema, contrastando perfectamente con el edredón a cuadros concéntricos en tonos café... Para su alegría, la recámara era tan diferente que no sentía estar en la misma habitación, parecía, más bien, la habitación de un lujoso hotel.

Sobre una mesita había una canasta adornada con papel de seda en tonos rojos, llena de galletas, dulces y chocolates. En la otra mesita otra canasta igual con productos de aseo personal, además de tarjetas y dibujos dándole la bienvenida hechos por las niñas. El antiguo armario, había sido reemplazado por un moderno clóset, con puertas semitransparentes, y el escritorio donde había pasado tantas horas haciendo tareas y trabajos ya no estaba, en su lugar había un pequeño estante con tres entrepaños. Le gustó la colección de máscaras, en diferentes tamaños y formas, que lo ocupaban.

La ventana, por la que se veía el extenso patio, tenía persianas además de las gruesas cortinas color tabaco. Una estremecedora sensación se apoderó de él al asomarse y ver el frondoso árbol que seguía en el mismo lugar... Corrió las cortinas y se alejó de inmediato, no quería pensar...

Puso su maleta en el suelo, junto a la cama, y se dejó caer de espalda sobre el mullido edredón que lo envolvió con aquél primaveral olor agradable del enjuague para ropa, pensó que debería ser lavanda, el favorito de Laria. Ya no pudo resistir más y se dejó invadir por sus recuerdos de juventud.

Recordó su feliz infancia, los días en la escuela, sus compañeros, sus maestros. A sus padres, los paseos que hacían en familia. Su época de adolescente y su difícil final. Emergía todo aquello que él había escondido cuidadosamente en un baúl bajo siete llaves, en algún rincón de su mente.

Se preguntó que habría sido de sus compañeros. Por lo que Laria le platicaba, casi todos vivían fuera de la isla, pero la gran mayoría regresaba cada verano a saludar a la familia. No tuvo contacto con nadie después de haberse ido a México. Sus padres lo mantenían informado cuando se veían, cada año, platicándole las novedades. Estaba seguro de que pronto se encontraría con algunos de ellos.

2

—¡Manuel! !Manuel! —la voz de Laria lo distrajo, volviéndolo a la realidad.

—¡Bajo en seguida! —contestó, y se dispuso a salir de la habitación.

En la cocina ella terminaba de preparar la cena.

—Siéntate, ya casi está listo. Espero que te haya gustado el cuarto. Puse unas toallas limpias en uno de los cajones del clóset y algunas cosas que creo, te servirán. Por cierto, las lámparas de las mesas de noche están en el clóset, sólo es cuestión de sacarlas y conectarlas.

—Sí, definitivamente piensas en todo. Y qué bonito detalle el de las canastas. En verdad, muchas gracias, eres muy buena anfitriona —dijo Manuel, emocionado.

—Sólo pequeños detalles. Cuando viajas no puedes cargar con todo lo que quisieras —dijo Laria con modestia, colocando la ensaladera en el

15

centro de la mesa. -¿Quieres un poco de vino o sigues prefiriendo agua mineral en las comidas?

–Un poco de vino me caería muy bien, así me dormiré inmediatamente. Aunque no sé si pueda dormir en las soleadas noches, me desacostumbré a eso, a las noches sin luna –contestó mirando a su alrededor. -Me gusta que la cocina esté tan iluminada. ¡Qué bonita quedó la casa! –la elogió de nuevo.

Los gabinetes parecían ser los mismos, sólo que ahora eran de color blanco y no de madera natural como él recordaba. Las paredes eran de un amarillo muy claro, en lugar de las verdes que había conservado Tamara por tantos años. Del techo colgaban unas lámparas metálicas muy modernas. Era un espacio alegre y con bastante luz.

–¡Gracias, me alegro de que te guste! Y no te preocupes, tienes unas cortinas muy gruesas que casi dejan el cuarto en completa oscuridad, además de las persianas. Con las niñas teníamos el mismo problema, se levantaban en la madrugada, pensando que era ya medio día. Pero dime, ¿cómo es tu vida de famoso compositor? Acabo de leer la entrevista que te hizo Rafaella Corsa y debo confesar que me encantó.

Manuel sonrío al recordar a Rafaella.

–Rafaella es todavía una chiquilla y me cae muy bien. Resulta, que su familia es del mismo pueblo que mamá, y pasaba por un momento difícil, ya sabes, cosas de juventud. Fue divertido, no fue la típica entrevista, la pasamos muy bien. En verdad, la aprecio tanto que seguimos en contacto todavía.

–Imagino que eso le ayudó muchísimo en su carrera. ¡Pues mira que sacarte una entrevista es una dura tarea! Me enteré de que recibirá un premio la próxima semana, y te lo dedicó a ti –dijo Laria con una sonrisa pícara.

–Sí, lo sé, me alegro mucho por ella. Me invitó, pero me disculpé y le grabé un saludo, lo pasarán en la ceremonia –la miró inquisitivo. -Pero dime, ¿cómo es que te enteras de todo? A veces, hasta pienso que contratas espías –le reclamó entre risas.

–¡Ay, Manuel, estamos en el siglo veintiuno! ¿No has oído hablar del internet, las computadoras y los teléfonos celulares? –dijo Laria divertida, mientras se servía arroz en el plato. -Bueno, dime, ¿y si hubieras estado en México, hubieras asistido a la ceremonia de Rafaella?

—No, definitivamente no —le contestó después de darle un trago al vino. -Sabes que no es lo mío asistir a eventos públicos, los evito hasta donde sea posible.

—Imagino que no quieres robarle la atención del público. Debe resultarte muy difícil ser siempre perseguido por los reporteros. Y como eres tan ermitaño, más te acosan —dijo Laria dando un hondo suspiro.

—Ya me acostumbré. Al principio es difícil, luego aprendes a esquivarlos. Saben que no doy entrevistas, no me interesa. Mi pasión es hacer música y he tenido la suerte de que hayan sido grandes éxitos mis canciones. Les digo que entrevisten a los que interpretan mi música, de ellos es el éxito.

No sólo tenía éxito en México sino en todo el continente americano. Y muchas de sus canciones habían sido traducidas a varios idiomas, pero él se daba el lujo de permanecer en el anonimato, sin que eso afectara su popularidad.

Laria lo miró curiosa mientras se servía ensalada; no sabía si abordar el tema, aunque se había convencido, de que nunca sería un buen momento, en realidad. Después de titubear un poco, se decidió y preguntó:

—¿Hay alguna mujer en tu vida? ¿Novia, amiga o algo por el estilo? —trató de sonar muy casual, pues, sabía que no le gustaba hablar de su vida sentimental.

—Sin novedades, ya sabes que soy un ermitaño —dijo y, como de costumbre, cambió de tema en seguida. -Eres muy buena cocinera, la salsa del pollo está deliciosa. ¿Cómo la haces?

Laria suspiró decepcionada, otra vez se negaba a hablar de su vida romántica, había tenido la esperanza de que, después de tanto tiempo, le fuera más fácil hablar del tema. Nunca comprendió por qué tanto hermetismo. Sabía que había tenido una época difícil en su juventud, no sabía exactamente si había sido una decepción amorosa, un amor prohibido o algo parecido. Sus padres también guardaron ese secreto.

—Es sólo un poco de curry, espero que no haya quedado muy fuerte — contestó con desgano.

—¡En su punto! Me deberías dar la receta; aunque no lo creas, yo también soy muy bueno en la cocina —trató de animarla. Manuel sabía que debería de ser frustrante para ella el hecho de que cada vez que mencionaba el tema, él le sacara la vuelta, así que tenía decidido que en ese tiempo que pasarían juntos le contaría su historia, la que casi nadie conocía.

—¿Tú en la cocina? —Laria no pudo contener una carcajada—, ¿lo dices en serio? —no lo podía creer, siempre que se veían, pedían comida preparada.

—Sí, muy en serio. Ya ves que están de moda los hombres en la cocina —le guiñó un ojo.

—Deberías de decírselo a Karl, ya se acostumbró a que sea yo la que prepara todas las comidas. Bueno, claro, un plato de cereal sí que les prepara a las niñas —bromeó.

—¡Uyyy! Y tú que decías que era lo que más te gustaba de él —le contestó con tono de burla.

—Las cosas cambian y las personas también... Ya ves, nunca pensé que volverías a Noruega... Me da mucho gusto tenerte aquí este verano.

Su rostro se ensombreció. -Hay cosas que no puedes evitar siempre. Tarde o temprano las debes enfrentar...

Lo dijo con tanta tristeza que se arrepintió al instante de haberlo mencionado. -No quiero que pienses que me voy a inmiscuir en tu vida. Lo que quiero es disfrutar el tiempo que estemos juntos y que las niñas entiendan por qué te quiero tanto. ¡Quiero que vean al maravilloso hombre que es su tío!

—¡Exageras! Eres mi hermana y tu amor por mí te ciega. Y hablando de niñas, ¿qué no van a comer nada? —preguntó al ver que seguían muy cómodamente frente a la tv.

—No. Mientras te esperábamos, comieron salchichas y nieve. No creo que les quepa algo más —dijo mientras se volteaba a verlas—, no estarían sobre los sillones, tan cómodamente desparramadas viendo la tv.

Manuel sonrió al verlas acostadas sobre los sillones y con las piernas sobre los respaldos.

—¡Claro! Traían las caras con algo de chocolate y mostaza cuando me saludaron —fijó la mirada en el plato vacío—, y creo que a mi tampoco me cabe nada más. ¡La comida estuvo deliciosa! —dijo levantando el plato y los cubiertos.

Laria se los arrebató en seguida.

—¡Deja eso! Eres mi invitado y no debes preocuparte por nada.

—Ahora me explico por qué Karl se ha acostumbrado a no ayudar en la cocina —dijo riendo mientras la miraba acomodar todo en el lavavajillas.

—¡Me gusta mucho cocinar! Y lo que no me gusta es que si hace algo, después deje muchos trastos sucios y mucho salpicadero por todos lados. Yo soy más ordenada para hacer las cosas y no tengo que limpiar tanto después —cogió su copa y la botella de vino. -Vamos arriba, nos podemos sentar en la terraza y terminarnos el vino mientras platicamos.

Manuel se sorprendió al entrar a la terraza, la habían cerrado con vidrio. Colocaron un juego de sillones de un suave color turquesa junto a una mesa de centro de madera blanca y adornada con un hermoso jarrón de vidrio que servía como base para las rosas de colores.

Se sentó en el cómodo sillón de piel y puso su copa sobre la mesita.

—¡Qué buena idea haber cerrado con vidrio este espacio! Así puedes disfrutarlo siempre, sin importar el clima. ¡Y la vista es espectacular!, nada como Lofoten. Como decía mamá, que parecía hechizada por las noches sin luna...

La casa estaba un poco alejada de las demás, no tenían vecinos cercanos. Eran dos cuadras de frondosos árboles que la separaban del barrio. Era también la más alta de la colina, lo que ofrecía una hermosa vista panorámica de la playa y las montañas que la rodeaban.

—Sí, como ella venía de un pueblo casi desértico, quedó maravillada de estas islas. Y no la culpo, yo que crecí aquí y vengo cada año nunca me canso de admirar estos paisajes —lo dijo viendo el horizonte con sus espléndidas montañas y el apacible mar. -¡Tienes razón, mamá estaba hechizada por las noches sin luna! —confirmó Laria nostálgica.

—Como ya te he comentado, paso mucho tiempo en el pueblo. No ha cambiado gran cosa en todos estos años y la gente es de lo más amigable y respetuosa. Sí, es bueno saber que tienes un refugio del bullicio de la ciudad —confesó Manuel mientras jugaba con la servilleta entre los dedos. -Deberían venir a visitarme un día, no se arrepentirán.

—Lo he platicado con Karl — dijo Laria y le sonrió con ternura, mientras llenaba su copa nuevamente. -Me gustaría mucho visitar el pueblo que fue testigo, de la gran historia de amor de nuestros padres —agregó y se recargó sobre el respaldo, sosteniendo la copa entre sus manos. -Pero créeme, con las niñas, es muy complicado viajar. Tal vez, ahora, que Dani ya no es tan pequeña, será más fácil. Les he platicado mucho la historia de nuestros padres y, al parecer, Sofi no se cansa de oírla.

—Todos hablan de ellos como no tienes una idea. Y ya sabes cómo es cuando me ven: "Pero si eres la misma cara de tu mamá" "¡Son como dos gotas de agua!". A veces es incómodo, las más ancianas me agarran fuertemente la cara entre sus manos y la estrujan tanto que siento que me van a arrancar la cabeza —rió con una sonora carcajada.

—En verdad, sí, eres igual a ella. Recuerdo que yo sentía coraje de por qué yo no era tan bella como mamá. Con su largo cabello negro y brillante, sus enormes ojos negros. ¡Era tan hermosa! En mi época de rebelde me pinté el pelo negro. ¡Me veía fatal! —no pudo evitar reír al recordarlo.

—Sinceramente, qué bueno que yo no estaba cerca, me hubiera dado mucha pena andar contigo.

Los dos rieron a carcajadas.

—Tal vez, me escondería de ti, como me escondo de los paparazzi y los reporteros. Y la foto con tus labios naranjas y las sombras multicolores, muy a la Boy George, todavía la guardo, algún día se las enseñaré a tus niñas. ¡Y tú qué dices que yo soy un payaso sin circo!

—Lo peor del caso es que, ¡yo me sentía divina con la ceja y las raíces casi blancas! —dijo Laria sin poder dejar de reír, las lágrimas le brotaban de los ojos y hacía esfuerzo por agarrar aire. -¡Ay, ay! Ya no puedo más. ¡Pero qué cosas hace uno de joven! Sólo de pensar, lo que puedan llegar a hacer las niñas cuando sean adolescentes me pone la piel de gallina —seguía exclamando sin poder evitar las carcajadas. -Y tú, con tu pelo liso y que a la fuerza lo querías traer parado. ¡Era un estropajo tu pelo con tanto espray que te ponías!

—Yo pensaba que me veía muy "cool". Bueno, eran los 80's, todos andábamos así —dijo Manuel que se doblaba de la risa, agarrándose el abdomen.

Sofía abrió la puerta sorprendida y molesta.

—¿Pero qué les pasa? ¡Hasta abajo se oyen las risas! —dijo mirando las copas vacías sobre la mesa. -¿Están borrachos?

Entonces, Laria se puso de pie, respirando con dificultad.

—¿Pero cómo se te ocurre? Va a pensar tu tío que no suelto la botella... Es sólo que estábamos recordando cuando éramos jóvenes.

Manuel se dejó caer a lo largo del sillón.

—Algún día te lo contaré Sofía, no te preocupes.

Sofía meneó la cabeza y sin decir nada, se retiró lanzando un resoplido y cerrando la puerta con un fuerte golpe. Al fin, Laria pudo respirar normalmente.

—Esta niña me preocupa, no tiene nada de sentido del humor. Espero que cambie, por su propio bien. Y en cambio Danila, es toda risas.

—¿Por qué es así Sofi? —preguntó Manuel, todavía recostado sobre el sillón.

—No lo sé. Cuando nació tuvo muchos problemas respiratorios, pasó mucho tiempo en incubadoras y tratamientos. Después, la tenía que cuidar mucho del frío y las lluvias. Hasta que entró a la primaria, no pudo jugar afuera con los demás niños... Eso es lo que yo pienso... Que le afectó ver a los niños jugando afuera y ella sin poder salir.

—Pobrecita, debió ser muy difícil para ella... Yo sé muy bien lo que es sentirse diferente a los demás —dijo Manuel en voz baja.

Laria lo miró sorprendida:

—¿Tú? ¡Pero de qué hablas! Todas mis amigas siempre decían que eras el niño más guapo de la isla y... No sólo mis amigas.

Estuvo tentada de decirle que todavía Idunn seguía pensando lo mismo, pero se contuvo.

—No todos pensaban así. En ese tiempo, yo era el único con piel oscura por aquí... Y créeme, no fue nada agradable. Me sentía muy fuera de lugar. Hoy sé que eran cosas de niños, tonterías.

Su infancia había sido muy feliz. En cambio, su adolescencia había sido una época difícil para él y trataba hasta donde le era posible, no recordar.

Manuel dio un gran bostezo, que no pudo contener.

—Lo siento, pero ando muy cansado y con el vino y la risa, me relajé de más.

Laria le sonrió.

—Comprendo que debes andar muy cansado. Yo estaré un rato con las niñas. Nos vemos mañana.

Él se puso de pie y se dirigía a la puerta, cuando ella preguntó:

—¿Algún plan para mañana?

Manuel lo pensó unos instantes antes de responder:

—No, creo que sólo saldré a caminar por el pueblo. Nada importante. Hacer algunas compras, tal vez. Si tienes asuntos pendientes, hazlos, no hay problema... Estoy seguro de que no me perderé.

Ella rió divertida.

—Y aunque no lo creas, la isla no ha cambiando mucho desde entonces. Y prepárate, pues creo que te encontrarás con muchos conocidos. Estoy segura de que los reconocerás enseguida.

Manuel la miró escéptico.

—Me imagino que todos hemos cambiado. Pero si a las imágenes que guardo, les agrego unos kilos de más, algunas arrugas en la cara y canas en el cabello, o tal vez sin cabello...

—¡Oye, espera! ¿Así me ves a mí también?

—¡No, para nada! Tú serás siempre mi pequeña y hermosa hermanita. La que siempre me hizo reír, con sus ocurrencias y comentarios fuera de lugar.

Laria se cubrió la cara con ambas manos, como avergonzada.

–¡Espero que no recuerdes todo! De repente, me acuerdo de las tonteras que decía o que preguntaba. ¡Sólo a mí se me ocurrían semejantes cosas!

Su hermano la miró con cariño.

–La verdad es que me alegrabas la existencia. ¡Eras tan ocurrente!

–Espero haber cambiado. Anda, ya no te entretengo más. Que duermas bien. Y debo confesarte que me alegra que Gina te haya comprado los boletos para que vinieras –afirmó y le lanzó un beso al aire, pero él se acercó y la besó en la mejilla. Mientras lo miró salir y cerrar la puerta, Laria se quedó pensando que se conservaba bastante bien. Era un hombre muy atractivo, no había cambiado mucho. Intuía que, con su enigmática personalidad, debería de traer a muchas mujeres interesadas. También sabía que en las revistas de chismes de famosos lo llamaban "el soltero codiciado". Lo que más deseaba era que encontrara una buena mujer y que fuera feliz. No tenía la menor duda de que era un gran compañero, considerado, leal y honesto, aunque con un sentido del humor muy sarcástico.

–¡Mamá, ya tengo sueño! –los gritos de Danila la distrajeron de sus pensamientos. -En seguida voy –le contestó, mientras recogía las copas vacías.

3

Al día siguiente, cuando Manuel despertó, no pudo contener la risa. Había dormido con la ropa y los zapatos puestos y ni siquiera había destendido la cama.

—¡Vaya, pensé que iba a batallar para dormir en mi primera noche en casa! ¡Qué equivocado estaba!

Se sentó al borde de la cama y estiró los brazos sobre su cabeza. Estuvo de acuerdo con su hermana, estaba agradecido con Gina, su asistente, de que hubiera comprado los boletos de avión y programado su viaje. Se levantó y sacó de su maleta una camiseta que hiciera juego con su camisa de franela y unos jeans. Se bañó, se arregló y bajó a la cocina.

Laria se disponía a preparar la cafetera, cuando él entró.

—¡Mmmmmm!, ¡pero qué bien hueles! Ayer olías a trapo viejo —le dijo entre risas mientras él la abrazaba.

—Y hoy huelo sólo a viejo, me imagino.

—No quise decir eso.

—Lo sé. ¿Te ayudo en algo? —preguntó mientras husmeaba en la mesa, en la que había rebanadas de pan en una canastilla blanca y tazoncitos con mermeladas y quesos para untar, un litro de leche descremada y una caja de cereal.

—No creo, ya está todo en su lugar, ¿qué te gustaría desayunar? —sacó las tazas del gabinete. -Espero tener lo que te gusta, si no, iré a comprar lo necesario.

—Debo reconocer que soy muy malo para la comida saludable, aunque lo intento. Veo que tienes cereal, y pan con mermelada y mantequilla. Tal vez, un pedazo de pizza de varios días y algún refresco de cola tampoco estaría mal —la miró de reojo. -No te creas, esto está bastante bien.

—Yo que batallo para que las niñas se alimenten sanamente, ahora se sentirán felices de tenerte de su parte —dijo Laria desilusionada.

—Me alegra no desentonar del todo en la familia. ¡Un miembro más en el equipo chatarra! No soy muy exigente, como de todo, tampoco tengo gustos estrafalarios o excéntricos —dijo para tranquilizarla, sabía que debería ser estresante tener un huésped y no conocer sus preferencias. -Soy un hombre simple, no te preocupes. De hecho, no sé porque se empeñan en llamarme excéntrico

—Me da mucho gusto, que sigas con los pies bien puestos en la tierra. Me alegra saber que la fama no te ha cambiado —Laria le ofreció la taza con café. -Tenía un poco de nervios antes de que llegaras. Hace tanto tiempo, que no convivíamos así.

-Lo sé. Trataré de estar más presente. Lo prometo —se sirvió cereal y leche en el plato y siguieron conversando mientras comían.

Después de desayunar fue a comprar unos rastrillos deshechables, en reemplazo de su rasuradora favorita. Comprobó que Laria no se había equivocado, la isla no había cambiado mucho. Le resultaba extraño recorrer las calles, en las que pasó su adolescencia. Las tiendas le parecían más grandes y modernas. Sentía emoción y algo de nervios al pensar en lo que diría si se encontrara con algún conocido, pero al contrario de lo que había predicho su hermana, no encontró a nadie. O tal vez sí, pero no los reconocía.

El cielo estaba muy nublado, habían anunciado lluvia otra vez y al parecer, habían acertado. Así que pensó en dar un corto paseo, sentía el suave rocío y había olvidado su camisa de franela en casa.

La tienda estaba en la misma esquina, era más grande y contaba con un pequeño estacionamiento. Los pasillos le resultaban incómodos de modo que mientras batallaba con los rastrillos, alguien pasó tras su espalda dándole un leve empujón. Él volteó de inmediato y se quedó petrificado, al ver a aquella mujer que pasaba de largo, lanzándole una sonrisa torcida. De estatura baja, con un sombrero playero de ala ancha y unas gafas muy oscuras que le cubrían casi todo su pálido rosto. Traía jeans deslavados y una blusa negra vaporosa, de manga larga, de la que salían sus blanquísimas manos. Su rojizo cabello, recogido en una cola de caballo, le llegaba casi a la cintura.

Ella no dijo nada, pasó caminando elegantemente, parecía que ni el suelo tocaba al avanzar, pero él sintió que su corazón latía acelerado.

—¿Masha? —la reconoció al instante. La buscó por los pasillos, pero no la encontró. Respiró hondo y trató de calmarse. Decidió concentrarse en sus compras, cosa que no logró.

Pagó y salió decidido a buscarla. Al dar vuelta en la esquina, se topó con una mujer a la que no vio y con la cual se impactó.

—¡Perdón! —le dijo, mientras recogía la bolsa, que dejó caer al suelo con el encontronazo.

Ella no pudo contestar, se le quedó mirando con la boca abierta.

—En verdad, lo siento. No la vi —Manuel seguía en cuclillas, recogiendo los chocolates que había comprado para sus sobrinas.

—¿Manuel? —balbuceó la dama, que seguía de pie, sin moverse.

Él levantó la mirada y después de estudiarla por unos instantes, pudo articular palabra:

—¿Idunn? —preguntó estupefacto.

La chiquilla que se había enamorado de él, desde el primer día que entró a la escuela, se había convertido en una hermosa mujer. Traía unos shorts deportivos negros con una camiseta color púrpura de

26

tirantes, pegada al cuerpo. Su largo cabello rubio le caía sobre los hombros. No tenía kilos de más ni la cara llena de arrugas, tampoco estaba llena de canas y mucho menos, calva.

—¡Pero qué agradable sorpresa! —dijo él en voz alta.

Ella se ruborizó.

—Sabía que vendrías, pero no sabía cuando...

Idunn no salía de su asombro, no imaginó encontrarlo ese día ni que estuviera tan apuesto.

—¿Vives aquí o andas de vacaciones? —fue lo único que se le ocurrió, aunque de sobra lo sabía, él también estaba nervioso.

—Paso en Noruega la primavera y el verano, entre Bergen y esta isla. El otoño y el invierno me voy a España, allá tengo un departamento —sentía que temblaba y se molestó, se sentía como una chiquilla torpe. Nunca imaginó ese momento, estar de nuevo frente a él.

—¡Oh, qué bien! —ahora ya se sentía demasiado nervioso, chequeó la hora en su reloj. Se mordió el labio inferior y miró al cielo. Sentía la sangre corriendo por sus venas a toda velocidad y no se le ocurría qué decir.

—Si quieres... Si puedes... Tal vez, podamos vernos para tomar un café —dijo Idunn tímidamente, al ver que él no decía nada. -Si tienes tiempo, claro —agregó un tanto incómoda.

—¡Sí, por supuesto!... Bueno, hablamos entonces —le respondió Manuel y se sintió tan tonto. No podía controlar sus nervios y empezó a caminar mientras Idunn lo observaba desconcertada, como desilusionada.

—Laria tiene mi número. Llámame cuando puedas —le gritó y se arrepintió, pues parecía que no quería verla.

Él se paró en seco al darse cuenta que iba en la dirección equivocada.

—Sí, te llamo... En uno de estos días -cerró los ojos enojado. -¡Pero qué torpe soy! —se decía mientras caminaba, alejándose lo más rápido posible. Sintió el sudor por todo su cuerpo.

Idunn lo vio retirarse, un poco confundida, se sentía contenta de haberlo visto y feliz de saber que lo volvería a ver. Siguió parada por unos instantes, todavía nerviosa.

—Si no hubiera querido verme, hubiera dicho que no tenía tiempo, lo conozco —pensó. Respiró profundamente y con calma se dirigió a la tienda.

Manuel llegó a casa corriendo. Cuando entró, cerró con fuerza la puerta, recargándose sobre ella y respirando entrecortadamente. Sentía el cuerpo acalorado y el sudor le caía por la frente sin parar.

—¿Eres tú, Manuel? —preguntó Laria desde la cocina.

Él no pudo contestar. Al fin se dirigió a la entrada de la cocina, estaba pálido.

-¿Qué te pasó? ¿Te sientes bien?

Se acercó tambaleante a la mesa y se dejó caer pesadamente sobre una de las sillas. Sólo asintió con la cabeza, mientras aspiraba hondamente.

—¿Pero, que te pasó? —lo interrogó de nuevo, aunque al verlo, podía asegurar que había llegado corriendo a casa.

—¡Soy un torpe, no cabe duda! —dijo Manuel, bastante molesto consigo mismo.

Ella no dijo nada, esperó hasta que le explicara lo sucedido.

Manuel sacudió la cabeza, como si eso lo ayudara a esclarecer la mente.

—Me topé con Idunn... ¡Me comporté como un tonto! Me da vergüenza decirlo... Ni siquiera le pude hablar. ¡Qué torpeza!

Laria lo observaba divertida, hizo un esfuerzo para reprimir una carcajada.

—¡No te rías Laria, no fue nada gracioso!

—Tranquilo, no te preocupes. Me imagino que ella también se puso gustosa, quiero decir, ¡nerviosa! —dijo con picardía. Le daba mucho gusto, saber que la había visto.

—¿Qué dices? ¿De qué hablas? —la interrogó molesto. Después de todo lo que había pasado, sabía que lo último que sentiría Idunn, era gusto por verlo. Después de tantos años, había reconocido que se portó como un idiota con ella. Ahora era una mujer casada y feliz, ¿por qué debía sentir gusto al ver al tonto que no la valoró?

—¡Por favor, hermanito! ¿Que no te has dado cuenta en verdad, que eres, has sido y serás el amor de su vida? —dijo Laria con gran naturalidad, como si fuera algo que todos supieran. Y como siempre, se arrepintió de haber hablado de más.

Manuel la miró incrédulo.

—¿Idunn? ¡Pero de qué hablas! —dijo pensando que era una más de sus tantas ocurrencias.

—¡Ay, Manuel! ¿Pero en qué mundo vives? Desde el primer día que te vio, quedó prendada de ti. ¿No lo sabías? —le costaba creer que fuera tan despistado.

—Eran cosas de niños, enamoramientos de adolescentes. A mí también me parecía la niñas más hermosa del planeta en aquel entonces. Fue mi primer amor. ¡Éramos adolescentes, Laria!

—¡Manuel, Manuel, Manuel! Desde hace casi cuarenta años, la pobre mujer te entregó el corazón ¿y no te diste cuenta? ¡Qué desperdicio! —lo amonestó. Y esta vez, no se arrepintió de lo que dijo.

Manuel no pudo contestar. Empezaba a comprender muchas cosas. Sentía que la cabeza le quería estallar. Luchaba por contener las lágrimas. ¿Cómo pudo ser tan ciego? ¿Sería por eso que su mamá siempre le hablaba de ella con tanto cariño? ¿Sería posible que no le guardara rencor?

Laria le tomo la mano entre las suyas.

—¿De verdad no lo sabías? —le preguntó suavemente.

Manuel no dijo nada, se sentía paralizado. Además, no hacía falta.

Ella lo comprendió y no pudo contener las lágrimas, dejándolas correr.

Manuel se puso de pie y se retiró a su habitación. Se recostó en la cama, sumido en sus pensamientos. Laria decidió dejarlo solo.

Sabía que Idunn sentía atracción por él, pero estaba convencido de que, con el tiempo, eso había cambiado. Él se interesó por ella también desde el primer día que la vio, y se lo demostró. Quería verla y borrar la imagen del desastroso encuentro. También quería renovar su amistad y explicarle por qué había sido tan indiferente los últimos meses que pasó en la isla.

Aunque sintió que ya era demasiado tarde. Cuando se marchó a México, al poco tiempo, Tamara le dijo que Idunn se había casado, y después le comentó que tenía un hijo. Él se alegró por ella, era una buena chica y la apreciaba, merecía ser feliz. Así que intentó no pensar más en ella.

Estuvieron siempre juntos en sus años de escuela, hasta que conoció a Astrid y sus vidas siguieron rumbos distintos.

Se quedó recostado, con la mirada fija en el techo. No sabía qué hacer. Tenía ganas de encontrar a Masha, después de todo, era como la madre adoptiva de Astrid, no podía resistir las ganas de volverla a ver y que le aclarara las dudas, que tantos años lo habían atormentado.

Astrid, la chica que lo sacó de su aburrida rutina y por lo que su futuro no resultó como lo había planeado, quería saber si estaba bien, necesitaba oírlo.

Oyó que alguien tocaba a la puerta, estaba seguro de que sería Laria, ¿quien más?

—¡Adelante! —gritó mientras se sentaba sobre el borde de la cama.

—¿Puedo pasar? —preguntó Laria asomándose tímidamente.

—Por supuesto, pasa por favor.

La vio caminar con cautela, despacio, como si se acercara a un animal salvaje esperando que en cualquier momento le saltara encima.

—No quise molestarte con mis comentarios...

—¡Por favor hermanita! Parece que me tienes miedo. Quiero que sientas confianza de decirme todo, cualquier cosa —la miró a los ojos. -No quiero tener secretos contigo. ¡No más! —aseguró con firmeza.

Ella se sentó a su lado, aliviada.

—¡Me alegro de oír eso! —exclamó con mucho entusiasmo. -Es que eres tan hermético con tu vida privada y no quiero por nada del mundo, hechar a perder nuestras vacaciones juntos. ¡He esperado con tantas ansias estos días! ¡Estoy tan feliz de tenerte aquí!

Manuel le pasó el brazo por los hombros.

—Ya no será así, no más secretos entre nosotros, puedes estar segura.

Estaba decidido a hablar con ella, pronto le haría saber lo que había sucedido antes de irse a México.

—¿Y entonces, cuándo verás de nuevo a Idunn? —dijo Laria sin poder ocultar la emoción que sentía.

Él dirigió la vista al techo, sabía que de ahora en adelante, ella seguiría insistiendo sin descansar.

—Primero, dime si su marido, está en la isla también.

—¡Manuel! —exclamó incrédula. -Estuvo casada, ¡pero enviudó hace más de diez años! ¿No lo sabías? —pensó que sus padres se lo habían comentado, sabía que siempre lo ponían al corriente. -¿En verdad no lo sabías? ¡No se ha vuelto a casar! —contestó recalcando la última frase.

Manuel no pudo evitar sonreír, definitivamente se alegró en parte de saber que estaba sola.

—No lo sabía... Bueno... No tengo su tel...

—¡Yo lo tengo! El de su casa y su móvil —confirmó Laria de inmediato.

Él no pudo contenerse y soltó una estruendosa carcajada.

—Y me imagino que tendrás el de las vecinas, el de emergencia y el que no puede fallar. ¡Ay, Laria!, ¡tú no cambias!

—¡Es sólo que me da muchísimo gusto! Idunn me cae muy bien. Muy seguido las niñas se quedan con ella, también la quieren mucho. Vivimos en la misma ciudad. Pensé que también lo sabías... —decidió cambiar de tema, no quería que se sintiera presionado y no quería mostrarse tan efusiva. -¿Tienes hambre? —preguntó viendo el reloj.

—En realidad, no mucha. ¿A que hora cenan? —había perdido la noción del tiempo, por completo.

—A esta hora, precisamente. Pero yo tampoco tengo mucha hambre. Ven, puedo hacer una ensalada o unos emparedados. Las niñas se han comido todos los dulces que les regalaste, no querían nada más. Se puso de pie y se dispuso a salir de la habitación.

Él la siguió. —Sí, creo que un emparedado será suficiente.

Después de cenar, Laria tomó una botella de vino y copas, y se sentaron en la terraza.

—¡Cómo me gusta esta área! Contrastan muy bien los sillones con las paredes blancas y la mesa. Me siento en uno de esos exclusivos lugares de veraneo. ¡Y qué vista! —exclamó Manuel, admirando el paisaje. -¡Y qué bueno que no hay vecinos cercanos!

Laria no pudo disimular su alegría.

—Pues, debo de darte las gracias por haberme cedido esta casa. Karl también piensa que fuiste muy generoso al haberla puesto a mi nombre.

Cuando sus padres fallecieron, Laria y Karl pensaban pagarle lo que le correspondía de la casa. Ellos y las niñas visitaban a Tamara y Erik cada verano, y se había convertido en una agradable rutina para la familia que no querían perder.

—Más los ahorros de nuestros padres y el seguro cuando fallecieron... ¡Debiste haber aceptado lo que te correspondía! Al menos, ya no me mandes dinero, no es necesario —dijo refiriéndose al dinero que cada mes sin excepción, desde que empezó su exitosa carrera, Manuel le depositaba en su cuenta.

—No es nada Laria, créeme. No es bueno atesorar dinero, que nunca vas a usar. Al morir, no te llevas absolutamente nada. Mejor disfrutarlo con las personas que quieres, mientras vivimos, ¿no piensas igual?

—Tienes razón. La vida es tan frágil, en un segundo puede cambiar todo. Eso me asusta, a veces —confesó con melancolía.

Manuel desvió la vista hacia el horizonte.

—Lo sé. Eso lo aprendí hace mucho tiempo —parecía un lamento.

Laria lo observó en silencio. Casi podía sentir el dolor en sus palabras.

—Me hubiera gustado haber estado más cerca de ti, Manuel.

—Eras muy pequeña, tenías once años cuando yo me marché —dijo con la mirada perdida en el luminoso firmamento y las soberbias montañas.

—Sí, pero después, pude haberte visitado más frecuentemente, pasar más tiempo contigo.

—El pasado no lo podemos cambiar... Desafortunadamente. Aunque es nuestro pasado lo que hace de nosotros las personas que somos —soltó una risa burlona. -¡Qué ironía!

Laria lo escuchaba anonadada.

—Desde siempre he sentido que tienes unos pensamientos muy profundos. ¡Eres tan diferente a todos! Admiro que tengas unos principios tan definidos y no te dejes guiar por los demás. Eres un hombre íntegro.

Era evidente que se sentía muy orgullosa de él.

—No me conoces en realidad —dijo Manuel y sintió que el ambiente empezaba a ponerse denso, para aligerarlo, decidió cambiar de tema. -No he visto a Sofi ni a Dani, ¿dónde andan?

—Con sus amigas —contestó Laria con una amplia sonrisa. -La familia que vacaciona a unas cuadras, tiene también dos niñas de casi las mismas edades. Se llevan de maravilla, afortunadamente. Hoy dormirán allá —lo miró expectante.

Él captó el mensaje de inmediato.

—O sea, que tendremos toda la noche para platicar sin interrupciones, quieres decir.

—¿No te parece emocionante? —dijo ahogando una carcajada.

—Sí, bastante —comentó con desgano.

—¡Eres un cínico! —lo reprendió. -Yo, que pensé que al fin pasaríamos la noche contando nuestros secretos...

—¡Pero si tú no tienes secretos, Laria! —la interrumpió. -No hay absolutamente nada que puedas ocultar. Querrás decir: mientras me obligas a contarte mis secretos, ¿no es así?

—Bueno, no quise sonar muy descarada —se disculpó mientras se cubría la cara con uno de los cojines.

—Lo sé, no puedes remediarlo —le dijo cariñosamente, pero al momento su rostro se endureció. -Y si voy a contar mis secretos, necesito que me prometas que no dirás nada de lo que te cuente. ¡Absolutamente nada! ¿Entendido?

Laria se sorprendió mucho de lo que le pedía.

—Sí, lo prometo —contestó solemne.

Manuel le clavó la mirada.

—Lo digo en serio, Laria. Pues eres la única persona, aparte de nuestros padres, que sabrá lo que pasó —dijo pausadamente, recalcando cada palabra, como si estuviera dictando sentencia.

Laria lo miró en silencio. No salía de su sorpresa. Al fin sabría lo que nunca le dijeron, lo que tantas veces preguntó y nadie contestó. Sintió un leve escalofrío recorrer su cuerpo. Manuel la veía expectante.

—Lo prometo, Manuel, no diré nada a nadie. Tienes mi palabra —en el fondo, sentía temor de lo que le iría a confesar.

Satisfecho con su promesa cogió la botella de vino para descorcharla.

—No sé ni por dónde empezar. Son tantas cosas y tantos recuerdos...

—Pues por el principio, Manuel, cuéntame la historia de nuestros padres. ¡Como la dicen en el pueblo! —pidió entusiasmada.

Sonrió, mientras servía el vino en las copas.

—¡Ahhh! Me encanta la chispa con que la cuentan... Pues empecemos por ahí.

Manuel levantó su copa y se acomodó en el sillón. Sabía que le esperaba una larga noche, conocía muy bien a su hermana y estaba seguro de que no lo dejaría detenerse. Interiormente, estaba contento de que se presentara una buena oportunidad para contarle lo que tantas veces había querido decir, sin atreverse. Se sintió conmovido al verla tan entusiasmada. Y a pesar de que no podía dejar de pensar en Idunn, más aún desde que sabía que estaba libre, al ver a Laria tan emocionada, que lo miraba expectante, como una chiquilla a punto de abrir un enorme regalo, se concentró en ese momento especial.

Tanto tiempo lo había esperado ella y tantas conjeturas sin sentido que se había hecho... Laria pensó que al fin sabría la verdad de su propia boca. Agarró su copa de vino, se acomodó sobre los cojines, y se dispuso a oír a su hermano Manuel, que con su encantadora voz, empezaba a contarle la historia de sus padres.

4

Y así, Manuel empezó a desgranar la historia de Erik y sus amigos desde el día en que llegaron a México.

Le contó a Laria que Erik Riveland era el típico noruego: alto, medía 1.90 metros de estatura, piel tan blanca y sensible que nunca se asoleaba sin sombrero y una buena capa de protector solar; cabello muy rubio, como la paja y sus ojos eran azules y claros, como el cielo en un día soleado. Nació en Haugesund y era un amante de la historia de sus antepasados, lo que lo llevó a estudiar antropología. Manuel sabía mucho acerca de él.

Así, dijo que estaba convencido de la gran importancia que tuvieron los vikingos en la historia del mundo y fue de los que aseguraron que los vikingos llegaron a América, mucho antes que Cristóbal Colón.

Erik era hijo único, muy dedicado a sus estudios y no muy sociable. A sus veinticinco años, no había tenido ninguna novia formal. Su madre,

Ida, le presentaba constantemente cuanta muchacha conocía y él, por no defraudarla, las invitaba a salir, sin llegar a nada. Roar, su padre, le decía que lo dejara en paz, que cuando conociera a la mujer ideal, no dudaría en formalizar una relación.

–Es un buen chico y nada tonto. Ya le llegará el amor, ya lo verás –le decía.

Ida se entristecía al ver que sus amigos y amigas se casaban y se convertían en padres mientras Erik seguía metido en sus estudios. Roar le aseguraba que el día menos pensado llegaría con su flamante novia a informarles que pronto se casaría. Se emocionaban cada vez que regresaba a casa, esperando las buenas nuevas que no llegaban. Erik decía estar muy ocupado con su trabajo, que en sus ratos libres estaba tan agotado que lo que quería era descansar y no andar de fiesta en fiesta.

En 1953, llegó a sus manos un artículo sobre un descubrimiento en México, de una tumba maya en Palenque, que habían realizado el año anterior. Se interesó mucho por el contenido, que decía que los restos de los huesos encontrados, pertenecían a un hombre de estatura alta. Y eso lo hizo pensar que tenían que pertenecer a un vikingo, pues los mayas no eran altos de estatura. Palenque es una de las ciudades mayas más importantes, situada en el estado de Chiapas, al sur de México.

Se entusiasmó tanto con el artículo que, sin pensarlo dos veces, organizó una expedición y al siguiente año, salió con un grupo de antropólogos; formado por él, Ian, Trond y Ole. Erik acababa de cumplir veinticinco años y trabajaba en la Universidad de Oslo. Se dirigieron a México con un presupuesto apretado, pero dispuestos a no defraudar a sus patrocinadores. Tenían planeado visitar las ruinas de Chichen Itzá, Palenque y Teotihuacán. Pero una vez en tierras mexicanas, extendieron su plan de viaje y de estudio y se decidieron por recorrer también algunas otras regiones que los lugareños les recomendaban. Y una cosa los llevó a otra y de repente se encontraban en Ciudad Valles, en el estado de San Luis Potosí; pues decidieron visitar la Huasteca Potosina.

Erik y sus tres colegas eran, además, grandes amantes de la naturaleza. Se dejaron seducir por las impresionantes bellezas naturales de México y estaban dispuestos a conocer más. Ahí les dijeron que no dejaran de conocer Real de Catorce, en el mismo estado de San Luis Potosí, un antiguo y encantador pueblo minero, localizado en lo alto de la Sierra de los Catorce.

Todo era tan distinto a su país y se sentían tan a gusto entre la amabilidad de la gente, que decidieron alargar lo más que pudieran su estancia y conocer todo lo que su presupuesto les permitiera. Para su sorpresa y satisfacción, el dinero les rendía mucho más de lo que habían planeado. Así que sin pensarlo dos veces, se dirigieron al famoso y mágico pueblo.

Sin embargo, el día que llegaron, muy temprano en la mañana, se llevaron una gran decepción. Había una boda, de la hija de un político muy importante, que se celebraría al día siguiente, por lo que todos los hoteles, que no eran muchos en ese entonces, estaban llenos. No había ni una sola habitación disponible. Y aprovechando la ocasión, muchas casas tenían letreros de "no hay vacantes", pues un gran número de reporteros y curiosos tuvieron que alquilar cuartos en casas de familias que quisieran ganarse unos pesos ese fin de semana. No había una sola habitación disponible en todo el pueblo.

Desilusionados, Erik y Trond decidieron dirigirse al puerto de Veracruz. Pero Ole dijo que si ya estaban ahí, no podían perder la oportunidad. Sugirió que se podrían quedar en uno de los pueblitos vecinos y regresar el lunes, cuando la boda hubiera terminado. Todos estuvieron de acuerdo y buscaron algún medio de transporte que los sacara del bullicio de los preparativos de la fiesta.

Pero era difícil, pues la mayoría de los lugareños habían sido contratados para ayudar en los preparativos de la famosa celebración, hasta que al fin, uno les dijo que saldría en un par de horas a Cedral, un pueblo vecino, y los podía llevar sin problema. Así que satisfechos, lo esperaron sentados en una de las bancas de la plaza principal.

Miraban anonadados cómo la gente corría de un lado para otro, cargando canastas y jarros de barro, los ramos de flores blancas que no dejaban de llegar a la iglesia, a los hombres que sobre altas escaleras adornaban con guirnaldas de papel y cables con foquitos multicolores toda la plaza, de un poste de luz al siguiente, a las mujeres barriendo por aquí y por allá, sin descanso.

El sonido del claxon los estremeció, pues más bien parecía el de un gran buque. Se alegraron de ver al buen hombre que los llevaría a un lugar menos ajetreado, pero se miraron boquiabiertos al ver la desvencijada y vieja pickup que manejaba y que en la cabina llevaba a otros dos muchachos.

—Súbanse a la caja y agárrense bien. Los perros no muerden y las chivas son muy mansitas y además van mareadas. ¡Súbanse! ¡Súbanse! —los apremió el hombre picoteando con el dedo índice el desgastado reloj en su muñeca izquierda.

Erik miró a los demás y se encogió de hombros. Y como pudieron, se hicieron espacio entre los tres perros, de los que no adivinaban su raza o la mezcla de la que eran producto. Las cuatro cabras se arrinconaron en una esquina y empezaron a balar como locas. No dudaron en tomar la foto del recuerdo, que a su regreso, enseñarían orgullosos ante las increíbles aventuras que habían vivido.

El sol era insoportable y la tierra que levantaba la camioneta era una nube densa que no los dejaba ver. Fue un verdadero suplicio el trayecto de cincuenta y tantos minutos, haciendo malabares para sostenerse y no aplastar a los animales con una mano y con la otra aferrando el sombrero a la cabeza. Y así llegaron a Vanegas, un pueblito polvoriento, de gente amigable y amable. El conductor frenó y sacó el brazo por la ventana, haciéndoles señas para que se bajaran.

Una vez en tierra, Ole se acercó a la ventana para preguntar cuánto debían por el viaje, pero el hombre arrancó, despidiéndolos con una nube de polvo. Fue tan de repente, que si Ole no hubiera dado un brinco hacia atrás, lo hubiera arrollado.

—Por lo que veo, fue gratis —exclamó entre risas Erik, al ver al asustado Ole, que no salía de su asombro.

Don Rubén los vio llegar. Un grupo de polvorientos forasteros, acalorados y desorientados, que lo único que le causaron, fue una gran pena. Ahí estaban los cuatro hombres, sudados y las que fueron sus pieles blancas, estaban tan rojas como tomates maduros. Estaban parados en medio de la plaza, bajo el intenso sol del mediodía. Sus bocas secas y agrietadas, que gritaban "agua", sin decirlo. Sintió compasión y se les acercó.

—Ejem, ejem —se aclaró la garganta, antes de preguntar con su rimbombante estilo:

-¿Les puedo ayudar en algo?

Erik hizo un gran esfuerzo para despegar su lengua del paladar y poder articular palabra.

—Hotel... Comida —le respondió con su mascullado español.

Don Rubén sintió aún mas pena por ellos.

—¡Ay, amigo! ¡Aquí no hay hoteles! —miró a su derecha y vio que Doña Luz se asomaba por la ventana de su casa, curiosa como siempre.

—¿De dónde vienen?, ¿americanos?

Erik meneó la cabeza y trató de tragar saliva, que se negaba a salir de las glándulas de su boca seca.

—No... Noruega...

—¡Uy, pero qué barbaridad! Vengan, vengan conmigo.

Don Rubén se adelantó, llevándolos a casa de Luz, mirándolos de reojo, pues estaba seguro de que en cualquier momento se desmayarían, derritiéndose en el polvoriento y agrietado asfalto.

Una vez que se sentaron en los sillones de la sala, Luz miró con impaciencia a Rubén, esperando una explicación.

—Son de Noruega, del otro lado del mar. Buscan hotel y comida —le dijo con su acostumbrada solemnidad y señalando a los cuatro hombres, que con ojos de cachorros asustados, apretaban los polvorientos sombreros entre sus manos.

—¡Ave María Purísima! ¿Y qué vas a hacer con ellos? —Luz parecía haber visto un fantasma, estaba pálida y con los ojos desorbitados.

Él se rascó la oreja, pensativo.

—No sé. Pero no los podemos dejar a la deriva. Hablaré con algunos para que los hospeden y alimenten. No podemos dejarlos morir en el desierto. ¡Se ven tan mal! —dio una mirada a los empolvados hombres. -¡Pero qué te pasa Luz! ¡Agua! ¡Agua! ¿Que no ves que no pueden más? —gritó, haciendo sonar las palmas, para hacerla reaccionar.

La pobre Luz saltó, como si hubiera oído la alarma de un reloj despertador.

—¡Ay, sí! ¡Agua, agua! Pobres hombres —y corrió dando traspiés a la cocina.

Don Rubén rió al verla tan atolondrada.

—Vuelvo en seguida, hablaré con los vecinos —gritó antes de salir de la casa.

Los hombres casi temblaron al ver el jarro con agua fresca que traía Luz. Ella los miró temerosa, casi podía adivinar que se le echarían encima, para quitárselo de las manos. Erik se le abalanzó y se apoderó de él, llevándoselo a la boca y dándole grandes tragos. Los demás se pararon y se iban arrebatando el jarro uno por uno.

Luz los veía divertida.

—Bueno, al menos no tendré que lavar vasos —exclamó, sabiendo que ni atención le ponían.

Volteó a la ventana y vio que regresaba Don Rubén. Erik le acercó el jarro.

—Más, por favor.

Luz le sonrió y sin decir palabra fue a la cocina a llenarlo de nuevo con agua fresca.

Al volver a la sala, ya estaban Don Rubén, Manuel y José parados frente al grupo de antropólogos.

Esperó un poco, hasta que aplacaron su sed, viendo cómo bebían entusiasmados y el agua que se les escurría levemente por las comisuras de la boca.

Don Rubén, como siempre, fue el primero en hablar.

—Ya lo platicamos amigos. ¡No hay problema! Uno de ustedes se quedará en mi casa, otro con Manuel, otro de ustedes con José y otro aquí con Luz y Homero —volteó a ver a Luz, que casi tiró el jarro con el agua.

40

—No te preocupes mujer, ya hablé con tu marido y aceptó —Don Rubén la tranquilizó.

Erik, que era el líder del grupo y ya con el rostro sereno, le preguntó:
—¿Cuánto cuesta?
—¡No, no, no! ¡Nada más eso faltaba! —contestó agitando las manos en el aire. -Ustedes son nuestros invitados, una alegría el poder ayudarles. Además, casi nunca tenemos el gusto de tener extranjeros, en este pueblo —les confirmó, con una amigable sonrisa.

Erik intercambió unas palabras en su idioma con sus acompañantes, que parecieron muy sorprendidos.
—¡Gracias! —dijeron todos en coro.
—Bueno, andando, no perdamos más tiempo. Me imagino que andan muy cansados y si no me equivoco, muy hambrientos también ¿no? —agregó Don Rubén, mientras caminaban hacia la puerta.

Erik se hospedaría con Manuel, Ole con Don Rubén, Ian con José y Trond se quedaría con Luz y Homero. Todos hablaban un muy mal español, pero entendían mucho más de lo que podían hablar. Así que, con su español a medias, no tenían ningún problema en hacerse entender.

Manuel entró a la casa gritando:
—¡Ya estamos aquí!
Y de pronto, apareció toda la familia, en la sala. Manuel los empezó a presentar a uno por uno.
—Erik, esta es mi mujer, Hilaria. Estas mis hijas, Flor la mayor, Clara y Tamara la menor —todas le sonreían al extenuado huésped.

El agotado Erik les hizo una leve caravana y las saludó:
—¡Buenas tardes!
Entonces, a Erik le resultó imposible apartar su mirada de la hermosa Tamara. Con su reluciente cabello negro que le caía por los hombros y su piel morena, que el sol hacía brillar como el cobre, sus grandes ojos negros y su bien formada boca de gruesos labios que dejaban ver sus blancos y perfectos dientes. Traía una falda celeste de algodón, algo

41

esponjada, hasta las rodillas; y una blusa de manta muy delgada, de tirantes en color blanco, adornada con discreto encaje en el escote.

Tamara se sintió intimidada por la mirada penetrante de aquel sucio hombre, pues con la tierra y el sudor, su piel parecía cubierta por una fina costra. La impactó el azul de sus ojos y sintió que las piernas le temblaban. Bajó la mirada tímidamente. No recordaba haber sentido algo parecido, como si una fuerte corriente eléctrica la estremeciera. Sintió que el calor le recorría todo el cuerpo.

Manuel, que era un hombre experimentado en las cosas de la vida, al ver las reacciones de Tamara y Erik, sintió que su corazón estallaba en mil pedazos. Deseaba, con toda su alma, estar equivocado en sus presentimientos, pero ya había iniciado algo que no podría detener.

Hilaria, que conocía a su marido como la palma de su mano, alcanzó a sentir la preocupación que le embargaba.

—Muéstrale su habitación al señor, Manuel, debe de andar muy cansado —dijo para templar un poco el ambiente. Y mientras Manuel le mostraba a Erik el que sería su cuarto, les dijo a las muchachas:

—¡Y no anden molestando al señor! No sabemos quiénes son y tampoco sus intenciones, mucho menos sus pasados —las amonestó.

—¡Ay, madre, usted siempre con sus malos pensamientos! —dijo Clara con una risita traviesa.

—¿A poco creen que no me di cuenta de cómo lo veían? ¡Más les vale andarse con cuidado! A los otros tres no los he visto, pero me imagino que se parecerán y ya veo a todas las muchachas rondándolos —le clavó la mirada a Tamara. -Así que no quiero verlas entre el montón. ¿Está claro? —las sentenció severamente.

Las tres suspiraron y al mismo tiempo le contestaron:

—Sí, madre, no se preocupe —y salieron entre risas.

La habitación donde se quedaría Erik era pequeña, de paredes blancas sin ninguna decoración. Había una cama individual con una rústica mesita de noche y una vieja cómoda. La única ventana daba al patio, en el que podía ver un amplio gallinero y un pequeño corral, en el que comían muy quitados de la pena ocho cerditos. El sol hacía brillar la tierra, que más bien, parecía arena fina.

Manuel volvió a entrar, no sin antes tocar la puerta.

—Aquí hay unas toallas limpias. Allá afuera te puedes lavar un poco, para refrescarte —le indicó con la mano, hacia donde estaban los cerdos.

Erik lo miró, algo asustado.

Manuel recapacitó.

—Bueno, no ahí con los puercos, precisamente. Ven, te mostraré —dijo saliendo de la habitación, y Erik lo siguió.

***

Mientras Manuel avanzaba en la narración, Laria, que había permanecido muda hasta ese momento, lo interrumpió:

—En aquel entonces era algo fuera de lo común, hoy encuentras cada vez más parejas de diferentes países. Pienso que fueron muy valientes los dos.

—Yo también siempre he admirado su osadía. Sobre todo que mamá se adaptara tan bien en su nuevo país, una vida tan diferente de lo que estaba acostumbrada —agregó Manuel emocionado.

—Pero bueno, sigue, dime qué sucedió después —lo apremió ella impaciente.

Su hermano la miró incrédulo.

—¡Como si no lo supieras ya! Has oído tanto esta historia y la has platicado tanto también que no puedo creer el entusiasmo con que me escuchas.

—Sabes que soy una romántica y creo que nunca me cansaré de escuchar la historia de nuestros padres —admitió orgullosa.

Manuel la miró sonriente y meneó la cabeza.

—Lo comprendo bien, a mí me pasa lo mismo. Recuerdo que te gustaba sentarte sobre el regazo de mamá y le pedías que te contara cómo conoció a papá.

Laria se recargó nuevamente sobre el respaldo.

–Y ella encantada, daba un gran suspiro y platicaba desde la primera vez que lo vio –le clavó la mirada y palmeó sus muslos con ambas manos. -¡Pero sigue, por favor! –pidió entusiasmada.

Y él sonriente continuó.

5

A la hora de la cena, se sentaron todos a la mesa y Erik ocupó el lugar entre Manuel y Flor.

–Espero que no esté muy picosa la comida. Casi no utilizaron chile, para que puedas comerla sin problema –comentó Manuel acercándole el platón del arroz, para que se sirviera.

–Gracias, muchas gracias –contestó Erik sonriente.

Tamara lo miraba de reojo. Ahora ya limpio y peinado le parecía, en verdad, muy guapo. Sus azules ojos resaltaban con la piel bronceada y la camisa blanca que traía puesta. Él también la miraba de reojo y notó que ahora traía el pelo recogido en una cola de caballo, dejándole la cara despejada, resaltando sus hermosas facciones.

Manuel no dejaba de hablar, a Erik le resultaba difícil concentrarse en todo lo que decía. De pronto lo interrumpió:

–Habla mucho rápido –dijo tímidamente.

Todos rieron y Manuel se disculpó:

–Lo siento, olvido que debo hablar despacio. Y mejor decidió callarse y esperar a que todos cenaran.

Al terminar, Erik les agradeció la deliciosa comida. Manuel le hizo señas de que pasara y se sentara en uno de los sillones y todos lo siguieron. Hilaria y Flor sirvieron café. Pasaron horas hablando con el invitado, que divertido trataba de hacerse entender. Para todos era evidente la atracción que había surgido entre él y Tamara, que no podían disimular.

Los días que estuvieron en el pueblo, Ole, Ian y Trond salían a la plaza y disfrutaban la compañía de las muchachas, que curiosas los rodeaban. Erik pasaba todo el tiempo en casa de Tamara, aprovechando al máximo los momentos en que los dejaban solos.

Tamara se divertía tratando de explicarle cómo alimentar a los animales en los corrales y él sonriente, intentaba hacer un buen trabajo y causar una buena impresión. La seguía a todos lados, estaba fascinado con ella.

Él trataba de explicarle su trabajo en la Universidad y ella le confesó que después de terminar la secundaria ya no quería estudiar más. Pero que Clara la había animado a que siguiera, pues era muy inteligente y después de ayudar a su padre en la cría de los animales por casi tres años, decidió seguir estudiando.

Anhelaba ser maestra de primaria, además, sentía que ya era muy tarde para empezar la preparatoria y hacer una carrera universitaria. Había solicitado beca en la Escuela Normal, en la ciudad de Monterrey y esperaba respuesta.

Tamara no podía disimular su atracción por Erik, le parecía el hombre más apuesto que jamás había visto y trataba de ignorar las severas miradas de Hilaria. Le gustaba estar con él, le parecía muy inteligente y agradable.

Erik nunca se había sentido tan atraído por ninguna chica, de esa manera. Quería estar siempre a su lado, deseaba que los días transcurrieran más lentamente. Lamentó profundamente el tener que seguir con el viaje junto a sus compañeros, tan lejos de ella.

A los dos días, Erik y su grupo se dirigieron de nuevo a Real de Catorce. El día anterior le confesó a Tamara lo que sentía por ella y le prometió que regresaría antes de partir a Noruega. Cosa que cumplió al pie de la letra.

Ella trataba de olvidarlo, le resultaba descabellada la idea de irse con un desconocido, hasta el otro lado del mundo. No se imaginaba la vida lejos de sus padres y sus hermanas. Era muy madura para sus diecinueve años, cosa que agradaba a sus padres y los llenaba de orgullo. Le encantaba ayudar a su papá con los animales que criaban y después vendían en San Luis Potosí. No era un gran negocio, pero les alcanzaba para suplir las necesidades de la familia.

Flor, la mayor, estaba comprometida con Lorenzo, el hijo de Don Rubén. La consideraban afortunada, pues Don Rubén era un hombre muy querido y respetado en el pueblo. Y auguraban para Lorenzo un gran porvenir, pues estaba en San Luis Potosí, estudiando leyes, en la Universidad.

Clara decía que no tenía tiempo para el amor. Había conseguido una beca para estudiar enfermería, en San Luis Potosí también, y se dedicaba en alma y cuerpo a conservarla. Pronto terminaría y sólo visitaba a su familia los veranos, durante las vacaciones.

Tamara esperaba la respuesta a su solicitud de beca que había enviado. Estaba nerviosa, pronto serían las inscripciones y ella no sabía si podría asistir o no. Le hacía mucha ilusión la idea de ser maestra, así que no pensaba mucho en las promesas del extranjero.

Erik regresó después de dos meses, solo, sus compañeros ya habían regresado a su país. Pasó un mes en el pueblo.

Para Tamara fue algo bastante difícil. Acababa de recibir la confirmación de la beca completa y todo estaba listo para su partida. No se imaginó que él regresaría. El correo en ese pueblo tardaba mucho, así que no estuvieron en contacto mientras él recorría el país.

Erik la quería convencer de que se fuera con él. Le prometió que en Noruega, la ayudaría a estudiar en la Universidad, si era lo que ella tanto deseaba.

Tamara se sentía perdida. Era una gran oportunidad estudiar una carrera con todos los gastos pagados; y por otro lado, aunque lo había tratado poco tiempo, sabía que Erik era un buen hombre. Dos importantes opciones, a diferentes destinos, y que sólo ella podía decidir.

Pasaba las noches sin dormir, al igual que Erik, a quien las ilusiones se le desvanecían con cada día que transcurría. Había optado por no presionarla, diciéndole sólo que si decidía irse con él, prometía nunca decepcionarla.

En realidad, él no había regresado con la seguridad de que ella aceptaría de inmediato su propuesta. Sabía que era una decisión difícil, por lo que estaba determinado a pasar un tiempo considerable para conocerse un poco más. Sobre todo a su familia, quería mostrarles que sus intenciones eran serias y que se sintieran seguros de que su hija estaría en buenas manos, en caso de que partiera junto a él.

Como todos los enamorados, sentían que los días se acortaban y que el tiempo que pasaban juntos, no era suficiente. Erik tenía que regresar a su país y Tamara no se podía decidir. ¿Dejar todo y partir hacia un lejano país del que no sabía nada? ¿Dejar una prometedora carrera como maestra, su familia y gentes queridas por un hombre del que tampoco sabía lo suficiente? Su cabeza era una turba de preguntas sin respuestas, que no le daban descanso, ni de día ni de noche.

Llegó el último día que pasaría en el pueblo y Tamara no le daba respuesta. Erik no podía disimular su tristeza, ni ella su desesperación. Y esa noche, él no quiso preguntarle más, se dio por aludido que ella quería permanecer junto a su familia.

Después de cenar, les agradeció todas sus atenciones y se despidió de ellos, ya que saldría muy temprano por la mañana y quería dormir temprano. La verdad era que no quería estar con ella a solas, pensó que era lo mejor y no hacer más difícil la partida.

Cabizbajo, se dirigió a su cuarto, a empacar sus pertenencias. A medianoche, se dio un baño con agua fría, para aclarar sus pensamientos y animarse un poco. Pero no le ayudó mucho y para calmar su desolada alma, decidió escribir. Y antes de que saliera el sol, había escrito una larga carta para Tamara, en la que le expresaba su sentir, y una para Manuel, agradeciendo la amabilidad con que fue atendido.

Esperó en vela hasta que los gallos cantaran y, sin hacer ruido, se vistió y tendió la cama. Colocó las cartas sobre la almohada, de modo que estuvieran visibles. Cogió sus maletas y salió de la casa, sentía un nudo en la garganta y una pesadez en el alma. Le costaba trabajo caminar, sentía que los ojos le ardían.

—Es el polvo —se dijo.

Cuando llegó a la plaza, oyó que a sus espaldas le gritaban.

—¡Erik! ¡Erik!

Pero él se negaba a voltear, aunque sabía que era Manuel.

—¡Erik! ¿Pues que no me oye? —le gritó desesperado, una vez más.

Él se detuvo y apretó con fuerza las agarraderas de las maletas, que sostenía en cada mano. Esperó unos instantes, sin voltear.

—Oiga, ¿por qué tanta prisa por partir? —le volvió a gritar Manuel, que ya estaba a unos cuantos pasos de él.

Erik levantó la cabeza al cielo, no deseaba ver a Tamara, sabía que le costaría más la despedida. Cuando se volteó para explicarle que no quería llegar tarde a la estación, no pudo articular palabra. Al lado de Manuel, estaba Tamara que sostenía un gastado y maltratado velís y que le sonreía tímidamente. Soltó sus maletas y corrió hacia ella, con un par de lágrimas que no pudo contener. La tomó en sus brazos abrazándola fuertemente, tan emocionado, que no pudo decir nada.

—Bueno, pienso que no hay razón para que se vayan tan temprano. Creo que sería mejor que desayunaran antes de partir —les dijo Manuel, tratando de disimular las ganas de llorar, que también sintió.

Gustoso, aceptó Erik y se dirigieron a la casa, en donde Hilaria cocinaba, mientras Flor y Clara ponían la mesa. Comieron y platicaron animadamente, era un ambiente de fiesta. Después de una larga sobremesa se despidieron, prometiendo escribir y seguir en contacto.

Erik era el hombre más feliz del mundo. Tamara iba feliz y nerviosa al mismo tiempo. Después le contaría a Erik que esa noche ella tampoco había dormido, que sus padres estaban convencidos de que era un buen hombre y la apoyaron en su decisión. Y así partió, junto a él, al desconocido y distante país, al que no tardó en querer tanto como al suyo. Segura de haber tomado la decisión correcta, de la que nunca se arrepintió.

***

Laria le dijo a Manuel, emocionada:

—Lo vuelvo a repetir, siempre he pensado que mamá fue muy valiente, al venirse solita hasta acá, en aquel tiempo. ¡Y me aseguraba que jamás se arrepintió! —cogió su servilleta, para enjugarse las lágrimas. -Y esas cartas, todavía las guardo. Me enternece mucho leerlas, papá con su limitado español y sus innumerables faltas de ortografía y gramática le dice todo lo que ella significó para él.

Manuel la miró pensativo.

—Las recuerdo, mamá me dejaba leerlas, orgullosa de lo que papá le escribió... ¿Te dijo alguna vez qué la hizo decidirse a venir? —preguntó con curiosidad.

—Dijo que la última noche no pudo dormir. No le había dado el sí a papá, pues su gran anhelo era irse a estudiar a Monterrey, aunque era ya un poco grande por los años que perdió. Estaba muy nerviosa y sus papás y sus hermanas, entraban y salían del cuarto para hablar con ella. Todos le decían que era su oportunidad, que cualquier decisión que tomara sería la correcta. Confiaban mucho en ella —hizo una pausa para tomar un sorbo de vino. -Pero decía que fue la abuela la que más influyó —le aseguró.

—Todos decían, bueno, dicen todavía, que la abuela era una gran mujer. Que a pesar de no haber tenido educación académica, era muy sabia. Por eso te llamaron Laria, en su honor, Hilaria —recordó Manuel sonriente. -Bueno, ¿y qué le dijo la abuela para convencerla? —estaba muy intrigado.

—No la convenció diciéndole lo que tenía que hacer. ¡Para nada! Sólo le dijo que los caminos del amor eran muy inciertos. Que nada estaba seguro al tratarse de dos, mucho menos al tratarse de dos seres tan diferentes como un hombre y una mujer de tan distintos países. Que ella también había arriesgado mucho, al dejar a su gente en la sierra e irse con el abuelo al pueblo. Le dijo que las dos eran decisiones demasiado importantes. Que si se iba a estudiar, no se estuviera preguntando qué habría sido si se hubiera ido con Erik. Y lo mismo si se iba con Erik, que no se preguntara que habría sido, si hubiera ido a estudiar –le hizo señas a Manuel para que le sirviera un poco más de vino. -Por supuesto, ella le decía que no conocía a Erik lo suficiente y tampoco a su familia. Y la abuela le dijo: Nunca conocemos a las personas lo suficiente. Esa es la realidad. Además, no hay problema, mi niña, si no es lo que esperabas o no te tratan como mereces, te regresas de inmediato. Porque al final, más vale haber amado y fallado, que nunca haber amado.

–¡Guauu! –exclamó emocionado-. ¡Si no te tratan como mereces! –volvió a repetir.

–Sí, eso me decía siempre mamá: un hombre que te trate como mereces, no te conformes con menos, Laria –recordó nostálgica. -Imagino el revuelo que traían esa noche. Veo a mamá muy nerviosa y a todos entrando uno por uno a hablar con ella. Procurando no hacer ruido para no molestar a papá, sin saber que él tampoco podía dormir. ¡Me encanta imaginar esos momentos tan decisivos en su vida!

–Sí, estaba muy ilusionada por ser maestra, decía que en ese entonces los maestros eran muy respetados y queridos. Don Rubén fue el primer maestro del pueblo –agregó. -También decía que fue sorprendente cómo llegó papá al pueblo. ¡Ni siquiera estaba entre sus planes!

–¡Exactamente! Mamá decía que definitivamente era su destino –dijo Laria bastante emocionada. -Imagínate, un hombre del otro lado del mundo, que por azares del destino llegó a hospedarse a su casa, precisamente antes de que partiera a Monterrey. ¡Guuuaaauuu! Pero, dime, ¿qué pasó después?

Manuel se dispuso a continuar con la narración.

6

—Bueno, Laria, dijo Manuel mientras se servía un poco más de vino en la copa. La historia sigue así:

Cuando Erik y Tamara se casaron, se mudaron a Stavanger, donde tres años después nació Manuel. Fue una gran alegría para ellos, siempre estaban juntos. Como Erik por su trabajo viajaba mucho, él y su madre lo acompañaban siempre. Así que los primeros años de su infancia los dividió entre varias ciudades y países.

Cuando entró a la escuela primaria, su padre decidió permanecer en Noruega, aunque se mudaban con frecuencia, pero solo dentro del país, para que él pudiera seguir con su escuela.

Decidieron que lo mejor era que Manuel conviviera con más niños de su edad. Nunca les pasó por la mente que era un niño demasiado maduro para sus escasos años. Convivía con adultos la mayor parte del tiempo y oía conversaciones sobre tópicos que otros niños de su edad ni se imaginaban que existían.

Un día, iban muy optimistas a la plática mensual con la maestra de primer año. Les explicaba lo aplicado que era, pero no les cayó muy en gracia cuando les dijo que Manuel era como un "señor chiquito". Así que trataron de que pasara más tiempo jugando con los demás niños, cosa que le aburría un poco y que no ayudó como esperaban. Le encantaba que lo llevaran a la biblioteca y leía libros, como cualquier adulto apasionado por la lectura. Además de que hablaba correctamente el noruego, el español y el inglés, sin haberse dado cuenta de cuándo los había aprendido. Era muy listo y sólo de oír a sus padres hablar esos idiomas en casa, él también los aprendió, como algo natural.

Cuando a los nueve años le dijeron que pronto tendría un hermanito o hermanita, se llenó de felicidad. Pensó que al fin tendría un compañero de juegos y había decidido que se llamaría Roar, como su otro abuelo. Así que, cuando nació Laria, se decepcionó un poco y tardó unos meses en aceptarla. Pero cuando ella cumplió un año, aseguró que ya no importaba mucho que fuera una hermana lo que tenía, porque la quería demasiado.

Al cumplir Manuel doce años, se establecieron en una isla, en Lofoten. Erik recibió una buena propuesta de trabajo, además, con la pequeña Laria, era cada vez más difícil andar de nómadas, de ciudad en ciudad. Pensó que sería también algo positivo para todos.

Tamara se alegró, pues sentía que las mudanzas eran cada vez más complicadas. Después de haber nacido y vivido toda su vida en un desértico pueblo, la primera vez que llegó a Lofoten, se sintió maravillada. Pasaron ahí varios veranos y no dudó cuando Erik le comentó la posibilidad de comprar casa en ese hermoso lugar.

Disfrutaba mucho del verano con sus soleadas noches y del invierno con sus días oscuros. Decía que no había nada más encantador que las noches sin luna, durante el verano, sentía que era una experiencia formidable. Pero también disfrutaba mucho la nieve, así que esperaba con ansias las primeras nevadas y la pasaba afuera jugando con Manuel y Laria el mayor tiempo posible. El sólo hecho de caminar sobre el blanco manto, era para ella una experiencia maravillosa.

Desde el primer día en la escuela, Manuel se sintió fuera de lugar. Era una comunidad pequeña y todos habían crecido juntos y se conocían desde siempre. Deseó que con el tiempo las cosas cambiarían, pero para su desgracia, no fue así durante todo el primer año. Ahora, a sus casi cincuenta años, se dice: eran en verdad cosas de niños. Pero en ese entonces, no tenía la madurez suficiente y esas vivencias lo marcaron para siempre.

Las niñas pensaban que era muy guapo, pero los niños sintieron celos de él y le hacían la vida imposible. Para su mala suerte, desde que puso pie en el salón de clases, Idunn, la chica más popular de la escuela, puso sus azules ojos en él.

Los demás niños no dejarían que el recién llegado acaparara a las niñas y aprovechaban, siempre que tenían oportunidad de dejarlo en vergüenza o hacerle bromas pesadas. Así fue como poco a poco se alejó de ellos, hasta acostumbrarse a estar solo. Y se la pasaba rondando la playa y estudiando en la biblioteca después de clases.

El segundo año, Lars empezó a juntarse con él, era el único que siempre estuvo a su lado. Manuel andaba con él solo durante el tiempo que pasaban en la escuela, nunca fuera de clases.

Idunn no ocultaba la atracción que sentía por Manuel. Para su buena suerte, su mejor amiga, Berit le confesó que para ella Lars era el chico más apuesto de la escuela. Así que empezaron a sentarse con Manuel y Lars a la hora de la comida y pronto pasaban todas las horas juntos.

Manuel se sintió el chico más feliz del planeta. Idunn, además de bella, era muy agradable y la pasaban de lo más bien juntos. Los cuatro se volvieron inseparables y se veían en la biblioteca para estudiar y hacer sus trabajos después de clases.

Y fue entonces, lo mejor que le sucedió a Manuel, cuando Erik le regaló una guitarra, el día que cumplió catorce años.

A partir de ese momento, pasó horas en su cuarto tratando de aprender a tocarla, cosa que no tardó en lograr. Y al siguiente año, pidió una guitarra eléctrica y como era muy aplicado en la escuela y acomedido en casa, no se la pudieron negar.

Forró todas las paredes de su cuarto con cartones vacíos de huevo, para aislarlas, así podía tocar por horas, sin molestar a nadie con el ruido. Las pintó de color blanco y colocó algunos posters de sus grupos favoritos. Pronto tocaba y cantaba a la perfección sus canciones predilectas. Era en realidad muy bueno y empezó a hacer arreglos a sus canciones favoritas. Poco a poco empezó a hacer su propia música, lo que años más tarde lo convertiría en un prestigiado compositor.

En esa época, Idunn ocupaba su mente por completo. Ella siempre se sentaba junto a él en el salón de clases y Manuel era feliz cuando ella estaba a su lado. Cada domingo, sin excepción, se juntaban en la pizzería y cenaban los cuatro juntos. Pasaban horas platicando y con desgano se despedían a las diez de la noche, pues al día siguiente tenían que levantarse temprano para ir a clases.

Eso hizo arder de coraje a Svein, que se esforzaba por llamar la atención de Idunn por todos los medios posibles, sin lograrlo. Era muy popular, muy bueno para los deportes de invierno, siempre ganaba las competencias escolares. Tenía un cuerpo atlético y le gustaba vestir bien. No era guapo, pero tampoco feo, sólo un chico común. Era rubio, con ojos azules oscuros y pequeños, estatura mediana, boca grande de labios extremadamente delgados y nariz prominente y recta. Idunn decía que tenía los dientes muy grandes y que arrugaba la nariz cuando se reía, como un conejo. Aunque muchas chicas trataban de conquistarlo, él no se interesaba en nadie más.

Manuel vestía siempre jeans y camisas de franela a cuadros, que se habían convertido en su uniforme. Decía sentirse muy cómodo así. Tamara le pedía que cambiara el estilo de las camisas, de vez en cuando. Y él contestaba, que no tenía que complacer a nadie, con su forma de vestir. Ella decidió no insistir más, sabía que era obstinado y que no lo haría cambiar de parecer.

Cierto día, Lars llevó una cámara a la escuela y se divirtieron de lo lindo posando y sacando fotos toda la mañana. Sacó cuatro copias de cada una, para que cada quien tuviera un juego completo de fotos. Idunn le dijo que había sido una excelente idea y que sería un bonito recuerdo.

Sin pensarlo, Manuel guardó el sobre con las fotografías en uno de los cajones de la cómoda, pero separó aquellas en las que estaba Idunn y las puso en el cajón de su mesita de noche. Le gustaba mucho verlas, su favorita era en donde posaba junto a la ventana del salón de clases y los rayos del sol bañaban su rostro, dándole una apariencia angelical. Su largo cabello rubio parecía incandescente y su radiante sonrisa la hacía aun más hermosa.

Lo primero que hacía al despertar, era ver sus fotos; y lo último que hacía antes de dormir era ver de nuevo las imágenes de Idunn. No había duda, estaba seguro de que era la chica más hermosa de toda la isla y él, el chico más afortunado.

Un día de mayo, cuando tenía dieciocho años, su padre tenía que recoger unas muestras al otro lado de la isla y le pidió que lo acompañara, pensó que les serviría de paseo. Decidieron caminar, el día era soleado y después de varias semanas de constantes lluvias querían aprovechar el buen clima para despabilarse un poco.

Perdieron la noción del tiempo, pues se detenían a conversar con los conocidos que también, al igual que ellos, habían decidido salir a pasear. Todos estaban felices de disfrutar al fin un día con el cielo claro y despejado y esperaban que así siguiera, sin precipitaciones a la vista.

Por fin llegaron a su destino y Manuel se sintió extraño, pues era la primera vez que estaba en ese lado de la isla.

—¿Habías estado aquí antes? —le preguntó a su padre muy sorprendido, que se movía con bastante familiaridad en ese extraño lugar. Al parecer, nadie se acercaba por ese rumbo.

—Sí, varias veces. Pero no es bueno que andes por aquí. No es muy seguro —contestó Erik mientras tomaba muestras de algunas plantas.

Nunca se imaginó, que el lado opuesto al que vivían pudiera ser tan diferente. Las montañas eran mucho más altas, bloqueaban completamente el sol y estaba muy oscuro, tenía un aspecto macabro. A treinta metros de distancia de donde estaban, empezaba el bosque, que con sus altos y frondosos pinos le daban un toque más misterioso. Entre las montañas había un corte, como si algún gigante, hubiera sacado una rebanada de un gran pastel; era una entrada, a todo lo alto, angosta como un pasadizo, pero era tan oscuro que no podía ver más.

—¿Has estado ahí adentro? —sintió que le temblaba la voz.

Erik seguía recogiendo muestras y metiéndolas en pequeñas bolsas de plástico, que iba acomodando en su portafolios.

—No, nunca. Ayúdame con esto para acabar más pronto. Le prometí a tu mamá que no llegaríamos tarde —le contestó, sin levantar la cabeza, arrepintiéndose de haberlo llevado.

Manuel sintió que no quería hablar del tema, pero insistió:

—¿Por qué nunca habíamos estado aquí antes?

—¡Porque no es seguro! —gritó y ahora sí lo miró fijamente.

Muy pocas cosas sacaban a Erik de sus casillas y esa reacción no era muy común en él. Siempre que le hacían una pregunta, daba su mejor respuesta. Eso despertó en Manuel curiosidad. ¿Por qué no quería hablar del tema? Era sólo un lugar. Un lugar en la misma isla en la que vivían. Un lugar del que a nadie había oído hablar. Un lugar, al que por lo visto, nadie acudía.

Erik suspiró tratando de calmarse.

—Lo siento, pero ya es tarde y estoy cansado —intentó disculparse. -Toma la linterna y alumbra donde estoy trabajando, así terminaré más rápido y podremos tomar el camión de regreso a casa —y sin más, volvió a lo que estaba haciendo, esperando que las preguntas terminaran.

Manuel pensó que debía de dejar la conversación para otro momento e hizo lo que le pidió su papá, aunque sintió que no se concentraba en lo que hacía, pues esa entrada tan oscura hacia las montañas, llamaba su atención. Casi podía asegurar que lo estaban observando.

—No muevas tanto la lámpara, ¡pon atención a lo que haces!
—le reclamó Erik.

Y en seguida, Manuel clavó la mirada donde él trabajaba, haciendo un gran esfuerzo por ignorar el oscuro pasadizo.

Ese noche, después de cenar, Erik subió al ático. Lugar que había acondicionado como su oficina y en el que pasaba la mayor parte de su tiempo libre. Después de unos minutos, Manuel subió, quería hablar sobre el misterioso lugar que habían visitado ese día. Tocó suavemente la puerta antes de entrar.

—¡Adelante! —gritó Erik desde adentro. Parecía como si estuviera esperándolo y le hizo señal de que se sentara.

Manuel lo miró a los ojos, un poco nervioso, no sabía cómo sacar el tema. Después de titubear un poco, le preguntó:

—¿Papá, qué es ese lugar en el que estuvimos hoy? ¿Por qué nunca me habías hablado de él? —trató de no sonar muy interesado, así que lo preguntó en un tono casual, como si hablara del clima que tuvieron durante el día.

Erik se recargó en el respaldo y se talló la frente con la mano antes de responder:

—Tal vez cometí un error al llevarte ahí. No quiero que andes por esos rumbos. Como ya te dije, no es un lugar seguro y lo debes evitar. Quiero que comprendas que es muy peligroso, no quiero que tengas un accidente y resultes herido. ¿Entendido?, ya viste que es muy oscuro... Por favor, evítalo —dijo sin entrar en detalles.

—Si, comprendo. Imagino que por eso nunca había oído hablar de él —contestó decepcionado, esperaba otro tipo de respuesta.

—¡Así es! Por favor olvida el lugar y no vuelvas a pararte por ahí —al terminar de hablar le hizo una seña para que saliera y se dispuso a abrir el portafolios con las muestras que habían recogido.

Y así, como prometió a su padre, lo olvidó por un tiempo.

Pero al siguiente año, a mediados de octubre, Manuel se dirigía a la escuela por el camino de siempre, eran las 7:40 de la mañana y estaba, como de costumbre en esas fechas, muy oscuro todavía. Caminaba despacio, medio adormilado aun a la parada del autobús, a cuatro cuadras de su casa.

Al bajarse del camión que lo dejaba frente al parque, que atravesaba para llegar a la puerta de la escuela, casi al llegar a la preparatoria, oyó un grito que lo estremeció:

—¡Ahora! —ordenó la estridente voz de Svein.

Y antes de que pudiera reaccionar, sintió una avalancha de bolas de nieve que le golpearon todo el cuerpo. Fueron unos segundos, pero le parecieron una eternidad. En seguida oyó las carcajadas de todos, que lo veían a su alrededor.

Se sintió tan humillado y enojado que empezó a correr sin rumbo. Era la primera vez que no asistiría a ninguna de las clases, sin estar enfermo. No paró de correr y de llorar hasta que llegó a la desierta playa, donde sabía que nadie lo observaría. Se dejó caer sobre las rodillas y se desahogó, dando rienda suelta a su rabia. Empezó golpeando con los puños cerrados la nieve que cubría la arena, mientras se repetía una y otra vez:

—¡Soy un tonto! No debo dejar que me traten así. ¡Soy un tonto! — empezó con grandes puñetazos rápidos y seguidos, a manera que se iba calmando se hacían más lentos y esporádicos, hasta que se sintió más tranquilo y empezó a recuperar la respiración. Todavía jadeante, miró a su alrededor y se estremeció. Estaba completamente oscuro, no había luna y el mar estaba muy tranquilo.

Descubrió que era la parte de la isla que nunca visitaba. Se acercó a unas rocas que estaban a unos pasos, retiró la nieve que las cubrían y se acomodó recargando su espalda, a la superficie húmeda y porosa de una de ellas. Reinaba un silencio abrumador.

—No puedo volver a la escuela. No quiero que sepan que estuve llorando... Tampoco puedo volver a casa en este estado... Será mejor que espere hasta que abran la biblioteca y ahí perderé el tiempo — pensaba Manuel buscando la mejor solución, cuando se dio cuenta de que a lo lejos, alguien se acercaba y con mucho cuidado, tratando de no hacer ruido, se escondió detrás de las rocas.

Le resultó difícil creer lo que veía. Una muchacha se acercaba caminando lentamente por la playa y chapoteando en el agua con sus pies descalzos.

Se quedó petrificado de la impresión. ¿Pero cómo podía aguantar el agua? Debería estar a 15 grados bajo cero, ¡o tal vez más fría! Trataba de encontrar una respuesta lógica, ¡pero era imposible! ¿Cómo podría ser lógico semejante comportamiento? La siguió observando y su incredulidad aumentaba. La chica llevaba una blusa sin mangas y shorts por arriba de las rodillas, como si estuviera en pleno verano. Su piel era extremadamente blanca y su largo pelo que le caía por la espalda era el cabello más rubio que jamás había visto. Se movía con tanta gracia, que era un verdadero deleite observarla. Sólo de ver cómo sus pies chapoteaban en el agua sintió que se congelaba. Sin darse cuenta se estremeció, haciendo un muy leve sonido, al mover sus pies sobre la nieve.

Ella volteó hacia donde él estaba y antes de que él se pusiera de pie, corrió hacia el lado opuesto, alejándose a una velocidad de centella. Él se quedó parado, atónito, pues no sabía si en verdad era un producto de su imaginación o había sido real. Estuvo un buen rato sin reaccionar, sin moverse, esperando un poco y ansiando que regresara. Pero la chica no volvió. Sintió miedo y sin importarle que Tamara estuviera en casa, decidió regresar y decirle que se sentía mal. No quería seguir más en ese lugar y caminó hasta la parada del camión más próxima.

Al llegar a la casa abrió la puerta muy lentamente. Se quitó con cuidado las botas, la chaqueta y el pantalón de esquiar, la gorra y la bufanda. Entró de puntillas hasta la cocina. No había nadie. Estaba todo en silencio, pensó que Tamara habría ido a la tienda y Laria debería estar en su escuela.

Subió corriendo a su cuarto, satisfecho de que no hubiera nadie. Se quitó la ropa mojada, se puso pijamas y se metió a la cama, tapándose completamente con la colcha. Todavía temblaba. Pero no podía dejar de pensar en esa extraña chica.

No pasó mucho tiempo, cuando oyó que Tamara entraba en la casa. Sentía que seguía temblando, pero no sabía exactamente si era de frío o de miedo.

–¡Manuel! ¡Manuel! ¿Ya llegaste? –gritó Tamara, al ver sus zapatos y chaqueta todavía mojados.

No le quedó más que contestar.

—¡Siiii! —casi no le salía la voz, lo que alarmó a Tamara y subió corriendo hasta su habitación.

Abrió la puerta de golpe.

—¿Qué te pasa, te sientes mal? ¿Por qué están tus zapatos y chaqueta tan mojados? Lo miraba muy preocupada y se alarmó aun más al ver su ropa mojada sobre el suelo.

—¿Pero qué te ha pasado?

No sabía que decir y no podía decir la verdad.

—Me caí... Resbalé... —mintió.

—¡Pobrecito! —lo interrumpió Tamara y le puso la mano sobre la frente. -¡Pero si estás ardiendo en calentura! Y sin decir más, salió del cuarto, gritando mientras bajaba las escaleras: -No te preocupes, con un té caliente te sentirás mejor, ya regreso.

—¡Eso es! Tengo fiebre. La chica fue solo una alucinación, ¡no hay duda! —se dijo, tratando de convencerse. Definitivamente, estaba delirando. Nadie puede andar en la playa en este tiempo y mucho menos con esa ropa de verano. Ahora sí, estaba convencido de que había sido un producto de su fiebre. Más alegre se acomodó la almohada y de inmediato se quedó dormido.

Cuando Tamara regresó con la taza de té y lo vio dormido, no lo quiso despertar. Se retiró, cerrando cuidadosamente la puerta.

***

Manuel se detuvo, Laria lo miraba sin parpadear. Ella sacudió la cabeza y habló:

—Bueno, priemero que nada, ¿fué una alucinación esa extraña chica que viste? Y segundo, ¡pero entonces, sí, te gustaba Idunn bastante!

Pareció admirado de que no comprendiera.

—¡Por supuesto! Te lo he dicho ya. Idunn fue el primer amor de mi vida y de mi juventud. Idunn me gustó muchísimo desde el primer instante que la vi... Pero éramos demasiado jóvenes. Yo era muy inmaduro.

Laria parecía no concebir lo que sucedió entre ellos.

–¿Pero, y entonces? ¿Por qué no fueron novios y se casaron? ¡No lo entiendo! –se convenció de que definitivamente, la vida de su hermano había sido un complicado enredo. -Los dos se gustaban y se querían... ¿Qué fue lo que pasó?

Manuel se quedó en silencio por unos segundos antes de contestar:

–Fueron muchas cosas, Laria. Sus papás eran muy conservadores, cuando la conocí, vivían los dos. Le dijeron que no le permitirían tener novio formal hasta que terminara la preparatoria. ¡Imagínate!

–¡Uyyy! –exclamó con incredulidad.

–Yo pensaba esperar y hacerla mi novia, al terminar la preparatoria y antes de ir a la Universidad, pero bueno, ya sabes que no fue así –dijo afligido.

Se aclaró la garganta y continuó:

–Su padre enfermó y falleció cuando empezábamos la prepa. En realidad, ella y yo siempre estuvimos juntos, la secundaria, la prepa, parecíamos novios. Ella sabía mis intenciones, se lo dije varias veces y ella esperaba el momento con ansias también. Sabíamos que en el verano, al terminar la prepa, seríamos novios formales, era un hecho. Esperaba con ansias la llegada de las noches sin luna. Pero de repente... Todo cambió –se detuvo, no pudo continuar.

Ella suspiró profundamente.

De inmediato, Manuel retomó el tema, aliviado de que las preguntas terminaran.

–Y en cuanto a la chica misteriosa, no comas ansias hermanita, a su tiempo lo sabrás –comentó con su habitual sarcasmo.

7

Manuel siguió con su relato. Le dijo a Laria que se sintió atontado al despertar esa mañana a la hora acostumbrada. Le costó trabajo abrir los ojos. Sentía la cabeza pesada y la boca seca. Tamara abrió la puerta de la habitación, con mucho cuidado.

—¿Estás despierto? —le preguntó, casi en un susurro.

—Sí... Creo —respondió tallándose los ojos.

Tamara se sentó al borde de la cama y le tocó la frente.

—Ya casi no tienes fiebre. Dormir casi veinte horas seguidas te hizo bien —dijo aliviada.

—¿Qué? —preguntó alarmado-. ¿Qué me pasó? —no comprendía nada.

—No lo sé. Ayer cuando volví de la tienda, ya estabas en cama y no te quise despertar. Pensé que necesitabas descansar, tenías fiebre.

De repente, todo le vino a la mente. Y volvió a sentir coraje. Se levantó con rapidez.

—Se me hace tarde, me baño en seguida.

Tamara lo miró preocupada.

—¿Que no será mejor que te quedes en casa hasta que estés completamente bien?

Manuel dudó. No era su intención ir a la escuela, en realidad quería ir a la playa y asegurarse si fue real o no, la chica que vio.

—Si me siento mal regreso a casa. No te preocupes, en verdad me siento mejor —le sonrió y la besó en la mejilla, tratando de convencerla.

Ella meneó la cabeza, sabía que no lo haría cambiar de parecer.

—Está bien. Pero no saldrás sin desayunar —sentenció.

—No tardo en bajar —aseguró, mientras caminaba al baño.

Como lo había planeado, tomó el camión y se bajó dos paradas antes de llegar a la playa. Era muy temprano y esa área estaba desierta. Se dirigió al lugar en el que había estado el día anterior. Caminó con mucho cuidado, tratando de no hacer ruido, pero sus botas rechinaban sobre la nieve. Se detuvo en las rocas, se sentó y esperó.

—Tal vez es muy temprano —pensó y miraba a su alrededor. Descubrió que a unos metros estaba el lugar al que su papá lo llevó el año anterior y al que le prohibió regresar. Tuvo ganas de acercarse, pero recordó haber prometido que no lo haría y se contuvo.

—¿Y si la chica se esconde ahí? —se preguntó. Se puso de pie y empezó a caminar en esa dirección. -Sí, ella debió correr hacia allá adentro. Fue muy rápido, pero estoy seguro, que corrió en esa dirección.

La oscuridad del bosque lo intimidó. Ante él, se encontraban frondosos pinos de más de diez metros de altura, cuyas ramas se entrelazaba por arriba de su cabeza, perdiéndose unos entre otros. Se detuvo y observó por unos instantes, no alcanzaba a ver nada y no traía linterna. No se atrevió a entrar.

Unos ruidos extraños lo hicieron estremecerse. Se quedó atento, tratando de no respirar para oír mejor, por si se volvían a repetir. Esperó un instante pero no se volvió a escuchar nada. No podía ver, pero otra vez sentía que lo observaban. No se movía, con los ojos buscaba, tratando de encontrar lo que produjo esos sonidos. Sintió miedo.

De repente, algo sacudió las copas de los árboles sobre él y cayó nieve, muy cerca de sus pies. Se estremeció. Vio como salieron aleteando ruidosamente unas aves.

—¡Lechuzas! —se dijo, tratando de calmarse.

Hizo el intento de internarse un poco en el bosque, pero cuando miró hacia arriba, vio entre las ramas unos ojos, rojos y brillantes que lo observaban. Sintió pánico y corrió alejándose de la playa a gran velocidad.

Al llegar al pueblo, pensó que no le quedaba más que ir a la escuela, actuaría como si nada hubiera pasado el día anterior. Se armó de valor y se dirigió a la parada del camión.

Estaba muy nervioso. Al entrar a la escuela, tuvo ganas de regresar a casa y decir que todavía se sentía mal. Pero para su sorpresa, nadie lo molestó, actuaban como si nada hubiera ocurrido.

Estaba seguro de que había sido Svein, quien planeó el ataque de las bolas de nieve, oyó claramente su voz. No disimulaba su interés por Idunn, así que se la pasaba molestando a Manuel. De todos modos, sabía que ella lo prefería a él.

Más tarde supo que Idunn lo había estado esperando a la entrada de la escuela, con Berit y Lars y que furiosa al ver las bolas de nieve que le lanzaron se la pasó insultando a Svein, diciendo que era el más tonto e infantil de toda la escuela. Los demás le dieron la razón y se rieron de él. Así que para su desdicha, lo que pensó que lo haría parecer como el gran líder de los revoltosos, se convirtió en todo lo contrario. No hallaba la hora en que las clases terminaran y que al siguiente día todo quedara en el olvido.

Así que para alegría de Manuel, el día transcurrió tranquilo, pero no dejaba de pensar en la chica que vio en la playa. Definitivamente, tenía que regresar al siguiente día.

Y así lo hizo. Durante el desayuno comentó que se iría en bicicleta a la escuela y Laria lo había mirado emocionada.

–¿Me puedes dejar de pasada en mi escuela?

–No, me queda muy lejos –se disculpó.

–Me puedes dejar a unas cuadras, será divertido.

–No puedo, llegaría muy tarde.

–¿Y si yo me voy en mi bici y tú en la tuya?

Entonces, Tamara intervino.

–No Laria, queda muy lejos de su rumbo. Termina tu cereal.

Laria lo interrumpió con una carcajada, y al ver al extrañado Manuel, le explicó:

-¡Ahora lo recuerdo! Yo feliz porque iríamos en bicicleta, me imaginaba la cara de mis amigas al verme llegar como toda una deportista a la escuela. Y la decepción tan grande que me llevé cuando no pude convencerte.

-Y yo que no hallaba la hora en que desistieras –agregó Manuel. -No hallaba una buena excusa para no llevarte, ¡no la había! Y me sorprendió que en esa ocasión, mamá no estuviera de tu parte.

-¡Qué barbaridad! ¿Cómo es posible que hasta después de treinta años sepa el porqué de tantas cosas? Bueno, no más interrupciones, continúa hermanito, por favor.

Manuel le sonrió y continuó con su historia. Siempre hablando en tercera persona, como relatando una película.

Así que salió de casa más temprano que de costumbre y pedaleó por atajos que, sabía, acortarían mucho el tiempo para llegar a la desierta playa. Esta vez, llevaba una linterna y la navaja que usaba cuando iba de cacería con su padre.

Al llegar, escondió la bicicleta tras la roca más grande y se dirigió al bosque, sacó la linterna y la encendió, sintió que sus manos temblaban. Empezó a internarse muy despacio, abriéndose paso entre las ramas y los troncos. Sentía que todo su cuerpo se estremecía, bajo las copas de los árboles, era aún más intensa la oscuridad. Después de caminar unos cuantos metros, oyó crujir las ramas sobre su cabeza y antes de que pudiera levantarla, para ver lo que sucedía, un montón de nieve le cayó encima. Oyó aleteos de aves, que de inmediato se alejaron.

66

Refunfuñando, empezó a sacudirse la nieve. —¡Pero qué tonto soy!, se dijo molesto. -¿Qué hago aquí? recogió la linterna que había dejado caer. ¡Sólo a mí se me ocurre andar aquí! Y de inmediato salió del bosque y se dirigió pedaleando rápidamente a la escuela. -¡Pero qué tonto soy!, siguió quejándose durante todo el trayecto.

Como era de esperarse, todo el día trajo en mente a la misteriosa chica que había visto. Se había convertido en una obsesión. Quería convencerse de que había sido producto de la fiebre, pero había sido tan real a la vez. Decidió no volver más a la playa. Esta situación no le gustaba nada.

Y lo cumplió... Al menos por cuatro días. Estudió con Idunn después de clases y el fin de semana se mantuvo ocupado ayudando a Erik en casa. El domingo se juntó en la pizzería con sus amigos, como de costumbre.

Pero de nueva cuenta, el lunes, mientras desayunaba, sintió unas ganas enormes de buscar a la chica. Cogió la navaja y la linterna y se dirigió de nuevo a la playa, en su bicicleta. Ahora sí, estaba dispuesto, a no dejarse vencer por el miedo.

El viento soplaba con fuerza. Durante la noche había nevado bastante, pero el cielo estaba despejado y claro, la luna y numerosas estrellas, brillaban resplandecientes. Eso lo alegró, no estaba tan oscuro como los días anteriores.

Llegó al lugar de costumbre y se escondió detrás de las rocas. Permaneció inmóvil, esperando y deseando verla una vez más. El tiempo transcurría y empezaba a desesperase, el aire helado se le colaba por el grueso "overol" que traía, sentía mucho frío.

-No puedo seguir aquí. Si continuo inmóvil me congelaré - argumentaba en su interior. Pero era más grande su curiosidad, que el frío que helaba su cuerpo.

Ya se había decidido a regresar a la escuela, cuando vio a la chica aparecer de la nada. Con su ropa de verano y sus pies descalzos, salpicando el agua al caminar sobre la orilla del mar. La luna hacía brillar su blanquísima piel y su casi blanco cabello.

Manuel se quedó paralizado. Era en verdad una chica muy hermosa. No comprendía cómo podía andar sin chaqueta y descalza, él casi se congelaba, aun con la gruesa ropa que traía.

Ella sonreía, parecía disfrutar bastante el contacto con el agua. El sintió las piernas adormecidas y se movió ligeramente, muy despacio, para cambiar de posición. La linterna chocó levemente contra la roca y la chica de inmediato se alejó sin voltear, a una velocidad increíble.

Él se puso de pie de un salto.

—¡Espera! —le gritó, pero ella ya había desaparecido.

Siguió de pie, esperando a que volviera. Pero decepcionado, se convenció de que no regresaría. Tiritaba de frio. Dedujo que sería mejor volver a la escuela, aunque fuera tarde. Ahora sí, estaba seguro de que no había sido producto de su imaginación. ¡La extraña chica era real! Y eso lo alegró. Aunque todo el día, estuvo más distraído que de costumbre.

Idunn lo observaba con curiosidad.

—¿Te sientes bien? —le preguntó varias veces.

Y él le aseguró que sí, aunque su extraño comportamiento demostraba todo lo contrario.

—¿Nos vemos a la tarde en la biblioteca? —le preguntó ella ilusionada.

—Ehh... No sé... Tengo que ayudar en casa —se excusó y al sonar el timbre de la salida, se despidió y salió a toda prisa.

Idunn, Lars y Berit se voltearon y lo miraron sorprendidos.

—Tal vez no se sienta del todo bien —trató Idunn de disculparlo.

Como era de esperarse, esa noche no pudo dormir. Se daba vueltas en la cama sin poder conciliar el sueño. No dejaba de pensar en la hermosa muchacha de la playa. El viento resoplaba con tanta fuerza, que oía silbidos cuando chocaba contra la casa, aumentando su inquietud. Se esperaba tormenta esa noche, de nuevo.

Miró el reloj. Apenas la una de la mañana. Se sentó en la cama y después de cavilar lo suficiente, se puso de pie. Tratando de no hacer ruido, salió del cuarto, en calcetines, caminando de puntillas. Estaba seguro de que sus papás dormían y se dirigió a la entrada de la casa. Se puso el grueso "overol" sobre la pijama y metió los pies en las botas. Se colocó la gorra y la bufanda. Cogió su navaja y la linterna, no necesitaba la mochila. Con mucho cuidado abrió la puerta y con el mismo cuidado la cerró. Estaba seguro de que tendría tiempo suficiente para volver antes de las seis de la mañana.

Consideró que no era muy buena idea ir en su bicicleta y dedujo que era mejor esquiar, así que con mucho cuidado sacó los esquíes.

Afortunadamente para él, el viento le favoreció todo el trayecto, sintiendo casi que lo empujaban con fuerza por la espalda hasta que llegó a la playa. Las calles estaban desiertas, al parecer era la única persona que andaba afuera.

-¡Claro! Con este huracán, a quién se le ocurre salir. ¡Sólo a mí, por supuesto! -pensaba mientras luchaba por mantener el equilibrio. A pesar de sus gruesos guantes, sentía las manos entumecidas.

Cuando llegó a las rocas, se escondió como de costumbre detrás de ellas, cubriendo con nieve los esquíes y los bastones. Se hincó para resguardarse del viento. Después de un rato, empezó a sentir que los ojos se le cerraban, ahora sí sentía sueño; el que desapareció al instante en que vio a la chica, otra vez, a la orilla del mar. Su largo cabello volaba por todos lados sin control, alrededor de su cabeza y ella reía divertida.

Manuel se puso de pie y se le fue acercando muy lentamente. El viento silbaba ruidosamente al sacudir las copas de los árboles y el mar rugía furioso, así que ella ni cuenta se dio de la presencia del intruso. Seguía divertida, chapoteando en el agua y viendo su cabello revolotear, a merced del viento.

Manuel temblaba. Cuando estaba a unos diez metros de la chica, fue cuando ella se percató de su presencia y de inmediato huyó del lugar.

Él corrió hacia ella.

—¡Espera! ¡Espera! ¡Por favor, no te vayas! —gritó mientras trataba de alcanzarla.

Ella no pudo correr tan aprisa esta vez, el viento se lo impedía.

—¡Espera! ¡No tengas miedo!

El mar rugía aun más fuerte. En su intento por correr hacia ella, sintió que se le dobló un tobillo, perdió el equilibrio y cayó rodando hasta la orilla del mar. Se sintió aterrorizado y empezó a gritar a todo pulmón:

—¡Ayúdame! ¡Por favor!

El mar lo arrastraba cada vez más entre sus olas, que eran cada vez más altas.

—¡Por favor!

Ella intentó ignorarlo, pero sus gritos seguían. Se detuvo y volteó a verlo. Manuel no podía ponerse en pie, le dolía mucho el tobillo. Las olas lo jalaban, cada vez más, mar adentro.

Ya no podía gritar. El agua estaba heladísima y sus pies no tocaban fondo. Empezaba a perder el conocimiento. Dejó de luchar, sabía que era inútil. Flotaba a la deriva. No sentía dolor, ni la más mínima parte de su entumecido cuerpo. Su mente estaba en blanco y sus ojos se cerraron.

No supo cuanto tiempo pasó, batallaba para respirar, cuando de pronto sintió que lo sacaron del agua. Como si una grúa lo atrapara por las axilas y lo levantara, llevándolo a la playa y dejándolo caer suavemente sobre la nieve, que cubría la arena.

Acostado sobre su espalda, pudo al fin abrir los ojos y vio la hermosa cara de la chica. Ella desesperada lo cacheteaba para que reaccionara. Él empezó a toser, temblaba de frio y había tragado bastante agua. Pero no sentía ningún dolor. Estaba extasiado viéndola, de rodillas junto a él, tan cerca. Su blanquísima piel y sus extraños ojos de color indefinido, verdes o tal vez azules, casi transparentes, como cristales.

Ella vio que ya estaba consciente y se le quedó viendo por un momento, hasta estar segura de que respiraba. Estaba furiosa.

Él la tomó de las manos, que estaban tan frías como el agua del mar. No supo en qué momento perdió sus guantes y su gorra.

—¡Por favor! ¡No te vayas! —le pidió con voz débil.

Ella se zafó. Se iba a levantar, cuando él de nuevo la agarró del antebrazo.

—¡Por favor! —le suplicó.

Lo observó, con sus brillantes ojos, sin decir nada. Después de un largo silencio, por fin le dijo:

—Esto fue un error. ¿Por qué viniste? —aunque estaba enojada, su voz era suave y melodiosa.

—Tenía que verte —le confesó casi en un susurro, luchando por mantener los ojos abiertos.

—¡Es peligroso! ¡No debiste venir! —gritó con enfado.

—Tenía que verte —insistió, con un hilo de voz.

Le pareció extraño que hubiera arriesgado su vida, sólo por verla otra vez.

—Debes irte. Si sigues aquí, morirás —aseguró, ya en tono suave.

—No puedo caminar, me torcí el tobillo.

Sus ojos casi se cerraban, su piel estaba de color púrpura y su cuerpo temblaba sin control. Ella sacudió la cabeza con desesperación. Se puso de pie y con un rápido movimiento lo cargó entre sus brazos. Él temblaba de frio, estaba muy débil y sus ojos se cerraron, sin saber más.

***

Laria lo escuchaba con la boca abierta y los ojos aún más abiertos. No sabía qué decir. Era la historia más increíble, que jamás había escuchado. Y además, que le sucediera a su hermano, era aún más difícil de creer.

—¡Vamos, dí algo, no me mires así! —imploró Manuel, ante el incómodo silencio.

Ella agitaba la cabeza, sin poder articular palabra.

—Pero, es que... No sé... ¿Por qué insististe tanto por verla otra vez? —al fin pudo decir, aunque no era precisamente lo más apropiado.

Él negó con la cabeza.

—¡No lo sé! Por muchos años, me lo he preguntado... se convirtió en una obsesión. No podía apartarla de mi mente.

La verdad era que muchas veces había intentado encontrar esa respuesta. Ahora, estaba convencido, de que, tal vez, hubiera sido mejor dejar a la misteriosa chica sólo como una hermosa aparición, como un hermoso sueño, como un agradable delirio.

–Pudiste haber perdido la vida, Manuel. Pudiste haber muerto esa noche –dijo Laria con voz temblorosa.

–Lo sé. Pero en ese entonces, no era consciente y no entendía razón. Quería verla y tenía que hacerlo. Ya sabes, soy muy terco. ¡Quería verla! –trató de disculparse, esbozando una débil sonrisa.

–¡No imagino lo que hubiera pasado si te hubieras perdido en el mar! Y nosotros en casa, dormidos, muy quitados de la pena –se llevó las manos a las sienes. -¡No quiero ni pensar en eso! ¡Fuiste muy desconsiderado, Manuel!

–¡Laria, por favor! Si sigues así, es mejor que no te diga más. No es algo fácil, ¿sabes? –la miró con dureza. -He cometido muchos errores, de los que no estoy nada orgulloso. No quiero que me sermonees por algo que pasó hace tanto tiempo –exigió seriamente.

Ella suspiró, intentando calmarse.

–Está bien, sigue por favor –se acomodó en el sillón y lo escuchó atenta, tratando de reprimir los pensamientos trágicos que pasaban por su mente.

Después de observarla y convencerse de que no le reprocharía nada más, continuó hablando.

8

A la mañana siguiente, se repitió la escena. Tamara abrió la puerta de golpe.

—¿Pero qué no oyes el despertador? —preguntó mientras entraba dando largas zancadas.

Manuel intentó abrir los ojos, cosa que no logró.

—¿Pero qué te pasa Manuel? —preguntó desesperada, poniéndole la mano sobre la frente. -¡Otra vez tienes calentura! Hoy no irás a la escuela, te quedarás hasta que estés bien —gritó asustada.

Él seguía con los ojos cerrados, no podía articular palabra, sólo le salía un leve murmullo.

Erik entró a la habitación y Laria detrás de él.

—¿Qué sucede? ¿Por qué estás tan enojada? —le preguntó a Tamara.

—Ayer le dije que se quedara en casa y no lo hizo, hoy amaneció peor. ¡Está ardiendo! —se quejó angustiada.

Erik trató de calmarla.

—Hoy se quedará en casa. Pronto estará bien. Laria los contemplaba sin entender lo que sucedía.

Manuel seguía con los ojos cerrados.

—¿En dónde estoy? ¿A dónde me has traído? —balbuceaba en voz baja.

—¡Está delirando! ¡Está muy mal! —gritó Tamara, casi al borde de las lágrimas.

Erik la abrazó:

—Tranquila, pronto estará bien —e intentó convencerse él también.

Pero ella no pudo contener el llanto.

—¿Por qué lo dejé salir ayer si tenía fiebre? ¡Yo tengo la culpa! ¿Y si es una neumonía? —se recriminó, muy enojada consigo misma.

—No es culpa de nadie, es sólo que tiene un poco de fiebre. Ven, vamos a la cocina a prepararle un té y uno para ti también. Unas tabletas para la fiebre le ayudarán.

La tomó del brazo y la sacó de la recámara. La pequeña Laria se quedó en la habitación y se acercó a la cama. En un susurro le dijo:

—Manuel, yo también quiero quedarme en cama para no ir a la escuela. ¿Me puedes enfermar? —él no contestó y ella insistió. -Nada más, pásame tantita fiebre.

Pero él no la oyó, seguía en su delirio. Al ver que él no reaccionaba, salió cabizbaja de la habitación.

Cuando por fin abrió los ojos, estaba muy aturdido. La fiebre que tuvo lo hizo ver alucinaciones y delirar. Sentía la cabeza pesada y todo le daba vueltas. Se agarró la cabeza con ambas manos, tratando de poner en claro su mente. No recordaba nada, sentía un gran vacío.

—¡Vaya, has vuelto a la vida! —oyó una voz que le decía a lo lejos.

—¿Qué me pasó? —preguntó con voz débil y con los ojos todavía cerrados.

—Tuviste una fiebre muy alta... Has estado en cama dos días.

Reconoció la voz de Tamara, a la que vio sentada en una silla, junto a la cama. Trató de hacer un esfuerzo por recordar algo, pero le fue imposible. Ella continuó hablando, tratando de animarlo.

—Idunn y Berit han venido a preguntar por ti —le dijo con una sonrisa. -También Lars —agregó.

Él no pudo contestar. Abrió los ojos y se quedó inmóvil, con la mirada clavada en el techo. Respiró profundamente varias veces.

—Manuel, ¿no te sientes bien? —quiso saber, estaba preocupada.

Él asintió con la cabeza, todavía no podía hablar. Nada estaba claro en su mente.

Su madre comprendió que era mejor dejarlo tranquilo y con voz suave le dijo:

—Bueno, voy abajo. Si necesitas algo me avisas. Le besó cariñosamente la frente y se retiró, cerrando la puerta con mucho cuidado.

Manuel no conseguía recordar lo que había sucedido. Siguió acostado sobre la espalda, sin moverse, hasta que poco a poco le fueron llegando las imágenes, una por una. Haciendo un gran esfuerzo, trató de poner orden a sus recuerdos, hasta que lo logró. Y de repente comprendió todo lo que había ocurrido. Parecía una pesadilla. No estaba seguro de que fuera cierto o si sólo era producto de su imaginación, o de la fiebre que tuvo. Estaba completamente confundido.

La puerta se abrió. Era Laria, que entró muy despacio. Él volvió a cerrar los ojos, no tenía ganas de hablar.

—¿Ya estás vivo otra vez? —le preguntó la pequeña, en voz baja, escudriñándolo con sus azules ojos.

Él estaba demasiado débil para reír. Asintió levemente con la cabeza.

Ella se alegró.

—¡Qué bueno! Dina me dijo que en tu funeral tenía que ponerme vestido negro... Y no tengo ninguno —y sin esconder su entusiasmo, salió corriendo y saltando de la habitación.

Manuel se quedó sumido en sus pensamientos. Tenía ganas de ir a la playa y buscar a la misteriosa chica. Parecía un cuento de nunca acabar.

La recordaba, pero nunca estaba seguro de que fuera real o sólo producto de su imaginación. Si en verdad había estado casi ahogándose en el embravecido mar, ¿cómo era posible que estuviera en su cuarto, cómo había llegado hasta ahí? Todo era tan confuso. Su mente era un enjambre de dudas.

Se quitó la colcha de encima. Con mucho cuidado se sentó, se sentía muy débil. Observó su pijama color marrón y se asombró, estaba seguro de haber traído el pijama azul con finas líneas blancas. Intentó ponerse de pie, pero un dolor intenso en su tobillo derecho, al apoyarlo sobre el suelo, lo hizo dar un fuerte quejido y cayó pesadamente sobre la cama de nuevo. Entonces, se convenció de que no había sido un sueño y tampoco producto del delirio.

Tardó dos días en recobrar fuerzas y poder caminar sin dolor en el tobillo lastimado. Todos los días, Idunn y Berit venían a visitarlo y él emocionado las recibía en la sala.

Berit se quedaba unos minutos y se disculpaba dejándolos solos, para alegría de Manuel. Pasaba con Idunn horas platicando y Tamara les preparaba chocolate caliente, que disfrutaban mientras ella lo ponía al corriente con los trabajos de la escuela.

Pero en las noches, al estar solo en su recámara, su mente estaba completamente ocupada por la chica de la playa. Recordaba su hermoso rostro y sus enigmáticos ojos. Tenía unas ganas inmensas de volverla a ver. Y sentía un gran vacío sólo de pensar que podía no volverla a encontrar jamás.

A veces, entre sueños, sentía que veía sus ojos, que lo observaban desde la oscuridad de su habitación. Esos cristales en llamas que no se apartaban de su mente. Recordaba su hermosa silueta danzando sobre la orilla del mar. Quería poder salir, para ir en su busca.

—¿Quieres algo de comer? —preguntó Tamara.

Estaba tan absorto en sus pensamientos que no la oyó entrar.

—Sí, tengo muchísima hambre, bajaré a la cocina —le contestó sonriente y eso la alegró, era una clara señal de que ya estaba recuperado.

–Hice la sopa que te gusta. Te espero abajo, podremos comer juntos.

Al sentarse a la mesa, Tamara le sirvió la sopa en el plato. Sabía que andaría un poco atolondrado y era mejor evitar accidentes. Él se alegró de ver a su hermana sentada a la mesa también, así su mamá no se atrevería a entrar en detalles. ¿En dónde estaban sus esquíes? ¿Por qué amaneció con el tobillo torcido? No tenía idea. No sabía si sus esquíes seguirían en la playa.

Laria lo observaba con mucha curiosidad.

–Anda, come, para que te vayas a hacer la tarea –la apremió su mamá y ella le contestó con una mueca, torciendo la boca.

Manuel sintió que estaba muy calladita. Dedujo que su mamá la había sentenciado a no hacer ningún tipo de preguntas o comentarios. La volteó a ver y le lanzó una débil sonrisa.

Ella se talló la boca con la servilleta, con grandes movimientos circulares y al momento de ponerla sobre la mesa le preguntó:

–¿Manuel, que se siente al estar muerto?

–¡Laria, ve a hacer tu tarea! –le ordenó Tamara enérgicamente.

Y ella con desgano, se paró de la silla y se retiró arrastrando los pies.

–¡No sé de donde saca esas cosas! –trató de disculparla.

Él rió, disfrutaba mucho sus ocurrencias.

–Es solo una niña.

Tamara también rió.

–¡Una niña muy entrometida! Todo quiere saber, ¡y la forma en que pregunta! –lo miró con ternura. -Tiene suerte de tener un hermano muy comprensivo.

–¡Me dan risa sus comentarios!

Y al terminar de decir esto, empezó a comer con rapidez, quería regresar a su recámara lo más pronto posible. Sabía que ella le podía hacer preguntas en cualquier momento.

Al terminar de comer el segundo plato de sopa, Manuel se levantó y puso el plato sucio en el fregadero.

–Gracias, mamá. Creo que me iré a recostar un poco –la besó en la mejilla, antes de retirarse.

Idunn y Berit llegaron como de costumbre, después de clases. Cuando Idunn estuvo sola con él, casi no le ponía atención; ella le explicaba lo que había sucedido en la escuela y él parecía ausente. Un poco decepcionada se despidió, supuso que quería descansar y él agradecido la acompañó hasta la puerta.

En su habitación, pensaba qué haría. No podía esperar hasta el día siguiente para ir a buscar a la chica, que estaba seguro, le había salvado la vida. Quería saber quién era. Ya había hablado con ella y quería saber más. Así que decidió, esa noche, ir en su busca.

Cuando estuvo seguro que todos estarían dormidos, se levantó y salió del cuarto. Bajó de puntillas y se dirigió a la puerta de la entrada. Se sorprendió al encontrar sus esquíes en su lugar. Se cubrió más que de costumbre, pues no quería volver a recaer con fiebre. Salió con la linterna y la navaja, sin hacer ruido.

La noche era serena y clara. No había viento y la luna, que parecía el delgado gajo de una naranja, estaba reluciente. Llegó sin contratiempos a la playa. Cubrió sus esquíes y los bastones con nieve, se acomodó en el lugar de siempre y esperó.

—¿A qué vienes? —preguntó alguien a su espalda.

Se sobresaltó al escuchar la voz, que no distinguió. Volteó abruptamente y suspiró aliviado al ver a la chica, en su acostumbrada ropa de verano.

Ella insistió tajante:

—¿A qué has venido? Se oía molesta.

—Disculpa, no te vi venir. Estaba más hermosa que de costumbre. Traía su largo cabello recogido en una cola de caballo, dejando unos delgados mechones caer sobre su cara.

—Sólo quería verte... Quería agradecerte...

Ella hizo un gesto de desesperación.

—¡Te dije que es peligroso que andes por aquí! Le clavó sus brillantes ojos.

Él sintió que las rodillas se le doblaban.

—¡Pues entonces también es peligroso para ti! —intentó llenarse de valor.

-¿Qué haces tú aquí? —replicó envalentonado. Recordó que su padre le había advertido que ese lugar era peligroso, también.

Ella lo miró desconcertada.

—Es mejor que te vayas. Le dio la espalda y se disponía a irse, pero él la detuvo, tomándola del antebrazo.

—¡No! No te vayas por favor —suplicó. -¡Por favor!

Ella, sin voltear y con voz áspera, volvió a repetir bastante molesta:

—¡Es mejor que te vayas! ¡Y no vuelvas a venir! —le ordenó enérgicamente.

—¡No! ¡No! Vendré todos los días y estaré aquí esperándote, hasta que te convenzas de que no me daré por vencido.

Le dio la cara nuevamente, exasperada.

—¿Que no ves que también a mí me pones en peligro? -sus ojos parecían llamas. -¡Vete de aquí! —le ordenó una vez más.

Manuel se intimidó un poco, pero se sobrepuso.

—No quiero causarte ningún mal. Sólo quiero ser tu amigo. ¿Es eso mucho pedir?

Ella se tranquilizó un poco.

—¿Y por qué quieres ser mi amigo? ¿Por qué yo? —lo miró con incredulidad.

Bajó la mirada, avergonzado.

—Porque te he visto sola. Me gustaría hacerte compañía... Yo también estoy solo —cerró los ojos, arrepentido de haber hecho semejante confesión. ¿Se sentía solo?

Ella lo observó sin expresión alguna por unos segundos.

Él seguía con la cabeza agachada.

—No quiero causarte problemas. Nadie sabe que vengo aquí, a nadie le he hablado de ti, puedes estar segura... Sólo quiero ser tu amigo —confesó acongojado.

No pudo contener la risa.

—¡Eres patético!

Manuel se encogió de hombros.

—Lo sé —afirmó apenado.

Ella lo estudió, detenidamente.

–Aquí no podemos hablar. No deben vernos juntos... No sería nada bueno para ninguno de los dos –lo miró directo a los ojos. -¿No sientes miedo de mí? –preguntó irritada, pues le exasperaba su terquedad.

Él sentía que sus ojos lo traspasaban.

–¡No! ¿Debería? –se sintió intimidado.

Ella asintió con la cabeza.

–Te podrías arrepentir –dijo como una amenaza.

–No, para nada, te lo aseguro –confirmó él con aplomo.

La chica lo observó por un buen rato. Agitó la cabeza con incredulidad y propuso:

–Bueno, en ese caso, regresa a tu casa, te veo en tu alcoba.

Manuel la miró perplejo y antes de que pudiera articular palabra ella se adelantó.

–Sé muchas cosas de ti, más de lo que te imaginas. ¡Vete, te veo en seguida! –lo apremió.

Estaba petrificado. ¿Cómo era posible que supiera cosas de él si nunca habían hablado?

La chica le dio un pequeño empujoncito, para hacerlo reaccionar.

–¡Andando! Y abre la ventana, no quiero que tus papás y tu hermana me vean –y desapareció al instante, en un parpadeo.

Él se retiró perplejo. No podía creer lo que acababa de oír. ¿Pero quién era ella en realidad? Tal vez ella tendría razón y debería temerle. Pero una criatura tan hermosa no podría ser peligrosa, de eso estaba seguro. Esquiaba de prisa, quería volver a verla, lo más pronto posible.

***

–¡Yo hubiera corrido de ahí inmediatamente, Manuel! –le dijo Laria impresionada.

Él negó con la cabeza con convencimiento.

–No, si la hubieras visto, habrías hecho lo mismo que yo –le aseguró.

—¡Para nada! Y lo que no me explico es, ¿por qué tanta insistencia de tu parte?

—¡Tenía qué conocerla! ¡Saber que hacía ahí, sola! ¡Quién era! ¡Quería estar con ella! —le aseguró, aunque la realidad era, que nunca encontró esa respuesta. Tal vez fue sólo su testarudez.

Laria suavizó el semblante.

—Me imagino que era muy hermosa —comentó perdiendo la mirada en el horizonte.

Manuel también se suavizó, y no pudo evitar sonreír.

—¡Como no tienes una idea! Se parecía a Brigitte Bardot, cuando empezaba su carrera, por supuesto. Debo confesarte que, en ese entonces, para mí no había chica más hermosa que Idunn, y me sentía realmente afortunado de saber que ella se había fijado en mí —admitió. - Pero cuando vi a Astrid, perdí el juicio, trastocó mi existencia. ¡La chica más hermosa que jamás había visto! Era dulce y sensual, inocente y salvaje al mismo tiempo —confesó emocionado. -¡Era completamente fascinante!

Laria lo observaba absorta y él continuó:

—Estaba acostumbrado a las chicas de la escuela... Pero ella tenía una madurez y una sensualidad fuera de lo común. Perdí la cabeza... No pude resistirla. ¡Me volvía loco!

—¡Guauu! Pues vaya que era hermosa. ¿Y qué era, Manuel? ¿Una huldra? —preguntó temerosa y expectante. -¡Sí, eso es! ¡La chica misteriosa era una huldra! —afirmó triunfal.

Él sonrió, complacido por su incontenible deseo de saber más. Tomó la copa entre sus manos y se dispuso a continuar con su relato, dejándola con la duda.

9

Y a partir de allí, empezó a contarle la historia tan peculiar que había vivido por ese entonces.

Ya en su dormitorio, Manuel se movió de puntillas, abrió la ventana con cuidado y al darse la vuelta, alguien habló a sus espaldas.

–¿No me vas a invitar a entrar?

Se sobresaltó y vio a la chica en cuclillas sobre el marco de la ventana, con un pequeño bulto entre sus manos.

–Sí, pasa –la invitó, todavía un poco aturdido.

Ella saltó sobre el suelo con agilidad, sus movimientos eran elegantes y sensuales, como los de una pantera. Se sentó al borde de la cama, ofreciéndole el envoltorio.

–Esto te pertenece.

Se acercó y al deshacer el pequeño bulto, exclamó sorprendido:

–¡Mi ropa! No sabes cuánto trataba de recordar qué había sido de mi pijama mojado –sonrió complacido.

—Estaba empapada, creí que lo mejor sería llevármela y traerla otro día, cuando tú no estuvieras, por supuesto. Además, sabía que si no te la quitaba te enfermarías aún más.

Ahora entendía que había sido ella quien lo había desnudado y metido en la cama, además de traer sus esquíes y bastones.

—Gracias —dijo casi en un susurro.

Ella, lo escudriñaba con la mirada.

Manuel se sentía incómodo, no sabía por dónde empezar. Tenía miedo de decir o hacer algo equivocado, que la hiciera enojar. No sabía cómo comportarse y eso lo irritaba sobremanera. Sabía de sobra que no era una chica común. ¿Pero qué era?

—¿Y bien? —preguntó con tono burlón al verlo enajenado.

Eso lo exasperó.

—No es justo que sepas todo de mí y yo ni siquiera sepa tu nombre —espetó bastante molesto.

Sonriente, le extendió su blanquísima mano.

—¡Astrid! —se presentó amablemente.

Titubeó un poco antes de reaccionar y saludarla.

—Manuel, aunque creo que ya lo sabes —sintió su suave y helada mano, que le provocó escalofríos.

Tenía las uñas demasiado largas y gruesas, eso lo intimidó. Ella la retiró al instante, escondiendo ambas manos tras su espalda. Agachó la cabeza.

—Lo siento. No fue mi intención —Manuel le volvió a extender su mano, arrepentido por su tonta reacción.

Astrid vaciló un poco y temerosa se la tomó de nuevo.

—Sí, ya lo sabía. Maniuel, Maniiiuuuel, Manuel... —repetía divertida.

La miró extasiado y sintió que temblaba. Le gustó oír su nombre en su boca, aunque no lo dijera correctamente.

Ella intentó de nuevo:

—Maniuel, Maniuel. Aunque lo sabía, ¡nunca había dicho tu nombre! Un poco difícil de pronunciar —aseguró, parecía muy entretenida.

—Así es. Pero lo haces bastante bien. Me gusta cuando lo dices —le sonrió con ternura, parecía una niña que aprendía una palabra nueva.

Se sentó a su lado lentamente, como acercándose a una paloma, cuidadosamente para no espantarla.

Astrid lo miró con recelo, sin quitarle la vista de encima. Se hizo levemente a un lado, ella también se sentía insegura frente a él. Era un chico muy apuesto.

—Si te molesta me puedo sentar en la silla —sugirió, señalando hacia la silla de su escritorio.

Ella sacudió la cabeza.

—¡No! Quédate junto a mi —le pidió, aunque más bien pareció una súplica.

Eso lo animó bastante. Y con una sonrisa de oreja a oreja se le acercó más.

—No te burles de mi.

—¡No me burlo! Me da gusto que no salgas disparada, como de costumbre.

Ella lo miró inquisitiva.

—¿Y qué pensarías si te dijera que sabía que te escondías tras las rocas?

Le resultaba difícil contenerse, era demasiado atractiva.

—No me sorprende. Al parecer lo sabes todo.

Vio sus blanquísimos pies descalzos junto a los suyos, eran finos y delicados pero las uñas de los dedos eran también muy largas y gruesas, como garras de águila. Trató de no reaccionar, no quería avergonzarla de nuevo. Hizo un esfuerzo por disimular la gran impresión que le causaron.

—No te enojes. Ya sabrás de mi —desvió la mirada hacia la ventana, con el rostro compungido. -Y creo que entonces serás tú el que saldrá disparado —comentó afligida.

—¡Jamás! Siempre estaré a tu lado, de eso debes estar segura —dijo con aplomo.

Lo miró con sus centelleantes ojos cristalinos.

—No prometas lo que no puedes cumplir —su tono de voz era serio y triste a la vez.

—En verdad, Astrid, siempre estaré a tu lado —insistió.

Pero ella se levantó rápidamente.

—Te dije que era peligroso, es peligroso para los dos. ¿En verdad quieres que nos sigamos viendo?

—¡Ahora más que nunca! No he podido dejar de pensar en ti, desde el primer momento en que te vi. Y no pienso renunciar a ti —estaba completamente convencido. -Me he sentido como loco todos estos días —reconoció apesadumbrado.

Ella suspiró hondamente y dijo:

—Eres bastante obstinado, ¿lo sabías?

—Sí, mamá me lo ha dicho. Y si no podemos vernos en la playa, nos podemos ver aquí. Te estaré esperando —sugirió sonriente.

—Me tengo que ir. Es tarde y debes dormir, aunque sea unas horas.

Eran las tres de la mañana.

—Y se puede saber… —volteó a verla, pero ella ya no estaba. -¿A qué hora vendrás? —terminó la frase mientras se asomaba por la ventana y la buscaba, pero no había rastro de ella. Dando un hondo suspiro la cerró y se dirigió a la cama. Ella tenía razón, tenía que dormir, por lo menos un par de horas.

El día siguiente pasó sin novedades. Después de haber faltado unos días por la fiebre, a Idunn le dio mucho gusto volver a verlo de nuevo en la escuela. Se sentó junto a él en todas las clases, Berit y Lars, se les unieron en el almuerzo.

Idunn le ofreció ayuda con las tareas y trabajos pendientes. Él ni atención ponía a lo que ella le decía. Su mente la ocupaba por completo Astrid. Al fin sabía cómo se llamaba, ya no era sólo un espejismo, era real. ¡Astrid! Incluso había pasado gran parte de la noche con ella y hasta la había tocado.

—¿Manuel? —preguntó Idunn con preocupación.

—¿Eh? ¡Ah!, sí, claro, no tendré ningún problema para entregar los trabajos.

Ella lo miró con la boca abierta, no entendía de qué hablaba. Él se levantó y se alejó de la mesa sonriente, dejando a Lars y a Idunn muy confundidos.

Berit, que había ido por un vaso con agua, se acercó de inmediato a ella, sentándose a su lado.

–¿Que pasó, le ayudarás con las tareas? –preguntó ansiosa.

Idunn sacudió la cabeza, lo veía alejarse del comedor.

–Al parecer, sí... Creo –estaba desconcertada.

Lars le sonrió y se encogió de hombros.

Ya en su casa, antes de bajar a cenar, se bañó y se puso ropa limpia.

Entró a la cocina y Tamara no pudo resistir hacer el comentario:

–¡Pero qué guapo te ves! Y que bien hueles. ¿Vas a salir? –lo vio con una mirada pícara. Supuso que era por Idunn.

Manuel se sintió incómodo. ¿Cómo explicar que se había bañado y arreglado para estar en su dormitorio?

–No, es sólo que después de deportes es molesto sentir la ropa con el sudor.

Laria lo miró sorprendida.

–¿No tienen regaderas en tu escuela? –preguntó con incredulidad.

Él le lanzó una mirada fulminante.

–Sí, pero no tuve tiempo para bañarme. Pásame la ensalada por favor y platícame qué hiciste en la escuela.

Idunn y Berit no lo visitaron, ya había ido a la escuela y no tuvieron excusa para ir a su casa. Idunn le llamó y le preguntó si necesitaba ayuda con los trabajos pendientes, pero él amablemente se disculpó, diciendo que tenía que hacer unas cosas en casa.

Manuel miró el reloj, por enésima vez, eran apenas las ocho de la noche. Sabía que Astrid no vendría tan temprano, seguramente esperaría hasta que todos estuvieran dormidos. Se recostó en la cama y sin darse cuenta se quedó dormido hasta que una ligera ventisca de aire helado lo hizo estremecerse. Abrió los ojos y vio a Astrid, de pie, junto a la cama. Iba a preguntarle cómo había entrado, pero ella puso su dedo índice sobre la boca, en señal de que no hablara.

Él la obedeció y vio cómo se deslizaba, con suaves movimientos, sobre la cama hasta quedar a su lado.

—¿Tienes frío? —preguntó tiritando, al sentir su cuerpo helado junto al suyo.

—No, nunca —admitió.

Sus rostros estaban muy cerca, sólo un centímetro separaba las puntas de sus narices

—Hueles bien —cerró los ojos e inhaló despacio.

—Tú también —comentó él con voz ronca, cerrando los ojos y aspirando lentamente el agradable olor a hierba fresca, que salía de su cabello y su piel. -Hueles a primavera —expresó entusiasmado.

Ella sonrió.

—¿A qué huelo? —trató de contener la risa.

—Hueles a verde, a campo fresco... No sé cómo explicarlo —seguía con los ojos cerrados, como si tuviera miedo de que al abrirlos ella ya no estuviera a su lado.

—Te entiendo perfectamente —lo observó. -Eres muy hermoso Maniuel —expresó en un susurro.

—¡Mentira! Esa eres tú, nunca había visto a alguien tan hermosa como tú —ratificó convencido.

—Desde el primer instante que te vi, no te pude apartar de mi mente —confesó, un tanto apenada.

—¿Se puede saber cuándo fue esa primera vez? —intentó de que su voz sonara tranquila, lo que le costaba mucho esfuerzo.

Astrid siguió hablando sin mirarlo:

—Fue a finales de mayo, el año pasado... Andabas con tu padre, cerca de La Olla.

Manuel la miró perplejo, ella continuó:

—Desde entonces he estado cerca de ti —se sintió avergonzada por mentirle, pero estaba segura de que algún día le diría la verdad.

Él se enderezó y se alejó, sentándose al borde de la cama. No sabía que decir, sentía su corazón latir agitadamente. Se llevó ambas manos a la cabeza.

Astrid se puso de pie, de un rápido salto.

—Te dije que serías tú el que saldría corriendo. ¡Lo sabía! —estaba decepcionada.

–Discúlpame. Es que, no sé nada de ti.

Lo miró a los ojos, suplicante.

–Estoy tratando de explicarte y... No es nada fácil. Te dije que no era buena idea –se incorporó. -Es mejor que me vaya de una vez.

–¡Espera! Lo siento. No te vayas. ¡Por favor!

–No te disculpes tanto, se te ha vuelto una manía.

Sonrió derrotado.

–Está bien, lo sien... Quiero decir... Ven, siéntate a mi lado.

Ella contestó con una risilla nerviosa, sin decir palabra y lentamente se acercó y se sentó junto a él, muy cerca de él.

Él la miró detenidamente. Pasó su tibia mano por su gélido rostro, admirando su blanquísima piel y sus perfectas facciones. Recorrió el contorno de su nariz, con la punta del dedo, desde su nacimiento entre las cejas, deslizándolo hasta la punta y continuando hasta llegar al borde de sus sensuales labios. Ella dejó escapar un leve gemido. Las venas palpitaban con fuerza, bajo la diáfana piel de su cuello. Él no pudo contenerse y le pasó delicadamente las yemas de los dedos por el cuello. Ella se estremeció de placer, al contacto de sus calientes manos y se alejó abruptamente. Sentía que perdía el control.

–Es mejor dejarlo así –le pidió con voz ronca.

Él se sintió confundido. Respiraba agitadamente, muy excitado.

–Sí, creo que tienes razón.

–Maniuel, no me malinterpretes... Tú también me gustas mucho, pero creo que primero debes saber quién soy... O, más bien, qué soy...

–¡No me importa! Quién eres o lo que seas, ¡no me importa! –sabía muy bien que no era como las demás chicas que conocía. También sabía que no era exactamente como él. En el fondo, tenía miedo de saber la verdad, una verdad que prefería ignorar, ahora que la tenía tan cerca.

Pero ella continuó. Estaba un poco más calmada y se sentó al borde de la cama:

–¿Nunca habías oído hablar de La Olla?

–¿Que es La Olla?

–La Olla, el lugar que todos conocen, pero que nadie menciona. El lugar prohibido, del que nadie quiere hablar y todos prefieren ignorar –se entristeció. -Al otro lado de la isla, entre el bosque negro y la playa desierta.

–¿En donde mi papá recogió las muestras? –preguntó con incredulidad.

Astrid afirmó con la cabeza.

–Yo vivo allí... Soy una de ellos –confesó con voz débil.

Manuel se le acercó y la abrazó. No pudo hablar, pero sintió una gran compasión por ella. De repente estaba ahí la verdad que tanto se había esforzado por no descubrir. No necesitaba preguntar más, empezaba a comprenderlo todo. Su padre se lo había advertido.

Al sentir el calor de su cuerpo, Astrid recuperó una sensación que había olvidado. Le desabotonó la camisa y recargó su cara sobre su tibio pecho. Lo olfateaba embriagada de placer.

Él sentía la punta de su nariz como la punta de un cubo de hielo, ahogó un gemido. Ella olía cada milímetro de su superficie, subió lentamente hasta su palpitante cuello. Su cara se acomodó, perfectamente, en el arco de su aromático cuello. Él la alejó abruptamente.

Astrid lo miró perpleja, jadeante, estaba desconcertada. Sintió el miedo en sus ojos. Manuel no reaccionó, la miró asustado, con los ojos muy abiertos. Le quiso decir algo, disculparse por su inesperada reacción, pero ella fue más rápida que él. Sin decir nada se dio la media vuelta y de un salto desapareció por la ventana. Veloz como de costumbre.

Él siguió parado, tardó un buen rato en reaccionar. Como autómata se dirigió a la ventana, con pasos lentos. La cerró, sin buscarla, sabía que no la encontraría. Se dirigió a la cama y se dejó caer pesadamente. Vio el reloj, las tres y media de la mañana, sabía que no iba a poder dormir.

Lo que lo aterraba era la posibilidad de no volverla a ver. Quiso salir a la playa en su busca, pero se convenció de que era mejor esperar. Le irritaba sobremanera el comportarse tan torpemente junto a ella. No sabía qué decir ni qué hacer, se alelaba cada vez que la veía.

–¡La Olla! –finalmente sabía sobre el extraño lugar. Tenía que hablar con su papá y preguntar hasta obtener una respuesta, estaba seguro de que él conocía bien ese sitio. Se sentía débil, cansado y después de unos minutos se quedó dormido.

***

–¿Qué es La Olla? –preguntó Laria aterrorizada. -¿Aquí? ¿En esta isla? –estaba muy alterada.

Él asintió con la cabeza. No dijo más.

–¡Pero, dime! ¿Qué era? ¡Una huldra! ¿Verdad? Por eso estaba en el bosque –lo miraba con los ojos desorbitados. -¿Una bruja? ¿Era una bruja? ¡Pero contéstame, por favor!

–Creo que es mejor dejar la historia aquí. Mañana, cuando estés tranquila, continuamos –dijo como decepcionado y se levantó del sillón.

–¿A dónde crees que vas? –lo miró incrédula. -¿Piensas que me vas a dejar en ascuas toda la noche? ¡Para nada! –sentía que temblaba e intentó serenarse. -Siéntate, continúa, por favor. Prometo comportarme. No más interrupciones –aseguró en tono solemne.

Sirvió un poco más de vino en su copa y en la de él.

Él no tuvo más remedio que sentarse y continuar. Sintió que si ya había dado el primer paso, ahora sería imposible echarse para atrás. Aunque no estaba muy seguro de cómo tomaría las cosas, era una historia difícil de explicar.

10

Laria se cubrió con una manta.

–Siento escalofríos sólo de oír las cosas que me dices –le confesó a Manuel.

-No es para menos, te comprendo a la perfección. A mí me cuesta mucho decirlo a pesar de tantos años que han pasado –comentó mientras cogía un puñado de cacahuates. -Y volviendo al grano, las cosas siguieron así:

Al fin era viernes, su día favorito. No sabía el por qué, pero se había dado cuenta de que cada viernes, sin excepción, todos andaban más ansiosos que de costumbre. Tal vez por la alegría de ser el último día de clases y saber que podrían desvelarse y dormir hasta muy tarde los siguientes dos días. Pero ese viernes no andaba de buen humor. No sabía si volvería a ver a Astrid, y eso lo preocupaba más de la cuenta. Toda la mañana esquivó a Idunn, que lo seguía como si fuera su sombra. Las dos últimas horas tenía deportes y se excusó con el maestro alegando que no se sentía bien.

Salió de la escuela mucho antes que sus compañeros. Idunn lo vio alejarse con tristeza, no se explicaba los cambios en su comportamiento. A veces parecía feliz a su lado y otras sentía que no quería ni verla.

Al salir de la escuela, Manuel sintió unas ganas enormes de ir a la playa y buscar a Astrid. Se convenció de que no era buena idea y atravesó el parque, caminando despacio para despejar la mente. Era la una de la tarde y ya estaba oscureciendo. Las luces estaban encendidas, pero el ramaje de los árboles las escondía. Parecía ser el único que paseaba por ahí.

—¡Maniuel, Maniuel! —le gritaron.

Reconoció la encantadora voz en seguida. Se dio vueltas, buscándola, pero no la veía por ningún lado.

—¿Astrid? —preguntó entusiasmado.

—No me busques, no me verás. Siéntate en esa banca frente a ti... Y actúa con naturalidad —le pidió.

Él se sentó, obediente. Seguía volteando a las copas de los árboles, tratando de encontrarla.

—Te dije que actuaras con naturalidad. ¡No me busques! —lo reprendió.

—Está bien, está bien. Me da gusto oírte —confesó entusiasmado.

—No sé si es buena idea —suspiró hondamente. -Pero creo que mereces una explicación, y no te culpo por la reacción que tuviste, yo hubiera hecho lo mismo si estuviera en tu lugar. Debo de ser más paciente —se disculpó.

Él estaba feliz.

—¡Definitivamente! Sé que soy muy torpe, tenme paciencia —titubeó un poco antes de preguntar:

-¿Vendrás esta noche? No me gusta hablar contigo sin verte.

—Sí, te veo a la noche —prometió.

—Muy bien. A la misma hora en el lugar de siempre. ¡Te espero! Ya estaba de buen humor, se puso de pie y volteando hacia las ramas le lanzó un beso al aire.

-¡Uy! No podré esperar —aseguró Astrid, las ramas se estremecieron y se oyeron risas que se fueron alejando hasta desaparecer por completo.

Esa tarde cenó y no se bañó sino hasta después. No quería levantar sospechas otra vez. Erik había llegado temprano y cenaron todos juntos. Laria estaba inquieta, pues esa noche se iría a dormir a casa de Dina. Manuel le ofreció acompañarla, quería ocuparse en algo para que las horas pasaran más de prisa. Idunn le llamó y platicaron por unos minutos. No quería ser rudo con ella, aprovechó para excusarse y decirle que no sabría cuando terminarían, que tal vez no iría el domingo a la pizzería, debía ayudar a su padre a hacer algunos trabajos en casa durante el fin de semana.

Le pareció que el tiempo transcurría muy lentamente. Se le ocurrió que tal vez era una buena ocasión para hablar con su papá, que leía el periódico en el sillón y conseguir que le dijera lo que sabía de La Olla. Pero desistió, estaba convencido de que no lo lograría y que podría levantar sospechas, así que decidió dejar el tema por la paz.

Laria aceptó que la llevara. Animado, la acompañó. Cuando regresó, encontró a sus padres viendo la tv y desde la puerta de la sala les dio las buenas noches.   Ellos lo miraron sorprendido.

—¿Ya te vas a dormir? —preguntó Tamara.

Él frunció la boca, tenía que pensar una respuesta lógica.

—Sí... Todavía no me siento completamente bien —mintió.

Ella lo miró con ternura, al tiempo que le decía:

—¡Pobrecito! Tuviste una fiebre muy fuerte. Espero que pronto te sientas mejor, hijo.

Erik les lanzó una mirada impaciente. No lo dejaban oír su programa favorito. Manuel agitó la mano para despedirse una vez más y se retiró.

Astrid llegó un poco más temprano que de costumbre. Cuando la vio de cuclillas en el marco de la ventana, Manuel la recibió con una amplia sonrisa. Se veía muy guapa. Por primera vez no traía shorts ni blusa sin mangas, sino unos pantalones negros de terlenka y una camiseta color turquesa. Su largo cabello lo traía recogido en un chongo flojo, muy a la Bardot. Con sus movimientos sutiles, se acercó y se recostó junto a él.

Él la abrazó suavemente.

—Me da mucho gusto verte de nuevo —le susurró al oído.

Ella no contestó, sólo dejó escapar una risilla y acomodó su cara junto al pecho de él.

Manuel le tomó la barbilla con una mano y la miró directo a los ojos.

—Quiero que hagamos un pacto, Astrid —dijo con mucha seriedad.

Ella también lo miró fijamente, a esos grandes y penetrantes ojos oscuros, fascinada. Asintió levemente con la cabeza, sin hablar.

Manuel prosiguió con la misma seriedad.

—De ahora en adelante, queda estrictamente prohibido, desaparecer sin decir nada.

Astrid recargó su pálida cara contra su pecho, apenada.

—Lo estoy intentando, en verdad, debes creerme. Me resulta complicado. Tú también debes tenerme mucha paciencia —levantó la cara, buscando con sus cristalinos ojos, los de él.

—¡Para mí también es difícil! —sonrió él sin poder disimular su frustración.

Ella bajó la mirada. Le resultaba difícil contenerse ante un chico tan encantador. Su piel bronceada y su reluciente cabello negro, definitivamente la volvían loca. ¡Y su olor!, que le resultaba irresistible.

—¿Me dirás qué es La Olla? —preguntó con cautela.

Ella se enderezó y se sentó al borde de la cama. Él se sentó junto a ella. Astrid lo observó un poco temerosa, insegura. Pero esa noche, había decidido decirle quién era. Se armó de valor y murmuró:

—Primero tendrás que saber quién soy —sentía que temblaba, estaba muy nerviosa y lo miró fijamente.

—Soy todos oídos —aseguró.

Él se dio cuenta de que ella no sabía ni por dónde comenzar, tampoco cómo podría explicarle. Pero tenía que hacerlo de una vez por todas. Le dijo que se había pasado todo el día buscando la mejor forma de decirlo, sin encontrarla. ¿Cómo tomaría su confesión? ¿No sería mejor ya no verlo jamás? Pero ya estaba junto a él, no tenía otra salida. Después de inspirar hondamente, continuó con voz temblorosa:

—¿Has oído hablar... De... Del Conde Drácula? —habló abruptamente y de inmediato bajó la mirada, no se atrevía ni a ver su reacción.

Él ahogó una carcajada, pero al ver que ella seguía con la cabeza agachada, supo que no era broma. Tardó unos minutos en poder hablar, estaba perplejo.

—¿Vampiros? —preguntó incrédulo.

Ella seguía sin moverse.

—Sí —contestó con un hilo de voz, temerosa. Seguía sin querer verlo. Esperaba su violenta reacción, estaba segura de que saldría corriendo y gritando del cuarto, como loco, a toda velocidad. Estaba preocupada.

Pero él no se movió, estaba paralizado. De repente se acordó de respirar. Sabía que tenía que decir algo, ¿pero qué?

—Si quieres me puedo ir, lo comprenderé —el intenso y opresivo silencio la intranquilizaban aun más.

Al fin pudo reaccionar.

—Te dije que siempre estaría a tu lado —se le quebró la voz.

Ella suspiró aliviada, se le iluminó el rostro. Cerró los ojos con fuerza, emocionada. Manuel le pasó el brazo por los hombros, cuidadosamente. Ella se estremeció.

Entonces intentó tranquilizarla:

—Nada cambiará mis deseos de seguirte viendo, Astrid —prometió con solemnidad.

Ella se apretó contra él, le resultaba difícil controlar su emoción.

—Puedes decirme todo, quiero saber tu historia —recargó la mejilla contra su cabeza. Un ligero golpe en la puerta lo distrajo. Se puso nervioso, no sabía qué hacer.

La puerta se abrió, era Tamara, quien con su habitual cariño le dijo:

—Ya nos vamos a dormir. Sólo quería saber cómo te sientes.

—¿Eh? Ah, bien... Mucho mejor... Ya me iba a dormir yo también —no supo qué fue de Astrid, la buscaba con la mirada por toda la habitación, sin encontrarla.

—Que descanses. Y cierra esa ventana, por eso no terminas de aliviarte —le pidió señalando hacia la ventana, abierta de par en par.

Antes de que ella se acercara, él se adelantó, se levantó rápidamente de la cama y fue a cerrarla.

—A veces se siente el aire muy viciado aquí adentro. Siempre es bueno un poco de brisa fresca, sin importar la estación —trató de hacerse el chistoso.

—¡Ay Manuel! —le sonrió Tamara meneando la cabeza. -¡Hasta mañana! Sentía que actuaba más raro cada día. Y dando la media vuelta se alejó, cerrando la puerta con cuidado. Manuel se preocupó, no veía a Astrid por ningún lado. De repente, la vio salir de debajo de la cama. Él rió divertido.

—¡Esa sí estuvo cerca! —la tomó de la mano y se volvieron a sentar sobre la cama.

Ella se acostó y él la siguió, tratando de quedar lo más cerca posible a ella.

—¿En que estábamos? ¡Ah sí! me ibas a contar tu historia —la presionó.

Astrid puso los ojos en blanco.

—¡Uffffff! Eso llevará mucho tiempo —intentó desanimarlo.

—No hay problema. Disponemos de toda la noche y mañana es sábado, no hay escuela —exclamó triunfal.

Se dio por vencida, sabía que no había forma de esquivarlo y resignada comenzó.

—Primero que nada, ¿cuántos años tienes? —lo miró expectante.

—Diecinueve, pero muy pronto tendré veinte. El próximo año empiezo en la universidad —contestó orgulloso y satisfecho.

—¿Y tú? —preguntó automáticamente, y al instante, se arrepintió. -Bueno quiero decir...

—No te apures, lo entiendo. Tenía, o tal vez sigo teniendo, diecisiete años —contestó desviando la mirada, hacia la ventana.

Manuel intentó remediar la situación, pues sabía que tendría que ser incómodo para ella, hablar de esas cosas y continuó hablando de él.

—Ya debería estar en la universidad, pero perdí casi tres años de escuela, debido al trabajo de papá. Anduvimos de nómadas hasta que cumplí siete años y después me ausentaba por varios meses de la escuela. Le gustaba que mamá y yo lo acompañáramos siempre –vio que estaba muy atenta escuchándolo y se animó a continuar. -No me arrepiento. Era divertido andar de país en país, todos tan diferentes. Nací en Stavanger y cuando tenía doce nos mudamos a esta isla... Y tú, ¿de dónde eres?

–Nací en una de estas islas, muy cerca, hace muchos, muchos años –le sonrió. -¡Pero déjame respirar! ¡Ya te he dicho lo más importante! Y me ha costado mucho... Estaba tan nerviosa e indecisa... ¡No sabía cuál sería tu reacción! ¡Todo el día he sido un manojo de nervios! –confesó angustiada.

Él le tomó la cabeza y la apretó contra su pecho.

–¡Pobrecita! Pero debes estar tranquila, yo también sé lo que es ser diferente a los demás –la consoló.

–¿Pero de qué hablas?

–Te digo que yo también siempre he sido diferente. Crecí con mis papás a mi alrededor y viajando, siempre rodeado por adultos. Hasta mis maestros me decían que era como un niño–adulto o un niño–señor, como quieras llamarlo. Y me fui alejando y alejando –no dijo más, quedó tan perdido como su mirada.

Ella lo sacó de sus pensamientos.

–Has sido un hijo muy amado. Eres afortunado –lo dijo con un dejo de nostalgia en la voz.

–Para serte sincero, creo que me alejé de los demás porque en realidad me gusta estar solo... Soy un lobo solitario. ¡Disfruto mucho estando solo!

–Tal vez te aburren los de tu edad –soltó una carcajada. -Ya ves, aquí estas con esta vieja de más de mil años –lo miró con coquetería.

–¿Tienes mil años? Te conservas bastante bien –la abrazó con ternura.

–Sí, eres muy opuesto a tu hermana –dijo Astrid. -No puede ocultar la gran admiración que siente por ti –se volvió a recargar sobre su pecho. -¡Y quiero saber más de ti! Eres fascinante, Maniuel –y taaaaan atractivo, pensó.

–¡Soy sólo un pobre tonto! –dijo con desdén.

Lo miró con sus cristalinos ojos, centelleantes.

–¿Sabes qué es lo que te hace más atractivo?

–Dime, dime que es lo que me hace tan atractivo.

–¡Es en serio! Lo que te hace mucho más atractivo es que no te das cuenta de lo atractivo que eres. Paradójico, pero así es –sabía de sobra que las chicas de la escuela pensaban igual.

Le clavó sus penetrantes ojos oscuros.

–¿Y tú? ¿Estás consciente de lo hermosa que eres? –la miró retador.

-Tal vez antes... –dijo nostálgica.

Manuel quiso animarla.

–¡Y lo sigues siendo! Trastornas los sentidos... Eres perfecta –pasó suavemente la mano sobre su rostro. -Eres una viejita bastante atractiva –bromeó.

A ella le gustaba su extraño sentido del humor. Con los ojos cerrados le pidió:

–Cuéntame más –la voz le temblaba, era sumamente agradable sentir su mano sobre la piel.

Él dio un hondo suspiro y se tendió sobre la espalda junto a ella.

–Qué más te podré decir que no sepas ya –dijo en tono burlón. -No lo sé. Estoy lleno de manías –soltó una carcajada y ella lo secundó. -Me ponen nervioso los lugares con mucha gente, los evito, no lo soporto. No puedo dormir sin haberme cepillado los dientes, ni un sólo día.

–¿Y eso, por qué?

Él tomó su helada mano entre las suyas y prosiguió:

–Tenía yo como seis años y como a todo niño, no me gustaba cepillarme los dientes. Un día andábamos con papá, que hacía estudios de unas famosas ruinas, que no recuerdo en donde fue, lo único que recuerdo es que había unos lugareños vendiendo toda clase de objetos a los turistas. Uno de ellos se me acercó y no sé ni qué me ofreció, sólo recuerdo su boca de grandes dientes torcidos con manchas verdes, negras, cafés y rojas que los cubrían como musgo, ¡y un aliento fatal!

–¡Oiiiii! No sigas... –le pidió Astrid, arrugando la nariz.

Él continuó entre carcajadas.

—Nunca había visto nada igual. Le pregunté a mi mamá por qué estaba así y me dijo que por no cepillarse los dientes. ¡Y desde entonces, no puedo dejar de hacerlo!

—Valió la pena. Tienes una sonrisa hermosa.

—Bueno, de perdido no como la del pobre hombre. El roce de sus largas uñas le provocaban cosquilleos. -Continuemos. No me gusta contestar el teléfono, nunca. Al levantarme de la cama, siempre lo tengo que hacer con el pie derecho. Me gusta mucho leer, leo de todo. Tal vez de ahí que tenga un vocabulario tan elegante, como dice mamá —dijo con orgullo.

—Sí, lo había notado —afirmó con suave voz.

—Pero tú tampoco te quedas tan atrás. Al principio, batallaba para entenderte. Me dije que tal vez eras extranjera o que tu gente tendría un dialecto bastante diferente al nuestro. Pero ahora sé que hablas un noruego muuuuuy antiguo.

Ella le dio un golpe en el pecho con la mano libre.

—¡Ayyyyy! ¡Oye, qué fuerza tienes! —se sobó el área donde recibió el golpe.

Astrid se enderezó y lo miró preocupada.

—Lo siento, era sólo un pequeño empujón. ¡Discúlpame! No fue mi intención, debo controlarme, lo siento mucho —le parecía no disculparse lo suficiente.

—¿Ya tienes la manía de disculparte tanto, tú también?

A Astrid no le gustaba sentirse vulnerable ante él, aunque admitía que le agradaba empezar a sentir emociones tan humanas, de las que se había olvidado.

—Eres una mala influencia. Tal vez debería de alejarme, antes de que sea demasiado tarde —lo amenazó.

Él la abrazó con fuerza.

—Ya es demasiado tarde. De nada sirve evitarme ahora. El daño está hecho. No te será tan fácil deshacerte de mí —aseguró.

Ella se dejó llevar por el placer de sentir su cuerpo caliente. Siguió inmóvil, rendida, disfrutándolo.

—Sigue, sigue —lo apremió con los ojos cerrados. Disfrutaba mucho oír su voz, tan varonil.

Sin dejar de abrazarla, continuó:

—He estado pensando que soy un engreído —ella hizo el intento de separarse, pero él la contuvo y siguió—, sí, siento que no tengo amigos porque se me hacen muy inmaduros. Los considero infantiles y tontos. Me creo mejor que ellos. ¡Me fastidian! El que no piensen en las consecuencias de lo que hacen y se crean los muy graciosos. ¡No lo soporto! —él mismo se sorprendió de lo que acababa de confesarle. -Y como has visto, me encanta vestir jeans y camisas de franela, me siento muy cómodo así.

—¡Qué ironía! Tú pudiendo tener muchos amigos, prefieres estar solo. Yo que me gustaría tener aunque sea una amiga, no puedo, debo de seguir sola —se lamentó.

—Tienes razón... Tal vez por eso nunca seamos completamente felices. Lo que nos ofrece la vida, eso no lo queremos, queremos lo contrario. Lo que tenemos, tampoco lo queremos, queremos lo que no tenemos —dijo como si estuviera recitando un poema.

—¡Eres todo un filósofo Maniuel!

—Sí, lo sé. Nací en la época equivocada —la miró divertido. -Por eso me gustan las mujeres mucho mayores que yo.

Ella hizo el intento de darle otro golpe en el pecho, pero esta vez, controlando sus fuerzas. Pero él, con un rápido movimiento, se cubrió con la almohada.

—¡No! ¡Detente! ¿Cómo explicaría que me quebré las costillas durmiendo? ¡Nadie me creería!

—¿En verdad no te das cuenta de lo que provocas en las chicas? ¡No tienes remedio! —le dijo y volvió a recargar su cabeza sobre su pecho, que ya le resultaba tan familiar y le dio un suave beso en la reluciente piel.

-Con cuidado, pequeña, no debes despertar a la bestia que hay dentro de mí —su voz era seductora-. Te puedes arrepentir.

Ella miró con atención su cautivadora sonrisa. Ahogó un suspiro, él lo notó.

—¿Por qué lo reprimes?

Lo miró extrañada. —¿A qué te refieres? —no entendía de qué hablaba.

—El suspiro que reprimiste... En algún lado leí que los suspiros son besos que no se dan.

—¿También eres poeta?

—Sólo lo leí y me gusto mucho —se le quedó mirando, era tan hermosa. Sus manos temblaron. Tenía que pensar en otra cosa. -¿Te gusta leer?

Astrid asintió con la cabeza y sintió su perpleja mirada.

—¡No me mires así! Podemos sacar libros de la biblioteca, o revistas y periódicos de los quioscos. Por supuesto que los regresamos. Me gusta mucho, en las noches, sentarme en la sala de la biblioteca, en una de las largas mesas. Siento como si estuviera en la escuela —confesó con un dejo de melancolía.

—Deberías ir a la escuela —la animó.

—¿Y qué diría el primer día al presentarme? ¡Hola, me llamo Astrid! Tengo mil doscientos años —levantó la mirada al techo, en un gesto de desesperación.

—No, no. Nadie lo sabría. Sólo dirías diecisiete. ¡Nadie podría dudarlo! —le acarició tiernamente la cara.

Astrid negó con la cabeza.

—No, creo que sería demasiado riesgoso, me daría mucho miedo que la gente me viera. Esta es una comunidad muy pequeña, todos se conocen, por eso nos mantenemos alejados. ¡Imagínate la histeria colectiva que causaríamos!

—Como Orson Welles y su Guerra de los Mundos —la estrechó con fuerza, ¡le inspiraba tanta ternura!

Ella asintió levemente con la cabeza.

—¿Nunca nadie te ha visto? —preguntó cuidadosamente.

—Sólo por unos instantes —respondió con un hilo de voz.

Sintió mucha pena por ella. Pensaba cómo sería el andarse escondiendo siempre, el vivir constantemente en la penumbra. Vio el reloj y se sorprendió de que fuera tan tarde. Las cuatro de la mañana y no tenía ganas de que Astrid se fuera.

Como si ella le leyera el pensamiento, comentó:

—Creo que ya es hora de que me vaya. No quiero ni meterme en problemas ni meterte a ti en problemas. Nuestra situación es ya bastante complicada, ¿no crees? —su rostro se ensombreció.

—No seas pesimista —trató de animarla. -No pensemos en lo malo. ¡Piensa en el lado amable de las cosas! —la codeó sonriente.

—¿Cuál podría ser el lado amable de nuestra situación?

—Para mí, es estar ahora aquí contigo —la tomó entre sus brazos nuevamente y recargó la barbilla sobre su cabeza. -Desde el primer instante que te vi, quise conocerte. Y aquí estás, junto a mí. ¿Qué más puedo pedir? —le dio un suave beso sobre la frente.

Ella se estremeció.

—¡Pero yo no olvido lo que soy! Cómo me gustaría ser un chica nor...

Él la interrumpió, poniendo su mano sobre la boca de ella.

—¡Shhhh! Para mi eres sólo Astrid, la chica más hermosa que he conocido —la admiró, por unos instantes sin decir nada.

Ella lo veía sin parpadear.

—Espero que nunca cambies de opinión —pareció que suplicaba.

—¡Astrid, Astrid! Creo que nunca te convenceré. Pero el tiempo me dará la razón —no le agradaba nada pensar que pudiera dudar de sus sentimientos hacia ella. -¡Siempre estaré a tu lado! —le aseguró por enésima vez.

Ella se levantó.

—Será mejor que me vaya, ya es muy tarde —caminó hacia la ventana y la abrió.

Él se puso de pie también y caminó hacia ella. La tomó entre sus brazos y anhelante le susurró al oído:

—¿Nos vemos mañana?

Astrid asintió sonriente, lo besó en la mejilla y se fue por la ventana con su acostumbrada rapidez.

***

Laria se levantó del sillón asustadísima.

—¿Qué? ¿Vampiros? ¿Andabas con vampiros?¿Vampiros, Manuel? —repitió sin control.

—No debí decirte nada... ¡Ya cálmate, por favor! —le suplicó, esperando que le hiciera caso.

—¡No lo puedo creer! ¡No! ¡No! ¡Dime que no es cierto! —seguía caminando por todo el salón. Estaba demasiado asustada.

—Me presionaste a decirte la verdad. No fue buena idea. Es mejor que aquí lo dejemos —ese era el miedo que tenía, sabía que le resultaría difícil de aceptar. Se levantó y se dispuso a salir de la habitación.

—¡Espera! ¿A dónde vas? —replicó ella enérgicamente. Se dirigió a su lugar y agarró su copa de vino, tomándose el contenido de un solo trago. -No puedes dejarme a medias, tienes que terminar tu historia. Se volvió a servir más vino y se lo volvió a tomar al hilo. Todavía sentía que temblaba. Exhalaba el aire con fuerza, tratando de calmarse. -Además, ¡no quiero estar sola!

—Te vas a emborrachar. Te dije que era una historia difícil, por eso no te había dicho nada —intentó suavizar el ambiente.

Todavía alterada, Laria dijo:

—Debes ser más comprensivo. ¡Esto ha sido un shock para mí! Siento miedo, angustia... ¡Estoy aterrorizada, Manuel! Sólo nos separaba una pared y yo muy quitada de la pena, sin saber que metías vampiros en las noches. ¡Qué barbaridad! —se volvió a servir vino. -¿No pensabas en lo que nos podía hacer? ¿En lo que te podía hacer a ti?

—¡Cálmate! No pasó nada. Y ya no tomes tanto porque te dormirás en seguida y tendrás pesadillas con vampiros.

—¡No es nada chistoso! Tengo miedo, ya no me asustes más, ¡por favor!

—Lo siento. Está bien, siéntate y trata de pensar en otra cosa. Hablemos de las niñas, si quieres.

—¿Qué? ¡Para nada! Ahora más que nunca no quiero que te detengas. No me vayas a dejar a medias con la historia. ¡Ni se te ocurra!

Manuel meneó la cabeza, derrotado.

—¿Pero quién te entiende? —le pareció ver que lloraba. Tal vez fue muy duro con ella. Iba a decir algo pero ella intervino.

—Me inspiró mucha ternura, al mismo tiempo. No imagino el andar siempre escondiéndose de la gente. ¡Qué barbaridad! ¡Pobre muchacha! —exclamó sin dejar de llorar.

—A mí también me inspiraba mucha ternura. No tienes idea —le confesó con voz ausente. -Tal parece que el alcohol ya te hizo efecto —la embromó.

—Y tú, ¡qué valiente! —reconoció. -Seguir a su lado sin importarte lo que era —se estremeció. -¿La viste alguna vez como lechuza, murciélago, lobo o algún otro animal? —preguntó ansiosa.

—¡Para nada! ¿Por qué preguntas eso? —sintió curiosidad.

—¡Qué sé yo! He visto muchas películas de ese tipo, ya sabes, están de moda, y se convierten en lobos o murciélagos. ¡Uyyy, que miedo!

—Al menos nunca delante de mí —recordó pensativo.

—¿Y qué se sentía estar con ella? ¿Estaba muy fría? —la curiosidad la corroía.

—Sí, bastante, pero me acostumbré muy pronto —confesó nostálgico. -Era fascinante —reconoció.

—Pero bueno, ya no te interrumpo más, ¡sigue, sigue! —lo apremió entusiasmada.

Y él, obediente, continuó con su relato.

11

Manuel se alegró cuando por fin terminaron de cenar. Nunca había tenido un sábado tan largo. Tamara pensaba que todavía no estaba completamente recuperado y no le insistió para que ayudara en casa como de costumbre. Erik también lo dejó tranquilo y se la pasó poniendo en orden su oficina. Laria no llegaría hasta el día siguiente, ya que pasaría todo el fin de semana con Dina. Idunn no lo llamó, él le había comentado que estaría ocupado, así que aprovechó para ponerse al corriente en sus tareas y ocupar la mente en otra cosa.

Manuel sabía que no le quedaba mucho tiempo, para seguir excusándose con la fiebre que tuvo, así que decidió que lo aprovecharía al máximo. Sus padres no lo molestaban ni le pedían que ayudara en la casa y él encantado.

Cuando se despidió de sus padres subió a su recámara ansioso por ver de nuevo a Astrid que apareció a las siete de la noche en la ventana.

–¡Hoy sí que viniste temprano!

Ella saltó con su acostumbrada agilidad y se dirigió al escritorio, se sentó en la silla y confesó:

–¡Nunca había tenido un día tan largo!

–Me alegra de no haber sido el único que lo sintió así –confesó Manuel sonriente. -¡No sabes cómo te he extrañado! La tomó de las manos y la levantó. La besó en la frente, estrechándola con fuerza.

Ella lo miró sobrecogida:

–Esto me asusta Maniuel, tengo miedo de nosotros, de pensar que no te veré más... –le confesó, acurrucándose en su pecho. -¡He vivido un día terrible! No hallaba cómo matar el tiempo, ¡fue insoportable! – exclamó angustiada.

–Seamos optimistas –intentó alegrarla, aunque la verdad era que él también sentía lo mismo. -Disfrutemos al máximo del tiempo que estemos juntos –le dijo mientras le acariciaba la cabeza con suavidad, le gustaba sentir su finísimo cabello entre los dedos.

–Me gustaría ser tan confiada como tú, pero no lo logro ¡Es tan difícil evitar todos los malos pensamientos! Cuando no estoy junto a ti, invaden mi mente constantemente.

–Alejemos los miedos cuando estemos juntos. Se recostó sobre la cama, sin dejar de abrazarla.

Sin embargo, poco a poco Astrid se sintió en paz, todos sus miedos se desvanecieron.

–Tenía muchos siglos de no sentirme así –le sonrió traviesa.

–¡Pues ya era hora! –la animó él con su irresistible sonrisa. –Bueno, ahora me contarás el misterio de La Olla, y no acepto excusas, ¿entendido?

Ella espiró ruidosamente.

–Creo que no tengo salida –aceptó viendo como él la miraba con esos ojos profundos.

Manuel esperaba atento, se veía muy bella. Traía unos shorts blancos y un top púrpura sin mangas que contrastaba con la palidez de su piel.

Se preguntaba de dónde sacaría la ropa que siempre traía. Se preguntaba muchas cosas y esperaba, muy pronto, saber todas las respuestas.

Astrid clavó sus cristalinos ojos en el techo y con su suave voz empezó:

—Esto tiene muchísimos años, Maniuel. Yo soy Astrid Ragnvaldsdatter —hizo una pausa.

—¿Eres...?, ¿eres acaso una princesa? —su voz temblaba. -¿Tu padre era el rey Ragnvald? —no lo podía creer. -¿Era tu padre el rey Ragnvald Olavsson? —le preguntó atónito.

Ella asintió ligeramente con la cabeza sin despegar su mirada del techo.

A Manuel le resultaba imposible creer que estaba junto a una princesa vikinga. ¡Astrid, la hija de un rey vikingo! Sentía que su cuerpo temblaba. Ella no se movió, sabía la impresión que debía causarle.

—¿Cómo es posible? —preguntó agitado.

Astrid aspiró honda y lentamente.

—Ya sabes quien soy, eso lo contaré después. Déjame explicarte qué es La Olla —su voz era triste. -Cuando sintió que él estaba más tranquilo, prosiguió:

-Estas historias han andado, desde siempre, de boca en boca. Recuerdo que desde muy pequeña teníamos miedo a los seres nocturnos. Antes era mucho peor, no había electricidad, así que en las noches invernales, la oscuridad era abrumadora. Vivíamos en aldeas pequeñas y las armas de nada servían contra ellos, no eran humanos y además eran demasiado fuertes e impredecibles —dijo mirándolo de reojo.

Manuel no se movía, parecía una estatua, parecía que había olvidado respirar. Seguía escuchándola atónito, sin perder detalle.

Ella continuó:

—Cuando llegaban a las aldeas y atacaban a los habitantes, era algo espantoso. Veías a todos correr desaforados por todos lados, gritando y llorando, era un verdadero caos. No había un lugar seguro para resguardarte, nada podías hacer para salvarte. ¡Salían por todas partes! ¡Era algo terrible!

Las casas no eran tan seguras en ese entonces. Algunas familias que habían perdido a alguien en esos ataques, tenían tanto miedo que por las noches se juntaban varias familias en una pequeña casa, y hacían guardia por turnos, que al fin de cuentas en nada ayudaba. Los de las casas más alejadas reforzaban las puertas y ventanas hasta con cuatro tablones de madera, y tampoco les servían de nada. El miedo y el terror flotaban en el ambiente constantemente, ¡era angustiante! Nadie quería andar solo, siempre andábamos acompañados, y eso tampoco nos salvaba a la hora de los ataques.

Cuando los seres nocturnos llegaban, oías los gritos aterradores, los dolorosos lamentos y el llanto desgarrador que inundaban el entorno completo; sentías que te destrozaban el alma. Y cuando terminaban con la persecución de sus víctimas, el ambiente era completamente desolador.

Los padres llorando por los hijos desaparecidos, las mujeres por sus maridos ausentes y los hombres llorando a la esposa que nunca volverían a ver –se detuvo y cerró los ojos con fuerza, no pudo continuar.

Él le frotó el brazo suavemente, para reconfortarla. Sabía que eran recuerdos amargos. No supo que decir. Le besó la frente tiernamente. Ella ahogó un gemido de dolor.

–No tienes que decirme todo... -la miró a los ojos. -O al menos, no tienes que decirlo todo ahora –sintió lástima al imaginar los horribles momentos que había vivido.

–Hacía mucho que no pensaba en estas cosas, lo evitaba siempre – confesó con voz temblorosa –, pero creo que tienes derecho a saber todo sobre mi. Junto a ti, el dolor es más llevadero – agregó, aferrándose a él.

Una vez más, no supo que contestarle. Se quedó callado esperando a que ella pudiera proseguir. No quería presionarla.

Al cabo de unos minutos, ella siguió:

–La Olla es el área al otro lado de la isla. Las montañas tienen una extraña forma, como un gran volcán vacío, como una gigantesca olla, de ahí su nombre. Esas montañas son tan altas que tapan completamente el sol, siempre está oscuro, en invierno y en verano, no hay ninguna diferencia.

—¡Ohhh! Ahora comprendo..., ese pasadizo... —exclamó Manuel, satisfecho de que sus dudas fueran resueltas.

Ella continuó:

—Sí, ahí adentro es La Olla. El bosque de afuera es muy denso y la ausencia del sol, lo hace mucho más oscuro —explicó.

Él la interrumpió:

—¿Entonces, ahí viven? —preguntó asombrado.

—Desde hace muchísimo tiempo —confirmó con voz débil.

—Y si está tan oscuro, ¿cómo pueden estar sin electricidad, sin luz? —no salía de su asombro.

Ella agitó su cabeza, incrédula:

—¡No necesitamos luz para ver! No necesitamos luz ni electricidad para nada.

—¡Cierto! —él la miró con recelo. -Y entonces, ¿cómo se alimentan? Creo que ya habrían acabado con todo el país.

Astrid lo miró divertida.

—¡Cálmate, no te convertiré en mi postre! —le aseguró al ver su cara temerosa.

—Ya lo sé, si quisieras ya lo hubieras hecho desde hace tiempo —intentó no sonar espantado, aunque se sentía intranquilo.

Astrid se recargó a su pecho antes de continuar:

—También nosotros hemos evolucionado..., digamos que también nos hemos civilizado, era necesario, para vivir en armonía.

—Todo evoluciona y cambia, la vida es un constante movimiento —rió divertido. —No recuerdo en donde lo leí alguna vez —dijo y le acarició la cabeza con suavidad. -¿Y entonces, ¿de qué se alimentan? —seguía intrigado.

—¡De sangre, por supuesto! Pero no al cien por ciento de humanos. La mezclamos con sangre de animales. De hecho, es muy poco el porcentaje de sangre humana que necesitamos ahora —aseguró, esperando, que eso lo tranquilizara por completo.

—¡Sangre light! Muy interesante —comentó entre risas. -¡Vampiros light!

A ella no le pareció muy chistoso.

–No es cosa de risa, Maniuel. Pero imagina que todos los que somos, siguiéramos acabando con los humanos. Ya no habría nadie, estoy segura.

–¿Son muchos? –Manuel no podía disimular su fascinación al oírla.

–Sí, pero somos una población estable. Ya no convertimos a más y más cada día. Eso se detuvo muchísimos años atrás. Creo que yo fui de las últimas, en este país –lo dijo con tristeza.

–¿Sólo aquí en Noruega?

–No, para nada, en muchos países. Pero este tipo de clima, es bueno para nosotros. Los inviernos largos y oscuros, son nuestros predilectos –le acarició el pecho con sus largas uñas.

Él se estremeció.

–¿Has estado en otros lugares? ¿Cómo podríamos decirlo...?, ¿en otras comunidades? –no pudo contener la risa. -¡Me haces cosquillas! Las manos quietas, por favor –la reprendió, sentía sus largas uñas, como puntas de frías navajas sobre la piel.

Astrid se llevó de inmediato su mano a la espalda.

–Sí, nos resulta fácil transportarnos de un lugar a otro –sonrió.

–¿Tienes poderes sobrenaturales? –hizo la pregunta, aunque no estaba muy seguro de querer saber la verdad.

Astrid lo miró suspicaz, pensó un poco antes de contestar, era difícil saber cómo reaccionaría.

–No soy una chica común, de eso debes estar seguro... Aunque creo que ya te habías dado cuenta de eso. Sonrió coqueta.

–Está bien, no tienes que responder a todo –aceptó resignado y un tanto frustrado.

–No es que no quiera decirte, pero las cosas como se vayan presentando. Todo a su tiempo... Te lo dice una experta en lo referente al tiempo –aseguró con aplomo.

Manuel suspiró.

–Si, es mejor. ¿Y no se te han hecho demasiado los años que has vivido?

Soltó una carcajada, le fascinaba su candidez.

110

–No. He oído a muchos quejarse de lo rápido que pasan los años, ¡y es verdad! Ahora que estoy contigo y recuerdo mi vida anterior, la recuerdo como si hubiera sido ayer... –hizo una pausa. -Tal vez nunca pienso en eso... En el tiempo.

Él le tomo la cara entre sus manos y la miró directo a los ojos. -Dime una cosa Astrid, ¿te hubiera gustado más haber sido una simple mortal?

Le retiró la mano y desvió la mirada:

–¡Ayyy Maniuel! ¡Pero qué preguntas haces! –meneaba la cabeza, mientras pensaba. -¡No lo sé! No lo sé... Nunca me hago esas preguntas. Tal vez al principio, al separarme de mi familia... Pero después... No sé, creo que ya me acostumbré a ser lo que soy. ¡Me he acostumbrado, más nunca lo he aceptado!

–Lo siento, pero es algo fascinante conocer a alguien como tú –se excusó avergonzado. -A veces yo pensaba cómo me gustaría poder volar, me gustaría ser muy fuerte... Y de repente, me topo con alguien que puede hacer todo lo que yo hubiera querido –no pudo disimular su emoción. -Otras veces, durante el día, cuando no estás conmigo, me pregunto si has sido sólo algún producto de mi imaginación –bajó la mirada. -Pensarás que soy patético, pero creo que nunca me había sentido tan alucinado por alguien –confesó bastante apenado.

–Lo sé. No debes de sentirte mal. Sé que no haces lo mismo que los demás, sólo por complacerlos o sentir que eres aceptado. Creo que eso sí sería patético, ser uno más del rebaño, eso es lo que muchos hacen, seguirle la corriente a los demás, para no sentirse fuera. ¡Eso sí es triste!

De pronto quiso saber:

–¿Crees que algún día podré visitar La Olla?

Ella lo pensó unos segundos, antes de responder:

–No creo... De hecho, yo no debería estar aquí –su rostro entristeció. – No debemos mezclarnos con ustedes, ni ustedes con nosotros –lo miró a los ojos inquisitiva y no pudo disimular su angustia. -¿Qué estamos haciendo, Maniuel?

–No lo sé –meneó la cabeza. -¡Y no me importa! –declaró con aplomo.

111

–¿Sabes que si se enteraran me mandarían a otro país muy lejos de aquí? ¡Y no me permitirían volver nunca más! –hablaba atropelladamente. -Y por haber roto el pacto, no creo que a nadie más le gustara tenerme entre los suyos –lo miró con cariño. -Y a ti, ¿que te harían a ti? Te tratarían como loco, ¡por el resto de tu vida! –exclamó angustiada.

–¿Por qué siempre tienes que ser tan pesimista? –no le gustaba que también lo hiciera dudar, eso lo sacaba de quicio. -¿No quedamos que alejaríamos los malos pensamientos cuando estuviéramos juntos? Se sintió temeroso.

–¡No puedo evitarlo! –gritó muy alterada. -Eres la primera persona con la que tengo contacto desde hace más de mil años. Es algo nuevo para mí, ¿no lo entiendes?

Los ojos de Astrid se humedecieron. Él se alejó de ella, se sentó en el borde de la cama y le lanzó una mirada fulminante.

–¿Y tú?, ¿qué crees? ¿Acaso piensas que he andado entre vampiros toda mi vida? –no pudo disimular la rabia que sentía.

Astrid se le quedó mirando seria unos instantes. De pronto, se empezó a reír.

–¿De qué te ríes? –le preguntó confundido. No comprendía nada y estaba molesto.

–Sólo tenemos unos días de conocernos y aquí estamos, como un viejo matrimonio, peleando. Era difícil entender lo que decía, pues no dejaba de reír.

–No es gracioso, Astrid – dijo mientras seguía sin comprender qué le causaba tanta risa. -¡No me gusta que discutamos! –su frustración crecía.

Ella se acercó y se sentó a su lado:

–Yo sé que no lo entiendes –tomó su mano entre las suyas–, pero es que, ¡me haces sentir tan humana! Has despertado tantos sentimientos en mí... Recargó la cabeza en su hombro, sabía que no la entendería.

–No sé si eso sea bueno o malo para ti. Pero creo que debemos ser más optimistas

Ella iba a decir algo, pero él se lo impidió poniendo su dedo suavemente sobre sus labios.

—¡Shhhhhhh!

Astrid se calló y se apretó más a él, era indescriptible lo que sentía. No se dieron cuenta de cuánto tiempo permanecieron sin hablar, sólo disfrutando de su mutua presencia. Hasta que, al fin, ella rompió el silencio.

—Creo que es mejor que me vaya. No quiero empezar a levantar sospechas —dijo lánguidamente, sin ganas de separarse de él.

—Y yo debo dormir —la miró inquisitivo. -¿En verdad nunca duermes?

Ella sonrió y meneó la cabeza suavemente.

—Nunca. Se levantó de la cama y se dirigió hacia la ventana. Por la lentitud con que se movía, demostraba las pocas ganas que tenía de alejarse de su lado.

Él la siguió con la mirada, sin parpadear, admirando la majestuosidad de sus movimientos.

—¿Vendrás mañana? —preguntó ansioso.

Se detuvo al pie de la ventana y lo miró sonriente:

—Si tú quieres...

Empezó a abrir la ventana lentamente, mirándolo con ojos retadores. Manuel corrió a su lado.

—¡Por supuesto que quiero verte! La abrazó y le besó la frente. -Te espero mañana, y te aseguro que será un día bastante largo y tedioso —la sujetó fuertemente.

Astrid se escurrió rápidamente de entre sus brazos y en un parpadeo ya estaba de cuclillas en la ventana.

—No me gustan las despedidas —dijo. Y sin más, desapareció frente a sus ojos.

Manuel seguía junto a la ventana.

-Pero, ¿cómo lo hace? Se preguntó mientras la buscaba, sin encontrar rastro de ella. Cerró lentamente la ventana y se dirigió a su cama. Era tarde, pero no había escuela y podría dormir bastante. Así, serían menos las horas de espera.

–¿En verdad era una princesa vikinga? –preguntó Laria asombrada.

Manuel asintió con la cabeza.

–Y dices que se vestía siempre a la moda. ¿Pero cómo lo hacía?

–Bueno, cuando te digo shorts, eran más bien pantalones que ella cortaba. Decía que se sentía más libre y cómoda. De hecho, decía estar feliz de que ya hubiera pantalones para mujeres. Casi acababan de ponerse de moda los famosos pantalones de terlenka -Manuel recordó que, siempre, una pierna del pantalón, le quedaba más corta que la otra.

–Imagina aquel tiempo sin electricidad, las largas y oscuras noches de invierno sabiendo que esas criaturas andaban al acecho. ¡Qué horror! Creo que yo nunca habría podido dormir –ansiosa, Laria se frotó los muslos con ambas manos.

Manuel asintió. -Definitivamente tenía que ser algo horripilante y angustioso. Y como ella decía, no había modo de combatirlos. La observó con impaciencia, sintió que nunca lo dejaría terminar.

Ella comprendió:

–Disculpa que te interrumpa a cada instante, ¡sigue, sigue! –intentó justificarse, le costaba mucho controlar su curiosidad.

Pero él la conocía, sabía que era muy preguntona y que sería interrumpido a cada instante. Así que, sonriente, una vez más, retomó el tema.

12

Tamara golpeó con los nudillos la puerta, muy suavemente. Como Manuel no respondía, se sintió intranquila y abrió la puerta sin hacer ruido. Al verlo dormido, suspiró con alivio y la volvió a cerrar. Se sobresaltó al ver a Erik a su espalda, no lo había oído acercarse.

–¡No hagas eso! ¿Qué no sabes que he andado muy preocupada por Manuel?

–¿Pero qué es lo que tanto te preocupa? ¿Que ha andado muy raro últimamente? ¡Recuerda que es un adolescente! Al contrario, deberíamos estar agradecidos de que sabemos en dónde está y que no ande de revoltoso, como esos muchachos que se emborrachan y luego hacen tonterías. ¡Me alegro de que él no sea así!

–¡Lo sé! Pero ya no convive con nosotros, tampoco sale con sus amigos como acostumbraba después de clases. ¿No te has dado cuenta de que al momento de terminar de cenar, sube corriendo a su habitación? No ve sus programas favoritos. Siento que me esquiva, como si no quisiera estar a solas conmigo. No sé, como si escondiera algo. Lo conozco demasiado bien, algo le pasa.

Erik suspiró.

—Pero eso no significa nada. ¡Ya es un hombre! Deja de tratarlo como niño. Si hay algo que le molesta o si tiene problemas, nos lo hará saber —intentó convencerla.

Tamara se dio por vencida.

—Tú siempre minimizas todo. Nunca ves problemas en ninguna parte. Me gustaría ser igual, pero mi intuición nunca falla —dijo de un modo que pareció arrogante.

Él sintió que no la haría cambiar de parecer.

—Sólo te pido que no lo presiones, pues sólo conseguirás que se aleje más. No es un niño, es un hombre, yo a esa edad ya era independiente. Se dio la media vuelta y siguió su camino.

Ella se le quedó viendo, enmudecida, mientras se alejaba. Tal vez él tenía razón, se preocupaba demasiado por Manuel. Era ya casi un hombre, no necesitaba andar tras él como cuando era un pequeño. Pero su comportamiento era muy extraño últimamente. Ya eran casi las dos de la tarde y seguía dormido, nunca hacía eso, decía que dormir hasta tarde era sólo para los flojos.

-Debe de ser que sigue un poco débil, por la fiebre que tuvo, se dijo, para tranquilizarse y se dirigió al cuarto de Laria para poner un poco de orden antes de que llegara.

Manuel abrió los ojos con desgano. No quería despertar, quería seguir dormido hasta que Astrid apareciera en la ventana, así el día no sería tan tedioso. Le echó un vistazo al reloj de la pared, casi las tres, se alegró de tal manera que, como si lo hubiera impulsado un resorte, se sentó sobre la cama, sonriente.

Después de bañarse y arreglarse, bajó a la cocina. Erik y Tamara preparaban la cena.

—Que guapo amaneciste, ¿vas a salir? —preguntó ella y lo miró expectante. Se emocionó al pensar que tal vez saldría con Idunn o alguna de sus compañeras o compañeros de clase. Claro, era domingo y se juntarían en la pizzería, recordó.

Manuel titubeó, lo que menos quería era levantar sospechas. No quería decir que se arregló porque tenía una cita en su recámara.

—Creo que iré a recoger a Laria. Me hará bien un poco de aire fresco —tuvo que aceptar que no le quedaba otra salida.

—Qué bueno, me alegro de que tengas ganas de salir un poco —trató de que su voz sonara alegre, para esconder su desilusión. Decidió no hacer más comentarios y siguió pelando papas. Vio de reojo que Erik la observaba y supo que era lo mejor. -Pronto estará la cena lista. Puedes ir poniendo la mesa.

Manuel asintió con la cabeza y se dispuso a sacar los platos.

El tiempo que duró la cena pareció interminable. Erik miraba a Tamara constantemente, sabía que empezaría con sus preguntas en cualquier momento y eso no le gustaba. Quería que dejara en paz al muchacho.

Tamara se controlaba, sabía que si preguntaba, Erik de inmediato intervendría cambiando de tema. ¿Qué pasaba con Idunn? ¿Estaban enojados? ¿Que hacía tantas horas en su cuarto sin salir? ¿Por qué ya no veía sus programas favoritos con ellos? ¿Por qué evitaba la más mínima conversación? Quería hacerle tantas preguntas, pero al sentir la mirada penetrante de Erik, no pudo.

Manuel estaba tenso, sabía que en cualquier momento empezarían las preguntas, que nunca llegaron, pero que flotaban en el ambiente todo el tiempo que permanecieron sentados a la mesa. Estaba seguro de que Tamara quería saber qué sucedía en su vida, no podía disimular su preocupación. Así que para calmarla un poco, comentó:

—Viene una fuerte tempestad, así que no nos veremos en la pizzería hoy. Dicen que jamás había habido tantas tormentas en esta época.

Y tan pronto terminó el último bocado del pescado, se limpió con la servilleta y cogió su plato diciendo:

—Creo que será mejor que vaya por Laria, antes de que empiece a nevar —se excusó, aliviado de tener un motivo para retirarse.

—¿No vas a querer postre? —preguntó Tamara asombrada, pues era lo que nunca perdonaba.

Manuel no contestó, lo interrumpió el sonido del timbre de la puerta. Se sintió paralizado, sólo esperaba que no fuera a ser Idunn.

Sin decir palabra y con pasos lentos, se dirigió a abrir. Se alegró de ver a la sonriente Laria entrar, seguida de Dina y su madre, Marit.

Al oír tanto alboroto, Tamara se asomó y se acercó para saludar. Laria brincaba haciendo malabares sobre un pie, mientras trataba de sacar la bota del opuesto, que no salía. Dina y Marit, se reían de ella. Manuel se acercó para ayudarla.

—Han anunciado mucho la tempestad que viene. Mi auto estaba sin gasolina, así que aproveché para llenar el tanque y de pasada traerla a casa —comentó Marit, que seguía riendo al ver que ahora batallaba con la otra bota.

—Ya te dije que no debes de ponerte dos calcetas gruesas, pero nunca escuchas, niña —la reprendió Tamara entre las risas. —¿Quieren pasar? Estábamos a punto de empezar con el postre —las invitó cortésmente.

Marit se disculpó, lo que quería era llegar a casa y ya no salir para nada.

—Gracias, pero ya comimos y quiero estar en casa cuanto antes. No me gustaría que me agarrara la borrasca en la calle —dijo y le entregó la pequeña maleta, en la que Laria traía sus cosas. —Será mejor que nos vayamos. Gracias por dejarla venir, la han pasado muy bien. Tomó a Dina de la mano y se retiraron.

—De nada. Hablamos pronto... maneja con cuidado —les dijo Tamara desde la puerta.

Marit no contestó, solo agitó la mano sin voltear a verla.

Cuando Tamara regresó a la cocina, sonrió al ver a Erik y Laria platicando y compartiendo una gran rebanada de pastel de manzana con nieve de vainilla.

—¿Qué, no habías comido ya? —la interrogó sorprendida.

Laria la volteó a ver con nieve alrededor de los labios.

—Papá dijo que no podía decir "no" a mi postre favorito —se excusó y se volvió a llevar un gran trozo a la boca.

Ella le sonrió y se sentó junto a ellos, fue una sonrisa forzada, pues se percató de que Manuel había aprovechado, para retirarse a su recámara.

Erik lo notó y trató de animarla, la conocía demasiado bien.

—Y tú tampoco puedes decir "no" a este delicioso postre. Le acercó el pastel para que se sirviera. -Te ha quedado delicioso, como de costumbre. Le guiñó un ojo y ella no pudo evitar sonreír.

Manuel se recostó en la cama, se sentía inquieto. Tormenta de nieve. ¡Lo que faltaba! Tal vez eso impediría a Astrid venir más tarde. Sólo el pensarlo, le producía un fuerte dolor en el estómago. Deseaba sentir su frío cuerpo junto a él, admirar su hermoso rostro y sus cristalinos ojos. Esa chica se estaba convirtiendo en una obsesión. Le aterraba pensar en qué acabaría esta relación de locos, como ella la llamaba. Faltaban casi cuatro horas para que llegara. No sabía qué hacer, ya había acabado con los trabajos pendientes de la escuela.

Veía por la ventana que la nieve caía copiosamente. El gran árbol que tenía enfrente, estaba cubierto en su totalidad, sus desnudas ramas estaban completamente blancas y el viento las mecía furiosamente. Cerró la ventana de inmediato para evitar que la ventisca hiciera volar los papeles y cuadernos que tenía sobre el escritorio.

De pronto, tuvo una gran idea, le pediría a su papá que le prestara uno de los antiguos libros sobre vikingos. Podría conocer algo más sobre Astrid y su pasado. Eso lo alegró y se levantó para buscar a Erik.

Cuando Manuel le preguntó si podría prestarle uno de sus libros sobre los reyes vikingos, Erik no pudo disimular su alegría. Le gustaba que alguien más se interesara en la historia de sus antepasados. Encantado, le pidió que lo siguiera a la oficina.

Muy emocionado, pasaba suavemente los dedos sobre los lomos de los libros. Estaban acomodados alfabéticamente sobre los estantes. Vaciló un poco antes de decidirse. Por fin, sacó dos gruesos tomos, que sabía le interesarían.

—Creo que estos te servirán, tienen un lenguaje menos complicado — comentó mientras le entregaba los pesados libros. -Pero si quieres algo más específico, sólo dime —aseguró, consciente, de que muy pocos sabían más que él sobre el tema.

–¡Sí! Quisiera saber sobre Astrid, la hija de rey Ragnvald Olavsson, que fue convertida en vampiresa y vive en La Olla. ¡Ah! Y que viene cada noche a nuestra casa -pensó, pero por supuesto, no lo dijo. Así que le regresó la sonrisa y le dio las gracias.

Al regresar a su cuarto, se sentó sobre la cama con sus libros. Se sentía ansioso por conocer más acerca de Astrid. Empezó a hojearlos con cuidado y a leer. Estaba tan concentrado, que se sobresaltó al ver a Astrid en cuclillas en la ventana.

–¡Ay, no hagas eso! –exclamó llevándose la mano al pecho. Ni cuenta se dio de cuánto tiempo había estado leyendo.

Con sus suaves movimientos, ella se acercó y se sentó a su lado. Lo besó en la mejilla.

–Pensé que te daría gusto verme. ¡Me equivoqué! –fingió estar triste. - Ni siquiera me viste cuando llegué, estabas muy concentrado con tus estudios.

Él sonrió.

–¡Claro que me da mucho gusto verte! Pero estaba distraído…

Astrid vio los libros y leyó los títulos.

–¡Los reyes vikingos! –exclamó impresionada.

–Yo también quiero saber más de ti. Y en verdad que me ha sorprendido lo que he leído.

Astrid lo observó intrigada.

–¿Y qué has descubierto?

Él se recostó y suspiró profundamente.

–Tu padre fue el rey Ragnvald, hijo del rey Olav, de Lofoten. Tuviste cinco hermanos y fuiste la más pequeña –no pudo evitar reír, al ver la cara de sorpresa que puso al oírlo. -¿Me equivoco? –preguntó arrogante.

Ella meneó la cabeza, antes de contestar:

–¡Así es! –hizo una pausa y quiso ponerlo a prueba. -¿Y qué más sabes de mí?

Su rostro perdió el brillo.

—Aquí dicen que falleciste a los diecisiete años... Que te enfermaste, aunque no dicen de qué —no pudo continuar, sintió un nudo en la garganta.

Astrid bajó la cabeza, apesadumbrada.

—Qué más podían decir, solo que morí, así fue, morí para ellos —renegó con voz entrecortada.

—Espero que algún día me puedas contar lo que pasó —dijo mientras se enderezaba sobre la cama. La tomó entre sus brazos y se espantó, al ver que sus ojos empezaban a cambiar de color y a abrirse demasiado. Lo blanco de sus ojos desapareció y se veían completamente negros, advirtió que sus dientes se habían agrandado y afilado.

Astrid lo hizo a un lado y le dio la espalda rápidamente.

—¡Déjame! Creo que será mejor que me vaya —exclamó con voz excesivamente gruesa y, sin más, se dirigió a la ventana y desapareció.

Manuel se quedó con la boca abierta. No se acostumbraba a la rapidez con la que Astrid se movía. Ni siquiera tuvo tiempo de convencerla de que se quedara, que hablarían de otra cosa. Se sintió triste y todavía temblaba del miedo, no debió de haber mencionado el tema. ¡Pero nada más a mí se me ocurre! ¡Que falta de tacto el mío! Sabía lo difícil que era para ella hablar sobre su pasado. Se levantó a cerrar la ventana. ¡Pero que tonto soy! No dejaba de recriminarse, se sentía demasiado mal. Puso los libros sobre la mesita de noche y se metió a la cama, pronto se quedó dormido.

Una gélida ventisca lo despertó. Estaba muy oscuro, pero alcanzó a distinguir la delicada silueta de Astrid, en la penumbra. Trató de enderezarse, pero se detuvo al sentir que ella se metía en la cama. Se hizo a un lado para hacerle espacio junto a él.

—¿Qué ha pasado? —preguntó tallándose los ojos, adormilado.

Ella se acomodó y se abrazó a su cuerpo.

—He vuelto para disculparme —se oía bastante apenada.

La tomó entre sus brazos cuidadosamente.

—No tienes por qué. Soy yo el que debería hacerlo. Créeme que no quise...

Lo calló poniendo la fría mano sobre su boca.

—No es tu culpa. Tienes todo el derecho de querer saber sobre mí. ¡Pero duele! Aunque haya pasado hace muchísimos años. Yo también fui parte de una familia, fui muy querida. Mis padres y mis hermanos no podían quererme más —explicó con voz suave, casi susurrando. Hizo una pausa.

Él permaneció callado e hizo el intento de prender la lámpara sobre la mesa de noche.

—¡No! Es mejor así. Ella lo detuvo. Manuel no dijo nada y obediente se volvió a acomodar junto a su lado.

Astrid continuó:

—Tú crees que te conozco desde hace unos meses. Estás equivocado. Desde que eras pequeño y venían de vacaciones o por trabajo de tu padre, te veía con tu madre cuando jugaba contigo, mientras él recogía muestras en el bosque, junto a La Olla. Me llamaba mucho la atención cómo te querían. Me acordaba de mi familia, de mis padres. Te conozco desde siempre, Maniuel —le confesó la verdad, no quería mentirle más.

Aunque no podía ver nada, él sintió su mirada en la oscuridad, sus ojos ardían como dos lánguidas llamas. No supo que decir, la escuchaba atento.

—Desde que se mudaron a la isla, te seguí siempre. Me escondía entre los árboles o simplemente caminaba junto a ti sin que me vieras. Cuando andabas solo por la playa, cuando estabas solo en el parque, cuando llorabas porque sentías que los otros niños no te aceptaban —recargó su cara sobre su pecho. -¡Siempre te he querido Maniuel! Se apretó con fuerza a su cuerpo.

Él sintió unas ganas enormes de besarla y decirle cuánto la quería. Se contuvo, como tantas otras veces. No quería que se volviera a ir de su lado, esta vez sería más precavido.

—Tal vez por eso me gusta mi soledad, tal vez de alguna manera siempre he sentido tu presencia junto a mí —le aseguró con voz ronca.

—No sé si hice bien en dejarme ver por ti. No sé si está bien lo que hacemos —estaba angustiada. —Tal vez hubiera seguido así, sólo como una compañía invisible, siempre junto a ti, como una sombra.

—¡No! ¡No digas eso! ¡Me alegro de haberte encontrado! La estrechó vehemente, el sentir tan cerca su frío cuerpo le despertaba todos los sentidos. -¿En verdad no te das cuenta de lo que ahora significas para mí?

—Me imagino que sentimos lo mismo el uno por el otro. Cerró los ojos y continuó:

-Quiero hablarte de mi familia. Mi padre, el rey Ragnvald, tuvo dos esposas. La primera, Gunhild, murió joven, al dar a luz a su sexto hijo. Se casaron muy jóvenes. Mi padre decía que era muy enfermiza. Perdió tres hijos y sólo tres vivieron, de los seis que tuvieron. Tenía varias amantes, mi madre entre ellas, Sigrid. Así era en ese entonces, podía tener varias amantes a la vez. Con mi madre tuvo dos hijos varones y a mí. Yo fui la menor de todos. Gunhild murió cuando yo tenía tres años. Mi padre se casó con mi madre, no buscó más amantes. Decía que su vida estaba completa.

Manuel la interrumpió.

—Debió haberla querido demasiado.

—Sí, eso creo. Era muy buena y decía que desde que nací, él cambió mucho. Me parezco bastante a él. Era altísimo, muy rubio y bastante fuerte. Yo lo quería con todo mi corazón —hablaba con melancolía.

—¿Y a qué te refieres con eso de que cambió mucho desde que naciste? —preguntó intrigado.

—Él era el rey de acá del norte. En ese entonces había muchos reyes. Gobernaban poblaciones pequeñas. Empezaban a conquistar otros países, siempre en busca de riquezas. Aquí en Noruega, andaban en guerra unos con otros por ganar terreno y riquezas, también. Empezaba la era de los vikingos. Pero decían que desde que yo nací, le fueron importando cada vez menos las batallas... No sé... Mamá decía que yo era la niña de sus ojos —sintió un nudo en la garganta al recordar. -Tal vez por ser su única hija.

Él le acarició la cabeza. Siguió callado, esperando a que ella continuara.

—Creo que será mejor que me vaya. Tú debes dormir —dijo en un susurro.

-No te vayas. Quédate —su voz temblaba, suplicante.

—No puedo, Maniuel. Ya te lo he dicho, no quiero levantar sospechas. Si saben en dónde ando... Será mejor vernos mañana —trató de convencerlo.

Él no contestó. Sintió cómo se escurrió de entre sus brazos y desapareció de la habitación, dejando una helada brisa a su paso. Estaba tan cansado que de inmediato se quedó dormido.

***

—¡Manuel, ahora comprendo! —exclamó Laria satisfecha. —Debió de haber sido muy difícil para ella el haber perdido a su familia... y tú le traías todos esos gratos recuerdos de lo que ella había perdido. Ella te lo dijo: me acostumbré más nunca lo he aceptado —recordó.

—No lo sé. No estoy muy seguro de eso —contestó pensativo. -Más bien creo que extrañaba mucho la compañía humana. Como dices, nunca aceptó lo que hicieron con ella... ¡Y la comprendo totalmente! Bueno, dijiste que no más interrupciones.

Laria se cubrió la boca con las dos manos y se dispuso a oírlo con atención.

13

Un lunes como todos. A la mayoría les gustaba empezar otra vez las clases, ver de nuevo a sus compañeros, a los cuales habían visto también durante el fin de semana. Todos hablaban de lo que habían hecho y de lo que harían el siguiente fin de semana. A Manuel le causaba risa, apenas empezaba el lunes y ya planeaban el fin de semana. Idunn se sentó a su lado todo el día, como de costumbre, nunca se separó de él. Manuel trató de ser cortés. Platicó con ella, Lars y Berit animadamente, aunque esperaba con ansias la hora de salida. Quería llegar a su habitación y seguir leyendo sobre los reyes vikingos, pero más que nada tenía unas ganas inmensas de ver de nuevo a Astrid. Las horas parecían interminables.

Idunn pareció más tranquila al no verlo tan distante y distraído, se sentía feliz al verlo tan animado y platicador como de costumbre.

Sin embargo, Manuel suponía que no debía levantar sospechas con sus amigos, tenía que actuar como de costumbre. No podía decirles nada sobre Astrid, no tenía permitido informarles de su existencia, tampoco podía decir lo mucho que significaba para él, mucho menos lo que sentía por ella. Sentía que cada día quería más a Astrid, sentía que llenaba su vida, mientras Idunn le interesaba cada vez menos.

Al llegar a casa le sorprendió ver a Marit en la cocina y a Laria y Dina tratando de armar un pequeño rompecabezas sobre la mesa.

–¡Hola! –saludó y miró inquisitivo a Marit.

Ella se le acercó, estaba nerviosa.

–¡Hola, Manuel! Tu papá llevó a tu mamá al hospital. No te asustes, no es nada grave. Bueno, dentro de lo que cabe. Tamara se cayó al ir a la tienda y le enyesarán la pierna. ¡Pobrecita! Pronto estarán de regreso... Pero bueno, ya estás aquí, creo que nosotras nos vamos a casa. ¡Vámonos Dina! –hablaba como tarabilla.

Dina y Laria protestaron al unísono:

–¡No! Todavía no, ¡por favooooor! –suplicaron al mismo tiempo.

–Sí, Dina, tu papá no tarda en llegar también. Mañana jugarán de nuevo. Se dirigió a la puerta. -Por favor Manuel, dile a tu mamá que si necesita ayuda, no dude en pedírmela. Se colocó la bufanda alrededor del cuello y cogió su abrigo.

Manuel las acompañó a la puerta.

–Sí, claro, yo le digo. Gracias por haber venido.

Marit le palmeó la mejilla.

–¡Ay, Manuel, qué bueno eres! Espero que mis hijos sean como tu cuando tengan tu edad. Dina, primero ponte la gorra y la bufanda, al último la chaqueta. Bueno, nos vemos –abrió la puerta y salieron.

Manuel no vio a Laria en la cocina al regresar. La buscó en la recámara pero tampoco estaba ahí.

–¡Laria! ¡Laria! ¿En dónde estás?

Pero ella no contestaba.

Se dirigió a su cuarto y ahí estaba sobre la cama, hojeando los libros, que su papá le había prestado.

–¿Qué haces? No pudo evitar sonreír al verla tan interesada, con el seño fruncido, muy concentrada.

Laria lo miró con el mismo gesto de disgusto que hacía cuando su papá la obligaba a tomar una cucharada de aceite de pescado.

–¿En verdad entiendes esto? No disimuló su desagrado.

Él se sentó en la orilla de la cama.

—Sí, no es tan difícil cuando empiezas a leer desde el principio —le aseguró, cariñosamente.

—Pero son demasiados nombres. ¿Los tienes que aprender todos? Casi se le salían los ojos de la impresión.

Él ahogó una carcajada.

—No, para nada. Es sólo que quiero saber un poco de nuestros antepasados.

—Me gustaría casarme con un rey, que todos obedecieran lo que yo digo y que cocinaran sólo lo que a mí me gusta en las comidas— afirmó con aplomo.

—Tal vez mejor con un príncipe, un rey sería demasiado viejo para ti —la corrigió entre risas.

Laria lo miró vacilante.

—¿Y como quiera todos harían lo que yo digo? —esperó expectante la respuesta.

—Tal vez sólo tus sirvientes. Ya no es como antes. Pero si yo llego a ser rey, te daré muchísimos sirvientes para que hagan lo que digas.

Se le iluminó el rostro.

—¡Siiiiiii, gracias! —se le echó al cuello y apretó su mejilla contra la de él. -¡Muchas gracias!

—¡Cálmate, cálmate, no será mañana! Oyó que alguien abría la puerta. -Ven, creo que ya llegaron. La tomó de la mano y salieron de la habitación.

Manuel sintió compasión al ver a Tamara atravesar la sala batallando con las muletas hasta llegar al sillón en donde se dejó caer. Parecía exhausta. Se acercó para besarla en la mejilla.

—¿Qué pasó? —la cuestionó impaciente.

Ella meneó la cabeza.

—Pues sólo que me resbalé y caí sobre la pierna. Andaré con el yeso seis semanas. No puedo apoyar el pie en el suelo y tampoco mojarlo. Erik se sentó a su lado.

—No te quejes, bonita, el doctor dijo que tuviste suerte, pudo haber sido peor. Le besó la frente con ternura. —Además, todos ayudaremos en casa —volteó a ver a Manuel y a Laria. -¿Verdad?

—Sí —respondieron en coro, sonrientes.

Laria se le acercó y dio unos golpecitos con los nudillos sobre la blanca casaca. Erik la reprendió, pero Tamara dijo que no había problema, que no sentía dolor.

—¿Puedo hacer dibujos con mis marcadores de colores? ¿Puedo poner mi nombre?

—¿Niña, no tienes tarea que hacer? —le preguntó Erik, con la esperanza de que se retirara por un momento.

Ella agitó la cabeza orgullosa.

—No, ya la hice —volvió su suplicante mirada a su mamá. -¿Puedo? - esperaba con impaciencia su respuesta.

—Sí, ve y trae tus marcadores, tal vez si decoras esta cosa, me será más fácil aceptarla. Sonrió resignada. Sabía que de nada serviría negárselo, pues insistiría hasta obtener el sí, como de costumbre.

—¡Uiiiiiiii! —gritó la pequeña, mientras corría dando saltos hacia su recámara.

—Bueno, creo que hoy me toca a mi hacer la cena —les dijo Erik mientras se levantaba del sillón. -Tú puedes pelar unas papas, Manuel —le pidió y se acercó a Tamara: -Y tú, mi princesa, te quedas aquí hasta que la cena esté lista. Besó su frente cariñosamente y ella afirmó con la cabeza, sabía que no le quedaba de otra.

—¡Mi princesa! —recordó Manuel e imaginó a Astrid. Tal vez podía preguntar a Erik sobre La Olla o sobre la vida de los vikingos. Sí, tal vez, ¿o tal vez no? Astrid tenía razón, para que levantar sospechas. Mejor preguntaría sobre lo que habían dicho los doctores.

Con suerte, tal vez podría faltar unos días a la escuela, para ayudar a Tamara mientras se acostumbraba a las muletas. No, sabía que no lo permitirían, era más fácil que Erik pidiera permiso en el trabajo, a que lo dejaran faltar a clases. Hablarían sobre los doctores, la tormenta, la escuela, cualquier cosa, menos aquello que más le interesaba.

—¡Manuel, tú también debes poner tu nombre! —le gritó la entusiasmada Laria desde la sala, sacándolo de sus pensamientos.

—Sí, eso haré —contestó con desgano y se dispuso a pelar las papas.

Después de cenar, se alegró de que Erik y Tamara, se retiraran temprano a su habitación. Ella estaba cansada y prefería recostarse en la cama a leer. Erik, que estaba muy complaciente, haría lo mismo.

Laria le pidio que la ayudara con el rompecabezas, quería sorprender a Dina cuando lo viera terminado. Eran sólo 50 piezas y él era muy bueno para eso, no pudo negarse.

Ella emocionada, sacó las piezas de la caja y las empezó a poner en filas.

–No. Es mejor primero sacar todas la orillas y después separar el resto por colores o motivos... Mira, las que tienen un lado plano son las orillas, así tendremos el marco más rápido –le explicaba con paciencia Manuel.

–¡Oh!... Ya quiero que lo vea Dina terminado –balbuceó mientras concentrada, con el ceño fruncido, examinaba las piezas buscando las que iban en el marco.

Él se alegró, se sentía agradecido de ocupar el tiempo en algo. Armar rompecabezas le gustaba. Miró el reloj, solo tres horas y Astrid estaría en su recámara. Decidió no hacer él todo el trabajo y dejar a Laria pensar un poco, y por qué no, romperse la cabeza un poco también.

Poco después, Manuel entró a su habitación y cerró muy despacio la puerta. Se sorprendió al ver a Astrid recostada sobre la cama, esperándolo.

–¿A qué hora llegaste? –preguntó mientras la observaba, estaba muy guapa, como de costumbre. Con sus shorts de mezclilla azul, con la pierna izquierda más larga que la derecha y una camiseta sin mangas color rojo, que se adhería a sus firmes pechos como un guante. Su hermoso cabello recogido en una cola de caballo, muy floja, dejando unos mechones caer sobre su cara. Tragó saliva, sintió que un intenso calor recorrió todo su cuerpo.

–Acabo de llegar... Hace un par de segundos, tal vez. Sonrió con coquetería. –¿Y tú, donde andabas?

Se acomodó a su lado.

—¡Uffff! Hoy fue un día muy fuera de lo común. Y la puso al corriente sobre todo lo que había pasado y lo que había hecho, no sin antes besarla en la mejilla.

Ella lo miraba divertida, lo miraba directo a sus penetrantes ojos oscuros.

—¡Eres hermoso! —repetía en su mente mientras él hablaba.

—Y ése fue mi lunes. La miró satisfecho, una vez que terminó de decir el último detalle. —Y tú, ¿qué hiciste? —preguntó intrigado, quería saber cómo transcurrían sus días.

—Lo de siempre, mi vida no es tan interesante como la tuya —Astrid habló con desgano, desviando la mirada hacia la ventana.

Manuel se dejó caer sobre su espalda, desilusionado.

—¡Yo no sé que sea lo de siempre! —refutó disgustado. -Me gustaría en verdad ser parte de tu vida.

—¡Otra vez a empezar con lo mismo! Es complicado, entiéndelo... —esos comentarios la irritaban.

Cerró los ojos con fuerza, arrepentido.

—Está bien, no discusiones. Y los volvió a abrir, clavando su mirada en el techo, tratando de calmarse. —¿Me podrías decir cómo es tu vida en La Olla?

Ella se dejó caer también sobre su espalda, muy cerca de él. Pensó un poco antes de empezar:

—Tengo muchos privilegios. Me tratan diferente... Digamos que sigo siendo una princesa —lo miró de reojo, pero él siguió sin moverse, así que continuó:

—Primero te contaré cómo fui a parar ahí. Como te decía, mi padre empezó a preocuparse porque hubiera paz entre los del país. Los que más le preocupaban por ser de los más cercanos y más peligrosos, eran los de Trondheim. Eran mucho más que nosotros y querían seguir expandiendo sus tierras. Después de mucho cavilar, se convenció de que lo mejor para todos era que yo me casara con el hijo del rey de esas tierras. Y tras una larga negociación, él aceptó y ofreció que su hijo Ivar se casaría conmigo y viviríamos aquí, pero él gobernaría junto a mi padre.

Manuel la miró sorprendido.

—¿Y tú aceptaste? —la interrogó incrédulo. —¿Aceptaste que te obligaran a casarte con él?

—Así era en ese entonces, Maniuel. Yo era una princesa y mi padre estaba feliz porque yo tendría un esposo poderoso y rico, sería reina en un futuro… Además, aseguraba paz entre los nuestros. En ese entonces también había problemas con los seres nocturnos, como les llamábamos, así que aliarse con alguien con un buen ejército, era también algo positivo. Pero todo resultó contrario a lo que mi padre esperaba —hizo una larga pausa, tiempo que él respetó y siguió callado junto a ella, hasta que exhaló ruidosamente y continuó:

—Mi prometido era un buen hombre. En verdad llegué a amarlo, estaba ansiosa por ser su esposa. Planeábamos juntos nuestro brillante futuro. Él estaba dedicado a la construcción de la que sería nuestra casa. Era muy grande, pues debía tener suficiente espacio para todos los hijos que íbamos a tener. No pudo continuar, sentía un gran nudo en la garganta. Calló por unos instantes.

Él no decía nada, esperó a que ella pudiera hablar de nuevo.

—Hacía yo los preparativos de la boda con mi madre, nos casaríamos en la primavera y sería una gran fiesta de varios días —se detuvo una vez más, apretando sus ojos, reflejando el gran dolor que sentía.

Manuel la abrazó con fuerza, en silencio.

Después de unos minutos, pudo seguir:

—Cada vez los ataques nocturnos eran más terribles. Sabíamos que los que desaparecían no los volveríamos a ver, tal vez algunos se convertirían también en uno más de ellos, a otros sólo los mataban y dejaban sus cuerpos por el bosque. Mi padre estaba convencido de que no los dejaría ganar, quería proteger a su gente. Cada noche los esperaba con más hombres y más armas, eran unos combates sangrientos y desiguales, ellos tenían ventaja. También tenían un líder, Vladim, muy inteligente. Un día, se enteró de los planes de mi padre y no iba a permitir que lo vencieran. Así que una noche, mientras ellos los combatían en el campo, le pidió a Masha, su mujer, que me atrapara.

–¿Está casado? –Manuel se arrepintió de su tonta pregunta y corrigió. -Es decir, ¿viven también en parejas?

–Sí, dicen que desde siempre han estado juntos. Pero bueno... Yo me escondía en mi habitación, con mi madre y uno de mis hermanos. Estábamos muy asustados, oíamos los gritos y alaridos como si estuviéramos en la batalla. Me ponía bastante nerviosa cada vez que sabía que allá afuera, estaban combatiendo a esas criaturas. Pensaba en mi padre y mis hermanos y que no le sucediera nada malo a Ivar. Mi habitación estaba muy oscura, ni cuenta nos dimos cuando Masha entró, ni por dónde lo hizo. De un fuerte golpe derribó a mi madre, dejándola inconsciente. Me tomó con gran fuerza entre sus brazos, traté de escaparme, pero era mucho más fuerte y rápida que yo, no tardó en hacerme su prisionera. A mi hermano lo derribó sin problema. Luché mucho para liberarme, pero no lo logré. Me sujetaba con tanta fuerza que casi no podía respirar. Cuando me trajo al lugar donde combatían, todos se callaron y se quedaron paralizados, al verme entre las garras de esa criatura. Vladim rió estruendosamente y observó a mi padre, triunfal. El silencio era agobiante, nadie sabía qué hacer. Por fin Ivar reaccionó, quiso rescatarme, pero con su propia espada, Vladim lo atravesó y murió al instante, se desplomó frente a mis ojos, el silencio se intensificó aun más, el miedo se apoderó del entorno, mi padre empezó a llorar. Mis hermanos trataron de rescatarme, pero él los detuvo, no iba a arriesgarse a perderlos también. Fueron momentos estremecedores.

Manuel sentía la piel de gallina.

–Pero... ¿No había nada contra ellos? Ajos, crucifijos, cebollas o qué se yo...

–Todo eso son cuentos, invenciones de la gente. ¿Crees acaso que no intentábamos cuanta cosa oíamos? ¡Todo era inútil! Sólo eran efectivas las estacas en el corazón, pero era muy difícil atraparlos. No salían al sol y nadie se atrevía a entrar a La Olla, sabían que no saldrían vivos. ¡Era imposible vencerlos!

–¿Y qué hizo tu padre? Manuel estaba ansioso de que siguiera con la historia.

—Vladim me tomó en sus brazos y mordió mi cuello. Mi padre se puso como loco. Le dijo: Haré lo que quieras, pero no la dejes morir. ¡No la dejes morir!, le pidió a gritos. No la mates, por favor, suplicaba. Mis hermanos lo detuvieron para que no se le echara encima, pero Vladim ya tenía su plan, sabía lo que yo significaba para mi padre.

—¿Prefieres que sea una de nosotros a que muera? —le preguntó con su voz de trueno, burlándose de él.

Mi padre cayó de rodillas, asintió con la cabeza, llorando y gimiendo, estaba deshecho.

—Creo que comprendo muy bien a tu padre —aseguró Manuel en un susurro.

—Yo lo veía, le suplicaba que me dejara morir. No quería ser una más de ellos y sin Ivar no quería vivir más, me sentía muy débil, sentía como la vida se me acababa. ¡Por favor, no la dejes morir!, le rogó mi padre una vez más. Casi sin aliento imploró: Prefiero que la conviertas en bestia, ¡pero no la dejes morir, por favor!.. —Astrid gimió dolorosamente, al recordar a su abatido padre.

Manuel la estrechó con fuerza y esperó a que pudiera continuar.

Haciendo un esfuerzo, ella prosiguió:

—Vladim aprovechó para decirle: Lo haré, pero nos dejarán en paz. Ya no nos atacarán, estaremos en La Olla, ese será nuestro hogar y nos respetarán.

Mi padre aceptó.

—Pero ustedes también respetaran a nuestros habitantes, ¡ya no más muertes! —exigió.

Vladim, después de pensarlo por unos instantes, aceptó. Sólo alcancé a vislumbrar que con un rápido movimiento se pinchó la muñeca con sus colmillos y la puso sobre mi boca, para que bebiera... yo ya estaba casi muerta.

Manuel no dijo nada, sintió lágrimas al borde de sus ojos, luchó por contenerlas.

Astrid siguió hablando:

—Y desde entonces ha habido paz. Vladim y mi padre eran respetados y tenían palabra, así que sabían que nadie quebrantaría el pacto. Vladim y

Masha me acogieron en "su casa", soy como su hija. Al principio los detestaba, por lo que me habían hecho, después poco a poco me fui acostumbrando a mi destino. Por un lado me alegraba de que los de mi pueblo ya no tuvieran tanto miedo a la oscuridad. Veía a mi familia, sin que ellos me vieran. Mi padre envejeció bastante y su salud empezó a decaer. Al siguiente año murió, dicen que de tristeza, nunca superó haberme perdido de esa manera.

Manuel suspiró profundamente.

—Así que por eso nadie se acerca a La Olla. ¿Pero quiénes saben esa historia? ¿Quién se encarga de que se siga respetando el pacto? —estaba desconcertado.

—Los más ancianos de la isla y al morir lo confiesan al que sigue en su lugar. Algunas veces, sólo un hombre de confianza, capaz de mantener la armonía. Tienen que seguir respetándolo, por el bien de todos.

—Pero entonces, ¿cómo se alimentan? —se sentía aturdido.

Astrid esbozó una débil sonrisa.

—¡Ya te dije! De animales mayormente y de vez en cuando un poco de sangre humana. Andamos en busca de turistas, tenemos que ser muy cuidadosos de no atacar a los noruegos. En los bosques, estamos esperando, siempre hay alguien que se cree conquistador y se adentra más de la cuenta en los oscuros bosques. Los barcos son mis favoritos, te pierdes entre tanta gente y sales con un poco de ropa —se pasó la mano a lo largo del cuerpo, mostrando con orgullo su moderna vestimenta.

—Me preguntaba de donde sacabas la ropa, siempre a la moda —al fin conocía la respuesta.

—Nuestra vida cambió el día 2 de julio de 1893, cuando el Hurtigruta empezó con el primer viaje, de Trondheim a Hammerfest. ¡Nunca lo olvidaré! —recordó nostálgica. -Después, con los años, fueron haciendo las rutas más largas y gran cantidad de extranjeros venían. Además de los cruceros, que llegan cargados de turistas de todas partes —dijo sonriente.

—Imagino que has presenciado demasiadas cosas, Astrid. ¡Cómo han cambiado las cosas hasta hoy! Hace unos años el hombre llegó a la luna. ¿Quién iba a imaginarlo? Piensa cuando estabas en tu pueblo, con tantas carencias y mira ahora, cómo hemos evolucionado y progresado —dijo muy orgulloso.

Ella no pareció muy entusiasmada.

—Las cosas cambian, Maniuel. Los hombres son siempre los mismos. ¡Nunca aprenden! ¿Qué me dices de las guerras? ¿Qué me dices de los tiranos que gobiernan a tantos pueblos? —su tono era enérgico. -Sí, he visto muchos adelantos, pero también muchas cosas desagradables. No sé muy bien cuáles sobrepasan a cuáles —agregó decepcionada.

—Bueno, creo que soy afortunado al estar en un país libre —trató de ser optimista. -Además, con tantos adelantos científicos y en medicina, la vida ha mejorado mucho —concluyó entusiasmado.

—Y también cada vez hacen armas más potentes y guerras más desastrosas. La avaricia en las personas también es cada vez mayor —replicó Astrid con tristeza.

Manuel la miró boquiabierto.

—¿Pero es que en realidad tú nunca vez el lado amable de las cosas? —le pareció increíble su negativismo.

—Lo intento, créeme... Pero después de todo lo que ha pasado y he visto... Son los mismos tontos, antes eran tontos rudimentarios y hoy son tontos modernos. ¡No hay más explicación! —exclamó furiosa.

—Está bien, hoy no es tu día de alegría, será mejor hablar de otra cosa antes de que me contagies con tantas negativas —quiso hacerla sonreír, sin lograrlo y de pronto, un pensamiento atravesó por su mente y ensombreció su rostro. -Astrid, y tú, ¿tienes pareja? —no estaba muy seguro de querer saber la verdad.

—No, nunca he tenido. Después de Ivar, no he querido tener a nadie —lo miró directo a los ojos. -Hasta que te conocí —confesó. -Es patético, ¿verdad? —se sintió avergonzada. -¡Una anciana de más de mil años que nunca ha tenido a un hombre! —se cubrió la cara con la almohada, bastante apenada.

Él retiró la almohada de su rostro, con cuidado y cerrando los ojos, le besó la frente suavemente.

—Para mí no eres una anciana, eres una hermosa y sexy chica de diecisiete años —le aseguró.

A ella le gustaba sentir sus suaves y tibios labios sobre su piel.

—Los demás casi siempre andan en grupo, a mí me dejan sola. Vladim y Masha les han dicho que me dejen en paz. Eso me gusta, no me molestan nunca.

—¿Y qué haces siempre en la playa?

—Mi padre y mi madre siempre me llevaban, cuando era niña, durante el verano. Me gustaba cómo mi padre me cargaba sobre sus hombros y se adentraba saltando las olas. Me divertía como no tienes idea. Él me enseñó a amar el mar. Me trae buenos recuerdos —recargó la cara sobre su pecho.

—¡Me gustaba verte en la playa! Cómo salpicabas el agua con tus piés descalzos —la miró con los ojos entrecerrados. -¿En verdad sabías que te espiaba? —no estaba muy convencido.

Ella hundió la cara en su pecho, bastante apenada.

—¡Sí! Lo sabía. Te seguía. Esa mañana que te lanzaron bolas de nieve, te vi tan triste que quería abrazarte y consolarte, pero no podía. Así que empecé a salpicar el agua, para que notaras mi presencia, para sacarte de tu tristeza —volteó a verlo. -Pero al desaparecer, pensé que no regresarías. Que te asustarías tanto que no querrías regresar más. Pero no fue así, ¡sino todo lo contrario! —aseguró consternada.

—¡Vaya que me trajiste loco esos días! No dejaba de pensar en ti, bueno, hasta la fecha. Te has apoderado de todo mi ser.

—Maniuel, si algún día no me vuelves a ver... Quiero que por favor no me busques —sus ojos se humedecieron, haciéndolos más brillantes aún. -¡Quiero que me lo prometas! —insistió.

Él la alejó bruscamente de su lado.

—¿A qué juegas? ¿Por qué vienes y me cuentas tu historia? ¿Por qué me haces conocerte más para luego decir que tal vez no volverás? —gritó molesto. -¡Eres cruel Astrid! ¡Sólo te diviertes conmigo! —se puso de pie y se dirigió al escritorio.

—No lo tomes así, no es como tú crees —replicó entre sollozos.

—¡Entonces dime qué es! —le exigió, exasperado.

—¡Ayer, Vladim me interrogó! Creo que sospecha algo. No quiero ponerte en peligro. No quiero que me destierren. Prefiero verte de vez en cuando a no verte jamás. ¿Qué acaso no lo entiendes? —bajó la mirada, se sentía deshecha.

—Y yo, ¿no te importa lo que yo quiera? —estaba furioso.

Vio que temblaba, nunca lo había visto tan molesto.

—¿Qué es lo que quieres? ¡Algo que no podrá ser! —reclamó con desdén.

—¿Cómo lo sabes? Ya no estamos en tu época. Los tiempos han cambiado, ya no es lo mismo, Astrid —trató de calmarse un poco, se sentó en la silla, dándole la espalda.

Ella también bajó el tono.

—Y tú qué crees, ¿que lo sabes todo y que todo es como te imaginas? ¿Tú que has crecido en una burbuja, rodeado de amor y comodidades? —su tono era sarcástico. - Será mejor que me vaya —se puso de pie y se dirigió a la ventana, esta vez, lentamente.

—Tal vez no sepa tanto como tú, pero estoy acostumbrado a quedarme y enfrentar los problemas —sabía que eso la molestaría y esa fue, precisamente, su intención.

Astrid no pudo disimular su enojo. Sus ojos se agrandaron y oscurecieron completamente. Sus colmillos y sus dientes se agudizaron y crecieron, convirtiendo su boca en un grotesco hocico. Su rostro también se deformaba, transformándose en una horripilante máscara. Su hermoso cabello se encrespó. Logró controlarse y decidió salir. Desapareció rápidamente de la habitación.

Manuel permaneció inmóvil por unos instantes, ni siquiera parpadeaba. Sintió que todos los vellos de su piel estaban erizados. Se dejó caer pesadamente sobre la cama, todavía perplejo. Tardó unos minutos en que su respiración se regularizara de nuevo.

—¿Pero qué fue lo que pasó? No salía de su sorpresa, no se explicaba la reacción de Astrid.

Poco a poco su mente se esclareció. Ahora comprendía por qué siempre que empezaban una discusión acalorada, ella desaparecía. Sintió que temblaba. No sabía qué hacer. Se levantó a apagar el foco y decidió acostarse. Supo que le sería muy difícil conciliar el sueño, presentía que sería una noche interminable.

***

—¡Ayyy, Manuel, qué horror! —exclamó Laria, alarmada. —¡Pero nada más a ti se te ocurrió andar con ella! —no salía de su asombro. -¿Pero qué, no te daba miedo? ¡Dime la verdad! —lo veía aterrorizada.

Él, con su característica calma, le sonrió.

—No era así todo el tiempo. Y cada vez que se enojaba, huía despavorida. Me asustaba por unos instantes, para que negarlo; pero luego, cuando la volvía a ver, no podía resistirla —confesó.

—Discúlpame mucho, ¡pero era una bestia, Manuel! —aseguró nerviosa.

—Era sólo una linda chica, víctima de las circunstancias, Laria. ¿No lo entiendes? —trató de convencerla, sin lograrlo, por supuesto. Sabía que nadie la vería nunca, como él la vio.

—No, para nada. No era una chica normal, no era humana. ¡Discúlpame, pero no! —le aseguró negando, enérgicamente, con la cabeza.

—Bueno, no te haré cambiar de opinión, ni tú a mí. Mejor seguir con el relato, ¿de acuerdo?

—Sólo una duda —lo miró suplicante. -¿Los vampiros lloran? ¿Derramaba Astrid lágrimas como nosotros? —preguntó ansiosa.

Pensó por unos instantes antes de contestar.

—Los ojos se le veían muy acuosos, húmedos, pero no recuerdo haberle visto lágrimas. Lloriqueaba, gimoteaba, pero no, no le salían lágrimas —contestó ausente, hurgando entre sus recuerdos.

Laria lo observó en silencio.

Él reaccionó.

—Pero bueno, ¿ya puedo continuar? —preguntó y ella le hizo la señal de que continuara, estaba todavía muy nerviosa y no podía hablar.

14

Laria entró corriendo a la habitación. Saltó sobre la cama de Manuel y lo sacudió hasta que abrió los ojos.

—¡Despierta, Manuel! ¡Despierta, Manuel! —le gritaba sin parar.

Por fin él reaccionó.

—¿Qué pasa? —refunfuñó. -¿Qué pasa? —volvió a preguntar sentándose en la cama.

—¡Dina ya tiene gatitos! ¡Su gata ya tuvo gatitos! ¡Vamos a verlos! —gritaba eufórica.

Manuel se dejó caer pesadamente sobre su espalda.

—¡Es sábado, Laria! Déjame dormir. ¡Por favoooor! Se cubrió la cabeza completamente con la colcha.

Laria se quedó inmóvil, parecía no comprender su actitud.

—¿En verdad no me acompañas? —preguntó bastante decepcionada.

—Si quieres vamos más tarde, o tal vez mañana. ¡Déjame dormir, por favor! —sus gritos fueron amortiguados por la gruesa colcha.

Ella se entristeció y muy silenciosa se retiró de la habitación.

Erik y Tamara se sorprendieron por la reacción de Manuel, pues siempre complacía a Laria hasta en lo más mínimo. Tamara no hizo caso de las miradas de Erik y subió las escaleras corriendo. Tenía una semana que le habían quitado el yeso, había quedado muy bien, aunque batalló en un principio para caminar.

Tocó antes de entrar, pero al no oír contestación, no tuvo más que abrir.

—¿No oyes que estoy llamando a la puerta? —gritó ofuscada.

Manuel se enderezó de inmediato.

—Pensé que era Laria, otra vez. Trató de disculparse y la miró interrogante.

Ella intentó calmarse.

—¿Qué te pasa, Manuel? —no pudo disimular su angustia.

Lo que menos quería, era hablar de lo que le pasaba. ¿Qué quería saber? ¿Que Astrid es una habitante de La Olla y desde hace casi dos meses desapareció por esa ventana y no he vuelto a saber nada de ella? ¿Que esta situación me está volviendo loco? Eso era lo que pasaba y como de costumbre, no lo podía decir. Sólo se encogió de hombros y desvió la mirada, hacia la ventana. No le extrañó que siguiera nevando.

Tamara se acercó y se sentó al borde de la cama.

—No quiero que pienses que te abrumamos, pero estamos preocupados por ti... Has estado…. Has actuado diferente últimamente —quería encontrar las palabras correctas, pensaba que si sentía confianza se abriría con ella y le explicaría el por qué de su extraño comportamiento. Le preocupaba que la pasara siempre encerrado en su habitación. Ya no salía con sus compañeros, tampoco los domingos se juntaba con ellos en la pizzería como siempre lo hacía. No platicaba tampoco con ellos, andaba taciturno y parecía malhumorado siempre.

Él no dijo nada, siguió con la mirada perdida. Lo enfadaba que lo tratara como a un niño. No podía decirle que tenía muchísimas ganas de ver a Astrid, que le era insoportable el dolor que le causaba su ausencia.

Ella permaneció en silencio, quería que supiera que no se daría por vencida tan fácilmente.

Le molestó su actitud, se sintió invadido. ¿Por qué no respetaban su espacio? ¿Que no era suficiente con sacar buenas notas en la escuela? ¿Por qué no podían dejar su vida privada sólo para él?

Tamara seguía en silencio, esperando una respuesta.

Manuel echó la colcha a un lado y sin decir palabra, se levantó de la cama y salió de la habitación. Sabía que ella no se movería hasta obtener una explicación, cosa que no estaba dispuesto a dar, al menos no por ahora. Se dirigió al baño, cerrando la puerta con un fuerte golpe.

Erik subió al oír el tremendo ruido. Encontró a Tamara sentada, llorando.

—¿Pero qué le pasa? ¿Por qué ni siquiera me dirige la palabra? —le dijo balbuceante, al verlo entrar.

Erik se molestó y se dirigió al baño inmediatamente, tocando con fuertes golpes.

—¡Abre, Manuel! ¡Abre ahora mismo! —su rostro estaba rojo de coraje.

Él abrió la puerta envuelto en una toalla, escurriendo agua por todos lados.

—¿Qué tampoco tengo derecho a bañarme sin que me estén molestando? —le gritó a su asombrado padre.

Erik no esperaba esa bienvenida. Se sobrepuso a su asombro y le contestó:

—No sé qué fregados te pase, pero ni a tu mamá ni a mí nos tratas así. Si se te pregunta algo contestas...

—Lo siento, no volverá a pasar —lo interrumpió y se dirigió al cuarto, dejando un rastro de agua al caminar. Quería pedirle disculpas a su mamá quien seguía sentada, enjugándose las lágrimas. Se acercó y la besó en la frente:

-Discúlpame. Quería levantarme tarde pero desde muy temprano entró Laria, saltando sobre la cama y gritando, eso me puso de mal humor —explicó con tono suave.

—¿Qué te pasa? —Tamara aprovechó la ocasión, estaba segura de que esta vez le respondería.

Y él lo sabía, así que pensó en una excusa.

—Son los exámenes, mucho que estudiar y los trabajos. Me siento muy presionado, no quiero dejar ninguna materia pendiente. Y en parte era verdad.

141

Tamara le acarició la mejilla cariñosamente.

—Tú también discúlpame, hijo. Tu padre dice que exagero, pero no me gusta verte así. No sales para nada, solo encerrado con tus libros...

—Hoy tenemos fiesta. Nos iremos con Viggo a festejar su cumpleaños a la cabaña de su abuelo. Se alegró de haberlos oído hacer planes, en el salón de clases.

El rostro se le iluminó.

—¡Qué bueno! Se la pasarán muy bien —aseguró jubilosa.

—Sí, esa es la idea. No hay clases el lunes, así que tal vez regresemos ese día... Ya tarde —la volvió a besar en la frente y regresó a terminar de bañarse.

Erik lo palmeó con cariño en la espalda húmeda y le sonrió a Tamara, para convencerla de que todo estaba bien.

Manuel salió de la casa con su pequeña maleta. No tenía idea de lo que haría, pero era mucho mejor que estar en su recámara viendo al techo y oyendo las quejas de sus padres.

Además se convenció de que no podía quedarse con los brazos cruzados, sin saber nada de Astrid. Había vaciado su "alcancía", que era una vieja caja de zapatos, en donde guardaba su dinero. Ahorraba gran parte del dinero que recibía en Navidad y en sus cumpleaños, que sus abuelos sin falta mandaban cada año. Sus padres también le daban dinero cada mes y también ahorraba la mayor parte.

Sus abuelos, los padres de Erik, vivían todavía en Haugesund. Decían que no sabían qué le pudiera gustar, así que para no fallarle, pensaban que era mejor mandarle el dinero y que se comprara algo que le gustara y que usaría. Pero como sus padres todo le compraban, no necesitaba nada, así que siempre guardaba su dinero. Gustoso veía como se iba acumulando, año tras año. Sabía que le sería útil al empezar en la Universidad. Y no quería tenerlo en el banco, prefería saber que podía disponer de él en cualquier momento.

De los padres de Tamara, su abuelo falleció cuando él tenía dos años y su abuela cuando tenía siete. No los veía con tanta frecuencia, pues era muy caro viajar todos a México, pero también los quiso mucho.

Desde que empezó a hablar, su mamá le enseñó el español, lo hablaba bastante bien, aunque con un poco de acento. Erik les había prometido que el próximo verano irían todos a México, él esperaba con ansias ese viaje.

Agarró con fuerza su maleta, como si eso le fuera a ayudar a aclarar sus pensamientos. Automáticamente caminó hasta el parque, en donde había oído a Astrid entre los árboles y se sentó en la banca. Dudó un poco, ¿tal vez sería mejor ir a la playa? Y sin más, tomó el camión hacia allá, bajándose dos paradas antes y caminó al lugar donde la vio por primera vez.

Eran las primeras horas de la tarde, pero ya estaba oscuro. No había luna. Se alegró de que ya no cayera nieve. No había mucha gente en la calle, habían dicho que habría tormenta, para variar. Caminaba muy aprisa. Quería llegar lo más pronto posible, no soportaba las tremendas ganas de verla nuevamente. Su emoción creció, cuando alcanzó a ver las rocas en las que se escondía. Empezó a desacelerar el paso, con la respiración entrecortada.

Cuando faltaban unos dos metros para alcanzar las enormes piedras, sintió que alguien lo detuvo, agarrándolo de la chaqueta por la espalda.

—¡Sabes que no debes venir! —reconoció la voz de Astrid en seguida.

Se sobresaltó al oírla.

—Sabías que no me quedaría con los brazos cruzados, esperando —le aseguró con voz firme.

Ella lo soltó.

—¿No crees que has tardado demasiado? —le recriminó.

Se volvió para verla.

—No tienes idea, de cómo he estado todo este tiempo. Dijiste que no te buscara si desaparecías, así que pensé que alguna noche llegarías. ¡Estoy cansado de esperar! —le confesó angustiado. —Mis padres se preocupan porque sólo estoy encerrado en mi habitación, pero no quiero alejarme de ahí... Quería estar en el momento que decidieras regresar —la escudriñó con la mirada.

—He estado muy apenada. No sabía cómo regresar, no sabía que decir. ¡Me alegro tanto de verte! —mantuvo la mirada fija en sus ojos.

La abrazó vehemente.

–¡Por favor no vuelvas a hacer eso! –suplicó con voz ahogada. –¡No miento al decir que no quiero perderte! ¿No lo entiendes? –insistió una vez más.

Un gran gozo la invadió, al sentirse nuevamente entre sus fuertes brazos.

–Maniuel... Maniuel... ¿Que estamos haciendo? –dijo en un leve susurro.

La miró a los ojos, esos ojos que tanto había extrañado.

–¡No lo sé! No compliquemos más las cosas. Disfrutemos el tiempo que estemos juntos –imploró.

–¿A dónde vas? –preguntó vacilante. –¿Te vas de viaje? –señaló la pequeña maleta, que había dejado caer cuando la abrazó.

Manuel rió.

–No sabía cómo salirme de casa, así que dije que iríamos a celebrar el cumpleaños de un compañero –metió la mano a la bolsa del pantalón. - Traigo suficiente dinero para pasar un fin de semana en un hotel – aseguró orgulloso, mostrando el fajo de billetes.

Astrid agitó la cabeza.

–¿Y cuándo dijiste que regresarías? –esperó expectante la respuesta.

–Dije que tal vez el lunes. No les di fecha exacta –sonrió insinuante y contento. -¿Se te ocurre alguna idea?

Astrid le devolvió la sonrisa, su rostro se iluminó.

–No sé, tal vez podamos escabullirnos por el bosque, a ver a donde llegamos.

Manuel se encogió de hombros.

–Qué más da. Lo único que quiero es estar junto a ti –confesó decidido.

–Entonces espera un momento, no tardo. Y no terminó de decir esto, cuando se dirigió a La Olla, con su acostumbrada velocidad.

Manuel cerró los ojos al sentir la ventisca que provocó al alejarse. Estaba feliz. Cuando salió de casa estaba muy nervioso, pues no sabía si encontraría a Astrid, mucho menos cómo reaccionaría. Se había sentido muy angustiado al pensar en ese encuentro. No podía creer que pasaría el fin de semana junto a ella. ¡Tres días juntos! Estaba muy emocionado.

—¿Listo? —confirmó ella por su espalda.

Él se sobresaltó.

—¡No hagas eso! —la reprendió con los ojos desorbitados.

—Lo siento. Pero es divertido —se esforzó por no soltar una carcajada.

—No tiene nada de divertido, te lo aseguro. Todavía sentía el corazón latir sin control.

—¿Y se puede saber en qué pensabas? Estabas totalmente absorto —quiso saber.

—En el gusto que me da estar de nuevo contigo... Y el miedo que tenía de volver a verte, pensé que seguirías enojada —habló con cautela.

—Bueno, ya no repiquemos en el pasado. ¿Qué haremos? —estaba muy animada. -Ya fui a decir que me ausentaría... Para que me dejen en paz y no me busquen.

—No sé... Puedo tomar un tren o autobús.

—¿Qué? ¿Y de qué sirve mi fuerza y mi velocidad? —lo miró incrédula.

Él no entendía nada. La veía desconcertado.

Ella sonreía.

—Me preguntaste un día si tenía superpoderes, ¿recuerdas?

—¿Te puedes convertir en una gran lechuza? —no salía de su asombro.

No pudo contener una gran carcajada.

—Es mejor que nos vayamos cuanto antes. Sé de un lugar al que podemos ir. Y sin más, se puso a su espalda y lo abrazó cruzando los brazos sobre su pecho, lo levantó sosteniéndolo con fuerza.

Él sintió que el suelo desaparecía bajo sus pies. Sintió que flotaba, saliendo a gran velocidad de la isla. No tuvo tiempo de reaccionar, no sabía con certeza lo que sucedía, fue todo tan rápido.

El viento le traspasaba la gruesa ropa, sintiendo el frío hasta la médula de los huesos, literalmente. Los ojos no podía mantenerlos abiertos, no sentía la nariz, ni los labios. Las manos, a pesar de los abrigadores guantes, las tenía tan entumecidas que no sabía si sostenía aún el maletín que llevaba. Traía sus calcetines de gruesa lana y las botas de invierno y aun así, no sentía los pies. Lo único que notaba era que su cuerpo tiritaba con tanta fuerza, que tenía miedo de que Astrid lo soltara y lo dejara caer.

Cuando sus pies volvieron a pisar tierra, Manuel se sentía todavía anonadado.

–¿Pero qué fue eso? –preguntó con los ojos todavía cerrados, como si sus párpados estuvieran congelados y pegados.

–Lo siento. Se disculpó Astrid –bajando la vista. -Pero sabía que si te explicaba, nunca lo comprenderías y te pondrías más nervioso -seguía con la vista en el suelo. -Creo que es mejor así, cuando menos lo esperas –intentó convencerlo.

Manuel no podía hablar, sentía que su cuerpo temblaba ligeramente.

Ella esperó en silencio, hasta que se repusiera de la impresión.

–¿Me has traído volando? –al fin pudo pronunciar.

Ella asintió levemente con la cabeza, no sabía qué decir.

–¿A cuántas islas estamos de casa? ¡Fue demasiado rápido! ¿En dónde estamos? –hablaba apresuradamente, estaba muy pálido, parecía que los ojos se le querían salir.

–¡Yaaaaa, Maniuel! –lo interrumpió. -¡Basta de preguntas! Llegaste sano y salvo, es lo que importa, ¿no? –gritó exasperada. -Pensé que te gustaría. Hablabas de los superpoderes…

–¡Gracias! –la interrumpió. –¡Ha sido fabuloso! ¡Increíble! Es sólo que me tomaste por sorpresa. No tuve tiempo de pensar. Volteó a su alrededor, estaba completamente oscuro. -¿Pero, en donde estamos? –empezó a sentir temor, pues no reconocía el lugar.

–No te preocupes, conozco muy bien este sitio. No hay peligro alguno, créeme –rató de calmarlo. -Estamos en una isla pequeñita al sur de la nuestra, hay una casa de campo que sólo ocupan los veranos. Nadie nos verá ni nos molestará aquí. Lo tomó de la mano, al tiempo que le decía:

–Ven, sígueme.

Se internaron un poco entre los árboles.

–No veo nada, Astrid. No me gusta caminar así –balbuceó.

Ella dejó escapar una risilla.

–Pero yo veo demasiado bien, no te preocupes. Quiso convencerlo. -No te sucederá nada malo, confía en mí.

Manuel no contestó, se sentía muy incómodo. Era como caminar con los ojos cerrados en un lugar desconocido.

–¿Falta mucho? –preguntó con voz temblorosa.

–Ya casi llegamos –contestó ella entre risas.

Caminaban entre los troncos de los árboles, que no eran tan altos como los de La Olla, pero igual de frondosos. Astrid conocía muy bien las veredas, se movía con bastante familiaridad.

Al fin, después de algunos minutos, vio frente a ellos un lugar despejado, en el centro estaba una pequeña cabaña.

–Al parecer ya llegamos, ¿verdad? –no pudo disimular su alivio al ver la casa de paredes color marrón.

–Sí. Este es mi refugio. Nadie sabe sobre él, sólo yo, bueno, y ahora tú. Estaba emocionada. -Hay otras cabañas en esta isla, pero esta es la más alejada y además está rodeada de árboles frondosos, no hay vecinos cerca.

Caminaron hasta la puerta. Manuel la veía, esperando a que sacara la llave para abrir.

–Tú quédate aquí, no tardaré. Le aseguró ella, se dio la media vuelta y desapareció sin dejar rastro.

La buscó con la mirada, sin moverse. Oyó ruidos tras la puerta que en ese instante se abrió.

–¡Pase usted, caballero! –lo invitó a entrar haciendo una reverencia.

–¿Estás segura de que no hay problema? –preguntó escéptico. Le resultaba incómodo entrar sin la autorización de los dueños y peor aún, sin conocerlos.

–Ya te dije que no, adelante –aseguró de nuevo. Lo tomó de la mano y lo introdujo, cerrando la puerta tras de sí.

–¿Y ahora, qué vamos a hacer aquí? –preguntó buscándola en la oscuridad. Oyó el ruido de alguien prendiendo un cerillo. Se alegró de verla sentada en el rincón de la sala, sobre el piso, encendiendo una lamparilla de gas. Sintió alivio, no era miedoso, pero no le gustaba mucho la oscuridad.

Astrid levantó la mirada, que brillaba como nunca, ante la luz de la pequeña llama.

–Espero que no sientas mucho frío –dijo con su suave voz. -No podemos prender leña, entonces sí nos meteríamos en un buen lío.

Pero Manuel no sentía nada, había pasado todo tan rápido y era todo tan irreal.

–La verdad…, no sé, creo que no, al menos no ahorita.

–¿Quieres regresar a casa? –su voz era triste al igual que su mirada.

–¡No, para nada! Es sólo que ha sido todo tan rápido, no estaba preparado para esto –dijo y se acercó a ella, caminando lentamente.

–¡Me alegro! Había pensado traerte aquí, pero no estaba segura de lo que dirías.

Él no dejaba de mirar a su alrededor pero estaba demasiado oscuro, ella había cerrado las cortinas. Alcanzó a ver a su izquierda una mesa con cuatro sillas y a su derecha dos sofás. No distinguió bien los colores, además no era importante. Al fondo estaba la escalera que daba al segundo piso, donde imaginó estarían las recámaras y el baño.

Manuel se acomodó junto a ella.

–Gracias, te lo agradezco, es sólo que yo pensaba en un hotel, yo necesito comida, ¿sabes? –le acarició la cara con delicadeza. -Y creo que no hay una tienda por aquí cerca –agregó decepcionado.

Ella agitó el dedo índice en el aire.

–Todo está bajo control –le aseguró.

–He estado trayendo comida, la he puesto en ese armario, en la cocina y algo en la hielera, allá afuera –sonrió orgullosa. -Son algunas latas y bolsas de comida, creo que te gustarán.

–Vaya, creo que has pensado en todo –le besó la mejilla cariñosamente.

Astrid sintió sus suaves labios que ardían sobre su piel. Se puso de pie de un salto, tratando de disimular su nerviosismo.

–Traeré unas cobijas, por si sientes frío.

–Creo que nunca me acostumbraré a tu rapidez –aseguró cerrando los puños, buscándola entre la penumbra, inútilmente. Oyó ruidos en el segundo piso, parecía que abrían y cerraban cajones.

—Aquí están, recién lavadas. Siempre lavan todo antes de irse —oyó que le decía por la espalda.

Agarró las cobijas que le ofreció, tomándolas junto con sus manos y atrayéndola hacia él. Con un rápido movimiento puso una sobre el suelo, bajo la espalda de Astrid. La besó en la mejilla, deslizando después sus labios hacia el cuello, lentamente. Ella se entregó, sin poner resistencia. La apretó entre sus brazos y la besó en la boca, vehemente.

Astrid sentía su varonil cuerpo, lleno de deseo al igual que el de ella. Sus manos fuertes la recorrían suavemente, aumentando su delirio. La fue desvistiendo, despacio, sin dejar de besarla.

Ella desabrochó su chaqueta, sin quitársela, sabía que sentiría mucho frio. Pero él se enderezó sobre sus rodillas y se la quitó, la camisa de franela también. Se deshizo del pantalón, de la ropa térmica y su ropa interior. Se echó la otra cobija sobre la espalda, para amortiguar el frio.

Astrid se hincó frente a él y lo besó en el pecho, bajando lentamente hasta su abdomen. El gimió de placer al sentir sus frías manos, acariciando su piel. Ella se dejó caer sobre su espalda y él la cubrió con su ardiente cuerpo.

Sus cuerpos se acoplaron al instante, moviéndose rítmicamente, entre gemidos y caricias. Se sentían y se disfrutaban, deleitándose hasta que juntos llegaron al éxtasis de su pasión.

Manuel se dejó caer sobre su espalda, con la respiración entrecortada, abrazándola con fuerza. Estaba exhausto y feliz. Se sentía en un sueño, todo era tan ilusorio.

Astrid lo miró con ojos húmedos, sin decir nada, no hacía falta. Sonrió con el rostro iluminado.

El la observó con sus intensos ojos.

—Espero que lo hayas disfrutado tanto como yo, Astrid —dijo con un hilo de voz, embelesado.

Recargó la cara sobre su pecho.

—Y yo espero que tú también lo hayas disfrutado tanto como yo, Maniuel. ¡No puedo explicar cómo me siento! El estar aquí, junto a ti, entre tus brazos, sin que nada más importe —dijo ausente, recapitulando lo que acababa de pasar. Estaba feliz y temerosa al mismo tiempo, sabía demasiado bien que de ahora en adelante, nada sería igual.

–Lo sé, me siento igual que tú –aseguró.

Y en silencio continuaron, embebiendo sus deseos, inundando sus sentidos, una vez más, sin advertir el paso del reloj.

Manuel estrechó a Astrid con fuerza.

–Quisiera seguir aquí contigo, para siempre –le aseguró, hundiendo la cara en su cuello. Estaban entre las cobijas, que los habían vestido por tres días.

Disfrutaron los días sin tener horario fijo, se dedicaron a amarse y entregarse por completo mutuamente, con pasión y deseo desmedidos. Era indescriptible la felicidad que sentían. Astrid estaba radiante y Manuel no se quedaba atrás, reían y bromeaban todo el tiempo.

Mientras Manuel comía de las bolsas de papas fritas y galletas, Astrid salía en busca de pequeños animales que le proporcionaran un poco de sangre. Ella había puesto en una pequeña hielera, refrescos embotellados y envases de leche natural y de diferentes sabores; ahora sabía que la de chocolate era su predilecta. Así que Manuel no pasó hambre y no tuvo que salir de la cabaña.

Usaban la ducha y utilizaban las toallas limpias. Él había empacado su cepillo de dientes y productos de rasurar. Se olvidaron completamente del mundo, como si todo el universo fuera esa pequeña cabaña en la que podían amarse libremente.

–Yo también podría seguir, aquí contigo, para siempre. ¡Ha sido maravilloso! Te voy a extrañar tanto –su voz temblaba. –Pero mañana nos veremos otra vez, en tu recámara –intentó sonar alegre. Era muy difícil para ella, el tener que separarse de él, después de ese indescriptible fin de semana que habían pasado juntos.

–Y después, ¿volveremos aquí el fin de semana? –la miró inquisitivo.

–Sí, Maniuel, si tú quieres. Podemos venir cada viernes y regresarnos cada domingo.

–¿Y mis papás? ¿Crées que no se darán cuenta? –preguntó molesto.

—No te enojes conmigo. Era solo una sugerencia —respondió, desconcertada por su mal humor.

—¡No me enojo contigo! Más bien, conmigo mismo. Ya debería ser independiente. Sonrió levemente. -¿Sabes? En el verano tendré que mudarme. Empiezo en la Universidad, ¡seré independiente! ¡Podrás vivir conmigo siempre! Su rostro se iluminó. —Iré a la Universidad en Stavanger, quiero hacer carrera en el área petrolera.

—Será maravilloso, lo sé —lo intentó, pero no pudo disimular su desencanto.

—No pareces muy feliz. ¿No quedamos en que seríamos un poco más optimistas? —le tomo la cara entre sus manos, esa cara que siempre estaba en su mente.

—No lo puedo evitar. Siempre que hablamos del futuro, me entristece —bajó la mirada.

La besó suavemente en la boca.

Sonrió provocativa.

—No empieces algo que no podrás terminar —lo retó.

Manuel la acomodó sobre la colcha, cuidadosamente.

—¿Quién dijo que no podré terminar? La besó nuevamente.

Astrid no contestó, cerró los ojos, rindiéndose a él, dejándose llevar por el deseo, una vez más.

Al volver a la isla, le pidió a Astrid que lo dejara en la playa. Caminó a la parada del camión, nervioso; para su alivio, no viajaba ningún conocido junto a él. Esperaba que sus papás no hubieran descubierto, que no había ido con sus compañeros; y que la hubiera pasado en una isla desierta, en compañía de Astrid. No le gustaba mentirles, esperaba pronto poder decirles lo que pasaba en su vida.

Pensaba en respuestas a las diferentes preguntas que podrían hacerle. Al llegar a casa, respiró profundamente antes de abrir la puerta, para darse valor. Se quitó la chaqueta y el pantalón impermeable, las botas, la gorra y la bufanda, lentamente. Agarró su maleta y se dirigió a la sala, en donde sus padres y Laria estaban muy entretenidos viendo la tv, compartiendo un gran recipiente con rosetas de maíz.

–¡Hola! Ya estoy aquí –los saludó sonriente desde la puerta.

Los tres lo miraron boquiabiertos. Él se sintió incómodo.

Tamara fue la primera en hablar.

–¿Cómo te fue? –no podía disimular su sorpresa.

–Bastante bien. Creo que planearemos algo así cada fin de semana. Y en parte, era cierto lo que les decía.

–Te ves muy bien, Manuel, te ha hecho bastante bien el salir. No le quitaban la vista de encima. -¿Tienes hambre? –preguntó Tamara.

–No, estoy muy cansado, casi no dormimos. Creo que mejor me voy a descansar. Se retiró aliviado, antes de que lo interrogaran más.

Tamara y Erik intercambiaron miradas.

–En verdad se ve muy feliz –comentó satisfecha, mientras lo oía subir las escaleras. -Me atrevería a decir que se ve radiante –aseguró.

Manuel se dejó caer sobre la cama, feliz, recordando los tres días que había pasado junto a Astrid. Casi podía sentir su cuerpo frio junto al suyo. No había dormido mucho, quería aprovechar al máximo el tiempo que estuviera con ella. Así que no tardó mucho en quedarse dormido.

***

Manuel miró a Laria con curiosidad, se le hacía extraño que no lo interrumpiera, como era su costumbre. Laria lo miraba, pensativa.

–¿Qué te pasa?

–No lo entiendo, Manuel, realmente no lo entiendo –dijo apesadumbrada.

Él calló para que le explicara lo que no entendía.

–Si ella ya se había retirado, ¡por casi dos meses! ¿Para qué la tenías que buscar de nuevo? ¡No lo entiendo! –seguía agitando la cabeza, bastante confundida.

–¡No lo sé! ¡Soy muy terco! Sabes bien que lo prohibido es lo más excitante... No quería perderla –confesó algo apenado, pues comprendía que, en realidad, se había empecinado en no dejarla.

—Si ella se retiró, lo hubieras respetado y hubieras seguido con tu vida. ¿No crees que hubiera sido lo mejor? —ella insistía que no había sido buena idea haber empezado una relación con Astrid.

—No, Laria, no me arrepiento de haberla buscado nuevamente. La amaba. ¿No lo entiendes? —le irritaba que no comprendiera su sentir.

Laria le clavó la mirada al tiempo que preguntaba:

—¿La amabas?

Manuel desvió de inmediato la mirada hacia las montañas. Tardó en contestar.

—Eso creí. Sentía que la amaba —contestó un poco apenado. -Debes entender que hay muchas formas de amar, Laria. Y eso que sentíamos el uno por el otro era una especie de amor. Un amor diferente.

—¡Era sólo calentura de adolescente! ¡No me engañas! Conociéndote, te aseguro que fue un reto. Te atraía y te gustaba, te alborotaba las hormonas, sabías muy bien que no debías estar con ella... Lo prohibido, lo clandestino. ¿Cómo podías amarla? —parecía decepcionada de su comportamiento.

Él la miró incrédulo.

—¡Sí! Desquiciaba mis sentidos, trastornó mi existencia, perturbó mi conciencia... Pero ¡quería estar con ella! ¿Es tan difícil de entender? —refutó exasperado. -Perdí la cabeza, me dejé llevar. Era muy inmaduro todavía. ¿Acaso soy el único que ha cometido errores? —trató de justificarse.

—Y eso de que, mientras tu comías en la cabaña, ella anduviera en busca de animales, chupando sangre... ¡Ayyyy, Manuel, por favoooor! ¿Cómo podías soportarlo? —estaba impresionada.

—Me acostumbré a ella de inmediato, lo veía tan normal... Es más, ni siquiera pensaba en eso —intentó disculparse una vez más.

Laria dio un hondo suspiro.

—Bueno, era tu vida. Sigue, por favor —procuró calmarse, después de todo, era el pasado y como él decía, ya nada podía hacer.

La miró vacilante, parecía más tranquila. No sabía si era buena idea seguir con su historia, comprendía que su juventud fue bastante complicada. Sabía que no sería fácil para ella, por eso nunca se atrevió a platicarle su pasado.

Él también intentó calmarse.

–Ahora recuerdo que esos días en la cabaña decidimos tener una clave. Siempre me daba tremendos sustos cuando aparecía de repente, de la nada. Le decía que me daría un infarto. Así que cada vez que nos encontrábamos ella hacía un sonido. Con voz aguda cantaba:
-"Uhhh uhhh, uhhh uhhh" –como el canto de los búhos. Pero al final hacía un agudo muy particular, nunca lo pude imitar. Tenía una voz muy especial –rió al recordar lo que batallaron para encontrar un sonido que sólo ellos pudieran reconocer.

–Dices que era muy rápida e impredecible, creo que hicieron bien en encontrar una clave. Imagino los sustos que te llevabas.

–¡No tienes idea! Andaba yo muy tenso y de pronto oía su voz a mis espaldas, sentía que mi corazón dejaba de latir.

–Dices que te dolía mentirles a papá y mamá, imagino lo mal que te sentías. ¡Tú que odias las mentiras!

Negó con la cabeza.

–No tienes una idea. Pero el día que partí para México, me prometí que jamás volvería a decir una mentira, ni la más mínima –recordó. -Empiezas con una pequeña, que te lleva a otra un poco más grande, que te lleva a otra y otra más, hasta que estás en medio de una intrincada maraña de mentiras de todos tamaños de la que no puedes salir. Así me sentía en ese tiempo y mamá lo percibía. Después, Clara me dijo:

–Yo no confío en la gente que miente, mucho menos en la que engaña a sus padres. ¿Qué puedes esperar tú de esa persona?, y tenía toda la razón.

Laria, se quedó meditando lo que acababa de oír.

–Muy cierto. Hay gente que miente hasta en lo más mínimo. ¿Qué caso tiene?

Al verla sonreír de nuevo se animó, decidió que si ya había empezado, no podía detenerse, así que continuó.

15

Tamara entró a la recámara dando largas zancadas.

—¿Pero qué no oyes el despertador? —intentó apagarlo, pero se le deslizó de entre los dedos cayendo al suelo. -¡Manuel! ¿No piensas ir a la escuela? —y al fin pudo apagar la alarma del despertador.

—Si pudiera, me quedaría en casa —dijo, cubriéndose totalmente con la colcha.

Tamara siguió de pie junto a la cama, sin decir nada. Laria sonreía desde la puerta.

—¡También yo! —exclamó entusiasmada.

—Nada de eso, ve a terminar tu desayuno. Y tú date un regaderazo para que despiertes, Manuel —Tamara agarró la colcha y lo destapó.

—¡Hey, tengo frío! —gritó Manuel, molesto.

—¡A bañarse o se te hará tarde!

Tamara vio de reojo que Laria seguía en la puerta. —Termina el desayuno, no se quedará en casa a dormir, no te apures.

La niña se encogió de hombros desilusionada.

–¿Por qué tenemos que ir a la escuela tan temprano? Deberíamos de ir en la noche, porque es cuando no queremos dormir –refunfuñó Laria entre dientes.

Manuel se sentó sobre la cama.

–Tal vez deberíamos de ir solo en el verano, durante las noches sin luna –agregó con los ojos todavía cerrados. -En invierno, nos meteríamos en cama, como muchos animales que se meten en sus cuevas todo el invierno.

–¡Siiii! –Laria apoyó a su hermano al instante. -Y mamá nos traería comida a la cama para no levantarnos.

–A desayunar, señorita –le dijo Tamara mientras la cogía de la mano. -¡Y ya no le des más ideas a tu hermana!

Laria le sonrió a Manuel, que batallaba para ponerse de pie. Él le regresó la sonrisa y le guiñó un ojo.

Como de costumbre, a Manuel las horas en la escuela le parecieron eternas, ese día más que nunca. Sus compañeros no sabían con exactitud qué era, pero todos lo notaban diferente. La más intrigada, por supuesto, fue Idunn, que le preguntaba insistentemente qué se había hecho que lucía tan diferente.

Es solo que soy muy feliz, pensaba sin decirlo. Le molestaba no poder gritar a los cuatro vientos que estaba enamorado de una chica maravillosa y que las horas para encontrarla de nuevo le parecían interminables. Así que se limitó a sonreír y tratar de ser paciente.

También sus papás lo observaban con curiosidad, especialmente Tamara. Tenía ese brillo en la mirada, que sabía, sólo las personas enamoradas lucían. Pero no quería intimidarlo con mil preguntas, quería que por propia iniciativa, él les diera las buenas nuevas. Suponía que Idunn sería ya su novia formal, estaba segura, pues pronto terminarían la prepa y seguirían en la Universidad. Lo miraba expectante.

En cambio, para Manuel era incomodidad. Molestia también y frustración. ¿Cómo decirles que estaba enamorado de una chica a la que no podían conocer? ¿Una chica que se alimentaba de sangre, que nunca dormía y tampoco era como ellos? ¿Una chica de La Olla? ¡Jamás podría! Así que prefería que siguieran con la duda.

Sí, no podía disimular su enamoramiento, mucho menos esconder su felicidad. Confiaba que la situación cambiaría, como Astrid decía, era un optimista sin remedio.

De todos modos, sus padres estaban contentos de verlo platicador y bromista como el antiguo Manuel al que estaban acostumbrados.

—¡Qué bueno que ya se te quitó lo enojón! No eras el mismo —dijo Laria mientras comían. -Mamá dice que estas enamorado. ¿Es cierto? ¿Tienes una novia?

—¡Laria! ¿Pero qué no puedes ser discreta? —Tamara la reprendió con tremendos ojos. -Si ya terminaste, vete a hacer la tarea.

Erik trató de salir al rescate.

—Qué buena te quedó la ensalada. ¿Verdad Manuel? —cogió la ensaladera y se sirvio una vez más, aunque ya no sentía hambre.

—Es solo que usé un poco de piña —balbuceó Tamara apenada, viendo a la niña que se retiraba de la cocina, arrastrando los pies.

—Y la pasta te quedó también muy rica —la alabó Manuel, divertido.

—Ah sí, es una nueva receta. Tenía miedo de hacerla, pensé que era demasiado queso parmesano, así que usé sólo la mitad de lo que decían y agregué un poco de crema, y también venía en la revista una receta de pescado, que creo probaré mañana —agregó.

—Les digo a mis compañeros de trabajo que no sabías nada de cocina cuando nos casamos, pero que ahora es como si comiéramos en exclusivos restaurantes cada día —dijo Erik entre risas.

—¡Oye! No es que no supiera cocinar, no hablaba noruego y no entendía nada cuando iba a la tienda... Además, según tú, me ibas a enseñar a cocinar y sólo hacías pescado con papas y papas con pescado, todo el tiempo —rió al recordar las penurias que pasó al principio. -Era como si de repente amanecieras en China o Japón, sin entender nada de nada —le aseguró a Manuel, que reía.

—En verdad, fuiste muy valiente, mamá. Atravesaste el mundo con un hombre al que casi ni conocías. Es de admirarse lo bien que te has desenvuelto —le dijo Manuel con orgullo.

Erik la miró con ternura.

–¡Cierto! Yo también estoy muy orgulloso de ti, bonita.

–¡Yo también estoy orgullosa de ti, mamá! –gritó Laria desde la sala.

Todos rieron.

–Esta niña siempre con un ojo al gato y otro al garabato –dijo Tamara, gozosa de saber que la admiraban tanto.

Ya eran las ocho de la noche, Manuel esperaba con ansias la llegada de Astrid y ella no aparecía. Daba vueltas por el cuarto, desesperado. Sintió sed, bajó a la cocina por un vaso de agua. Aprovecharía para dar las buenas noches y decirles que se retiraba a dormir.

Al regresar a la recámara, estaba Astrid sentada sobre la cama, esperándolo, sonriente.

–¡Hola guapo! –lo saludó coqueta.

–¿Pero en dónde has estado? ¡Ya quería verte! –exclamó al tiempo que se sentaba junto a ella. La besó en la boca antes de que contestara.

Ella lo abrazó, dejándose caer en la cama sin soltarlo y sin dejar de besarlo.

Él la siguió, perdiéndose en sus brazos. Se desvistieron con ansiedad. Se acariciaban con vehemencia, ahogando gemidos y dando rienda suelta a la pasión. Sus cuerpos se fundieron entre las sábanas, olvidándose de todo lo demás.

Terminaron rendidos, una vez más. Se recostaron sobre sus espaldas, sin hablar, con la mirada fija en el techo, embelesados, tomados de la mano.

Manuel se puso de pie y se vistió. Astrid lo miró sorprendida. Él le sonrió mientras explicaba:

–No quiero que alguien entre al cuarto y me encuentre desnudo. ¿Qué explicación daría?

Ella asintió con la cabeza, con su brillante mirada. Imitándolo se puso de pie y se empezó a vestir también, al terminar se sentó sobre la cama.

–No he dejado de pensar en ti –confesó, sin voltear a verlo.

La tomó de nuevo entre sus brazos. —Tampoco yo. He estado desesperado todo el día —le susurró al oído. —Quiero que estés siempre a mi lado.

—Ansiaba con todo mi ser que llegara este momento. Pero no sé si es lo mejor para ti...

La interrumpió.

—¿Pero qué te pasa? ¡Ha sido lo mejor que me ha sucedido! ¿Cómo puedes dudarlo? —no comprendía sus comentarios.

Lo miró directo a los ojos.

—Cuando vivía con mis padres, mi mamá me repetía que fuera cuidadosa con los hombres. "Una vez que se entregan a la pasión, pierden la cabeza", decía. "Recuerda que la pasión se acaba", me repetía constantemente.

Él la penetró con la mirada.

—Piensas que esto es pasajero... Crées que para mí no es importante, ¿no es así? —reclamó con tono severo.

—¡No me malinterpretes! —dijo bajando la mirada. -Pero tenemos que ser realistas.

La soltó al instante y se alejó.

—Otra vez con tus pensamientos negativos. Así sólo haces las cosas más difíciles. Manuel le dio la espalda abruptamente.

Astrid se dejó caer sobre la cama.

—¿Acaso piensas hablar sobre mí a tu familia y amigos? —preguntó con sarcasmo. -¿Vas a salir a pasear conmigo, como si fuera tu novia?

Él no contestó, ella tenía razón. Lo había vivido todo el día, tenía ganas de decir lo que le pasaba, quería gritar que estaba enamorado, pero no se atrevió.

—¿No vas a contestar? —cuestionó ella con voz débil.

Lentamente, él se acomodó junto a ella.

—Si quieres, lo puedo hacer. Les diré a todos que estoy enamorado de ti —la abrazó con fuerza.

Astrid lo miró con los ojos húmedos.

—Que más quisiera, Maniuel... Yo también quiero gritar que te amo —no pudo continuar, se apretó a su cuerpo, sin decir más.

Él luchó para contener las lágrimas, sin lograrlo, sintió impotencia por no poder hacer lo que quería.

Después de unos minutos, ella comentó:

–Pienso que será mejor no venir todos los días. Vladim y Masha me miran con recelo, creo que sospechan algo. Pero los fines de semana los pasaremos en la cabaña... Si quieres –sugirió tímidamente.

–También mis papás sospechan algo, mamá dice que estoy enamorado –rió al recodar a Laria.

–¡Será tan difícil no verte! –habló aferrándose a su cuerpo nuevamente.

–Me lo dices a mí... Sólo aguanto la escuela porque pienso en la hora que te veré. Pero es mejor andar con cuidado, no quiero ocasionarte problemas –la besó en la frente.

–¿Nos vemos el viernes en la playa?

Manuel la vio con los ojos muy abiertos.

–¿Hasta el viernes? –tantos días sin verla, no podía imaginarlo.

–Son sólo tres días Maniuel. ¿A qué hora?

Lo pensó un poco antes de dar una respuesta. Tal vez podría verla inmediatamente después de la escuela. Pero tampoco quería levantar más sospechas con sus padres.

–¿A las cinco te parece bien?

–¡Perfecto! Nos vemos a esa hora –confirmó satisfecha. -Se me harán los días interminables –confesó con melancolía.

–A mi también. Me la pasaré pensando en la hora de volverte a ver. La estrechó con fuerza, antes de que desapareciera por la ventana. ¿En verdad tienes que irte? –más que una pregunta pareció una súplica.

Ella se esfumó de entre sus brazos.

–Y luego dices que yo hago las cosas más difíciles. Astrid sonrió por última vez, desapareciendo como siempre, por la ventana.

Manuel se estaba acostumbrando a su fugacidad. A verla frente a él y en un segundo sentirla a sus espaldas, que en un parpadear desapareciera de su vista. A la asombrosa rapidez, que sus ojos batallaban en registrar.

-Eres más rápida que un tris, Astrid -pensó, mientras apagaba la luz del cuarto.

Como lo había predicho, las horas en la escuela le parecieron interminables. Hacía un gran esfuerzo para concentrarse en clases. Idunn lo seguía encantada, feliz por su amabilidad y cambio de actitud en los últimos días. Y para qué negarlo, lo distraía y le ayudaba a no pensar en Astrid todo el tiempo, le hacía la espera más llevadera. Eso en parte lo preocupaba, pues no quería que pensara que seguía muy interesado en ella. Las cosas era diferentes, sus sentimientos también.

En casa convivió más tiempo con sus padres y Laria, pues ya no subía a su recámara tan temprano. Esperaba hasta estar ya muy cansado, para dormirse al instante en el momento en que se dejara caer sobre la cama. Extrañaba mucho a Astrid y esperaba que a ella le pasara lo mismo.

Tamara lo conocía muy bien, sabía que estaba enamorado, no había duda, estaba radiante y feliz, y esperaba con ansias las noticias de su noviazgo con Idunn.

El viernes, Manuel no pudo disimular su alegría. Despertó antes de que sonara la alarma del reloj y bajó primero que todos a desayunar. Tamara estaba sorprendida de que la mesa estuviera puesta y el café listo.

—En verdad, te extrañaré estos días que te irás con tus amigos —le dijo mientras lo besaba en la frente.

Manuel le sonrió.

—El domingo estoy de regreso, no será mucho tiempo. Además, vengo después de la escuela a empacar un poco de ropa. Y a cenar, por supuesto. Pensó que, primero se preocupaba porque no salía y ahora que salía lo extrañaba, pero no hizo ningún comentario. Como si lo hubiera dicho en voz alta, ella rectificó:

—Me da tanto gusto de que salgas con tus amigos y de verte tan feliz —iba a decir algo más, pero los gritos de Laria la distrajeron.

—¡Buenos días a todos! —se sentó de prisa en la silla y se sirvió avena en el plato. —Se me hizo tarde... Pero bueno, ¡ya es viernes! —gritó con júbilo.

—Deja de hablar y desayuna. Recuerda que te recogeré temprano, tienes chequeo con el dentista —le recordó Tamara.

—¡No me gusta ir con el dentista! ¿No podemos ir otro día? —suplicó decepcionada.

—¿Y de qué sirve posponerlo si de todos modos tienes que ir?

—Pues siiii... Pero otro día —replicó con desgano.

—De todos modos otro día tendrás que ir. Es solo chequeo... Después nos iremos de compras —sabía que eso la animaría.

La cara se le iluminó.

—Siiiiii, está bien, entonces vamos hoy —gustosa empezó a comer.

Manuel se levantó de la silla.

—Bueno chicas, las dejo, me voy a la escuela.

Al salir de la cocina se topó con Erik, que apenas llegaba a desayunar.

—Que tengas un buen día tú también, papá —lo abrazó fuertemente antes de retirarse.

Erik meneó la cabeza sorprendido.

—Igualmente.

Cuando por fin Manuel llegó a casa después de clases, no había nadie. Sintió alivio, así con calma empacaría algunas cosas. Se prepararía un emparedado y saldría lo más pronto posible a la playa para encontrarse con Astrid. Antes de salir, dejó una nota en la mesa de la cocina, diciendo que regresaba el domingo en la tarde.

Decidió irse esquiando, así llegaría más pronto. Sentía una gran emoción al pensar que volvería a verla de nuevo. La tarde era muy oscura y el frio le traspasaba el grueso "overol". No había casi nadie en las calles, a pesar de ser viernes. La nieve seguía acumulándose y apenas empezaba diciembre.

Al llegar a la playa se encaminó a las rocas, que se habían vuelto el punto de encuentro. Y a unos pasos, antes de alcanzarlas, oyó la clave a sus espaldas:

—Uhhh uhhh, uhhh uhhh.

No pudo evitar sobresaltarse de todas maneras.

—No lo puedo evitar, es por demás —exclamó con frustración.

Astrid lo abrazó entusiasmada.

—Es sólo que vienes muy nervioso. Ya te acostumbrarás... Será mejor que nos vayamos cuanto antes. Deja los esquíes tras las rocas, no creo que alguien se los lleve, pronto estarán cubiertos de nieve.

Y sin darle tiempo a responder, lo abrazó por la espalda cruzando los brazos por su pecho firmemente.

Él no tuvo tiempo de decir nada, solo comenzó a sentir cómo empezaba a flotar. El aire se colaba por todo su cuerpo, traspasando su gruesa ropa. Cerró los ojos, pues sentía que el aire se le clavaba como puntas de filosos cuchillos. Era indescriptible el frío que sentía por todo su cuerpo.

Se alegró al sentir la blanda nieve, de nuevo bajo sus pies. Temblaba ligeramente.

—¡Al fin, tierra firme! —exclamo aliviado.

Ella soltó una carcajada.

—Y eso que no te he llevado en lo alto, casi podrías sentir el agua bajo tus pies.

—Me alegro de que esté tan oscuro, así no me doy cuenta de nada —dijo Manuel y le extendió la mano resignadamente. -A dónde me quieras llevar —agregó con solemnidad.

De inmediato, le tomó la mano, sonriente.

—Es bueno saber que me tienes tanta confianza —dijo Astrid y se internaron en el bosque.

Manuel estaba un poco menos nervioso que la primera vez, aunque seguía siendo molesto no ver por dónde caminaba. De vez en cuando se tropezaba con alguna piedra. Pero Astrid caminaba despacio, así que no había peligro, se sentía seguro.

Iban por la mitad del camino, cuando oyeron un extraño sonido. Se detuvieron al instante tratando de encontrar qué lo había causado. Manuel sintió que su corazón latía aceleradamente. Astrid le hizo señal de que se quedara quieto y al instante desapareció de su vista.

Manuel sintió el sudor corriéndole por la frente, temblaba, los segundos le parecieron eternos. Tuvo miedo al pensar que tal vez los habían descubierto. De repente, un agudo chillido lo hizo estremecerse y un crujir de ramas y aleteos lo hizo gritar:

—¡Astrid!

Ella apareció frente a él.

—Eran sólo unas lechuzas —dijo tratando de tranquilizarlo.

Él volvió a recuperar el aliento.

—¡Qué susto me llevé! Como te dije antes, no me asusta la oscuridad pero no me gusta nada.

Astrid esperó unos segundos a que se repusiera y lo tomó de la mano para continuar el camino.

Cuando llegaron a la puerta de la cabaña, él se quedó quieto, sabía que ella desaparecería para ir a abrir la puerta. Aprendía rápido las rutinas con ella. Oyó ruidos del otro lado de la puerta y sabía que abriría de inmediato. Astrid lo recibió con una amplia sonrisa y él encantado entró. Se sorprendió al ver que las colchas ya estaban listas y las cortinas corridas.

Ella sonrió con presunción.

—Vine ayer a preparar todo. Así sentí las horas menos pesadas —confesó con su melodiosa voz.

Él se acercó a ella y se empezó a desabotonar la camisa. Ella se puso de pie y lo besó, ayudándolo a desvestirse. Entre besos y caricias, él la desvistió también.

Con premura la colocó sobre la colcha. La besaba apasionadamente, recorriendo su cuello y sus pechos. Ella sentía que sus labios y su lengua, quemaban sobre la piel, al igual que sus caricias. Era enajenante el placer que sentían. Sus cuerpos se fundieron.

Después de haberse amado, él se acomodó a su lado.

—Tenía tantas ganas de volver a estar contigo —le susurró al oído.

—Yo también, como no tienes idea —dijo mientras se acomodaba entre sus brazos. -Mi madre tenía razón, ¡he perdido la cabeza! Y no es nada agradable —aseguró.

—Deberíamos vernos todos los días, aunque sea una hora, así sería más fácil la espera —le besó la mano tiernamente.

—No puedo, como te dije, creo que Vladim y Masha sospechan algo —se angustió al recordar sus caras, que la seguían con la vista a cada instante.

Él la interrumpió.

—¿Pero en que te basas para decir eso? —se sintió intranquilo. -Tal vez son cosas tuyas, dices que has sido muy cuidadosa. ¡No entiendo! —Manuel levantó la voz, no podía disimular su preocupación.

—¡Oye! No te enojes, solo digo lo que pienso. Sí, he sido cuidadosa, pero a ellos no los engañas tan fácilmente. Recuerda que me pueden seguir sin que yo lo note, o algún otro de la comunidad. Además, tu olor impregnado en mi piel... —intentó tranquilizarse. -Yo no ando con ninguno de ellos, siempre ando sola, ahora más que nunca. Antes salía de vez en cuando en grupo, ahora lo evito para estar contigo. Discúlpame, pero no quiero que esto termine. No sé qué haría si no pudiera verte —sólo de pensarlo se angustió.

—¡No quiero perderte, Astrid! —dijo Manuel en un lamento.

Ella lo besó en la mejilla.

—Yo tampoco, Maniuel. No quiero ni pensarlo.

No la dejó hablar más. La besó en la boca y fue descendiendo lentamente, cubriéndola de besos hasta llegar a sus pechos. Ella se estremecía deleitada, acariciando su cabeza, guiándolo hacia abajo. Ahogando gemidos, entregándose al placer.

***

Laria lo miraba incrédula.

—¿Cómo es posible que nadie en la casa sospechara algo? ¿Cómo pudimos ser tan ciegos? —parecía molesta.

Manuel no supo que decir.

Ella continuó:

—¿Por qué mis papás no te siguieron? ¿Por qué nunca preguntaron a uno de tus compañeros? —hizo una pausa. -Lo siento, pero es que no

165

me resigno a oír todo lo que ignoré por tantos años. ¡Me resulta difícil aceptarlo!

–Entiende que eras una niña. ¿Cuántas veces te lo tengo que repetir? ¿Qué caso tenía decirte? ¿Qué hubieras hecho tú? –trató de hacerla recapacitar. -¡Ni yo sabía lo que hacía! –se lamentó.

–Sí, pero tal vez las cosas hubieran sido tan diferentes si les hubieras dicho a nuestros padres lo que pasaba...

–¡El pasado no lo podemos modificar! Desafortunadamente –la interrumpió tajante. -Tampoco debemos torturarnos por lo que pudo haber sido. ¡No lo sabía! De haberlo sabido, ¿crées que no hubiera cambiado las cosas? –se sintió molesto. -¡Me equivoqué! Y acepto haber cometido muchos errores. Lamento no poder hacer nada ya –no pudo disimular la frustración que sentía.

Y no se atrevía a decir que, lo que más le dolía, era haberles mentido a sus padres. Que no lo siguieron porque creían en él, que no preguntaron a sus amigos porque confiaban en él. Eso era de lo que más se arrepentía.

Laria lo miró con ternura, se dio cuenta de que estaba siendo muy dura con él.

–No te culpo sólo a ti, yo me siento culpable en parte, también. Tantos años presionándote para que vinieras, sin saber por todo lo que habías pasado. Discúlpame, Manuel –dijo suavizando la voz.

Él se tranquilizó también y sonrió levemente, en señal de que aceptaba sus disculpas. Se acomodó de nuevo en el sillón y decidió continuar con su relato.

16

Astrid observó a Manuel mientras dormía. Su rostro varonil y sereno, su respiración rítmica, las negras pestañas al igual que su negrísimo cabello, sus suaves y bien formados labios. Eres hermoso, Maniuel, pensaba mientras lo admiraba. Y sentía un terrible dolor, sólo de pensar que no estaría con él para siempre.

El primer hombre con el que tenía contacto, después de tantos años, y que había hecho que renacieran en su corazón, sentimientos que había olvidado. Manuel se estremeció y ella se alejó de su lado, instintivamente.

—¡Buenos días! —balbuceó Manuel mientras forcejeaba para abrir los ojos. Lo primero que vio fue la sonriente cara de Astrid, aunque su mirada reflejaba otra cosa. -¿Ya empezaste a razonar de nuevo? —la reprendió.

Ella hundió la cara en la almohada para ahogar una carcajada.

Manuel la atrajo hacia su pecho.

—¿Qué es tan chistoso? —la besó suavemente sobre los labios.

—Es extraño que me conozcas tan bien, no me acostumbro —acarició con sus frías manos el contorno de su cara, su fuerte mandíbula. -Es un poco incómodo —le confesó.

–Tú lees mi mente, sabes lo que sueño, lo que hago, no hay algo que no sepas sobre mi... ¿Ahora comprendes lo que se siente? —una amplia sonrisa iluminó su rostro. -¡Estamos a mano! —exclamó triunfal Manuel.

–Creo que sí. Pero todavía no me acostumbro —le besó el cuello, suavemente.

Manuel dejó escapar un gemido. Cerró los ojos y la dejó continuar, entregándose una vez más, le era imposible resistirla. Pero esta vez, no fue como las anteriores. Sabían que estarían juntos solo unas horas más. Sus caricias y sus besos eran apasionados, casi salvajes.

Manuel se sentó y ella, a horcajadas, se acomodó sobre sus muslos. Un deseo incontrolable se adueñó de sus sentidos. Él recorría su espalda con caricias desesperadas.

Astrid le besaba el cuello con tanta fuerza que sus dientes lo hirieron levemente, dejando escapar unas pequeñas gotas de sangre.

–¡Ahhhh! —exclamó con dolor Manuel, al sentir el corte en su piel.

Y eso bastó para despertar su sed. Astrid se detuvo y observó las gotas escurriendo lentamente por su piel. Sus ojos se agrandaron y se pusieron completamente negros, desapareciendo lo blanco; sus colmillos y sus dientes crecieron y se afilaron, sus cabellos se erizaron y las uñas de las manos y los pies se hicieron aún más largas. Dejó escapar un chillido agudo y ensordecedor.

Manuel se asustó, la empujó haciéndola a un lado, pero fue inútil. Ella era mucho más fuerte. Trató de ponerse de pie, sin lograrlo, ella lo sujetaba.

–¡Astrid, por favor! —gritó suplicante.

Ella tenía esos desorbitados ojos negros, clavados en la sangre, como hipnotizada. Se iba acercando lentamente a su cuello, con su deformado rostro. Su larga lengua apuntando hacia la herida.

Él no podía creer que fuera la misma.

–¡Astrid, por favor, no! —suplicó una vez más. Tenía los ojos cerrados, temblaba, estaba aterrorizado. -¡Astrid, por favor! —gritó fuertemente. -¡NOOOOOOO!

Ella se detuvo, por un instante y como una ráfaga salió de la cabaña.

Manuel empezó a llorar, no podía detener las lágrimas que corrían sin cesar por sus mejillas. Se vistió de prisa. Dando de traspiés se dirigió al baño y se lavó el cuello con agua y jabón. Se secó con papel y lo tiró por el inodoro, no quería que hubiera rastros de sangre por ningún lado.

Sabía que ella regresaría. Afortunadamente, había sido una herida muy pequeña, la piel estaba limpia de nuevo. Se dirigió otra vez a la sala y se sentó en el sillón, a esperarla. Todavía temblaba.

Mientras tanto, en otra isla, Astrid buscaba algún animal que le proporcionara un poco de sangre. Necesitaba calmar su sed. De repente, vio una desprevenida liebre, que corrió a veinte metros de distancia, dejando su pequeño rastro sobre la nieve.

De un gran salto, ella se colocó frente a la asustada criatura. La miró con sus ojos negros, hipnotizándola. La tomo entre sus manos con un rápido movimiento y se la llevó a la boca, clavando sus colmillos al pequeño y frágil cuello y comenzó a succionar.

Después de casi media hora, Astrid regresó a la cabaña. Estaba bastante apenada. Agachó la cabeza, no se atrevía a mirarlo de frente. Se quedó de pie, en el rincón en penumbra, no quería acercarse.

Manuel seguía sentado en el sillón.

—Ven, siéntate a mi lado —le pidió con voz suave.

Ella exhaló aliviada. Lentamente se acercó y se sentó, con la mirada clavada en el suelo, muy avergonzada.

La tomó entre sus brazos.

—No te preocupes —le susurró al oído.

—No debió de haber pasado —se disculpó balbuceante—. Fui muy descuidada.

—Shhhh! No tiene importancia ya —besó su cabeza cariñosamente, frotando suavemente su espalda. -Cálmate.

Pero ella estaba arrepentida y molesta consigo misma.

Él acarició con la mano sus mejillas.

—No te sientas tan mal —le pidió mientras le besaba la frente.

—¡Soy muy tonta! Pude haber echado todo a perder.

169

—Pero no lo hiciste. No pasó nada —trataba en vano de tranquilizarla, le acariciaba la espalda tiernamente. -Olvidemos eso.

—¡Es mi culpa, Maniuel! —gritaba alterada, con remordimiento.

—¡No! No fue tu culpa, yo también me dejé llevar.

—¡No es tu culpa! Por andar preparando la cabaña... No me alimenté. Siempre soy muy cuidadosa con eso —seguía con la mirada clavada en el suelo.

—Bueno, pero ya lo hiciste —puso su dedo sobre una mancha de sangre, que traía en el antebrazo. -Ya no hay peligro —sonrió débilmente.

—Tuve que salir a cazar... No podía seguir junto a ti —sentía que Manuel no comprendía todo lo que estaba en juego. Después de tantos siglos que habían vivido en paz los habitantes de las islas y los de La Olla, ella estuvo a punto de destruirlo todo. ¿Cómo explicaría que había roto el pacto que tenían? Estaba muy enojada consigo misma por el error que cometió. —¡Fui muy imprudente! —confesó apenada.

Manuel explotó.

—¡Tú no tienes la culpa! Tú no pediste que te convirtieran en una más de ellos —se impacientó. -Ellos lo hicieron contra tu voluntad. ¡Deja ya de culparte! No seas tan severa contigo misma —gritaba con desesperación.

Lo miró sorprendida.

—¿Acaso sientes lástima por mí? —dijo decepcionada, alejándose de su lado abruptamente.

—¡No es lástima! Siento más bien coraje, rabia... Yo siempre quiero tener control sobre todo, pero en un instante la vida cambia, para siempre, aún contra nuestra voluntad. Manuel se puso de pie, dándole la espalda. -Y eso me atemoriza —confesó en voz baja-, mucho más de lo que te imaginas.

Ella se acercó a su lado.

—¡Pero eso es la vida, Maniuel! No podemos tener control sobre el presente, mucho menos sobre el futuro —lo abrazó aferrándose a su cuerpo con fuerza.

Él tomó su cara entre las manos.

–Eso es lo que me da miedo. No poder construir mi futuro como yo quisiera –besó su helada mejilla. -Nuestro futuro –dijo con un nudo en la garganta.

Sus ojos se humedecieron.

–¡No quiero estar triste! Pronto te irás a casa, con tu familia. Y yo regresaré a La Olla, sola –hundió la cara en su pecho.

–Pues no pensemos en cosas tristes –se sobrepuso y trató de reanimarla. -Ven, pongamos todo en orden.

–No es necesario. Yo puedo venir mañana a limpiar. Tú vas a la escuela y así yo también tendré algo para distraerme –estaba compungida.

–Pronto tendremos vacaciones –una sonrisa triunfal se dibujó en su rostro. -Entonces planearemos algo para pasar muchos días juntos – comentó emocionado.

Ella sonrió.

–¿Crées que será posible? Lo miró con recelo. -¿En verdad quieres seguir viéndome? –se mordió el labio inferior, estaba nerviosa.

Él levantó la vista al techo, desesperado.

–¿Cuántas veces lo tengo que decir?

–¡Siempre! Quiero que siempre me digas que quieres estar conmigo – exclamó estrechándolo con fuerza. -Creo que será mejor irnos, parece que va a empezar a nevar... Para variar.

–Sí, hay que ser cuidadosos, lo sé –se dirigió a la entrada, donde colgaba su "overol". Y se empezó a abrigar, tratando de esconder su tristeza.

Esa noche, ya en la cama, Manuel no podía dormir. Repasaba en su mente cada instante del fin de semana. Casi no dormía, casi no comía y lo que comía no era lo más saludable. Pero le gustaba estar con Astrid, de ninguna manera se arrepentía.

Lo que lo seguía preocupando era la reacción que tuvo ella, al ver la sangre que brotó de su cuello. Y retumbaban en su cabeza las palabras que le había dicho su padre a Vladim, el día que la atraparon: "Prefiero que la conviertas en bestia, pero no la dejes morir."... ¡Bestia! ¡Bestia!

¿Era en realidad una bestia? ¿Acaso era tan obstinado que se negaba a aceptar la verdad? ¿Llegaría ella alguna vez a perder completamente el control? ¿Llegaría alguna vez a quitarle la vida?

Alguien tocó a la puerta.

—¡Adelante! —gritó agradecido de que lo distrajeran de sus terribles pensamientos.

Era Tamara, quien abrió lentamente.

—No sabía si estabas dormido... Sólo quería decirte que... Bueno, se me pasó decirte que tu abuelo Roar, está un poco enfermo.

De inmediato se sentó sobre la cama, sobresaltado.

—¿Qué le pasa? —preguntó angustiado.

Ella trató de sonar tranquila.

—Nada grave, no te preocupes. Angina de pecho. Ya está bien, mañana regresa a casa. Así que tu papá y yo pensamos que sería buena idea que la pasáramos todos juntos con ellos esta Navidad.

Manuel no contestó. Por supuesto que le gustaría pasarla con ellos, pero, ¿y Astrid? Le había prometido que pasarían mucho tiempo juntos.

—Si tienes otros planes, no hay problema. Nosotros iremos, ya irás tú en otra ocasión —le sonrió cálidamente. -Hasta mañana, que descanses. Y cerró la puerta cuidadosamente.

Se dejó caer pesadamente sobre su espalda. Las cosas empezaban a complicarse. Si le decía a Astrid que se la pasaría con sus abuelos, ella pensaría que la evadía muy cortésmente. Sabía que ella vivía con temor, de que en cualquier momento, él la abandonaría.

—Sé muy bien que un chico como tú, jamás querría andar con alguien como yo —le repetía constantemente. Sí, ella se arriesgaba demasiado al relacionarse con él y lo seguía haciendo cada vez que lo veía.

¡Pero él la amaba! Amaba la chica que fue antes de caer en manos de Vladim. Era simplemente una víctima de las circunstancias. Contra su voluntad la convirtieron en una de ellos y había pagado con creces por algo que ella no pidió.

Vio el reloj, las dos veinte de la mañana. Por primera vez se alegró de pensar que tenía que levantarse a las seis para ir a la escuela. Eso le envidiaba Astrid, pues ella en cambio, tenía que buscar cosas para distraerse y no pensar en él. Como ella nunca dormía, pensó que su situación debería ser terrible. -Yo duermo unas horas, más las que estoy en la escuela con mis amigos, pero Astrid... ¡Pobrecita! —se compadeció de ella. Apagó la lámpara y de inmediato se quedó dormido.

***

Laria dejó rodar unas lágrimas, no luchó por contenerlas.

–Te amaba mucho, Manuel, de eso estoy completamente segura —le dijo, con voz entrecortada. -Ponía mucho en riesgo... Y tú también, claro —hizo una pausa para secarse las lágrimas con la servilleta.

Él no pudo contestar, tardó unos minutos. Pues al hablar de Astrid, era volver a sentir su frío cuerpo cerca y su olor a primavera, como él la recordaba; sus cristalinos ojos y su melodiosa voz.

–No lo sé, como te dije, era una forma de amor, en ese entonces creí que así era. Observó que ella lo oía con atención y pensó que era mejor continuar, se aclaró la garganta y siguió hablando.

17

Idunn lo esperaba en el parque que atravesaban para ir a la escuela. Le sonreía y agitó su mano saludándolo, entusiasmada. Manuel no pudo disimular el gusto que le dio al verla y ella lo notó. Caminaron juntos a la escuela. Él en silencio y ella sin dejar de hablar. Iba distraído, no ponía la más mínima atención a lo que ella decía.

Berit los esperaba, los saludó agitando con euforia una mano. Manuel aprovechó para disculparse y alejarse. Vio a Lars que llegaba en ese momento y se unió a él, preguntándole cómo había estado su fin de semana.

–Igual que siempre, en casa de mis abuelos –comentó con desgano.

Manuel sonrió, sin hablar sobre su fin de semana. Afortunadamente, el timbre de la primera clase sonó y apresurados se dirigieron hacia el salón.

Todo el día Idunn estuvo junto a Manuel, como de costumbre. Berit se alejó, aunque siempre la podía ver alrededor, no les quitaba la vista de encima. A la hora del almuerzo, Lars invitó a Manuel al cine, quería ver "Vive y deja morir", de James Bond. Idunn se entusiasmó.

–Sí, podemos ir los cuatro, Berit y yo también la queremos ver.

174

A Lars le pareció buena idea, pues no podía disimular su atracción hacia Berit.

Manuel no tuvo opción, no encontró una excusa. Quedaron en verse a las seis en la entrada del cine, esa misma tarde, después podrían ir a algún lado a tomar un café. En parte se alegró, pues era una buena forma de matar el tiempo y no pensar en Astrid. Y así lo hicieron.

Era casi medianoche cuando Manuel regresó a casa. Se sorprendió al ver a Tamara en la sala. Estaba sentada, sobre el sofá leyendo.

—No esperaba verte aquí —le confesó sobresaltado.

—No quise asustarte —sonrió un poco apenada. -Pero no podía dormir, así que para agarrar el sueño decidí leer un poco. No quería molestar a tu papá con la luz —lo miró inquisitiva. -Y bien, ¿como la pasaron? —le era imposible disimular su emoción, al saber que había salido con Idunn.

Con una amplia sonrisa, le aseguró:

—Bien, la pasamos muy bien —y no mentía, en realidad se había divertido mucho.

Idunn estuvo de lo más agradable. La habían pasado tan bien, que Lars les había propuesto volver a salir los cuatro nuevamente, tal vez el fin de semana. Idunn y Berit casi saltaron de alegría al decir que sí.

Manuel sólo sonrió sin confirmar, no se atrevió a decir que tenía otros planes. No podía decir que estaría con Astrid.

Durante toda la noche, Lars y Berit no se preocuparon por disimular la atracción que sentían, el uno por el otro.

—Me alegro, Manuel. Anda vete a dormir, yo leeré un poco más. Que descanses —le dijo Tamara, con su acostumbrado cariño.

Él se acercó y la besó en la mejilla.

—Igualmente, hasta mañana. Se despidió y se retiró a su habitación.

Antes de quedarse dormido, recordó a Idunn. Casi había olvidado lo que sentía por ella. Sus ojos eran azules, pero muy claros, cuando les daba la luz parecían fosforescentes, tenían un brillo muy peculiar. Su pequeña y delicada nariz, la boca de dientes pequeños, como una hilera de blancas perlas, enmarcados por unos labios con las comisuras hacia arriba, como si siempre estuviera sonriendo. Su rostro era un perfecto óvalo y su largo cabello rubio, color arena, que cada día arreglaba de diferente manera... Además tenía un buen sentido del humor, era buena compañía, se divertía junto a ella. Se alegraba de tenerla como amiga.

No pudo dejar de pensar en lo agradable que fue sentir su cuerpo tan cerca de él, al estar sentados en el cine. Ella aprovechaba la más mínima ocasión para tocarlo y tomarlo de la mano, en las escenas emocionantes. Algo que disfrutó plenamente.

Sacudió la cabeza para aclarar su mente. Apagó la lámpara y cerró los ojos, andaba muy cansado y sabía que no tardaría en quedarse dormido.

Al siguiente día, anduvieron los cuatro juntos todo el día, como siempre. Lars disfrutaba mucho la compañía de Berit, Idunn no podía disimular su alegría cuando estaba con Manuel. Y aunque se empeñaba en negarlo, a Manuel le agradaba su compañía, estaba muy acostumbrado a ella.

–La pasé muy bien, ayer. ¿Quedamos para este fin de semana? ¿Que tal el sábado? –preguntó Lars dirigiéndose a Berit.

–¡Yo estoy puesta! –confirmó Idunn con entusiasmo.

–Yo también –agregó Berit radiante.

Todos voltearon a ver a Manuel, que no decía nada. Se sintió incómodo, no sabía qué responder.

–Prometí a papá ayudarle, no estoy seguro de poder acompañarlos –se disculpó.

Idunn lo interrumpió.

–Todos podemos ayudar para que termines rápido. Así podremos salir en la noche –no perdía su entusiasmo, quería convencerlo.

–Sí, Manuel, no sería lo mismo sin ti –Berit comentó viendo a Idunn, quien le hizo señas para que se callara.

–No prometo nada, pero lo intentaré –les aseguró con desgano.

—Sí, habla con él a la noche, tal vez puedan hacer lo que tengan que hacer el viernes y así estás libre para el sábado —le propuso Lars. Idunn y Berit asintieron con la cabeza.

Manuel no contestó, agarró los libros y se levantó de la silla. Los demás hicieron lo mismo.

—Sólo dos horas más y a casa —pensó Manuel entusiasmado.

A las ocho de la noche en punto, apareció Astrid en la ventana de su cuarto.

—Uhhh uhhh, uhhh uhhh.

Se alegró de verla, aunque no pudo impedir sobresaltarse. Estaba muy concentrado en su escritorio, haciendo un trabajo de la escuela.

Ella sonriente, se acercó y lo besó suavemente en los labios. Él la tomó entre sus brazos y la llevó a la cama.

Astrid le sonreía, su rostro estaba resplandeciente, era imposible disimular la alegría que le causaba verlo de nuevo. Con dedos ágiles le empezó a desabotonar la camisa de franela que llevaba.

Él le tomó las manos entre las suyas, deteniéndola.

Astrid lo miró confundida.

—¿Qué pasa? —lo interrogó, mirándolo con recelo.

La vio a los ojos e inhaló profundamente.

—Tengo que decirte algo... —y empezó a contarle desde el día que salieron al cine.

Ella lo miró con los ojos húmedos. Cuando terminó de hablar preguntó nerviosa:

—¿Y qué piensas hacer? ¿Saldrás de nuevo con ellos? —no podía disimular su enojo. ¿Eran celos lo que sentía?

—No lo sé. Quiero estar contigo, por supuesto. Por otro lado, es bueno que mis padres vean que convivo con mis compañeros, eso me da más libertad para estar contigo.

—¿Quieres decir que no nos veremos este fin de semana? —estaba completamente desilusionada.

—¡No! Nada de eso. Sólo que tendremos que cambiar un poco los planes. Nos podemos ver después de clases, el viernes. Me regreso el

177

sábado en la mañana. Salgo con ellos y el domingo nos volvemos a ver —trató de hacerlo parecer fácil.

—¿Y crees que Idunn no insistirá para seguirte viendo? —reclamó molesta, sabía lo que ella sentía por él.

—¡No seas tan difícil! Intento hacer lo mejor que puedo. No quiero que sospechen, ni en casa ni en la escuela. ¿Qué otra cosa puedo hacer? —estaba bastante irritado, parecía que nada de lo que hacía era suficiente.

—Está bien... Tienes razón —intentó calmarse. —¡Pero es que los días que no te veo estoy desesperada! —confesó angustiada.

—¡Yo también! —aseguró. -No creas que prefiero estar con Idunn. Mis papás se sienten más tranquilos cuando saben que ando con mis compañeros, especialmente mi mamá —le besó la mejilla, sabía lo que le preocupaba. -No tienes por qué sentir celos, digamos que es sólo un compromiso social —sugirió para tranquilizarla.

Ella no dijo más. Lo besó en los labios y sintió sus manos que la desvestían lentamente. De repente sintió que se detuvo. La veía con los ojos muy abiertos.

—¿Ya cenaste? —le preguntó nerviosamente.

Astrid rió y lo volvió a abrazar.

—Bastante bien, no te apures —aseguró con algo de vergüenza.

Con una sonrisa de alivio, continuó desvistiéndola. No era que tuviera miedo de ella, pero no le gustaría poner en peligro su relación, una vez más. Le resultaba difícil, pues se le olvidaba que no era una chica "normal". Pero estaba dispuesto a seguir a su lado, quería convencerla de que no la abandonaría y se lo demostraba en cada beso, en cada caricia. Se entregaba por completo, cada vez que hacían el amor.

Manuel se secó el sudor de la frente, todavía en éxtasis. Se puso de pie y empezó a vestirse. La vio recostada, seguía con los ojos cerrados, disfrutando todavía de lo que acababa de suceder. De repente se puso serio y le preguntó:

—¿Por qué no puedes quedarte nunca aquí conmigo, Astrid?

Ella entreabrió los ojos.

—Porque no quiero que empiecen a buscarme y descubran en dónde estoy. Lo menos que sepan de lo nuestro, mejor —le explicó por enésima vez.

Él volvió a su lado.

—Creo que hay algo que debes saber —la tomó entre sus brazos y le explicó que su abuelo estaba enfermo y que pasarían las vacaciones de Navidad en Haugesund. Ella no pareció muy molesta. Tal vez pensaba que era mejor que estuviera con sus abuelos a que estuviera con Idunn.

—Si tú quieres, nos podemos ver allá. Para mí no es problema desplazarme, lo sabes bien —le sonrió, sus ojos estaban brillantes.

Manuel se alegró. Tenía miedo de que fuera a pensar que la evitaba, pero lo tomó tan bien, que no lo podía creer.

—Por supuesto, me gustaría verte —le aseguró un poco vacilante.

—No pareces muy convencido —reclamó en seguida.

Titubeó un poco antes de contestar:

—Lo que sucede es que comparto el cuarto con Laria, no será como aquí en casa —dijo con desgano. -Y con mis abuelos y mis padres siempre alrededor. También la pasamos visitando a amistades y familiares de mi padre... No será fácil y no quiero que te molestes conmigo si no te dedico suficiente tiempo —le advirtió.

—¡Oye! No soy irracional. Yo también tuve familia y sé cómo es. Claro que no celebrábamos la Navidad ni teníamos vacaciones en ese entonces... Pero sé que tienes ganas de ver a tus abuelos, sobre todo ahora que él está enfermo —aseguró. -Tal vez sea mejor así. Separarnos por unos días. Vladim me ha hecho muchas preguntas y Masha me observa todo el tiempo.

El rostro de Manuel se ensombreció.

—Pero hemos sido cuidadosos, no creo que sepan sobre nosotros —trató de convencerse a sí mismo de lo que decía.

—Recuerda que ellos nos pueden seguir sin que nos demos cuenta. ¿No lo entiendes? —lo estrechó con fuerza. -A veces siento miedo de que nos descubran. No sé lo que pasaría si...

Él la interrumpió al instante.

–Nada de pensamientos negativos, por favor –le puso un dedo sobre los labios. -Mejor hablemos sobre el viernes. ¿Nos vemos a las cinco en la playa? –preguntó sonriente.

–Sí, en el lugar de siempre –confirmó devolviéndole la sonrisa. -Será mejor que me vaya –le besó la frente antes de ponerse de pie.

La miró mientras se vestía. No se cansaba de verla. Estaba fascinado y cada vez le costaban más las separaciones. Sentía que se llevaba una parte de su ser cuando se marchaba. Una terrible sensación de vacío se apoderaba de él, que sólo se aliviaba al volver a verla.

–Eres adictiva, ¿sabes? –le confesó con ronca voz.

–Y tú también, por si no lo sabías. Se arrodilló sobre la cama, se acercó para besarlo antes de partir. -¡Cuídate! Nos vemos pronto. Y en un parpadear, desapareció de la habitación.

Apagó la lámpara de la mesa de noche y se quedó dormido al instante.

Los días pasaron sin contratiempos y para su sorpresa no parecieron interminables como de costumbre. Empezaba a disfrutar bastante la compañía de Idunn, Berit y Lars, nuevamente. Berit y Lars aprovechaban cualquier ocasión para demostrarse su afecto.

–Creo que estoy enamorado de Berit –le confesó Lars, en una de las pocas ocasiones que se quedaron solos.

Manuel bromeó:

–¿Crees o estás?

Agachando la cabeza, aseguró con firmeza:

–Estoy, te lo aseguro... Completamente enamorado.

Manuel le palmeó la espalda y lo animó a que la hiciera su novia formal.

–¿Te puedo hacer una pregunta? –Lars lo miró tímidamente.

–Hasta dos, si quieres –bromeó.

–¿No te has dado cuenta de que Idunn está interesada en ti? –sabía que era imposible que alguien lo ignorara.

Manuel se puso serio. No quería decir la verdad y no sabía hasta dónde podía confiar en él.

—Me gusta alguien más —contestó de prisa, al ver que las chicas se acercaban.

Lars se sorprendió. Idunn era una de las chicas más populares de la escuela y sabía que muchos la pretendían. Era muy bella y agradable, además de divertida. No se explicaba cómo era posible, que Manuel fuera tan indiferente con ella. A nadie le pasaba desapercibida la atracción que sentía ella por él. Pero también sabía que casi todas las chicas consideraban a Manuel el chico más atractivo de la escuela.

La verdad era que a Manuel no le interesaba ser popular. Lars pensaba que no tenía que esforzarse por ser lo que ya era. En cambio, los que no eran populares luchaban con uñas y dientes por serlo.

Idunn, al igual que otras chicas, aseguraba que en eso consistía el encanto de Manuel, que era muy atractivo pero parecía no darse cuenta. Actuaba con tanto desenfado y no intentaba impresionar a nadie, eso lo hacía encantador. Además de su sarcástico sentido del humor.

Le resultaba difícil de comprender. ¿Había alguien más en su vida? Pero, ¿quién podría ser? Sabía que su intención era hacer a Idunn su novia formal el siguiente verano. ¿Ya no sería así? Lars quería preguntarle, pero Idunn y Berit ya estaban junto a ellos. Forzó una sonrisa e intentó olvidar el comentario de Manuel.

***

—¿Y en verdad ya no te interesaba Idunn para nada? —preguntó Laria, bastante sorprendida. -Me refiero en esa época que conociste a Astrid, ¿te olvidaste por completo de Idunn? —le resultaba difícil de entender.

Manuel hizo un gesto de fastidio.

—No era eso... Sí me gustaba y me agradaba andar con ella, la apreciaba mucho, pero Astrid me enloqueció, se adueñó de mi existencia... Además, era tan engreído, que pensé que tenía todo bajo control —su rostro entristeció. -¡Pero qué equivocado estaba!

Lo miró afligida.

—Pensé que al menos Idunn te seguía gustando –insistió sin ocultar su decepción.

–¿Qué importancia tiene ya el pasado? –preguntó exasperado.

¿Por qué insistía ella con eso? Como si en sus manos estuviera el viajar al pasado y cambiar toda su historia. Algo que había querido siempre, volver a empezar y cambiar algunas cosas en su vida, tal vez muchas. Pero nadie puede hacer eso, desafortunadamente.

–Lo siento. No quiero disgustarte... Es sólo que, yo imaginé algo completamente diferente –se disculpó. -Pero, bueno, continúa por favor –le pidió con voz suave, tratando de cambiar el tema.

El continuó con su relato, una vez que se sintió más sereno.

18

El viernes en la mañana Idunn esperaba a Manuel en el parque, también se había hecho una costumbre. Ella estaba radiante, feliz de que Manuel saldría con ella al día siguiente. Bueno, era obvio, ya que Lars y Berit eran novios formales. Caminaban conversando, iban hacia la escuela.

Ella se hacía ilusiones de que muy pronto sería la novia de Manuel, como lo tenían planeado. Desafortunadamente, él no daba el siguiente paso. Pero estaba decidida a no darse por vencida fácilmente. Además sentía que no le era del todo indiferente, una chica lo sabe, se decía.

—¿Sabes, Manuel? Si quieres puedes quedarte en casa mañana. Quiero invitarlos después del cine. Mi mamá y mis hermanas salen hoy a casa de mis abuelos —lo miró expectante, era la oportunidad que tanto había estado esperando.

Él sospechó sus intenciones.

—Lo siento, no puedo. Iré mañana al cine, pero el domingo tengo que ayudar en casa —tenía que negarse, no quería darle falsas ilusiones. -Además, creo que Berit y Lars preferirían estar solos— dijo al verlos tomados de la mano, cerca de la entrada de la escuela.

Idunn no pudo disimular su decepción. Le desesperaba su indiferencia últimamente. ¿Qué no le había demostrado ya su interés suficientemente?

—Sí, tal vez tengas razón —contestó con desgano y su rostro perdió el brillo, tanto, que Berit le preguntó si se sentía mal.

—No es nada, sólo que no dormí bien —le dijo y en parte era verdad, no pudo dormir planeando cómo sería la noche que pasaría en casa, sola con Manuel.

Y todo el resto del día Idunn estuvo de mal humor. No soportaba ver a Berit y Lars demostrándose cariño y besándose. Sentía coraje de verlos tan acaramelados y a Manuel sonriente haciéndoles bromas y tan indiferente hacia ella, que era lo que en realidad la molestaba.

—Si siguen comportándose así, no iré mañana con ustedes al cine. ¡Me dan náuseas! Estaba fuera de sí, los tres la voltearon a ver, sin creer lo que habían oído. Con lágrimas en los ojos corrió al baño. Berit la siguió.

—¿Se puede saber qué te pasa? —dijo Berit desconcertada.

Idunn no dejaba de llorar. ¿Cómo explicarle que sentía unos celos terribles de verla tan feliz con Lars?

—No es nada —balbuceó.

Berit la miró con incredulidad, cruzando los brazos sobre el pecho.

—¿No sabes? Te conozco demasiado bien, Idunn.

Y no tuvo más que explicarle, lo humillada que se sintió al decirle a Manuel que estaría sola y que quería que pasara la noche con ella. Propuesta que él rechazó, tajantemente.

Berit intentó consolarla, pero no sabía qué decir. Era difícil explicarle que si no le hacía caso, era porque no estaba interesado. Un gran golpe para su orgullo. Así que sólo se dedicó a darle palmaditas en la espalda, esperando a que dejara de llorar.

Idunn se echó agua fría en el rostro enrojecido.

—No puedo ir así a clases. No quiero que me vea así, sabrá que es por él que lloro... Por favor Berit, me voy a casa, dile a los maestros que me sentí mal, sólo dos clases más.

Y sin decir nada más, salió corriendo del baño. Se sentía deshecha.

Berit la veía sin decir nada. Comprendía muy bien cómo se sentía. Tantos años detrás de Manuel y él tan indiferente con ella últimamente. Ella también pensó que al andar con Lars, él igualmente se animaría a andar con Idunn, era lo más lógico, pero no fue así. Le dolía verla de esa manera, era su mejor amiga y sabía que sólo tenía ojos para él. ¿Pero qué se creía este hombre? Salió con paso decidido del baño.

Manuel y Lars las esperaban en una banca, impacientes, pues hacía quince minutos había empezado la clase. Se sorprendieron al ver sólo a Berit regresar, tenía el rostro desencajado.

La miraron interrogantes. Berit le clavó la mirada a Manuel y en tono severo le dijo:

—Yo sé que no debo meterme en este asunto. ¿Pero no te das cuenta del daño que le haces a Idunn? Es una muchacha muy buena. Muchos darían cualquier cosa por andar con ella. ¿Quién te has creído? —echaba chispas del coraje.

Lars la tomó por los brazos, tratando de calmarla.

—¡Suéltame, por favor! —le ordenó con un grito.

Él la soltó al instante, sin decir nada.

Manuel la veía sin comprender.

—¿A qué te refieres? ¿De qué hablas? —agitó la cabeza.

—¿Cómo es posible que la hayas rechazado? —le reclamó a gritos.

Él levantó los ojos al cielo, no podía creer que ya se lo hubiera contado a Berit.

—Son decisiones muy personales, Berit. No tengo por qué discutirlas contigo. Por favor respeta mi vida privada —le pidió Manuel con áspera voz.

Ella se calmó un poco, él tenía razón.

—Lo siento, pero la aprecio mucho y no me gusta verla así... Por favor, no digas lo que te acabo de decir.

—No te preocupes... Y creo que será mejor que mañana no vaya con ustedes —Manuel se disculpó, agarró sus libros y se dirigió al salón de clases. Se sentía aliviado de no tener que ir con ellos, así estaría con Astrid todo el fin de semana. Pero le preocupaba Idunn, no era su intención hacerla sentir mal.

Lars y Berit se quedaron en la banca, discutiendo qué harían. No querían que Idunn se enterara de lo que acababa de pasar. Sabían que se molestaría al saber que Berit la había expuesto de esa manera. Y si no le comentaban que Manuel no iría, sería peor.

–Creo que es mejor decirle que Manuel no irá mañana. Así no se hará ilusiones de verlo, ni se desilusionará al no verlo –dijo Berit.

Lars sólo se encogió de hombros, después de todo ella la conocía mejor.

Al terminar la última clase, Manuel se retiró al instante. Sólo agitó una mano, en señal de despedida, a Lars y Berit, que sorprendidos, lo vieron salir con paso veloz de la escuela.

Faltaban veinte minutos para las cinco de la tarde, cuando Manuel salió de casa, entusiasmado. Tenía muchas ganas de ver a Astrid. Sólo de pensar en la cara que pondría al decirle que pasarían juntos todo el fin de semana, aumentaba su emoción. El viento soplaba con fuerza, en cualquier momento empezaría a nevar de nuevo.

Esquió lo más aprisa que podía, por las oscuras calles. Su corazón empezó a latir con fuerza al ver que casi llegaba a las enormes piedras, su punto de encuentro. Esta vez, vio a Astrid sentada sobre una de las rocas, que sonriente lo esperaba.

Se acercó y la tomó entre sus brazos. Le besó los labios con pasión.

–¡Vaya, pero qué agradable recibimiento! –exclamó ella con una amplia sonrisa. -Ven, vamos pronto, no tarda en empezar a nevar –sin darle tiempo a contestar, se colocó a su espalda y lo abrazó con fuerza pasándole los brazos por el pecho, como cada viernes.

Él ya estaba bastante acostumbrado a su inusual medio de transporte. Así que solo cerró los ojos para evitar la molestia que el helado viento le causaba.

–¡Listo! –exclamó Astrid al tiempo que sus pies pisaban tierra de nuevo.

–Cada vez se me hace más rápido. Tal vez deberíamos intentar otro país. ¿Que tal un fin de semana en Roma o París?

–No es mala idea. Tal vez para la próxima.

Lo tomó de la mano y se internaron en el bosque. Caminaron en silencio, hasta llegar a la cabaña. Preferían caminar para asegurarse, escondidos entre los árboles, que no habría nadie. La casa estaba en completa oscuridad y en silencio. Avanzaron hasta la puerta y él esperó a que ella abriera.

Mientras Manuel se quitaba las botas y el grueso "overol", Astrid como torbellino, corría las cortinas de las ventanas. Se acomodó en el suelo y prendió la lamparilla de gas.

Él caminó hacia ella y ella le sonrió cautivadora. Mientras caminaba se iba desabotonando la camisa, contoneando las caderas sensualmente. Ella lanzó una risilla nerviosa. Manuel se arrodilló a su lado y la tomó en sus brazos. La besó anhelante, apretándola contra su cuerpo, con desmedido frenesí. Ella gemía y correspondía con la misma avidez. Sintió sus fuertes manos que empezaron a desvestirla. Era indecible el placer que sentía junto a él. Con movimientos desesperados, le desabrochó rápidamente la camisa de franela mientras él recorrió con sus cálidas manos toda su piel, ella gemía y le pedía que no se detuviera. Se desnudaban con impaciencia.

El deseo aumentaba y las caricias parecían insuficientes cuando un gran estruendo sacudió toda la casa, el suelo tembló, las paredes se cimbraron.

Manuel y Astrid se detuvieron al instante y se miraron sorprendidos. Una fuerte ventisca arremetió contra sus cuerpos semidesnudos. Voltearon a la puerta, que estaba abierta de par en par y vieron a tres hombres de pie, a unos metros de donde ellos estaban.

Con un rápido movimiento, Manuel cogió una colcha y cubrió sus cuerpos. Envolvió a Astrid con sus brazos y de un salto se levantó.

—¿Te has vuelto loca? —gritó el hombre que al parecer era el líder del grupo, pues los otros dos permanecieron detrás de él. Su voz era potente y estruendosa, como trueno. Su piel era extremadamente pálida en contraste con su cabello y sus cejas que eran de color negro azabache. Era alto y delgado. Sus ojos grandes y verdosos, la nariz recta y prominente, la boca amplia enmarcada por finos labios que dejaban ver unos dientes grandes y muy blancos.

Manuel reconoció al instante a Vladim. Estaba petrificado, no le salía la voz, ni siquiera pensaba. Seguía parado e inmóvil, con los ojos desorbitados, sosteniendo a Astrid entre sus brazos.

–¿Crees que por un capricho tuyo, estamos dispuestos a perder la paz que tanto nos ha costado mantener? –estaba furioso. –¿Crees que por una tontería tuya pondremos en riesgo nuestra comunidad? –su voz retumbaba en toda la casa.

Astrid se llenó de valor y le contestó.

–No es un capricho. ¡Lo amo! –confesó con voz débil, hundiendo su rostro en el pecho de Manuel, que estaba casi tan frio como ella.

Esa declaración lo hizo reaccionar, la cubrió con la colcha y él, envalentonado, lo enfrentó amenazante.

–¡No tienes ningún derecho sobre ella! –gritó con aplomo y empezó a caminar hacia ellos, consciente de que eran más y mucho más fuertes que él.

Vladim extendió la mano hacia él, abriendo aun más los ojos. Manuel no pudo caminar más, se detuvo a cuatro metros de él, sintió que algo le apretaba con fuerza el cuello, no podía respirar. Trató de decir algo, pero no pudo. Sintió cómo se le iban las fuerzas lentamente. Luchaba para liberarse de lo que lo aprisionaba. Luchaba por respirar y por seguir de pie. Oyó que muy lejos Astrid le suplicaba que lo soltara. De pronto ya no supo más. Perdió el conocimiento.

Cuando abrió los ojos, se asustó. No veía nada, estaba completamente oscuro. Pensó que se había quedado ciego. Sintió náuseas por el penetrante olor a humedad y a encerrado, ese olor característico de las casas que han estado abandonadas por mucho tiempo. Se oían chillidos y murmullos. Sintió frio y miedo, mucho miedo.

–Maniuel –oyó la suave voz de Astrid, al momento que encendía la lamparilla de gas que usaban en la cabaña. -No te asustes, aquí estoy –estaba sentada junto a él, trató de confortarlo.

Miró a su alrededor, pero no reconoció el lugar, ya no estaban en la cabaña.

–¿En dónde estamos? –preguntó atemorizado.

–Estamos en La Olla –dijo bastante apenada.

Él se sobresaltó.

–¿QUÉ? –trató de ponerse de pie, pero se sentía muy débil. Siguió mirando a su alrededor y se dio cuenta de que estaba en una pequeña cueva. Las paredes negruzcas y acuosas brillaban con el reflejo de la débil luz de la lámpara. Estaba en el suelo, sobre la colcha que también usaban en la cabaña. Se quedó mirando a Astrid, esperando una explicación.

–Sólo las tomé prestadas, las regresaré pronto –dijo señalando la lamparilla y las colchas, a sabiendas de que eso era lo que menos le importaba en estos momentos. -Vladim me siguió –confesó bajando la vista. -Sabía que sospechaba algo. ¡Por favor no te enojes conmigo! –le suplicó con los ojos al borde de las lágrimas.

Manuel no pudo decir nada, en ese instante apareció Vladim en la cueva, de pie, a unos pasos de ellos. Era atemorizador. Nada que ver con las películas de vampiros que había visto. Tenía una personalidad cautivadora, infundía temor y respeto al mismo tiempo, era una presencia impactante.

A su lado, estaba una mujer, pequeña en comparación con él. Era muy hermosa. Tenía la piel también muy blanca y el cabello liso, muy largo y rojizo. Sus ojos eran color miel, casi amarillos, nariz respingada y pequeña y una boca con labios carnosos. Supuso que era Masha.

Manuel los miraba con temor, no sabía lo que harían con él. ¿Se lo comerían vivo? ¿Le sacarían toda la sangre? No, no podía darle entrada a esos pensamientos negativos. ¡Tenía que salir de ahí!

Vladim le hizo a Astrid señal para que se pusiera de pie, ella obedeció al instante.

–Lo hemos decidido, te irás a alguna comunidad muy lejos, en algún otro continente. No puedes seguir aquí –la sentenció, mirándola con desprecio.

Astrid sollozó.

–¡No, por favor! –suplicó con voz ahogada.

Manuel la defendió.

–¡No pueden hacer eso! También ha sido culpa mía. ¡Lo único que queremos es estar juntos! –gritó angustiado.

–Tú también debes de ser expulsado. Los dos han puesto en peligro algo que nos costó mucho construir –su voz subió de tono, retumbaba en las paredes de piedra, haciéndola aún más terrible.

Manuel bajó la cabeza, avergonzado.

–Masha, por favor, ayúdame –imploró Astrid, entre sollozos.

Ella no contestó, sólo negó con la cabeza suavemente.

–¡Tú sabes lo que es el amor! ¡Tú estás aquí por amor! –gritaba Astrid, suplicante.

–¡Basta! Sabías las consecuencias –intervino Vladim, con su tenebrosa voz.

Masha lo tomó del brazo y lo miró suplicante, de inmediato su semblante se suavizó. Sin ninguna explicación desaparecieron de la cueva. Manuel los buscaba, no los veía por ningún lado. Astrid le dijo en voz baja:

–No están, se fueron –siguió sentada a su lado, lamentándose amargamente.

Manuel estaba preocupado. Pensaba en sus padres, en el gran dolor que les causaría. Aunque traía puesto su grueso "overol", la bufanda, la gorra y sus botas, sentía mucho frío. Astrid le ofreció otra colcha, que él no rechazó. Se envolvió al instante con ella. Al ver su triste cara, él le pidió que le dijera a Vladim que necesitaba hablar con él.

–¡Es inútil! Ya tomó la decisión y no lo convencerás de lo contrario –le aseguró Astrid, derrotada. -Es inflexible, ya nada podemos hacer.

–¡Pero al menos lo puedo intentar! No podemos darnos por vencidos tan fácilmente –intentó animarla. -Algo podremos solucionar, de perdido intentarlo.

Ella lo miró con escepticismo. Lo pensó un poco y se convenció de que nada perdían ya. Se levantó y fue en su busca, con su acostumbrada rapidez.

En un parpadear de ojos ya estaban los tres frente a él. Astrid se sentó a su lado de nuevo y le tomó la mano. Vladim de pie y Masha junto a él. Él clavó en Manuel su penetrante mirada, esperando una explicación.

Manuel tardó unos instantes en sobreponerse a su miedo, se aclaró la garganta y con voz temblorosa, empezó a decir:

—Sabemos que cometimos un error muy grande. Lo único que queremos es estar juntos. Sé que ustedes comprenden mejor que nadie nuestra situación —intentó disuadirlos. Tenían que comprenderlo.

Vladim lo interrumpió.

—Tú eres un chico sin experiencia, pero ella debió saber lo que ocasionaba —una ira desmesurada se reflejaba en su mirada. -¿Qué pensará tu padre?

Manuel se estremeció.

—¡No! No metas a mis padres en esto, ¡no puedes hacer eso! —gritó angustiado. Últimamente se sentía mal de decirles mentiras. Sabía que traicionaba la confianza que le tenían, aunque se decía que era sólo por el momento, esperando que un día les diría la verdad. Las lágrimas brotaban de sus ojos sin control. -¡Soy yo el que cometió el error, ellos no tienen nada que ver! —un gran sentimiento de culpa lo invadió. No podía ponerlos en riesgo a ellos por su torpeza. ¿Cómo explicarles algo que no comprenderían?

Astrid intervino.

—¡Yo soy la culpable! Maniuel no ha tenido nada que ver en esto. ¡Déjalo ir! —le suplicó.

Vladim la ignoró, estaba demasiado molesto con ella.

—Ven Manuel, hablaremos con tu padre —ordenó.

Sintió una fuerte opresión en el pecho.

—Es mejor que vaya yo solo —balbuceó débilmente, sabía que no le quedaba otra salida.

—¿Y qué le dirás? —preguntó impaciente.

—La verdad. Lo que ha pasado —no sabía si lo entendería, pero tenía que hablar con Erik. Mejor él mismo que Vladim. -Pero quiero hacerlo yo solo. ¡Por favor! —su voz temblaba al igual que todo su cuerpo, se sintió destrozado.

Por primera vez, Masha habló:

–Tiene razón, no compliquemos más las cosas –tenía una hermosa voz, suave y cristalina.

Después de pensarlo por unos segundos, Vladim aceptó.

–Dile que mañana lo veo en la playa, él sabe en dónde –su mirada se suavizó un poco.

Manuel no comprendió, parecía como si se conocieran.

–¿Conoces a mi padre? –estaba asombrado.

Vladim le sonrió burlonamente.

–¿Erik? ¡Por supuesto! –dijo con sarcasmo.

Él quiso saber más, no podía creer lo que oía, tenía que estar equivocado. –¿Pero cómo es que lo conoces? ¿Desde cuándo lo conoces? –se sintió torpe.

Vladim lo interrumpió molesto, levantando una mano al aire.

–¡Basta! Pregúntaselo a él, a mí no me corresponde dar explicaciones – le hizo una seña a Astrid, y desaparecieron al momento.

Estaba aturdido. Su padre sabía de la existencia de La Olla y nunca respondió a sus preguntas. Se sentía traicionado. Todo era tan irreal, como una calamitosa pesadilla.

Astrid lo distrajo de sus pensamientos.

–Te tengo que sacar de aquí –le dijo poniéndose de pie y jalándolo para que la siguiera. -¡De inmediato! –lo apremió.

***

Laria lo miraba con los ojos desorbitados.

–¿Estuviste en La Olla? ¡No lo puedo creer! ¿Cómo es? ¿Lo recuerdas? –estaba impaciente por conocer los detalles.

–No, no recuerdo mucho, estaba totalmente oscuro. Yo estaba bastante mal, muy atolondrado. ¡Imagínate estar frente a esa criatura enfurecida! Lo poco que alcancé a ver desde la cueva en la que estaba... Nada, no había nada. Eran sólo las paredes de la montaña hueca, llena de pequeñas cuevas, unas sobre otras. Como celdillas... Parecido al

Coliseo Romano, como ves por fuera todos los arcos en la pared... Gran cantidad de nichos o cuevas. Con la pequeña flama de la lamparilla, veía por las paredes casi negras, gran cantidad de insectos que subían y bajaban por doquier —comentó haciendo un gesto de disgusto y continuó, entornando los ojos, haciendo memoria. -Oscuro, todo oscuro, de repente veías pares de ojos rojo o amarillos que centelleaban por todos lados, no sé, estaba muy asustado, no puse atención. Los chillidos me ponían más nervioso aún. Lo que nunca olvidaré es el horrible olor, humedad concentrada de muchísimos años, insoportable.

—¡Qué horror! —exclamó Laria espantada. -¡Creo que yo no saldría viva de ahí! Realmente eres muy valiente Manuel —cerró los ojos con fuerza, agitando la cabeza, imaginando los terribles momentos que pasó en ese lugar.

—Estuve ahí porque me llevaron, ¡no porque yo quería! —trató de alivianar el ambiente, la veía muy asustada. -Y no me sucedió nada malo, salí intacto de ahí.

Laria lo observó desconcertada.

—¿Por qué insistían ustedes en que Vladim y Masha estaban ahí por amor? Por qué repetían que ellos debían comprenderlos? —le pareció extraño. -¿Quién iba a estar ahí por amor? —no se lo explicaba. -¿Y papá sabía de ellos? ¿Pero cómo? —estaba muy aturdida.

—¡Espera, con calma! No puedo contestarte todas las preguntas a la vez —sonrió divertido al ver la zozobra que demostraba su hermana. -Astrid me había platicado su historia, Masha se la había contado a ella —explicó, y al ver que Laria estaba expectante, decidió continuar con su relato.

19

Muchas veces, Masha le había platicado a Astrid sobre cómo había sido su vida en un pueblito de los Balcanes. Era el siglo quinto y la vida era muy rudimentaria, había sido la mayor de cinco hermanos, dos mujeres y tres hombres; eran muy pobres, pero crecieron rodeados de mucho amor.

Cuando tenía diez años, su padre, Nikolay, le pidió que lo acompañara al pueblo vecino a comprar semillas y verduras. Su hermano, el mayor de los hombres, que siempre lo ayudaba, estaba enfermo.

Masha se negó rotundamente, pensaba que ese era trabajo de hombres. ¿Cómo podría ella ayudarle con los sacos de semillas y vegetales? Era preferible alimentar a los pollos que andar levantando sacos polvorientos. Pero su mamá la convenció de que era sólo por esa vez y aceptó de muy mala gana.

Recordaba haber ido por todo el camino de mal humor. Su padre trataba de alegrarla, cantando y bromeando sin descanso, pero a ella nada la hacía cambiar. Y todo el trayecto lo recorrió con los brazos cruzados y el semblante avinagrado.

Al llegar con el mercader, fue Nikolay quien no logró ocultar su desilusión. Borislav andaba entregando una mercancía en otro pueblo vecino. Nikolay lo apreciaba y disfrutaba hacer negocios con él. Fue Vladim, que entonces tenía catorce años quien los recibió. Su padre le había encargado que atendiera bien a su asiduo y fiel cliente, pues también lo apreciaba y le gustaba hacer tratos con él.

Y al ver al polvoriento muchacho, de negrísimo cabello y ojos tan verdes como la hierba en primavera, al fin Masha se alegró y se arrepintió de no andar arreglada, pues con el enojo no se había cambiado la ropa ni se había peinado. Estaba segura de que con el viento en el camino, su cabeza parecería una enorme madeja de paja seca.

Desde que lo vio, se enamoró perdidamente de él y supo de inmediato que con él se casaría. Al llegar a casa le comentó a su madre, Anka, sobre sus planes de casarse con él. Ella sólo rió y le dijo que era muy chiquita todavía, que en unos años ni se acordaría de él.

Pero no fue así. Cada vez que su padre tenía viaje al pueblo, se ponía sus mejores galas, que no eran muchas, y le suplicaba que la llevara.

Vladim era un muchacho bastante tímido, se la pasaba ayudando a su padre y puesto que Borislav, además de vender semillas, vendía frutos y verduras de la estación, que ellos cultivaban, siempre andaba cubierto de tierra.

Mientras Nikolay y Borislav hacían negocios, Masha se acercaba a Vladim y le platicaba de los borregos, las gallinas y las vacas que tenían. Hacía gran hincapié en el gran trabajo que era atenderlos y lo que le costaba despedirse de ellos cuando su padre los vendía. Platicaba con lujo de detalles y exagerando de vez en cuando.

Vladim la oía atento, le parecían muy interesantes sus pláticas, muy diferente a la vida que él llevaba. Su día consistía en cargar bultos de semillas, de un lado para otro, todo el día; y en el tiempo de las cosechas, en recoger y empacar las frutas y hortalizas. Y casi sin darse cuenta, el chico empezó a esperar con ansias su llegada cada mes y se la pasaba observando el camino de la entrada, para ver el momento en que llegaran y salir a recibirlos. Ese día, se lavaba muy bien y trataba de no ensuciarse mucho, para estar presentable.

Masha no escondía su entusiasmo cuando estaba con él. No se cansaba de mirar esos intensos ojos verdes enmarcados por el varonil rostro, que la hacían temblar de emoción. Por su parte, al ver su largo cabello rojizo y sus ojos color miel, Vladim sentía que le faltaba el aire cuando estaba junto a ella y deseaba con toda el alma que las horas se alargaran.

Por años, se la pasaron así, esperando ambos ese día de cada mes, en que se encontrarían y platicarían por unas horas. Sus padres los dejaban y era la única ocasión en que Borislav, le permitía respirar al muchacho de su ajetreada jornada.

Y no fue hasta que Masha cumplió catorce años, que le confesó lo mucho que le gustaba. Entre la acostumbrada conversación de gallinas y vacas, ella le dijo que él era el chico más atractivo de toda la comarca. Vladim no contestó, abrió tremendos ojos y se puso tan rojo como las manzanas que vendía. No supo qué hacer, mucho menos qué decir, empezó a correr, metiéndose en el granero, sin volver a salir. Masha se entristeció y dijo que jamás regresaría a ese tonto pueblo. Hizo un gran esfuerzo por no derramar ni una lágrima en todo el trayecto de regreso.

Al llegar a casa, Anka le preguntó qué le pasaba. Masha no pudo contener más el llanto y le contó entre lágrimas a su madre, la desfachatez con la que había sido rechazada.

Anka la consoló diciendo que era muy hermosa y muy joven, que no pusiera su corazón en alguien que ni siquiera conocía. "Pronto se te pasará y volverás a enamorarte", le aseguró. Pero la chiquilla no se imaginaba una vida sin ver el hermoso rostro de Vladim.

Estuvo desconsolada, no dormía ni comía, tampoco salía ni hablaba con nadie. Como todo aquel que sufre por amores, se la pasaba sentada, junto a la pequeña ventana y esperaba que el viento le dijera a Vladim lo que sufría por él.

Como tantas veces, lo que uno menos imagina, es lo que sucede. A los tres días, continuaba la inconsolable chiquilla sentada junto a la ventana y vio a lo lejos una carreta tirada por dos blancos caballos que se acercaba a la casa. No distinguía quién era.

Al estar más cerca, alcanzó a reconocer a Vladim y su padre Borislav y al contrario de lo que podría pensarse, no se alegró, se entristeció aún más. De seguro venían por negocios, a vender o comprar tal vez, algunos animales. Eso la molestó, saber que lo seguiría viendo, ¡una verdadera tortura!

Se levantó y corrió a su cuarto, no quería ni saludarlos. Anka se asomó a la ventana, curiosa por la reacción de su hija. Se sorprendió al ver que se acercaban a la puerta Borislav y Vladim, muy bien vestidos y con envoltorios en las manos, al parecer regalos.

Después de platicar un tiempo considerable con Anka y Nikolay, Borislav les informó el motivo de la visita, iban a pedir la mano de su hija Masha.

Y ella, que oía a hurtadillas, se cubrió la boca con ambas manos para ahogar el grito de emoción que no pudo contener. ¡Iban a pedir su mano! Estaba eufórica, no lo podía creer. Pero al pasar un poco la emoción, recapacitó y las dudas la invadieron, ¡no se explicaba todavía su reacción!

Su padre la llamó y ella tímidamente se presentó y los saludó, arrepintiéndose una vez más de no haberse arreglado para la ocasión. Con nerviosismo, acarició su larga cabellera intentando ponerla en orden.

Mientras los señores se ponían de acuerdo para el casamiento, les pidieron que salieran de la casa, momento que ella aprovechó y no dudó en preguntárselo, ¿por qué la había rechazado dejándola sola, parada como una tonta? Vladim, avergonzado y con la cabeza agachada, le respondió que nunca imaginó que una muchacha tan hermosa pudiera fijarse en él. Y al instante, sus dudas se esfumaron, haciéndola la mujer más feliz del mundo.

La boda se realizó al siguiente año. Vladim construyó una casa al lado de la de sus padres, Biljana y Borislav, pues él heredaría el negocio que su padre había empezado y que entre los dos habían hecho prosperar.

Llevaba a Masha cada fin de semana a visitar a su familia. Eran muy felices.

Masha tardó tres años en embarazarse de su primer hijo. Más dichosa no podía sentirse. Vladim y Borislav no podían ocultar su satisfacción y no negaban su deseo de que fuera un varoncito. Y Masha era tratada con todos los cuidados posibles por Anka y Biljana, que le preparaban cuanto remedio oían para ayudarla a tener un bebé sano.

Estaba en el quinto mes de embarazo y se dirigía a la bodega a recoger unas verduras para la comida. Era un caluroso día de verano, caminaba con cuidado, acariciando su vientre, cuando sintió una dolorosa punzada en el abdomen. Se dobló dando un estruendoso grito. Nadie la oyó, se desplomó en el suelo, sobre un charco de su propia sangre. Vladim pasó muy quitado de la pena, cargando un saco con semillas. Al verla, aventó el bulto y corrió a ayudarla, las semillas se regaron por todo el suelo y una parvada de aves de inmediato se acercaron a comerlas. La cargó y la llevó a la casa, Biljana corrió al oír sus gritos, llamándola con angustia. Al ver a Masha tan mal, pensó lo peor y le pidió a Vladim que buscara a la anciana de la aldea, que ayudaba en los partos difíciles.

Cuando la anciana llegó y después de revisarla, les anunció que el bebé estaba muerto. Masha le suplicó que lo sacara de inmediato, que no quería verlo y que lo enterraran sin perder tiempo. Y así lo hicieron.

Quedó sumida en una profunda depresión y nada de lo que hacía Vladim por ella, la hacía sentirse mejor. Sus padres y sus suegros, también hacían cuanto podían para reanimarla, sin resultado.

Estuvo así por varios meses, todos estaban desesperados de verla en esa situación. Anka la visitaba con frecuencia y le dijo que no era el fin del mundo, que era muy joven y que tendría más bebés, que no descuidara a su marido y que la única forma en que volvería a ser feliz, era embarazándose de nuevo. La cuidó por dos semanas más, día y noche y, al ver que ya había vuelto a ser la misma alegre de siempre, regresó a su casa.

Vladim y Masha trataron de olvidar lo que había pasado, al menos, no lo mencionaban. Volvieron a la rutina de siempre. La siguiente primavera, Masha anunció con alegría que de nuevo estaba embarazada. Todos se llenaron de júbilo y estaban seguros de que esta vez el bebé nacería bien. Pero en el verano, cuando tenía cinco meses de embarazo, volvió a sentir el mismo dolor que la hizo doblarse y gritar fuertemente. Vladim estaba siempre al pendiente y esta vez estaban dentro de casa, era temprano en la mañana. La llevó a la cama y corrió en busca de Biljana, quien le pidió una vez más que fuera a buscar a la anciana de la aldea. Horas más tarde, Vladim y Borislav enterraron al bebé. Al llegar a casa, estaba temeroso de que ella estuviera deprimida de nuevo.

Para su sorpresa, no fue así. Dijo lo intentaría las veces que fuera necesario, hasta tener en brazos a su hijo. Vladim la abrazó con lágrimas en los ojos, asegurándole que él siempre estaría a su lado, apoyándola.

Al final del invierno, le anunció que estaba de nuevo embarazada. Él la abrazó y le aseguró que esta vez no habría problema. Pero no bastaron los cuidados ni los rezos a sus dioses. Por tercera vez, el bebé murió en su vientre. Y así sucedió con el cuarto bebé. También con el quinto y el sexto. Estaban desesperados. Habían hecho todo lo que podían, para que sus hijos nacieran bien, sin lograrlo.

Muchos pensaban que alguien les había echado una maldición, otros que tal vez estaban embrujados o que era un castigo de los dioses. Desafortunadamente, en esa época, no sabían que si la mujer tenía sangre RH negativo y el hombre tenía sangre RH positivo, el cuerpo de la mujer rechazaba al bebé. Pero Vladim la amaba por sobre todas las cosas y aunque ella se lo propuso, se negó a tener hijos con otra mujer. Masha no comprendía su actitud, pero él le explicaba que ella era su mujer y que si no podían tener hijos era porque así debía ser, que después de haberlo intentado tantas veces sin logarlo, era tiempo de aceptar su destino. Borislav lo presionaba para que tuviera hijos, si no con su mujer con alguien más. En ese tiempo era permitido. Pero Vladim le repetía una y otra vez que amaba solo a Masha.

Cierto día, Vladim llevó a Masha a casa de sus padres. Habían matado un borrego e invitado a los vecinos. Comieron y bebieron sin darse cuenta de que la noche casi terminaba. Anka y Nikolay les insistían para que se quedaran y partieran al día siguiente, pues habían oído muchos rumores sobre las criaturas nocturnas, que andaban al acecho de viajeros, por los caminos desiertos. Vladim y Masha se reían, nunca habían oído algo parecido. Así que agradecieron las atenciones y la buena comida y regresaron a casa. Era tiempo de las cosechas y los esperaba trabajo pesado al siguiente día. Habían bebido más de la cuenta, pero el camino lo conocían demasiado bien. Iban con el corazón alegre, en la rudimentaria carreta tirada por dos caballos, canturreando y riendo.

De pronto, a mitad del camino y sin motivo aparente, los caballos empezaron a relinchar y dar patadas, muy asustados. Estaban tan ocupados tratando de calmar a los nerviosos caballos, que no vieron a la mujer y los dos hombres a sus espaldas, parados sobre los restos de paja que había sobre el piso de la carreta. Uno de los hombres tomó a Vladim y el otro a Masha, bajándolos de la carreta de un salto. No tuvieron tiempo de reaccionar ni de gritar. Eran demasiado fuertes y estaba muy oscuro, el camino se abría paso entre árboles, que formaban un túnel con sus frondosas copas.

Sintieron la punzada de los colmillos en el cuello y cómo sus fuerzas se desvanecían lentamente. La mujer tomó a Vladim y succionó su sangre también. Iba a seguir con Masha, pero la luz del sol empezaba a asomarse, detrás de la montaña. De inmediato desaparecieron, entre chillidos, llevándose a Vladim con ellos.

–¡Mujer, despierta! –oyó Masha que alguien le decía a lo lejos. -¡Mujer, despierta! –le volvieron a repetir.

Ella abrió los ojos para darse cuenta de que estaba tirada sobre el camino. La vieja carreta estaba a un lado y los caballos comían hierba tranquilamente. El hombre que estaba a su lado en cuclillas le preguntó alarmado:

–¿Qué te pasó? ¿Estás bien? –dijo mirándola con temor.

Ella no le contestó, empezó a buscar a Vladim, gritando su nombre, desesperada. Trató de ponerse de pie pero sintió mareos y decidió seguir sentada por unos instantes. El hombre la miraba con curiosidad, le dijo que sólo estaba ella, no había visto a nadie más cuando llegó. Con dificultad se puso de pie y caminó hacia la carreta.

—Gracias, estoy bien —le dijo apresuradamente y partió.

Los padres de Vladim corrieron hacia ella, cuando vieron que en la carreta no la acompañaba él. Les preocupó su aspecto. Traía el largo cabello muy despeinado, era una gran maraña y sus ropas en mal estado. Se veía muy pálida y asustada. Detuvo a los caballos y bajó, soltando el llanto. Borislav la vio tan mal que la tomó en brazos y la llevó a la casa.

Cuando se calmó un poco, les contó lo que había pasado. Borislav confesó que nunca viajaba en las noches, porque ya había oído esas historias. Decía haber oído cosas terribles. Biljana estaba histérica, lloraba y gritaba sin control. Él la sacudió con fuerza, para calmarla, y le pidió que le diera algo de comer y de beber a Masha, él saldría a buscar a Vladim.

Masha estaba deshecha, no quería vivir más. Se la pasaba acostada sin comer. Anka le pidió que se fuera con ella unos días, pero ella se negó. Por si Vladim regresaba o alguien traía noticias de él, ella quería estar presente, no podía abandonar la casa.

Los días pasaban y su angustia crecía. Nadie sabía nada de Vladim, nadie lo había vuelto a ver. Estaba desesperada, sentía que el dolor la mataba lentamente, día a día.

Una noche, como todas, no podía dormir. No sabía si Vladim vivía o estaba muerto y esa angustia estaba acabando con ella. No pudo resistirlo más y salió de la casa, a mitad de la noche. Agarró un caballo, lo montó y se dirigió al lugar en el que habían sido atacados. Sabía que ahí, entre las copas de los árboles, estarían las criaturas nocturnas, esperando por una víctima más. Ellos le dirían dónde encontrarlo, estaba segura.

Sentía mucho miedo, pero más grande que su miedo eran las ganas de volverlo a ver. A unos metros de la arboleda, el caballo se detuvo y empezó a relinchar, asustado. Ella cayó al suelo, se levantó y decidida se acercó a la arboleda. El miedo la invadió, sintió la boca seca.

201

—¡Aléjate! —le gritó una potente voz que provenía de entre las copas de los árboles. -¡Aléjate! —oyó de nuevo sin reconocer esa horrible voz.

Sentía que las piernas le temblaban.

—¿Vladim? —preguntó con un hilo de voz, sin recibir respuesta. -¿Eres tú, Vladim? —insistió.

—¡Aléjate! ¡No puedes verme así! —gritó de nuevo la misma voz.

Ella cayó de rodillas, aliviada en parte al saber que no estaba muerto. Empezó a llorar.

—¡Por favor!, ¡vuelve conmigo! —le suplicó entre sollozos. -No sabes la pena tan grande que me has causado -imploró.

—No puedo, lo sabes bien... —su voz se había suavizado, ahora era triste.

—Entonces, quítame la vida. No pienso regresar sin ti -dijo muy decidida.

—Vuelve a casa, sigue con tu vida.

—¡Mi vida está junto a ti! —dijo Masha enojada. Luego se levantó y empezó a caminar hacia el oscuro túnel.

Él gritó, desesperado:

—Estás en peligro. ¡Vete de aquí!

Ella no contestó. Siguió caminando, luchando por mantenerse en pie. Empezó a internarse en la oscuridad del túnel, cuando algo cayó delante de ella y se estremeció del susto. Casi no reconoció a Vladim, estaba muy pálido. Bajo el débil reflejo de la luna pudo distinguir sus deformadas facciones. Sus ojos estaban grandes y muy negros, la boca enmarcaba unos grandes dientes puntiagudos. Ella gritó asustada. Él le pidió una vez más que se alejara, pero ella no obedeció y se echó en sus brazos.

—Quiero estar contigo. No importa lo que seas. ¡Quiero estar contigo! — le repetía una y otra vez.

Vladim comprendió que no la convencería. La miró con sus penetrantes ojos y le gritó de nuevo:

—¡Vete, obedece!

Pero ella no se movió, seguía aferrada a él, llorando desconsolada. Él la tomó de los brazos y con fuerza la separó de su cuerpo. Caminó hacia donde la luz de la luna era más intensa.

—¿En verdad quieres ser esto? —le preguntó poniendo su transformado rostro muy cerca del de ella.

Masha se aterrorizó nuevamente al verlo, los desorbitados ojos, completamente negros y los enormes y afilados dientes. Su cabello estaba erizado y crespo, su piel sin color alguno, como una hoja de papel blanco. Pero se sobrepuso, estaba decidida a seguirlo o a morir.

—Lo que sea, Vladim, ya nada importa —suplicó rendida.

Él cerró los ojos con fuerza, se sintió vencido y padeció un intenso dolor que le traspasó el pecho.

—¡No sabes lo que pides, Masha! —intentó en vano de convencerla, por última vez. -¡Aléjate!

—Sólo quiero estar junto a ti, para siempre, como te lo prometí —confesó, con voz entrecortada. -Si no puedo estar contigo, mejor quítame la vida. ¡No pienso regresar sin ti!

Y se echó en sus brazos, nuevamente. Vladim, resignado, no dijo nada más. La apretó fuertemente, lanzando un ensordecedor grito de dolor. Le descubrió el cuello, que tantas veces había besado con amor, le clavó los filosos colmillos y empezó a succionar su sangre. Cuando terminó se pinchó la muñeca y la colocó sobre sus labios inertes.

—¡Bebe! —le ordenó entre sollozos.

***

Laria no se movía, lo oía boquiabierta.

Manuel no dijo nada, respetando su silencio. Hasta que al fin, pudo articular palabra, parecía atolondrada.

—¡Guauu! ¡Definitivamente, Masha, estaba en La Olla por amor! No sé si yo hubiera hecho lo mismo —dijo pensativa.

—Difícil de entender —dijo Manuel recordando las ganas que tuvo, muchas veces, de regresar junto a Astrid y pedirle que la hiciera uno de ellos, también. Algo que sabía, no sucedería.

–Siempre he pensado que hay grandes amores y que hay personas cuyo destino es estar juntas –Laria lo vio con curiosidad. -¿No lo crees así?

–Tal vez, me he preguntado muchas veces si mi destino era estar junto a Astrid y que yo fuera uno de ellos. O tal vez, a mis casi cincuenta años, todavía no sé cuál es mi destino –bromeó con sarcasmo. -¡Y aún peor! ¡Tal vez, todos estos años, huí de mi destino! –soltó una carcajada.

Laria forzó una sonrisa. Siempre había pensado que Manuel, era de las pocas personas que hacía lo que quería y sabía lo que hacía. Ahora que oía su historia, descubría que esa imagen era sólo una fachada que él fabricó o que ella imaginó. Se dio cuenta de que no lo conocía, como pensaba. En silencio, le hizo una señal de que siguiera con su relato. Y él, enseguida continuó.

20

Aquel día, Astrid dejó a Manuel en la playa y al instante desapareció. Él se sintió triste y agobiado, defraudado, también, su padre sabía lo que pasaba en La Olla y nunca le había dicho nada. Pero él también, lo había defraudado, al regresar al lugar que había prometido no volver.

No se le ocurría ni cómo explicarle a Erik lo sucedido. Parecía estar en medio de una densa neblina, sin saber por dónde dirigirse. Una intensa angustia se apoderó de él. Siguió parado un momento, tratando de aclarar la mente. Se dio cuenta de que también había olvidado su maleta y gritó a los cuatro vientos, dirigiéndose a Astrid:

–¡Perfecto! Pensé que siempre estarías a mi lado –gritó molesto.

No había terminado de decirlo, cuando ella le habló por su espalda:

–Fui por tu maleta. Y sí, siempre estaré a tu lado –confirmó con desilusión.

–Lo siento. Es que... ¡No sé qué hacer! –Manuel bajó la mirada, muy apenado, por haber dudado de ella. -Estoy demasiado nervioso –confesó.

Ella se sentía igual, pero trató de darle valor.

–Dijiste que hablarías con tu padre y creo que es lo mejor que puedes hacer. Él es un hombre comprensivo y de buen corazón –aseguró suavemente.

Él la miró perplejo.

–¿También lo conoces? –sintió cómo la sangre le hervía de coraje. -¿Por qué no lo dijiste antes?

–¡Porque no podía! Pensé que eso complicaría más las cosas –le rebatió angustiada.

–Tal vez eso nos hubiera ayudado –estaba furioso. -Tal vez, de habérmelo dicho, no...

–¡Basta, Maniuel, basta! –lo interrumpió gritando. -He hecho lo que no debía. Lo sé, me equivoqué y desearía no haberlo hecho –Astrid lo miró con los ojos húmedos. -¡Y no me arrepiento! Ha valido cada céntimo del castigo que sé que recibiré –su voz se quebró, no pudo continuar.

Manuel la tomó entre sus brazos.

–Yo tampoco me arrepiento. No me preocupo por mí, pero tengo miedo de lo que te pueda pasar –la abrazaba con fuerza. -Vladim está furioso contra nosotros. Debo ser muy cuidadoso cuando hable con papá –le confesó con temor.

–¡Ve, no pierdas más tiempo! Yo estaré cerca de ti –le aseguró en un susurro.

Manuel no dijo nada más. Agarró su maleta, el viento soplaba con fuerza y empezaba a nevar, los esquíes seguían tras las rocas, se los puso y se dirigió a su casa lo más rápido que pudo.

–¡Ya llegué! –gritó desde la entrada y sintió un vacio en el abdomen.

Nadie contestó, se dirigió a la estancia. Sus padres miraban la tv y reían de la película que estaban viendo. Tamara se sorprendió al verlo, en el umbral, con el rostro tan sombrío.

–¿Qué ha pasado, Manuel? –preguntó preocupada.

Erik apagó el televisor, se sintió intranquilo.

Manuel sintió un nudo en la garganta, no podía hablar. Al verlos sentados, tan quitados de la pena, sintió un gran remordimiento de haberles ocultado lo que hacía. Miró a su padre y con voz temblorosa le dijo:

—Necesito hablar contigo.

Tamara sintió que el corazón le dejaba de latir. Se imaginó lo peor, había oído tantas historias de lo que hacían los jóvenes durante las fiestas de los fines de semana, que siempre estaba preocupada por él. Y a punto del llanto volvió a preguntar:

—¿Qué ha pasado, Manuel?

Él no contestó, seguía con la mirada clavada en Erik, que no reaccionaba.

—Ven, vamos a mi oficina —al fin contestó. Luego, salió de la sala.

Manuel lo siguió y Tamara se quedó sentada en el sofá, mortificada. Presentía que Erik no vendría con buenas noticias.

Erik se sentó en su silla, junto al pequeño escritorio. Manuel cerró la puerta antes de sentarse frente a él. Erik no decía nada, lo miraba nervioso. Conocía a Manuel bastante bien y era la primera vez que le pedía hablar a solas, y con ese aspecto.

Manuel lo miró con los ojos húmedos.

—¿Por qué no me hablaste de La Olla? —le reclamó con la voz entrecortada.

Erik cerró los ojos, su rostro reflejó el dolor que sintió.

—¿Qué has hecho? —preguntó con voz débil.

Manuel sabía que no tenía salida y con gran esfuerzo, luchando por contener el llanto, empezó a contarle, desde la primera vez que vio a Astrid.

Erik lo dejó hablar, sin interrumpirlo para nada.

—Vladim quiere hablar contigo. Te espera mañana en la playa —dijo al terminar de contar lo sucedido.

Erik se veía abatido, ni siquiera luchó por contener el llanto.

Manuel también sintió que las lágrimas le corrían por las mejillas. Se sintió ruin y miserable, por haberle causado tanto dolor.

—Perdóname —le suplicó balbuceante.

—¿Por qué no acudiste a mí, antes? —dijo esforzándose por no perder los estribos.

Su voz ahora era débil:

—No lo sé... Por temor a que te enojaras, tal vez —contestó bajando la mirada. -Tuve miedo de decírtelo.

—Porque sabías que te prohibiría seguirla viendo. Sabías que no estaba bien lo que hacías...

—¡Sí, porque no quería dejarla! —lo interrumpió. -¡La amo! ¡Y deberías de entenderlo!, ¡tú mejor que nadie! Trajiste a mamá desde el otro lado del mundo porque la amabas, ¿no es así? —gritó desesperado, tratando de defender su conducta.

Erik agitó la cabeza.

—¡No es lo mismo, Manuel! No lo hice a escondidas de nadie.

Cerró los ojos con fuerza. Esas palabras lo hirieron, su padre tenía razón, se sintió un canalla y no supo qué decir, tampoco se atrevió a mirarlo a los ojos.

—Comprendo que Vladim esté tan molesto. Lo veré mañana —trató de mantener la calma. -No sé que se vaya a decidir, pero sea lo que sea, tendrás que aceptarlo.

Manuel lo miró angustiado.

—¡Pero necesito ver a Astrid! ¡No quiero renunciar a ella!

—¡Suficiente, Manuel! No estás en posición de exigir, sino de acatar. Eres joven e inmaduro, lo has demostrado con tu proceder —se puso de pie y se dispuso a salir de la habitación. -Trataré de enmendar esta situación —volteó y lo miró fijamente a los ojos. -No quiero que andes por La Olla de nuevo. ¡Esta vez quiero que me obedezcas! —lo sentenció.

Manuel no dijo nada. Vio a Erik salir de la oficina y permaneció unos instantes más, sentado, sin saber qué hacer. Se sentía compungido. No quería ver a Tamara, estaba muy arrepentido por haberles mentido. Después de unos minutos, se levantó y se retiró a su cuarto.

Cuando Erik le comentó a Tamara lo sucedido, ella se puso histérica, no quería aceptar lo que le decía. Estaba inconsolable, le tuvo que dar unas tabletas para calmarla.

—¡Nunca me lo voy a perdonar! Sabía que algo andaba mal, lo presentía, Erik, y no hice nada, soy una tonta —se recriminaba sin descanso.

—Pero no estuvo en nuestras manos, no te tortures por algo que ni siquiera sabíamos.¡No, ya no te culpes! ¿Cómo podíamos solucionar algo que ignorábamos? —dijo aunque él también sentía que había fallado como padre.

Tamara no dijo más, nada podía aligerar el gran dolor que sentía. Siguió sentada en el sillón, llorando. Se preguntaba por qué Manuel no tuvo la confianza de comentarles algo la primera vez que vio a Astrid, todo hubiera sido tan diferente. Y ella que se sentía feliz al pensar que andaba con Idunn cada vez que se ausentaba. Se preguntaba tantas cosas, sin encontrar las respuestas.

Erik la distrajo al ofrecerle una taza de té. Ella la tomó y continuó sumida en sus razonamientos.

***

Laria cogió la servilleta para secarse las lágrimas. Le sorprendió ver que Manuel no llorara.

—Nunca me imaginé esto, Manuel. ¿Cómo pude estar tan ciega y no darme cuenta de todo por lo que estabas pasando? ¡Vivíamos en la misma casa!

Manuel dio un hondo suspiro.

—En ese entonces, si lo hubieras sabido, ¿qué podías haber hecho tú?

—Sí, pero ¿y después?, ¿por qué no me dijiste nada? Hace unos años, cada vez que te presionaba para que vinieras... Las veces que nos hemos visto. ¿Por qué, Manuel? —reclamó entre sollozos.

—No era tiempo de que supieras. Ahora ya son muchos años de eso. Las cosas han cambiado —la miró, vacilante, no sabía si era prudente hacer el comentario. Después de cavilar un poco, admitió: -Ayer, cuando me encontré con Idunn, era porque iba siguiendo a Masha. Me la topé en la tienda —balbuceó en voz baja.

Laria abrió los ojos, incrédula.

—¿Qué? ¿Viste a Masha en la tienda? —para Laria era imposible de creer.

Manuel afirmó con la cabeza.

—Sí, a mí también me sorprendió bastante. Imagino que ya no se esconden como antes —dijo pensativo.

Laria se estremeció y nerviosa se talló fuertemente los brazos con las manos.

—¡Uyyy! Sólo de pensar que estuvo un vampiro en esta casa me produce escalofríos. ¡Uyyy!

—Sólo en mi cuarto, no te asustes.

—¡Eso crees tú! Me imagino que tienen poder para ser invisibles y transformarse en lobos o coyotes. ¡Qué sé yo! —Laria se estremeció y hacía gestos de disgusto. —Qué bueno que tu habitación no se la dejé a las niñas. ¡Uyyy, que miedo!

—¡Laria, por favor! —A Manuel le causaba mucha risa su actitud.

Laria trató de calmarse.

—Lo que me sorprende es la actitud de papá. Siempre tan sereno, nunca vi que perdiera el control. En cambio, mamá era un torbellino de emociones —rió al recordarla.

—Nunca entenderé cómo dos personas tan diferentes pudieron vivir juntos tantos años, y felices —comentó pensativo.

—Se complementaban, Manuel. Para mamá, él era la tranquilidad que necesitaba para suavizar su temperamento. Para él, ella era la chispa de alegría que su vida necesitaba. Se amaban, se respetaban y se admiraban.

—Sí, tienes toda la razón —el rostro de Manuel se ensombreció. -Me arrepentí mucho por el dolor que les causé. No se lo merecían —confesó apesadumbrado.

Laria sintió compasión por él.

—Pero eras muy joven, Manuel. Ellos hablaban siempre de ti con gran cariño y admiración. Era una gran emoción la que sentían, cada vez que viajaban a visitarte... No creo que se hayan sentido defraudados.

—¡Era un tonto engreído! Y como decía la tía Flor: Eres terco y aferrado, Manuel —rió al recordarla.

Ella lo secundó:

—¡Eso sí! Eres muy terco y muy aferrado, no hay duda.

Se sirvieron un poco más de vino.

—Creo que será mejor dormir un poco. Me siento cansado —vio el reloj en la pared. -¡Son las cinco y media de la mañana! Con estas noches sin oscuridad, ni cuenta te das que sea tan tarde.

—Podemos tomar un descanso y continuar más tarde. Tienes que contarme todo, absolutamente todo —comentó ahogando un bostezo.

—Te dije que ya no habría secretos entre nosotros y así será —se tomó el resto de vino que quedaba en su copa, de un solo trago. -Mañana... Es decir, al rato, seguimos, tenlo por seguro.

Laria le sonrió agradecida.

—No sabes lo que esto significa para mí. No tienes una idea.

—Lo imagino, yo también había deseado mucho este momento —se acercó a ella y la abrazó. -Hasta al rato, que descanses —le dijo aunque en el fondo sabía que le sería imposible conciliar el sueño.

—Igualmente. ¡Gracias, Manuel! —lo besó en la mejilla.

Él se retiró y ella tomó las copas y la botella de vino para llevarlas a la cocina.

Cuando despertó, Manuel no quiso salir de inmediato de la habitación. Se quedó en cama, analizando el pasado y las posibilidades que le presentaba el futuro. Se convenció de que hacer ese viaje fue la mejor idea que Gina había podido tener. Aceptó porque sabía que ya no tenía nada que perder. Ya había tocado fondo y, esta vez, sólo podía ir hacia arriba, como dicen.

Así lo sentía. Era como si sus errores lo hubieran hundido en un profundo abismo de confusiones y arrepentimientos. Hasta que tuvo el valor de reconocerlo. Ahora sólo le quedaba enmendar esos errores, si no todos, el que estuviera en sus manos. Y eso sería como liberarse, ir hacia la superficie y respirar de nuevo aire fresco.

Comprendió que había desperdiciado mucho tiempo. Sintió que era hora de redimirse y poner orden en su vida y pedir disculpas a las personas que había lastimado con su conducta.

–Idunn, espero que puedas perdonarme –pensó. Sintió una extraña sensación al recordarla. ¿Por qué esa obstinación de negar lo que sentía por Idunn tantos años?

Recordó a sus padres de nuevo. Cada año les mandaba boletos para que viajaran a visitarlo. Eran dos meses los que pasaban juntos y que Tamara aprovechaba también, para visitar a la familia.

Laria tenía razón, sus padres estaban orgullosos de él, siempre se lo demostraron. Era él quien sentía que les había fallado y nunca se perdonó.

Oyó ruidos de trastos, imaginó que debería de ser Laria. Decidió bañarse y bajar a la cocina, ya era casi la una de la tarde y se sentía bien descansado. El haber hablado con su hermana lo hacía sentir como si se hubiera liberado de un gran peso. Además, estaba sorprendido de que hubiera tomado tan bien las cosas.

–Mmmmm, no hay nada como el café recién hecho por la mañana –exclamó Manuel al entrar a la cocina y percibir el exquisito aroma que salía de la cafetera. -Y por la tarde también –rectificó al ver el reloj.

–¡Buen día! O buenas tardes, mejor dicho. Espero que hayas descansado porque, ¡yo no pude! Siéntate, ya está todo listo. Sólo pondré el café en el termo y listo –exclamó Laria sonriente.

Él no pudo contener una carcajada.

–¿Se puede saber por qué te fue imposible conciliar el sueño?

Ella lo miró desconcertada.

–¿Todavía lo preguntas? –lanzó un leve resoplido. -¡Uffff! Tuve miedo, muchísimo miedo. No pude ni cerrar las cortinas, necesitaba ver la habitación iluminada. ¡Sólo de pensar que metías vampiros a la casa! ¡Y de saber que todavía andan por aquí! –intentó calmarse. -Pero en fin, me alegra que tú hayas dormido bien.

–Sí, dormí como un recién nacido –se sentó a la mesa y la observó intrigado. -¿Sabes? Me ha sorprendido la naturalidad con la que ayer tomaste lo que te he dicho. Pensé que te alarmarías y no querrías saber más al oír de La Olla... Y de Astrid –se sirvió café en la taza. -Pensé que me exigirías callar y no continuar con mi terrorífica historia –la embromó.

Laria se sentó frente a él.

–No me sorprende. Además, está de moda. He visto tantas películas de vampiros y cosas por el estilo que ya no me espantan –sonrió. -Trato de imaginarme a Astrid, dices que era muy bella.

El rostro de Manuel se tornó melancólico.

–Sí, era bellísima. Tan etérea y delicada, con sus movimientos suaves e imperceptibles, y a la vez con una fugacidad indescriptible –sonrió al recordar cómo desaparecía de su vista en un tris.

–¡Guuauuuu! –dudó un poco antes de preguntar: –¿Y no te lastimaba cuando te besaba? –la curiosidad la consumía.

Manuel se ruborizó, apenado, como si ella tuviera diez años todavía. –¡Laria, tú no cambias! –trató de desviar la conversación. -¿Cuándo llegan Sofi y Dani?

Ella lo miró incrédula y soltó una carcajada.

–¡Pero si ya no soy una niña, Manuel! ¿Qué se siente estar con alguien así? ¿Qué sentías cuando la besabas?

–Bebe tu café que se enfría, ya no sigas con tus preguntas –dijo Manuel con seriedad y se llevó la taza a la boca, en señal de que ya no diría más.

Ella lo miró con sorna.

–Bueno, pero al terminar nos iremos, con el termo del café y las tazas a la terraza para continuar.

Manuel sólo asintió con la cabeza y se dispuso a terminar el cereal. No quería hablar, no quería darle la oportunidad de que siguiera con sus indiscretas preguntas. Laria meneó la cabeza, se le hacía tan infantil su conducta… Y, a la vez, esperaba con ansias oír el resto de su historia.

21

Cuando Erik marchó de la casa para ir a hablar con Vladim, Manuel se dispuso a acompañarlo. Lo siguió en silencio, caminando a unos metros de distancia, detrás de él. Pero no fue lo suficientemente cuidadoso y tropezó, cayendo al suelo y lanzando un quejido de dolor.

Erik se detuvo y se molestó al verlo.

–No te pedí que vinieras. Regresa a casa –le ordenó con tono severo.

Manuel se levantó, aguantando el dolor que sentía en la rodilla.

–¡No! Quiero estar presente. ¡Se trata de mí! –iba a decir más, pero decidió callarse.

–No empeores más las cosas. ¡Regresa a casa! –gritó ahora Erik.

–¡No! –trató de mantener la calma. -¡Por favor! –le suplicó.

Erik agitó la cabeza con resignación, sabía que no lo convencería. Siguió caminando, tratando de ignorarlo.

Manuel lo alcanzó y caminó a su lado. Sabía de sobra lo delicado de la situación. El silencio era incómodo, pero no se atrevió a romperlo.

Tomaron el camión y se bajaron en la última parada, cerca de la playa. Erik no le había dirigido la palabra en todo el trayecto.

214

Manuel sintió que su cuerpo temblaba. Se detuvo y agarró del brazo a Erik con las dos manos, fuertemente.

—Papá, no dejes que sean muy severos conmigo, ni con Astrid. ¡Por favor! —su voz temblaba.

—No está en mis manos, Manuel... Pero haré lo que pueda —su rostro reflejaba mucha preocupación. Erik se veía tenso y nervioso, como pocas veces lo había visto.

Manuel caminó casi pegado a él. Estaba oscuro, pero Erik ya conocía muy bien la zona y sabía por dónde caminaba. Sintió una punzada en el estómago al ver las enormes rocas, donde se encontraba con Astrid. La recordó y la extrañó, desde que se habían despedido, no la había vuelto a ver.

Erik sacó de la bolsa de la chaqueta una pequeña linterna y antes de internarse en el bosque, la prendió. Después de caminar unos metros, apuntó hacia las copas de los árboles, la apagó y la encendió cuatro veces.

Manuel comprendió que sería una señal. No se atrevió a preguntar y, en silencio, siguió caminando entre los troncos de los árboles hasta que Erik le indicó que se detuviera. Al instante, vio frente a ellos a Vladim. Se estremeció del susto.

Vladim inclinó levemente la cabeza, saludando. Erik le devolvió el saludo y Manuel lo imitó, haciendo una exagerada caravana. Vladim se veía más sereno que la última vez y Manuel se tranquilizó un poco.

Erik fue el primero en hablar.

—Siento mucho lo que ha pasado, Vladim. No tenía ni la menor idea de lo que ocurría entre Astrid y Manuel. De haberlo sabido...

—Lo sé. No te culpo —lo interrumpió Vladim. -Yo tampoco me enteré —su voz era potente e intimidante, aunque no tan estruendosa, como la recordaba. -Pero esto no debió de suceder. Lo sabes muy bien —afirmó, y con sus penetrantes ojos verdes volteó a mirar a Manuel fijamente.

Manuel se intimidó y bajó la mirada al instante.

—No quiero que este suceso destruya la paz que tantos años hemos tenido —continuó Erik—, Manuel es joven, e inexperto... No lo disculpo, pero te pido que no seas muy severo con él.

–¡Tampoco con Astrid!, ¡por favor! –interrumpió Manuel angustiado.

Entonces los ojos de Vladim centellearon en la oscuridad.

–Ella saldrá de esta comunidad. Sabía demasiado bien lo que hacía y no le importó ponernos en riesgo a todos –dijo con estrepitosa voz–, y lo mismo debería de pasar contigo. Entre más lejos estés, ¡mejor será para todos! –lo condenó severamente.

Manuel sintió que le sacudían la tierra que pisaba. Agarró valor y contestó:

–Sí, de acuerdo, me iré. ¡Acepto mi culpa! –respondió ante la incredulidad de su padre. -Pero ella no tiene por qué salir de aquí. ¡Esta ha sido su casa desde siempre! ¡No le quites eso también! –espetó lleno de coraje.

Vladim hizo un movimiento con su mano y sin tocarlo lo lanzó contra el tronco de un árbol con gran fuerza. Manuel dejó escapar un quejido, del dolor tan intenso que le causó el golpe en la espalda.

Erik lo agarró de la mano suplicándole con voz temblorosa:

–¡Vladim, por favor, es sólo un niño!

Pero la ira ya se había apoderado de él y no pudo contenerse, su rostro se desfiguró. Agarró a Erik del cuello y lo apretó con fuerza, estrangulándolo.

Manuel no se podía mover, batallaba para respirar, sentía un terrible dolor en toda la espalda. Quería ponerse de pie y liberar a Erik, pero sus piernas no le obedecían.

–¡Por favor... No! –le suplicó con un hilo de voz. -Mi padre no es culpable de nada –balbuceó.

–¡Suéltalo! –se oyó que alguien gritó desde la oscuridad.

Manuel reconoció al instante la voz de Astrid, quien salió de la penumbra y enfrentó a Vladim. -¡Suéltalo! –insistió.

Vladim soltó a Erik, quien cayó como pesado bulto al suelo. Empezó a tranquilizarse y a recuperar la forma de su rostro. Le tendió una mano a Erik para ayudarlo a ponerse de pie, mano que él no despreció.

–Al menos yo no maté a nadie –habló Astrid, retadora. -Tú casi acabas con dos.

Vladim intentó disculparse, estaba apenado por haber perdido el control, pero su orgullo era mayor, así que la culpó a ella.

—Esto no hubiera pasado si hubieras pensado antes de...

—¡Lo sé, Vladim! —lo interrumpió con aplomo. -Cometí un error y estoy arrepentida. Pero ni Maniuel ni su padre deben de pagar por esto.

Manuel se puso en pie con dificultad y agregó:

—Yo me iré, pero ella debe seguir aquí —sabía que Astrid tendría problemas para integrarse en otra comunidad, no quería causarle más pena.

Ella ignoró a Manuel y le rogó a Vladim:

—Lo amo, no dejaré que él pague por mi torpeza —sus palabras estaban cargadas de una gran tristeza.

Erik sintió una opresión en su corazón, Manuel no quería que Astrid pagara por su error y ella tampoco permitiría que él lo hiciera. Entendió que lo hacían por amor. Sólo por amor uno está dispuesto a sufrir lo indecible por el ser amado. Él, que amaba tanto a Tamara, lo entendió. Sabía que, en el fondo, ese era el miedo de Vladim, pues lo mismo había sufrido con Masha. Entonces comprendió que Vladim hacía lo correcto, era mejor separarlos ahora, antes de que algo fatal sucediera.

—Será mejor hablar otro día, Erik —sugirió Vladim. -¡A solas! —recalcó clavando otra vez sus ojos en Manuel.

Erik, que ya empezaba a respirar normalmente, asintió con la cabeza, sin decir nada. Tomó a Manuel del brazo y empezó a caminar hacia la playa.

Astrid levantó la linterna que había dejado caer al suelo, sacudiendo la nieve, antes de entregársela.

Manuel la vio con infinita ternura y esbozó una débil sonrisa.

—Gracias —le dijo suavemente y siguió a su padre.

***

Laria hacía un gran esfuerzo por controlarse. Manuel le extendió una servilleta, ella la tomó, no pudo más y se soltó llorando a grito abierto.

Manuel la miró sorprendido.

—¿Pero por qué lloras así? —preguntó mientras le daba la otra servilleta que quedaba sobre la mesa.

—Porque sabía que algo había sucedido... Lo sabía, lo sabía... Y yo siempre con mis preguntas tontas —hizo una pausa, casi no se entendía lo que decía. -¡Me siento tan mal! Nunca imaginé por todo lo que pasaste... Todo lo que sufriste.

—No digas eso, tú no sabías nada —trató de consolarla.

—Pues no, pero eso no es excusa. No debí presionarte tanto todos estos años. ¡Y yo que pensaba que no tenías sentimientos! —decía entre sollozos.

—¡Gracias por tu sinceridad! —le sonrió con burla.

—No, no me malinterpretes —trató de explicar Laria.

—Lo sé... Es sólo que no me gusta verte así...

Manuel buscó con la mirada más servilletas, pero ya no había y sacó el pañuelo que siempre cargaba en el bolsillo de su pantalón. Ella rió.

—En pleno siglo veinte, ¿y tú con pañuelo?

—Los caballeros no pasamos de moda —exclamó con solemnidad.

—Me sorprende mucho que no derrames ni una lágrima, Manuel.

Laria no salía de su asombro, sabía que le dolía recordar todo lo que había vivido y ahora estaba segura de que quiso mucho a Astrid.

Él se dejó caer pesadamente sobre el respaldo del sillón.

—No, Laria, ya lloré lo suficiente. Estuve sumido en una gran tristeza por muchos años, tardé mucho en superarlo. Así que para sacar todo mi dolor empecé a componer canciones. Nunca pensé que fueran a ser tan exitosas.

—Lo imagino... ¿Pero qué pasó después? ¿Ya no la volviste a ver? —preguntó ansiosa.

Manuel soltó una carcajada. Le divertía ver a Laria tan impaciente por oír su historia.

—¡Calma! Tenemos todo el día —tomó la taza de café entre las dos manos y se acomodó en el sillón para continuar el relato.

22

Mientras tanto, Tamara los esperaba nerviosa en casa. Cuando vio por la ventana que se acercaban, corrió a la puerta para recibirlos.

Erik y Manuel estaban muy serios. Ella se alarmó al oír el quejido que dio Manuel al quitarse la chaqueta.

—¿Pero qué ha pasado? —preguntó angustiada.

Ninguno de los dos contestó. Eso la intranquilizó aun más.

—Erik, ¿que ha sucedido? —preguntó con voz temblorosa, pues entendía que las cosas no habían salido bien.

—Al rato te explico —contestó secamente. Estaba molesto con Manuel a quien no le dirigió la palabra, de nuevo, durante todo el trayecto. Su silencio le confirmaba que si él no hubiera sido tan terco y se hubiese quedado en casa como le aconsejó, las cosas no habrían terminado de ese modo. Además, Astrid había demostrado mucho valor al enfrentar a Vladim y abogar por ellos y, sabía que de no ser por ella, no habrían salido vivos.

Manuel ya no disimuló el dolor que le causaba cada movimiento que hacía. Frustrado de haber empeorado las cosas aún más, no dijo nada y se retiró a su habitación ante la angustiada cara de Tamara. Al entrar en su cuarto cerró la puerta de un fuerte golpe. Se dejó caer sobre la cama y lloró amargamente. Sentía el alma hecha jirones. No sabía qué dolía más, si el tremendo golpe que sufrió en la espalda o el corazón que le habían partido en mil pedazos.

Se sentía tan desdichado que quería empaquetar sus pertenencias y salir de la isla, lo más pronto posible, a cualquier lugar, ya nada importaba. Sentía que no había un porvenir. Sabía que su vida ya no tendría sentido. ¡Astrid, la mujer que amaba y con la que no podría estar! Quería regresar y enfrentar a Vladim, pero ya no quería causarles más problemas a sus padres. Se sentía acorralado en un callejón sin salida.

Tamara abrió la puerta lentamente.

–Disculpa, pero he estado llamando y no contestabas...

Tamara traía la cara hinchada, señal de que había llorado. Manuel entendió que su padre le había comentado lo sucedido, no contestó, hundió la cara en la almohada, no quería que lo viera así.

Ella se le acercó despacio, apretando fuertemente entre las manos su frasquito de aceite, que aliviaba toda clase de dolores y malestares. Se sentó con cuidado junto a él.

–Te voy a poner aceite en la espalda. Te sentirás mejor –habló suavemente.

Manuel le contestó con una risa burlona. Ningún remedio lo haría sentirse mejor.

–Sé cómo te sientes, aunque no lo creas –dijo mientras le subía la camisa de franela por la espalda. -Tu padre hablará con Vladim, tratará de ayudarte –quería consolarlo un poco.

–¿Tú también lo conoces? –se alcanzó a oír, sin que retirara la cara de la almohada.

–Sí. Tu padre tenía que decírmelo, en caso de que le pasara algo inesperado, yo tengo qué saber qué hacer. Al igual que Masha –confesó con algo de pena.

Manuel se sintió aún peor y dándole la cara le reclamó:

—¡O sea que yo soy el único tonto en esta casa que no se entera de nada! ¿Por qué no me lo dijeron antes? —preguntó defraudado.

—Hay cosas que es mejor ignorar, Manuel —quiso terminar con el tema. -Acuéstate, déjame ponerte el aceite.

Él la obedeció, no tenía ganas de empezar otra discusión. Ella tampoco dijo nada más. Sabía que un tropel de pensamientos pasaba por su cabeza. Comprendía que estuviera enojado y triste. Extendió suavemente el aceite por su espalda en movimientos circulares, luchando por contener las lágrimas.

Manuel no salió para nada de su habitación. Tamara le llevaba comida, que él ni siquiera tocaba. Ella callaba y no le insistía, no quería molestarlo más.

Erik se la pasó en su oficina pensando en todas las posibilidades de lo que podría suceder y las soluciones que pudieran ser las mejores. Le dolía ver a Manuel tan triste, pero le recriminaba el haber actuado tan irresponsablemente. Sentía que había fallado como padre, pues no le tuvo la suficiente confianza para contarle lo que sucedía. No acudió a él en busca de consejo, eso era lo que más le dolía.

Manuel tocó en la puerta.

—¿Puedo pasar?

Erik lo dejó entrar. Se sorprendió de verlo tan acongojado y lúgubre. Sintió una enorme pena por él.

Taciturno, se sentó frente a él.

—Papá, lo he pensado mucho y creo que lo mejor es que me vaya de aquí. No soporto el pensar que Astrid se irá a otro país. No podría seguir yo como si nada hubiera pasado. ¡No es justo! No es sólo su culpa, yo soy igual de culpable que ella.

Erik sintió que su corazón reventaba.

—No puedes hacer eso, no es necesario. Pronto irás a la Universidad, no puedes irte ahora —hablaba atropelladamente.

—No quiero ser un cobarde. Ustedes siempre me han enseñado a ser responsable de mis actos, no puedo permitir que sólo ella pague por nuestro error. Quiero que comprendas, por favor —su voz temblaba.

—No, Manuel, no me pidas eso. ¿A dónde irías? ¿Qué harías? ¿De qué vivirías? No arruines de esa manera tu vida. ¡Por favor! —suplicó.

Pero él ya estaba decidido.

—Lo siento, papá. Tengo dinero ahorrado, puedo trabajar en algo...

—¡Pero aquí tienes un gran futuro por delante! Eres muy bueno en la escuela, sólo unos meses, ¡no eches todo por la borda! —intentó calmarse. -No tomes decisiones drásticas ahorita, estás enojado y no piensas con claridad... Espera unos días...

Manuel lo interrumpió tajante.

—¿De qué sirve esperar? El error está hecho, ya nada puedo cambiar. Ella será castigada y yo no puedo seguir como si nada. ¡No podría! —lágrimas brotaron de sus ojos. -Yo también me iré, igual que ella, lejos, y nunca volveré. Si no lo hago, los remordimientos me atormentarían por siempre.

Erik no pudo contestar y consideró que en parte tenía razón. En eso se parecía mucho a él, era un hombre íntegro y justo. Comprendió que no lo haría cambiar de parecer. Inhaló ruidosamente y se frotó la frente. De pronto, tuvo una idea.

—Creo que si te vas a México, tu mamá y yo estaremos más tranquilos.

Manuel agitó la cabeza, iba a decir que no, pero su padre lo interrumpió.

—Es lo suficientemente lejos de aquí... Podrás estar con una de tus tías para empezar... Tal vez puedas ir a la Universidad, sé que hay buenas escuelas allá.

Manuel repasó en su mente la posibilidad y no le pareció tan descabellada la idea. Deseaba estar lejos de la isla y de sus compañeros; y por qué negarlo, de sus padres también.

—¡Acepto! —afirmó convencido.

—Pero antes terminarás la preparatoria.

—¿Y por qué no puedo ver a Astrid? —consideró que nada perdía con insistir.

Erik lo miró con incredulidad.

—¿Qué caso tiene ya? Eso se acabó, ya no debes verla. Fue algo que no debió empezar y que debe terminar.

—¡Precisamente! Ella se irá y yo también, ¿por qué no podemos estar juntos estos últimos días? Cometí un error, lo sé y pagaré por él, eso no cambiará... Sólo quiero estar con ella por última vez. ¿Es eso mucho pedir? —suplicó.

Le pareció estar escuchando la última voluntad de un moribundo. Un desmedido sentimiento de impotencia lo invadió. Conocía a Vladim, era inflexible y estricto, consideró que no era conveniente darle falsas esperanzas.

—No creo que sea fácil convencer a Vladim. El hecho de que seas mi hijo no cambia en nada las cosas.

—No estoy pidiendo que me perdonen, sólo que me permitan verla los últimos días que estaré aquí. ¿A nadie le importa lo que sentimos Astrid y yo? —imploró. -Es tan poco lo que pido... ¿En qué les afecta ya?

Él sólo deseaba disfrutar los últimos instantes con Astrid, estrecharla y besarla, decirle y demostrarle lo que sentía por ella. ¿Era tan difícil de entender?

—No soy yo el que decido Manuel, debes comprenderlo. No compliquemos más las cosas, es lo mejor para todos.

Y aquí acabó la conversación. Manuel se levantó de la silla y salió de la oficina, estaba furioso de que no entendiera su sentir.

Erik no lo detuvo, lo vio salir estrepitosamente. Comprendía muy bien cómo se sentía, pero nada podía hacer. Se recargó en el respaldo de la silla, cavilando cómo le explicaría a Tamara que en unos meses se iría para siempre. Nunca se había sentido tan agobiado.

Por enésima vez, Tamara entró con un plato de la sopa de tomate, que tanto le gustaba.

—Por favor, Manuel, no puedes seguir así —le rogó de nuevo. -Desde ayer que no pruebas bocado.

Él seguía acostado, con la mirada perdida en algún lugar del techo y el rostro inexpresivo. No contestó, ni siquiera volteó a verla.

–¿Que no entiendes que quiero que me dejen solo? –quiso decirle, pero se contuvo.

Al ver su indiferencia, ella no dijo nada más y salió con el plato, sin insistir. Esa situación la estaba cansando.

Después de unas horas, oyó que alguien tocaba a la puerta, pero no contestó. Los golpes siguieron por unos minutos y al no haber respuesta la puerta se abrió lentamente. Era Erik, quien entró con cautela y se sentó al borde de la cama. Manuel seguía con la vista fija en el techo.

–Sé que estas molesto conmigo y con Vladim. Pero eres muy joven para comprender, con el tiempo nos darás la razón –hizo una pausa para que le respondiera. Pero al ver que ni se inmutaba, prosiguió:

-Astrid saldrá de la isla. Tú terminarás el año escolar y te irás a la Universidad, como estaba planeado, a donde tú quieras.

Manuel no dijo nada y tampoco esperó a que terminara de hablar. Se levantó de la cama y salió de la habitación, ignorando a su padre. Estaba furioso.

Erik fue detrás de él.

–¿A dónde crees que vas Manuel? –lo siguió dando largas zancadas. -¡Contesta! ¿A dónde vas? –le gritaba, sin recibir respuesta alguna.

Manuel bajaba las escaleras de dos en dos. No lo pudo alcanzar.

Manuel no se detuvo, hasta que llegó a la entrada de la casa y se empezó a poner la chaqueta.

–¡Sabía que no abogarías por nosotros! A nadie le importa lo que sintamos Astrid y yo. Hablaré con Vladim personalmente –hablaba atropelladamente. –¡No pueden decidir nuestras vidas!

–¡No! No irás a ningún lado. No dejaré que empeores las cosas. Te dije que no estabas en posición de exigir –trataba de disuadirlo. -¡Primero escucha lo que tengo que decir! –suplicó desesperado. -¡Escúchame, Manuel!

Pero él iba decidido a hablar con Vladim.

–¡No! No soy un niño. Soy yo quien debo resolver mis problemas. Abrió la puerta y salió corriendo.

Erik lo siguió.

—¡Espera! Iré contigo, ¡espera! –gritaba sin aliento.

Llegando a la parada del camión, Manuel se detuvo y lo miró con lágrimas en los ojos.

—No tienes que venir. No necesito ayuda.

Erik entrecerró los ojos, nevaba con fuerza y con las prisas había olvidado su gorra.

—Sólo quiero estar a tu lado. Debes entender que estoy de tu parte, Manuel –se sinceró con él.

Manuel se tranquilizó un poco, sabía que era mejor que lo acompañara. Se quitó la gorra y se la dio.

—Yo usaré la de mi chaqueta –dijo con cara inexpresiva.

Faltaban veinte minutos para que llegara el autobús. Erik insistió:

—Déjame explicarte lo que acordamos.

Dio un fuerte resoplido, entendió que no le quedaba otra salida.

—Te dije que me iría a México, papá.

—Pensé que lo que más querías era ir a la Universidad. Me equivoqué, lo siento –metió las manos en los bolsillos de la chaqueta, advirtiendo que también había olvidado los guantes. -Te irás en unos meses, a México o a la Universidad, a donde tú quieras... El caso es que podrás verla, pero sólo hasta el verano, no más.

Manuel lo miró sorprendido, parecía no entender lo que había oído. Tardó unos instantes en reaccionar. Se le iluminó el rostro, lo abrazó feliz.

—¡Gracias, papá!

—No me dejaste terminar, Manuel. Deberías de tenerme un poco de confianza –confesó con tristeza. -Te dije que estaba de tu parte.

Él seguía emocionado. Podría ver a Astrid y estar con ella, sólo por unos meses, pero eso era mejor que nada.

—Habrá ciertas restricciones, hijo. Pero creo que lo importante es que seguirán viéndose mientras estés aquí –comentó, sacándolo de sus pensamientos.

—No hay problema, papá. ¡Estoy feliz! –estaba dispuesto a aprovechar al máximo el tiempo que tendrían para estar juntos.

—Creo que es mejor regresar a casa. Tu mamá sabe que te quieres ir a México, no está de acuerdo, pero prefiere que estés con familia a que andes solo en algún lugar desconocido.

Y empezaron a caminar de regreso.

Esa noche, se alegró como nunca, al ver a Astrid en su habitación. Regresó de cepillarse los dientes y al verla sobre la cama, estalló de alegría.

Cerró la puerta y corrió hacia ella. La tomó entre sus brazos y entre lágrimas la besó y acarició sin decir palabra. Ella le correspondió de igual manera. No hacían falta las palabras. En silencio se amaron. Continuaron abrazados, con los ojos cerrados, prolongando el silencio.

—Te he extrañado mucho —dijo al fin Astrid, con voz suave.

—Y yo a ti... ¡Tanto, que dolía hasta los huesos! —confesó.

Ella sonrió feliz.

—Tú y tus frases dramáticas, Maniuel —se apretó a su cuerpo. -Me encanta oírte hablar.

—Y a mí me encanta tenerte junto a mí —le dijo y la besó en la frente. -No sé qué haré sin ti —se lamentó con voz entrecortada.

—No vamos a pensar en eso. No seremos negativos. Aprovechemos esta oportunidad que no esperábamos —lo miró a los ojos. -Hagamos de cuenta que es algo que planeamos... Que tú te irás a la Universidad y que nos veremos el próximo verano.

—El próximo verano... Un verano que nunca llegará —dijo consternado.

—Yo que espero con ansias la llegada de las noches sin luna... Ya no será igual.

Ella se alejó de su lado y le dio la espalda.

—No hagas las cosas más difíciles. Me cuesta mucho a mí también. Pero si vas a seguir con esa actitud... Creo que es mejor no vernos más —aseguró tajante. -¡Y yo que pensé que eras optimista! —le reprochó.

Se sintió apenado.

—Discúlpame. ¡Pero es que no lo soporto! ¿Por qué tiene que estar nuestro futuro en otras manos? —reclamó angustiado.

–¡Yo qué sé! Tampoco es lo que yo quiero, pero así es. No compliques más esta terrible situación, Maniuel –le rogó. -Desde un principio sabíamos que nuestro amor era imposible, que no podría ser. ¡Fuimos muy obstinados! Ahora pagaremos nuestro error –aceptó abatida.

Él la estrechó con fuerza.

–No te vayas. Quiero que te quedes junto a mí –suplicó.

Ella lo abrazó también, hundiendo la cara en su pecho, ese pecho que tanto había extrañado, ese pecho que le daba tanta seguridad.

–Dicen que mañana empeorará el clima. ¿Que puede ser peor que esto? –comentó Manuel señalando hacia la ventana, casi cubierta de nieve por completo.

Astrid sonrió agradecida de que hablara de otra cosa.

–Yo no me preocupo, el frio no me asusta. Tal vez debamos quedarnos en cama –sugirió con una traviesa sonrisa.

–¿Hasta el siguiente verano? ¿Por qué no? –bromeó.

–No tienes remedio –lo reprendió. -Hueles diferente –exclamó mientras pasaba la nariz por su pecho.

Manuel soltó una carcajada al sentir la fría punta de su nariz.

–Me haces cosquillas, espera.

Ella continuaba deslizando su nariz sobre su piel.

–¿Cambiaste de loción?

–¡Espera! –la apartó cuidadosamente de su cuerpo. -Sí, me la regaló mamá la semana pasada. ¿No te gusta?

–Sí, huele bien, pero me había acostumbrado a la otra. Esta es más cítrica... También me gusta –dijo y aspiró profundamente.

Manuel la atrajo junto a él y la besó en los labios. Ella no pudo resistirse y de nuevo se dejó llevar por las sensaciones que él despertaba en ella. Se amaron toda la noche, hasta el amanecer.

Él apagó la alarma del reloj antes de que empezara a timbrar. Cansado y feliz.

–Si así van a ser nuestras noches, no me puedo quejar –le confesó, soltando una risilla nerviosa.

–No hablemos más del poco tiempo que tenemos, sólo de oírlo me dan ganas de llorar –pidió mientras se ponía de pie y empezaba a vestirse. –Nos vemos a la noche, guapo –le guiñó el ojo y desapareció al instante.

Manuel sólo sonrió, ya no le sorprendía su rapidez ni su inusual forma de despedirse. Salió a la escuela como de costumbre. Se sentía contento de pasar horas en la escuela y distraer su mente, para no pensar en Astrid ni en su triste futuro. Trataría de ser amable con Idunn, bueno, también con Lars y Berit, por supuesto. Se sorprendió al sentir a Idunn como algo bueno en su vida.

***

Laria no salía de su asombro.

–¿Y se siguieron viendo cada noche? –preguntó con ojos desorbitados.

–Casi, pues también tenía que salir con Idunn, Lars y Berit de vez en cuando –se levantó del sillón. –No tengo mucha hambre, pero creo que un emparedado no me caería nada mal –sugirió, haciéndose el despistado.

–Por estar en la plática, ni me acuerdo de atenderte –contestó riendo, aunque se sintió apenada. –Vamos a la cocina, yo también siento el estómago vacío –lo secundó y se puso de pie.

Se sentaron a la mesa y mientras comían, Laria preguntó –¿Por qué crees que no querían que se siguieran viendo?

Manuel dio un hondo suspiro antes de contestar.

–No lo sé muy bien, pero creo que sabían que no llegaríamos a nada. Era una relación sin futuro. Pienso que ahora les doy toda la razón –recordó las palabras de Erik:

-Eres joven e inexperto, Manuel, con el tiempo nos darás la razón.

–Pero, ¿por qué era tan importante separarlos? No lo entiendo. Los hubieran dejado seguir juntos. ¿Cuál era el problema? –se sorprendió de lo que dijo.

228

Él arqueó una ceja.

—Eso pensaba yo, que podríamos seguir juntos, como cualquier pareja. Era yo muy inmaduro, sabían que estaba confundido. Tal vez pensaban que si seguíamos juntos sería más difícil la separación... No lo sé –sacudió la cabeza, en realidad nunca lo había entendido por completo.

—O sentían que si nos dejaban, otros intentarían hacer lo mismo... Y un buen día se perdería el control.

—Tal vez pensaban que esa relación tendría un final fatal –sugirió Laria pensativa. —Como eres tan terco, tal vez pensaron que te querrías convertir en vampiro para estar con ella –se estremeció sólo de pensarlo. -¡No, Manuel! No me hubiera gustado perderte. ¡No! –exclamó angustiada.

Él rió al verla tan asustada.

—¡Cálmate! No me has perdido. ¡Aquí estoy! –pero recordó que sí lo había pensado, muchas veces. Quería ser uno más de La Olla, si esa era la única forma de seguir junto a Astrid.

Ella se levantó y lo abrazó con fuerza.

—¡Ay, Manuel! Increíble por todo lo que has pasado –dijo con voz débil.

—Eso decía la tía Flor:

—Nos topamos con muchas personas cada día y ni nos imaginamos por todo lo que han pasado. Cada rostro esconde una interesante historia.

—Por lo que veo, la tía Flor influyó mucho en tu vida –comentó Laria, mientras se servía un poco de salmón ahumado sobre la rebanada de pan.

—Sí, bastante. Siempre la recuerdo con mucho cariño, ella fue la madre que dejé acá cuando salí –sus ojos brillaron. -Pero también a la tía Clara le debo bastante. Ella me sacó, literalmente hablando, adelante anímicamente.

—¿La tía Clara? –preguntó asombrada.

Manuel asintió con la cabeza.

—Sí, ella fue muy paciente conmigo. Yo sé que muchos no la comprendieron. Querían que se casara y tuviera una familia... Como debía de ser –soltó una carcajada. -No sabes la cantidad de citas a ciegas que le arreglaban continuamente. Ella optó por no asistir a ninguna, después de los chascos que se llevó.

–La recuerdo muy poco, casi nunca estaba cuando viajábamos para visitar a la familia. Ella vivía en Monterrey, siempre muy ocupada, eso sí lo recuerdo. Además, cuando te visitaba, sólo quería estar contigo y ella metida en sus ocupaciones.

–Era muy guapa, parecía mucho más joven de lo que era. Muy alegre y jovial y siempre muy arreglada. Era muy buena compañía, nunca te aburrías con ella –recordó.

–Me hubiera gustado conocerla más –aseguró Laria con cierta melancolía.

–En verdad, la hubieras disfrutado tanto como yo. Era tan auténtica, sabías que siempre te decía lo que en verdad sentía, no andaba con dobleces. ¡Jamás! –sonrió al recordar el tono tajante con el que decía las cosas.

–Pero bueno, ¿qué pasó después con Astrid? Se siguieron viendo, ¿no es así? –no aguantaba más la curiosidad.

Manuel le dio una gran mordida a su emparedado de salmón ahumado antes de continuar.

23

Tras la imposibilidad de estar con Astrid como hubiera querido, Manuel trató de pasar más tiempo con Lars y Berit. Idunn se alegró y, como los cuatro se tornaron inseparables, todos veían a Idunn y Manuel también como una pareja. Así que cuando le comentó sus planes de pasar la Navidad con sus abuelos en el sur, no le resultó muy agradable la noticia. Ahora que sentía que las cosas empezaban a mejorar entre ellos, él se iría por dos semanas, ella no pudo disimular su decepción.

Tamara y Erik le habían dicho, que si quería, se podía quedar solo en casa, que ya después podría visitar a sus abuelos en otra ocasión, tal vez durante la Pascua. Pero él insistió en acompañarlos.

Astrid le decía que no sabía cuánto tiempo más su abuelo estaría con ellos y debía de aprovechar el tiempo que todavía podía platicar con él. Sintió que tenía razón, no quería arrepentirse más adelante. Sólo eran dos semanas y pasarían pronto.

Le dio gusto ver a sus abuelos, y Astrid tenía razón, Roar estaba bastante débil, ya no era el mismo. Se retiraba temprano a dormir y comía muy poco, no estaba tan platicador como siempre y se le olvidaban las cosas. Eso los entristeció a todos y trataban de ser considerados y cariñosos cuando tenían que repetirle varias veces las cosas que acababan de decir.

El día que llegaron, los saludó trece veces.

—¿Nos va a estar saludando cada vez que nos vea? —dijo Laria.

Tamara le pidió paciencia.

Como lo esperaba, Manuel compartió la habitación con Laria. En las noches platicaban hasta muy tarde y se divertía de lo lindo con sus ocurrencias.

Erik y Tamara no ocultaban su felicidad, aunque de vez en cuando sus rostros se entristecían pensando en el amargo momento por el que pasaba.

Para su sorpresa, las semanas se fueron más rápido de lo que Manuel había pensado. Y la primera noche que volvió a ver a Astrid, su alegría fue indescriptible. Ella lo esperaba sentada en la cama, cuando él volvió de cepillarse los dientes. No dijeron nada, sólo sonrieron y se abrazaron, besándose y acariciándose con desmedido deseo. Se amaron como si fueran las últimas horas que estarían juntos. Fueron pocas las palabras que se dijeron, no hacían falta ya.

En la mañana, al despertar, se sorprendió al verla sonriente. Estaba tan cansado que ni cuenta se dio cuándo se quedó dormido.

—Todavía no me acostumbro a verte al despertar —confesó con algo de pena. -¡No hay mejor forma de empezar el día! —le aseguró y la atrajo junto a su cuerpo.

—¡Espera! No llegues tarde en tu primer día de clases. Sólo quería desearte un feliz día y decirte lo mucho que te amo —lo besó rápidamente en los labios y en un tris ya estaba junto a la ventana. —Nos vemos a la noche.

Él estaba amodorrado y su rapidez lo atolondraba aun más. Ni siquiera alcanzó a contestar, cuando desapareció ante sus ojos. Iba a decir algo, pero la alarma del despertador empezó a sonar. Meneó la cabeza, resignado.

—¡Astrid! ¡Astrid! Me vuelves loco —refunfuñó.

Ese día fue diferente a lo que él esperaba. Iba gustoso a encontrarse con Idunn, que esa mañana no lo estaba esperando en el parque, como cada día. A la entrada de la escuela tampoco estaban Lars y Berit, en el lugar de siempre esperando por él. Pensó que se les habrían pegado las almohadas y trató de distraerse, más tarde los vería, así que entró a la escuela. Pero se llevó una gran sorpresa al ver en el patio, en la banca que siempre ocupaban, a Lars abrazando a Berit y a Idunn, que estaba acompañada, nada más y nada menos que por Svein.

Manuel sintió un cubetazo de agua fría, trató de actuar como si nada, pero sentía coraje de ver a ese bobalicón ocupando su lugar. Al ver que se acercaba, Svein pasó su brazo por los hombros de Idun y sonrió triunfal.

—Espero que tus vacaciones hayan sido tan buenas como las nuestras — le gritó cuando le faltaban unos cuantos pasos para llegar a la banca.

Idunn le sonrió burlonamente.

—Sí, espero que te hayas divertido. ¡Nosotros la pasamos de lo más bien! —y dicho esto, besó a Svein en la mejilla.

Manuel sintió que la sangre le hervía. Trató de calmarse y contestó con indiferencia:

—Nada especial, pero sí, la pasé muy bien. Te veo más tarde —le dijo a Lars.

Lars asintió con la cabeza y Manuel se retiró. Se dirigió al baño, a echarse agua fría en la cara y tratar de calmarse. Sentía una rabia incontrolable. ¿Cómo era posible que ese papanatas le quitara su grupo de amigos? ¡No lo podía creer! Y tampoco lo podía permitir. Necesitaba hablar con Lars, pero ¿cuándo?, seguro que no lo dejarían a solas con él.

—¡Manuel! —le llamó Lars, que entraba al baño.

Se sintió aliviado.

—¿Qué ha pasado? —preguntó aturdido.

Lars agitó la cabeza.

—Lo más extraño que podría haberme imaginado. No supe nada hasta hace tres días. Berit me dijo que Idunn y Svein eran novios, ¡tampoco lo podía creer! Al parecer, él la visitó el día de Navidad y le pidió que fuera su novia y ella de inmediato dijo que sí. ¡Así de fácil! —hablaba pausadamente, sin esconder el disgusto que esto le causaba. -Pero creo que sé muy bien por qué lo hace —le confesó, seguro de que ella estaba cansada de su indiferencia.

—No sé por qué lo hace —aseguró Manuel. -Pero creí que ella no lo soportaba, al igual que todos nosotros —dijo tajante.

Lars no sabía cómo alivianar la situación.

—Pero puedes estar con nosotros, eso no cambiará, eres parte del grupo —intentó en vano animarlo.

Manuel negó con la cabeza.

—No, Lars, a ese pazguato no lo soporto ni en pintura, no puedo fingir lo contrario. Es mejor que me mantenga alejado, así nos evitamos problemas.

Y tenía razón, Svein tenía la boca muy grande al hablar, además, hablaba sin pensar. Disfrutaba molestar con comentarios hirientes a los demás, eso era lo que más le disgustaba de él. Y ahora que al fin Idunn le había hecho caso, más insoportable se comportaría, de eso estaba seguro.

Lars lo miraba expectante. Manuel le sonrió débilmente y le palmeó el brazo.

—Nos vemos luego —aseguró, cogió sus libros y salió del baño, pronto empezaría la primera clase.

Ana, al ver juntos a Idunn y a Svein, aprovechó de inmediato la ocasión y se acercó a Manuel. Él le sonrió y empezó a platicar con ella.

A la hora de la comida, sin darse cuenta, ya tenía un nuevo grupo de amigos, que lo seguían a todas partes. No podías ver a Manuel sin Ana, Inga, Peter, Tobias y Helga. Ana estaba rebosante de alegría y le lanzaba a Idunn miradas desdeñosas.

Eso irritó a Idunn, pues Manuel se veía alegre, parecía disfrutar la compañía de su nuevo grupo. Las ilusiones con las que había llegado a la escuela se fueron desvaneciendo, al igual que su buen humor. Parecía molesta y no disimulaba su disgusto cada vez que Svein la abrazaba o trataba de besarla. De inmediato lo empujaba, sin tapujos, haciéndolo a un lado. Eso divertía a Manuel, que se mostraba muy amable con Ana, amabilidad que ella devolvía con creces.

En la noche, cuando Astrid llegó, la recibió alegre y con largos besos. Estaba muy hermosa, pero no adivinaba qué era. La observaba con atención, sin poder descubrir la diferencia. Hasta que no aguantó más y preguntó:

—¿Que tienes de diferente?

Ella rió divertida.

—¡No pensé que lo notarías! Aunque la verdad era que quería que lo notara. Lo miró directo a los ojos. -¡Traigo maquillaje! —exclamó complacida. Pero sólo era un poco de corrector en el contorno de los ojos para disimular sus ojeras, mascara café y una sombra rosa pastel que los hacía brillar más. Un poco de blush, para darle color a sus mejillas y la ceja la traía muy bien delineada, perfecta.

—¡Te ves hermosa! —le confesó sin poder quitarle los ojos de encima. -Aunque en verdad, no lo necesitas, pues casi ni se nota —trató de halagarla.

—¡Pero lo notaste! O sea, que sí se ve la diferencia —exclamó orgullosa.

No preguntó de dónde los había sacado, sabía que iban a las tiendas y sacaban cosas, que pagaban dejando el dinero en las cajas registradoras, para no levantar sospechas. Tal vez, de alguna turista despistada, que viajaba en uno de los tantos barcos que llegaban. No tenía importancia, lo que era importante en esos momentos era sentir su cuerpo desnudo junto al suyo y amarse, deseando que la noche fuera interminable.

En la mañana, cuando por fin apagó la alarma del despertador, se desilusionó al no verla junto a él. Sólo una pequeña nota sobre la almohada: "Te veo más tarde. Te amo." Sonriente pensó que era una chica impredecible, nunca sabía qué esperar de ella. Eso hacía la relación más excitante. Sin muchas ganas, se puso de pie y estirando los brazos sobre la cabeza, dio un gran bostezo y se dispuso a empezar el nuevo día.

Se molestó al recordar a Idunn y Svein. ¿Cómo era posible que anduviera con él? Por más que trataba de encontrar una respuesta lógica, no la veía. ¿Acaso sentía celos? Incluso Astrid, le preguntó varias veces qué le pasaba, que parecía ausentarse por momentos. Él le respondió que siempre es así, el primer día de escuela, después de unas vacaciones. Ella nunca había asistido a una escuela, así que pensó que eso era lo que lo distraía, sin imaginarse que era el recuerdo de Idunn junto a Svein lo que lo sacaba de quicio.

Manuel caminaba luchando con la rabia que sentía y se sorprendió al ver a Idunn en el parque, en el lugar que acostumbraba esperarlo. Pero, como no sabía si esperaba por él o alguien más, caminó sin disminuir la velocidad al pasar junto a ella. Le sonrió y la saludó, pasando de largo.

Ella lo miró boquiabierta y le gritó molesta:

–¡Espera! –caminó hacia él cuando se frenó. -¿Por qué no te detuviste? –preguntó contrariada.

–Pensé que esperarías a alguien más –contestó secamente.

–Esperaba por ti –bajó la mirada. -Me he sentido como una tonta – confesó avergonzada. –Ya no ando con Svein...

Él la interrumpió, mirándola a los ojos seriamente.

–Lo que hagas con tu vida sentimental no me interesa, eso es algo muy personal. Lo que me molestó era la presencia de ese tipo, lo sabes bastante bien. Tal vez trataba de convencerse a sí mismo, de que era lo único que le molestaba.

–¡Perfecto! Sólo quería ser sincera contigo, no más –le aseguró, su voz temblaba de coraje.

–Lo siento, no quise ser grosero –se disculpó con voz suave y le hizo una señal de que empezaran a caminar. A la entrada de la escuela los esperaban Lars y Berit, que no disimularon su alegría al verlos llegar juntos.

—¡Oh, nooo! —exclamó Berit con temor, al ver a Svein, que se acercaba.

Manuel se puso tenso, sabía que empezaría a molestarlo, ahora más que nunca.

Idunn lo notó y los tranquilizó.

—No se preocupen, le advertí que si nos molestaba, se arrepentiría para siempre.

Manuel suspiró aliviado, sabía que Svein le temía a Idunn.

Todo el día estuvieron juntos los cuatro, de nuevo. Manuel trató de convivir con el grupo, que lo había seguido el día anterior. Svein no le quitaba la vista de encima. Eso intranquilizaba un poco a Manuel, pero no le borraba la alegría de estar con sus amigos, a los que se había dado cuenta de que apreciaba sinceramente.

Cuando Astrid llegó esa noche, él estaba sentado sobre la cama leyendo.

—Uhhh uhhh, uhhh uhhh.

Se sobresaltó al oírla y sonrió aliviado al verla en la ventana. -Estaba muy concentrado. ¡Qué alegría verte! —le dijo mientras ponía el libro sobre la mesita de noche.

Ella se acercó y se sentó.

—¿Me extrañaste? —preguntó antes de besarlo, sentándose a cierta distancia de él.

Se sorprendió de semejante pregunta.

—¡Por supuesto! ¿A qué viene eso? —la observó inquisitivo, le pareció extraño su comportamiento.

—Ayer estuviste raro, por momentos... Hoy estás de muy buen humor. ¿Algo que me quieras decir al respecto? —dijo sin acercarse.

—Dímelo tu, que al parecer lo sabes todo —contestó molesto, no le gustaba esa sensación de que sintiera que le ocultaba algo.

Ella desvió la mirada hacia la ventana, en la que se seguía acumulando la nieve.

—Te he visto con Idunn, muy feliz —sintió que era lo mejor, decírselo de una vez y no andar con rodeos.

Él recordó que ella podía observarlo sin que él se diera cuenta. Y, para no empeorar las cosas, le contó lo que había pasado.

Astrid no pudo ocultar su decepción. Hubiera querido saber por qué se empeñaba en negar sus sentimientos por Idunn, pero se mordió el labio inferior y se contuvo.

—Me entristece que Svein te moleste. ¿Quieres que lo detenga? —dijo sinceramente.

Manuel se sorprendió. La miró con los ojos muy abiertos sin comprender nada.

—¿No te lo había dicho? —Astrid rió.

Él continuaba sin entender nada.

—¿De qué hablas?

—Pues que las veces que te molestaba, yo lo visitaba en la noche, mientras dormía y lo hacía tener pesadillas —confesó.

Manuel soltó una carcajada.

—¿O sea que eras tú? Pensé que le tenía miedo a Idunn, por la forma en que lo reprendía delante de todos —exclamó aun más sorprendido.

—¡Idunn, por supuesto, siempre Idunn!, pensó desilusionada. Su sonrisa desapareció.

Él la tomó entre sus brazos y le besó la frente.

—Mi pequeña superhéroe —la llamó con orgullo y le acarició la espalda con ambas manos.

Pero la tristeza de Astrid no desapareció y tampoco respondió a sus caricias.

Él no se percató de su actitud.

—Pero dime, ¿cómo lo haces? —se recostó en la cama sin soltarla, quería oír lo que hacía con su enemigo.

—Le hablo entre sueños y le digo que te deje en paz, si no quiere arrepentirse —confesó con desgano. —Lo he hecho varias veces —admitió con cierto orgullo.

—Ahora comprendo el por qué a veces no reacciona como pienso, yo espero su venganza y no ocurre nada. A ti te debo que sigamos en paz —la besó suavemente en los labios.

Ella no podía resistirlo. El calor de su cuerpo, su olor, su sonrisa, tenía que aceptar que estaba completamente perdida por él. Su enojo desapareció al contacto de sus labios y se entregó a él una vez más.

Por la mañana, antes de despedirse, ella le confesó:
—Me entristece saber que pasas muchas horas junto a Idunn —dijo casi en un susurro.
Él la abrazó contra su pecho.
—No debes de temer nada. Nunca estoy solo con ella, estamos siempre los cuatro juntos, en cambio contigo estoy toda la noche. No entiendo tu preocupación —le aseguró besándola en el cuello.
Ella le sonrió débilmente, sabía lo que Idunn sentía por él y entendía lo que sufría. Además estaba convencida de que a él, ella no le era indiferente. Lo había visto embelesado viendo sus fotos antes de dormir. Sentía que estaba en desventaja, no podía andar por todas partes junto a él, como hubiera querido. Sólo lo podía ver en su casa y además sólo en su habitación. Esta situación la molestaba y la entristecía.
Manuel le acarició la mejilla.
—¿Qué te pasa? Dijimos que nada de pensamientos negativos —sabía muy bien lo que la tenía así. -¿Qué tal unos días en Paris? Tengo suficiente dinero y ya se acercan las vacaciones de invierno, en febrero —trató de animarla y lo logró.
—¿Lo dices en serio? —su cara se iluminó.
—¿Todavía no me conoces? ¡Por supuesto que lo digo en serio! Hablaré con mis padres, no creo que haya problema, estoy seguro —había sido tan complaciente últimamente, que sabía no se lo negarían. Se alegró con la sola idea de conocer París junto a Astrid.
Ella dudó un poco.
—¿Y qué haría yo allá? ¿Esperar todo el día por ti en el hotel? —pregunto decepcionada. No le parecía nada excitante estar encerrada en el cuarto, mientras él recorría las calles de la ciudad.
Él soltó una carcajada.

—¡No seas tan pesimista! Nadie nos conoce allá. Además, la gente es mucho más abierta y moderna, te lo aseguro. Es invierno, Astrid, los días son grises y tú puedes andar afuera como cualquier mortal —se arrepintió de sus últimas palabras, pero ella estaba tan feliz que no le dio importancia.

—¿Crees que no habrá problema? —preguntó expectante, aunque insegura.

—¡Para nada, confía en mí! —parecía muy seguro de lo que decía. - Sólo unos pequeños cambios y nadie notará nada. Yo viajaré en avión y si quieres puedes viajar conmigo —dijo orgulloso, sabiendo que tenía dinero de sobra para correr con los gastos de los dos.

—No es necesario, yo me desplazo sin problemas. Sólo que tendrás que hacer espacio en tu maleta para mis cosas personales —le pidió tímidamente.

—No hay problema... Pero ¿que pensarán si revisan mi maleta y descubren que viajo con ropa de mujer y maquillajes? ¡No quiero ni pensarlo! —bromeó y ella no pudo contener una sonora carcajada.

***

Laria lo observó con curiosidad.

—No lo entiendo, Manuel o, mejor dicho, ¡no te entiendo! —parecía irritada.

—¿Qué es lo que no entiendes? —Manuel no estaba seguro de querer oír la verdad. Imaginaba lo que ella pensaba.

—Tú lo has dicho, que de inmediato tuviste un grupo de amigos. Yo sabía muy bien que muchas estaban locas por ti. También que muchos querían tenerte por amigo. ¿Entonces? —lo miró con impaciencia y enojo.

Como él la miró sin decir nada, ella continuó:

—¿Por qué insistías con que no te aceptaban? ¿Por qué decías que no querían juntarse contigo? —lo miró decepcionada.

240

—¡También te lo dije! Me gustaba andar solo, disfrutaba mi soledad. ¡Soy un engreído! —confesó gritando. Le resultaba difícil aceptar la realidad.

—¿Y por qué te escudaste tras esas tontas ideas? ¿Por qué dices que sufriste por algo que sabías no era cierto? —Laria se mostró desilusionada. —¡Todos te querían, Manuel! Recuerdo a mis amigas, sus hermanas y hermanos y no se diga a sus padres. "Tan lindo tu hermano." "Tan guapo tu hermano." "Tu hermano es tan buen chico" —recordó lo orgullosa que se sentía por él.

—Tal vez, me sentía mejor al decir que no me aceptaban en lugar de decir que no quería andar con ellos —confesó apenado. -Así me sentía mejor conmigo mismo.

—Te gustaba y siempre te ha gustado ser un "outsider", debes admitirlo —reclamó Laria convencida.

Manuel la observó algo contrariado, sabía que tenía razón.

—Estás en lo cierto, es más fácil de ese modo. Para mí, claro.

Reconoció al fin que sentirse un "outsider" le daba cierta libertad para hacer lo que quería, sin seguir las "normas" de los que lo rodeaban. Por eso se sintió feliz cuando se fue a México, seguía sus propias reglas y como venía de otro país, tan diferente, nadie decía nada y respetaban su forma de ser. De ahí que lo llamaran "excéntrico", cuando en realidad era "rebelde".

Laria empezaba a comprender muchas cosas. Había convivido lo suficiente con él como para conocerlo. Sabía cómo era en el fondo, conocía su forma de sentir. Comprendió que por su terquedad se había perdido muchas cosas todos esos años. Y se alegraba, porque haber hecho este viaje le demostraba que reconocía su error, significaba un cambio en su vida, de eso estaba segura. Sonriente, le pidió que siguiera con su historia.

Él, aliviado por salir del interrogatorio, aceptó gustoso. Sin pensarlo dos veces, continuó.

24

Sus padres habían dudado, pero aceptaron que sería buena idea que pasara una semana en Paris. No preguntaron, pero sabían que iría con Astrid. Sentían que Manuel había madurado mucho en los últimos meses, aunque les hubiera gustado que su primer amor fuera con una chica "normal". Una chica como él, con las mismas ilusiones y problemas de su edad. Conocían la importancia del primer amor en cada persona y les entristecía saber cómo terminaría el de él, el próximo verano, sólo en unos meses más.

Astrid estaba encantada, una semana junto al hombre que amaba en la ciudad más romántica del mundo. ¿Qué más podía pedir? Para su sorpresa, Vladim aceptó, diciendo que no había problema y que fueran discretos.

Pasaban los días platicando y planeando lo que harían. Leían sobre las atracciones turísticas y sobre lo que les gustaría conocer.

Manuel se alegró de que Astrid dejara de preocuparse por Idunn, quien cada día le llamaba por las tardes y pasaban horas platicando. Él decía que sólo lo hacía para sentir que el tiempo pasara más de prisa, aunque no desmentía que cada vez se identificaba más con ella y se sentía muy a gusto en su compañía.

Seguían yendo al cine cada sábado y de ahí se iban a cenar los cuatro. Los viernes se iban al Café, después de clases, y los domingos se juntaban en la pizzería.

Idunn estaba feliz, ya no lo presionaba, pues sabía que ganaba terreno día con día. Estaba segura de que las cosas cambiarían en unos meses, pues se terminaba la escuela y muchos se irían a diferentes ciudades a seguir en la Universidad. Ansiaba ser su novia y fantaseaba con que se irían a estudiar juntos.

Ella aseguraba que iría a Trondheim. Pero eso no era tan importante, lo que quería era saber a dónde iría Manuel. Nunca hablaba sobre sus planes y siempre cambiaba de tema cuando alguien mencionaba Universidades. Todos estaban ansiosos por la llegada del verano y el gran cambio que habría en sus vidas, pero no Manuel, quien según Idunn, parecía no darse cuenta de la importancia de lo que se avecinaba.

No era que no se diera cuenta, ¡lo sabía de más! Mientras para todos el verano era objeto de alegría, para él no. Se separaría para siempre de la mujer que amaba y se iría a vivir a un país al otro lado del mundo. No podría hacer planes, como todos los demás, que regresarían a convivir con sus familias durante las vacaciones. Él no, lo había prometido y le dolía hasta el alma el ver todo lo que se perdería.

Los días pasaban y muchos hablaban de sus planes para las vacaciones de invierno, que eran las próximas. Lars propuso que podrían ir a esquiar a las montañas, Berit e Idunn aceptaron de inmediato, al oír la gran idea. Manuel se excusó diciendo que iría a visitar a sus abuelos, así ellos no insistirían en acompañarlo, pues sabían del estado de Roar. Si les decía la verdad, imaginaba que Iunnd no desaprovecharía la oportunidad de andar en París junto a él y no quería preocupar a Astrid con eso.

Cuando llegaron las ansiadas vacaciones, él tomó el avión a París y Astrid viajó por su cuenta, como ella bromeaba.

Manuel trató de convencerla de que fuera junto a él por las calles parisinas, de que se dejara ver como una chica cualquiera. Ella se resistía, pero al fin la convenció de que con el maquillaje, nadie sospecharía nada.

Practicó cada día con diferentes maquillajes y trucos que leía en las revistas y consiguió ropa de acuerdo a la temporada, ¡ya no más ropa de verano! Se cortó las uñas de los pies y consiguió unas botas hasta la rodilla, que a pesar de su resistencia, terminó por adorar.

Quedaron en verse fuera del aeropuerto, así tomarían el metro o un autobús hacia el centro. Ella estaba muy nerviosa sólo de pensar que andaría entre la gente, como una más.

Manuel se sorprendió al encontrarse con ella, a la salida del aeropuerto. ¡Se veía hermosa! Traía una falda color ladrillo por debajo de la rodilla, con sus botas negras, una blusa color mostaza muy claro, de cuello tortuga, una ligera bufanda y gorra negras, al igual que su chaqueta.

Su largo cabello lo traía recogido en una floja cola de caballo, dejaba caer algunos mechones sobre la cara y el cuello. Su maquillaje era perfecto, parecía una modelo de alguna casa de modas parisina; cómo él decía, parecía Brigitte Bardot. Después de decirle algunos piropos, la tomó de la mano, que había cubierto con guante de piel, y felices se perdieron entre la gente que iba rumbo al centro de la ciudad.

Se instalaron en un hotel cerca de La Ópera. La habitación era pequeña y acogedora, era sólo la cama con el respaldo y las mesitas de noche estilo Luis XV, al igual que una silla y la cómoda que hacían juego. Las paredes tenían tapiz color verde muy suave y la cama estaba revestida por un edredón capitoneado en color crema, muy elegante.

Manuel dijo sentirse en Versalles, como todo un rey con su princesa. Lo que más les gustó era que tenían baño privado. Después de revisar la recámara, él la tomó de la mano y la acercó a la ventana, estaban en el cuarto piso y tenían una bonita vista.

La abrazó y la empezó a besar. Comenzó a deslizarle la blusa hacia arriba de la cintura. Ella lo detuvo, tomándolo de las manos abruptamente, él la miró sorprendido y bastante decepcionado.

–Disculpa, pero creo que no quiero perder ni un sólo minuto aquí adentro. ¡Ha sido fantástico andar entre la gente! Vamos, no perdamos más tiempo, ¡quiero conocer toda la ciudad! –pidió jubilosa.

Él estaba un poco cansado, hubiera preferido quedarse en el hotel y no salir hasta el siguiente día. Pero la veía tan feliz, que no pudo negarse. Pronto anochecería y ella se sentiría más libre.

Sin decir nada, le sonrió y se puso su chaqueta, tomó la de ella y como todo un caballero, le ayudó a ponérsela. Le ofreció el brazo, exclamando un solemne:

–Madame –antes de salir.

Astrid estaba radiante, se sentía la mujer más feliz del universo. Caminaron por las calles, junto al Sena. Hacía frío, pero no tanto como en la isla, tampoco había nieve.

Caminaron bajo el cielo gris, como cualquier par de enamorados, riendo y deteniéndose para besarse. Iban sin rumbo fijo, sólo querían conocer la ciudad y respirar el aire impregnado de romance.

Se detuvieron en un pequeño Café, él tenía que alimentarse y pidió unas crepas "especialidad de la casa", que dijo, estaban exquisitas. Al terminar, pidió un chocolate caliente.

–Necesito recuperar energías –se disculpó.

–Sólo de verte comer con tantas ganas, me ha dado hambre –bromeó Astrid, al ver cómo disfrutaba su comida. Ella, sólo para disimular, pidió un vaso de agua.

Se sentía nerviosa al ver a la gente que se le quedaba mirando. Al decírselo a Manuel, él sólo le contestó que la miraban porque estaba hermosa y pensarían que era alguna modelo famosa, eso la tranquilizó un poco, aunque no del todo. Era la primera vez, después de muchísimos años, que actuaba como una chica "normal".

Manuel, para tranquilizarla, le ofreció una pluma y una servilleta.

–Ten, entreténte mientras yo como –le dijo.

Ella sonrió y empezó a garabatear.

–¿Sabes escribir? –preguntó intrigado.

Hizo algunos trazos y le deslizó la servilleta sobre la mesa. Él la tomó y leyó en voz alta:

—Por supuesto.

Manuel se detuvo inspeccionando los dibujos que había hecho. Eran flores con tallos alargados y hojas en forma de corazón. Su letra era pequeña y muy angulosa. Le sonrió y le devolvió la servilleta.

Astrid se sintió aliviada cuando él pagó y se dispusieron a salir.

Después de mucho caminar, se sentaron en un parque, sobre una banca que les ofrecía una vista perfecta de la iluminada Torre Eiffel. La disfrutaron en silencio, tomados de la mano, llenos de emoción.

Al siguiente día, decidieron subir hasta el punto más alto de la torre. El día estaba grisáceo, parecía que llovería en cualquier momento, pero eso no los detuvo. Al pasear por el mirador en lo alto y ver la ciudad bajo sus pies, no podían sentirse más felices.

Al bajar, caminaron por los jardines y los Campos de Marte, todo era tan hermoso, aun en pleno invierno.

Por la tarde, Manuel se sentía cansado y sugirió ir al hotel. Habían caminado bastante y necesitaba descansar. Trataban de tomar el metro lo menos posible, él comprendía que ella quería disfrutar el caminar por las calles. Antes de llegar a donde se hospedaban, entraron a otro Café y él cenó algo, Astrid pidió su acostumbrado vaso de agua y empezó a garabatear en una servilleta.

En el hotel, al entrar a la habitación, él estaba tan cansado que se dejó caer sobre la cama con la chaqueta puesta. Astrid le dijo que tenía que salir, necesitaba alimentarse también. Manuel la miró con ojos inmensos, asustado.

—No te apures, no atacaré a ninguna persona, he visto animalitos debajo de los puentes —lo tranquilizó entre risas.

—No me gustaría que nos metiéramos en problemas, es todo. Quiso demostrar que no estaba preocupado. La vio meterse en el baño y continuó recostado en la cama, esperando a que saliera para cepillarse los dientes.

Esperó un tiempo razonable y al ver que no salía, se levantó y fue al baño, llamándola, pero ella no contestó. Abrió la puerta y se sorprendió al no encontrarla, vio la pequeña ventana abierta y supuso que por ahí había salido. Sin más preocupación, se cepilló los dientes, se puso su pijama y se metió a la cama. Sabía que ella no necesitaba dormir, no tenía de que preocuparse. Al poner la cabeza sobre la almohada de inmediato se quedó dormido.

– ¡Maniuel! ¡Maniuel! –lo despertó una suave voz. –¡Maniuel! –pero él quería seguir dormido. –¡Despierta, Maniuel! –le insistía Astrid, sin lograr que abriera los ojos.
–Déjame dormir un poco más, ¡por favor! –le suplicó con débil voz. -¡Ya son casi las diez! –replicó nerviosa. -Se nos irá el día en nada. O si quieres, yo puedo salir sola. Te veo más tarde –casi sonó como amenaza.
De inmediato, Manuel abrió los ojos.
–¿Qué? ¿Me vas a dejar aquí mientras tú te paseas? –no podía creer lo que acababa de oír. Le costaba trabajo escuchar que ella, que no quería dejarse ver entre la gente, ya no sentía el más mínimo temor. A la vez, eso lo alegró.
–No quiero presionarte, sé que andas cansado. No te preocupes, sólo caminaré y admiraré la ciudad, nada más –le prometió. No quería perder tiempo, le encantaba sentirse tan libre.
–No, espera. Me baño rápido y salimos, no me rasuraré hoy. ¿Está bien? –él tampoco quería perder tiempo, les quedaba mucho por conocer. Sólo tenían cinco días para disfrutar juntos, sin ir escondiéndose. Antes de que ella contestara, se puso de pie y se metió en el baño.
Al salir del hotel empezó a llover. Caminaron hasta dar con una tienda de souvenirs que tenía en venta algunos paraguas. No eran de su agrado, tenían uno de color zanahoria chillante que lastimaba los ojos, pero era mejor que nada. Lo compraron y caminaron abrazados bajo el paraguas, contentos de no mojarse. Pero al doblar en una esquina, una ráfaga de viento les sopló su chillante adquisición, invirtiendo la copa

del paraguas hacia arriba. Él trató de arreglarlo, pero le fue imposible y ella le quiso ayudar, pero sólo consiguió arrancar la tela de los alambres. Lo depositaron en un cesto de basura y corrieron al museo de Louvre. Esperaron pacientes su turno para entrar y decidieron que irían despacio, disfrutando de cada obra. Ella no podía disimular su emoción. Manuel también disfrutó la visita. Salieron cinco minutos antes de que cerraran, a las seis de la tarde. Caminaron un poco por los jardines de las Tullerías y buscaron un Café.

Eran las diez de la noche cuando llegaron al hotel, él estaba exhausto y no tardó mucho en quedarse dormido. Ella se acostó junto a él y disfrutó de su compañía. Antes de que él estuviera completamente dormido, le agradeció por los días tan hermosos que habían pasado juntos.

–Nunca imaginé que andaría entre la gente otra vez. No sabes lo excitante que es tener un día como todos los demás –le besó la frente con infinito amor. –¡Gracias, Maniuel! Me has dado un regalo que nunca esperé –le decía con voz temblorosa.

Él no contestó, sólo esbozó una débil sonrisa y cerró los ojos.

Astrid posó la cara sobre su pecho y lo acompañó mientras dormía, repitiéndole una y otra vez, cuánto lo amaba.

El tercer día fueron al bohemio barrio de Montmartre. No llovió, caminaron por sus encantadoras callecitas bajo el anubarrado firmamento. Visitaron cada tienda y cada puesto que se les ponía enfrente.

Como todo turista, Manuel quería traerse consigo el recuerdo de su visita a la "ciudad luz" y compró carteles de Toulouse–Lautrec, una figura de la Torre Eiffel para su mamá y una figura del Arco del Triunfo para su papá. Para Laria compró una bolsa brillante, con estilosas letras en lentejuelas con la palabra 'París' y una burbuja con la catedral de Notre Dame, que al agitarla daba la ilusión de cubrirse de nieve.

Astrid no sabía por qué decidirse y al final, él le regaló una copia de la Torre Eiffel, pues le dijo que era lo más representativo de París. Ella le dijo que cada vez que posara sus ojos en la torre, recordaría esos inolvidables días que pasaron juntos.

Para animarla, le propuso disfrutar de un espectáculo en el Lido. Pero al fin deambularon todo el día por Montmartre y al anochecer decidieron pasear por los iluminados Campos Elíseos, desde la Concordia hasta el Arco del Triunfo, hasta que Manuel no pudo dar un paso más, pararon a un taxi y se fueron al hotel. Como el elevador no funcionaba y debían subir cuatro pisos por las escaleras, Astrid le guiñó un ojo y controlando que nadie los viera, sin ningún aviso previo, lo tomó en brazos y en un tris ya estaban frente a la puerta de la habitación.

–Qué afortunado soy de tener una súper chica –exclamó orgulloso mientras abría la puerta. Y como ya era su costumbre, se dejó caer en la cama con la chaqueta y los zapatos puestos.

–Descansaré un poco y después iremos a cenar... Buscaré algo cerca –dijo con voz débil y los ojos entrecerrados.

Ella se le acercó y con una amplia sonrisa le dijo:

–¡Para nada! Tú ya no sales, debes descansar. Hoy tienes "room service" –y con su acostumbrada rapidez, sacó la cartera de su pantalón y salió del cuarto.

A los pocos minutos, regresó con un refresco de cola y un gran baguette con carnes frías, rodajas de tomate y hojas de lechuga. Manuel no podía estar más feliz. Mientras comía, le preguntó si no se aburría mientras él dormía.

–¡No, se me va el tiempo muy rápido! Me quito el maquillaje y me lavo la cara muy bien, me pongo mascarillas faciales, me baño, me arreglo el cabello, me pongo a leer las revistas que compramos y a repasar los folletos de todo lo que visitamos. Y de nuevo me vuelvo a maquillar con esmero y me cambio para empezar un nuevo día –lo dijo como si repitiera una larga declamación de memoria.

—Si quieres podemos comprarte más cosas. Además de las revistas y mascarillas, no hemos comprado nada más para ti —dijo mientras engullía el último bocado de su cena.

—No hace falta, Maniuel. No necesito más —contestó Astrid con sinceridad. Para ella, era un verdadero lujo vivir en el hotel y no en su pequeña cueva, quería sólo disfrutar de completa libertad, y ya quedaban menos días.

A la mañana siguiente, Manuel la condujo de forma misteriosa hasta la boca del metro, bajaron en la Plaza de la Concordia y al llegar frente al aparador de una de las más prestigiosas diseñadoras, le mostró un maniquí que exhibía una hermosa blusa sin mangas color magenta y jalando a Astrid del brazo, entró a la tienda. Le pidió que se la probara, le quedaba perfecta y, sin pedirle opinión, se la compró. Astrid se la llevó puesta bajo su abrigo y no se cansaba de decir, que nunca había sentido una tela tan delicada.

Él le sonreía complacido de verla tan feliz y de allí se fueron al Boulevard Saint Germain y al Museo de La Armada, que quería visitar.

Era de noche cuando decidieron caminar por el Sena, antes de llegar al hotel. Astrid estaba un poco intranquila, él lo notó de inmediato.

—¿Qué te pasa? —preguntó Manuel preocupado.

—Necesito alimentarme yo también —susurró.

Él la miró contrariado, no supo que decir.

—Ven, vamos allá, bajo el puente —dijo ella señalando las escaleras que bajaban hasta el nivel del río.

Él la siguió en silencio, bajando con algo de dificultad, estaba oscuro. Las luces de la calle no alumbraban lo suficiente, las copas de los árboles lo impedían. Suspiró aliviado al sentir que no había más escaleras.

—Tú espérame aquí. Vuelvo en seguida —le pidió ella y desapareció al instante.

Manuel no alcanzó a ver hacia adonde se había ido. No le gustaba el lugar, se puso nervioso. Sólo deseaba que Astrid no tardara mucho.

Se sobresaltó al oír unas risas burlonas a su espalda.

—¡Buenas noches! —exclamó una ronca voz en francés.

No sabía de dónde provenía. Las risas continuaron. Al voltearse, distinguió a tres hombres, a unos pasos de él. Eran delgados y vestidos completamente de negro, piel muy pálida y ojos brillantes. Adivinó de inmediato de qué se trataba, al verles los enormes dientes y los prominentes colmillos. El líder, al parecer, era el hombre más alto, pensó que debería medir los dos metros, si no más. Los otros dos eran más bajos, las cabezas le llegaban al hombro, uno tenía el cabello negro y el otro era rubio oscuro.

El más alto y rubio, volvió a preguntar algo en francés que él no entendió. Los otros dos rieron a carcajadas. Manuel estaba asustado, sabía que de nada serviría pelear contra ellos.

—¡Déjenlo! —oyó la voz de Astrid, que gritó desde debajo del puente.

El más alto de ellos, volteó a verla. Astrid se acercaba con pasos lentos y seguros. No demostraba miedo, sino todo lo contrario, parecía una guerrera lista para la batalla.

El chico alto la observaba con extrañeza y contrariado preguntó:

—¿Astrid?

Ella bajó la guardia al instante, pareció reconocerlo.

—¿Sigurd? ¿Eres tú, Sigurd? —parecía confundida también.

—¡Astrid Ragnvaldsdatter! —exclamó con sorpresa. Parecía alegrarse al verla.

Se le iluminó la cara a ella también.

—¡Sigurd! ¡Sigurd! —corrió hacia él y lo abrazó.

Manuel no entendía nada, parecía molesto de tanta muestra de afecto. Los otros dos acompañantes de Sigurd, los miraban sorprendidos, también.

Astrid se acordó al fin de Manuel. Se separó de Sigurd y le dijo:

—Manuel, éste es Sigurd. Es... O era, el hijo del hombre de confianza de mi padre. Crecimos juntos y estuvimos siempre juntos... Hasta el día que desapareció. ¡Éramos como hermanos! —recordó nostálgica.

Manuel le hizo una desganada señal, en forma de saludo, que él respondió con amabilidad. Más bien era como si Sigurd le estuviera pidiendo disculpas. Y Manuel le hizo la señal de que no había problema, disculpas aceptadas.

Sigurd no podía disimular su alegría, tampoco su admiración al verla.

—¡Estás hermosa, Astrid! —la miró de arriba abajo, con su chaqueta de piel negra al igual que su gorro y la bufanda. Llevaba jeans con las botas negras y su blusa nueva. —Definitivamente los años no pasan por ti —bromeó.

—¡Igualmente! —dijo con coquetería. Él era en verdad muy apuesto, muy alto y muy rubio. Traía su largo cabello recogido en una cola de caballo, que le llegaba a mitad de la espalda y sus celestes ojos centelleaban en la oscuridad.

—¡Vámonos, vikingo! —le pidió el de cabello negro.

Sigurd se molestó.

—Esperen, tengo más de mil años de no verla, ¿no pueden esperar unos minutos? —protestó sin quitarle los ojos de encima a Astrid.

Los otros dos no contestaron, sólo lanzaron un resoplido, resignados.

Manuel aprovechó la interrupción.

—Creo que es mejor que nos vayamos, Astrid —se sentía molesto de verla tan feliz a su lado. —Se hace tarde —insistió.

Astrid no quiso ser grosera con él, después de todo lo que había hecho por ella esos cuatro días. No sabía qué hacer, quería irse con Manuel, pero tenía tantas ganas de platicar con Sigurd. Veía a uno y al otro sin decidirse.

Manuel se exasperó.

—Si quieres, quédate con él. Nos vemos mañana —dijo secamente y se dio la media vuelta, furioso.

Astrid lo miró con tristeza.

—¿Qué acaso no podemos ir juntos a algún lado? —preguntó contrariada, pero con la esperanza de que los dos aceptaran.

Sigurd y sus compañeros parecieron no extrañarse de su aspecto tan "citadino", pensó que ellos deberían estar acostumbrados a mezclarse entre la gente.

Manuel fue el primero en negarse.

—No puedo más, me voy a descansar. Y sin decir más, empezó a caminar hacia las escaleras, con paso vacilante.

—Espera, voy contigo —gritó ella, decepcionada.

Manuel se detuvo y la esperó.

—¿Estas todavía en la isla? —preguntó Sigurd.

—Sí, todavía en La Olla —Al decirlo, se sintió triste. Tantos siglos en esa pequeña isla, pensó.

—Yo la paso aquí y allá, pero siempre dentro de esta excitante ciudad —exclamó orgulloso. -Hay un sinnúmero de pasadizos en las viejas construcciones —agregó agitando las manos al aire.

—Sí, tal vez en ti se inspiraron para el fantasma de la Ópera —masculló entre dientes Manuel. —¿Quéeee? —reclamó a Astrid, que volteó a verlo disgustada.

—Bueno, nos vemos pronto. Tenlo por seguro —se despidió Sigurd, dándole un fuerte abrazo.

—Por supuesto, nos vemos pronto —contestó ella y fue hacia Manuel.

Cuando estaban de nuevo en la calle, ella le preguntó con un gesto de disgusto:

—¿Y se puede saber que fue eso?

—Eso lo debo preguntar yo —refutó molesto.

—¿Qué? ¿Lo dices en serio? —casi suelta una carcajada.

Eso lo enojó aun más y siguió caminando con pasos más rápidos. No quería aceptar que había sentido unos celos terribles al verla tan feliz junto a Sigurd.

Ella comprendió cómo se sentía y trató de tranquilizarlo.

—Es sólo un amigo de mi infancia. Fue como un hermano para mí. Una noche, después de un ataque de los seres nocturnos, desapareció. Pensábamos que estaba muerto... Que lo habían matado, ahora sé que no fue así. Tienes que comprender la gran sorpresa que me llevé al verlo de nuevo.

Él desaceleró el paso.

—No me gustó verte tan efusiva con él —admitió todavía molesto.

—Lo sé, así me siento yo cuando te veo con Idunn —susurró.

Manuel no dijo nada, la tomó de la mano y le sonrió. Y en silencio siguieron caminando junto al río, que reflejaba las luces de las calles sobre sus tranquilas aguas.

¡El último día en Paris! Querían hacer tantas cosas, que no se decidían por ninguna. Después de mucho pensar y argumentar, decidieron tomar el tren y salir de la ciudad para visitar el palacio de Versalles. Lo recorrieron despacio, disfrutando y estudiando cada detalle.

Al entrar en la Sala de los Espejos, él la tomó entre los brazos y bailaron al ritmo de un vals imaginario. La gente que pasaba a su lado los miraba con curiosidad, pero sonrientes. Astrid estaba impresionada con la majestuosidad en que vivían en ese entonces los reyes, ella, una princesa vikinga, jamás conoció semejantes lujos.

Estaba lloviznando, pero eso no les impidió caminar por los hermosos jardines. Y ahí, en la tienda de souvenirs, compraron un paraguas de color más serio y más resistente. Así que, abrazados, caminaron admirando las fuentes y los jardines.

Al regresar a la ciudad, se fueron al Barrio Latino. Era la última noche que pasarían en la ciudad y querían disfrutarla al máximo. Manuel sugirió que entraran a un bar, la lluvia arreciaba y ella aceptó.

Entraron a un restaurante–bar muy acogedor, las únicas luces que alumbraban, eran las velas que adornaban los centros de cada mesa. Eso le gustó a Astrid, no se acostumbraba del todo a salir de la penumbra. Manuel pidió algo para cenar y vino tinto, ella su vaso de agua.

Estaban muy animadamente platicando, cuando él hizo un gesto de descontento. Ella lo notó y dirigió la mirada hacia la puerta, para descubrir a Sigurd que entraba con sus dos compañeros. Igual que la noche anterior, todos vestidos de negro, completamente. Sigurd no disimuló su alegría al verla de nuevo y ella le sonrió débilmente.

Caminaron hacia dónde ellos estaban sentados.

–¡Buenas noches! –saludó Sigurd, mientras le tomaba la mano a Astrid para besarla.

–¡Ni tan buenas! –pensó Manuel sin decirlo, sólo asintió con la cabeza sin hablar, ante la mirada de reproche de ella.

–¿Los podemos acompañar? –preguntó muy cortésmente.

Astrid vio a Manuel con ojos de súplica y él, sin mucho entusiasmo, afirmó levemente con la cabeza, resignado.

Los compañeros de Sigurd, de inmediato, acercaron dos sillas a la pequeña mesa, uno de ellos acercó una más y se la ofreció. Sin pensarlo dos veces acomodó su silla junto a Astrid. Manuel puso los ojos en blanco. El de cabello negro lo notó y ahogó una carcajada. Al ver al mesero que se acercaba con su plato. Burlonamente Manuel les ofreció si deseaban algo:

–¿Tal vez un "blody Mary"? –les preguntó con sarcasmo.

Sigurd se molestó, pero no quiso preocupar a Astrid y decidió seguirle la corriente.

–Un blody lo que sea. ¡Por favor! –contestó con una risotada y sus secuaces lo secundaron con estruendosas carcajadas, Astrid también le festejó la broma. Los tres ordenaron cervezas.

Astrid se les quedó viendo asombrada, al oír que pedían cervezas. Sigurd aseguró que era sólo para pretender, que no pensaban tomárselas.

–Tal vez unos cuantos tragos, no más. No es bueno tomar con el estómago vacío –dijo para tranquilizarla y hacerla reír.

Cuando el mesero se alejó, Manuel se sintió incómodo de ser el único que comía y además, el único mortal. Pero todos lo ignoraron y platicaban animadamente con Astrid, para desconsuelo de Manuel, quien se sintió aun más fuera del grupo. Le preguntó a Sigurd qué hacían bajo el puente esa noche.

–Pensé que estaba prohibido atacar gente –dijo molesto, pensando que no respetaban las reglas.

Sigurd lo miró, con sus celestes ojos en llamas.

–No atacamos gente, al menos, no como tú piensas –se defendió. –A la orilla del río, sólo bajan los ebrios, casi siempre a vomitar, nada más. Así que aprovechamos su borrachera para asaltarlos, nunca está de más un poco de dinero. Al día siguiente, no nos recuerdan bien. No saben si fue una alucinación de su borrachera o una pesadilla —rió fuertemente, los otros dos lo secundaron.

Astrid estaba impresionada por la forma en que se desenvolvían, parecían muy acostumbrados a frecuentar lugares públicos. Al preguntarles, Olav, el de cabello negro respondió:

—Aprovechamos al máximo el invierno, el inicio de la primavera y el final del otoño. El resto del año, salimos a vagabundear sólo las horas de más oscuridad —comentó en danés.

Gustav, el rubio oscuro, agregó:

—Nuestra comunidad es un poco más flexible, por eso seguimos aquí. Mientras no nos metamos en líos, todo está bien —hablaba sueco.

Sigurd estaba sorprendido, no se quedó con las ganas y les preguntó por qué andaban juntos. Astrid les contó su historia y él les sugirió que deberían mudarse a París y olvidarse de problemas.

Ni Astrid ni Manuel contestaron, ya sabían lo que se avecinaba y no querían hacerse ilusiones vanas, que al final, sólo aumentarían el dolor.

Poco a poco, Manuel se fue sintiendo en confianza y empezó a participar en las pláticas. En unas horas, todos hablaban animadamente, como viejos amigos. Le hacían bromas referentes a la edad, como "cuando tengas nuestra edad, lo comprenderás" y él se defendía diciéndoles "si no fueran tan viejos, lo comprenderían fácilmente".

Cuando Manuel sintió que ya no podía más, le pidió a Astrid que se retiraran, tendría que tomar el avión muy temprano y no podía llegar tarde.

—En menos de cinco horas tengo que estar en el aeropuerto —comentó afligido.

Sigurd se sorprendió y preguntó por qué no utilizaba las ventajas de andar con Astrid, pero él contestó que habían prometido ser muy cuidadosos y no querían arriesgarse más.

Manuel le sugirió a Astrid quedarse con ellos y verse en la isla la siguiente noche. Su propuesta fue sincera, sabía que a él lo vería cada noche, mientras que a Sigurd, no sabía cuando lo encontraría de nuevo.

—No, me voy contigo —dijo decidida, cosa que a Manuel le agradó sobremanera.

Manuel les invitó las bebidas.

—Hagan de cuenta que fue el botín de ayer —bromeó, y ellos encantados, le agradecieron su amabilidad.

Tomaron un taxi al hotel y al llegar a la habitación, los embargó una tristeza profunda. Su última noche de libertad, sólo unas cuantas horas y regresarían a sus rutinas de siempre. Manuel tenía sueño y luchaba por mantenerse despierto. Pero finalmente, el sueño lo venció y ella permaneció a su lado, con la mejilla sobre su pecho, disfrutando las últimas horas de esos maravillosos cinco días.

Astrid lo despertó a tiempo. Manuel batalló para abrir los ojos, no tenía ganas de levantarse.

—¡Se te hace tarde, Maniuel! —le repetía y le gritaba, pero él no reaccionaba.

—Ya voy, ya voy —contestó aletargado. Se sentó en la cama todavía con los ojos cerrados. —Ya voy —hablaba entre sueños.

Ella lo agarró del brazo y lo levantó, cargándolo hasta el baño. Lo sentó sobre la tapa del excusado y lo desvistió, él no abría los ojos. Abrió la regadera y lo metió al chorro de agua fría. De inmediato despertó.

—¡Ayyyy, aaayyyy... Pero qué te pasa! —gritó aterrorizado.

Ella reía divertida, al verle la cara de espanto.

—No puedo creer que un poco de agua te asuste tanto.

Él trataba de cerrar la llave del agua fría y abrir la del agua caliente. Después de batallar un poco, lo logró y volvió a calmarse, tiritaba de frio. Astrid no dejaba de reír.

—No sé qué te cause tanta risa.

—Discúlpame, pero fue la única manera de hacerte despertar. Dijiste que no querías llegar tarde —dijo con su cara de traviesa, que a él tanto le gustaba.

—Gracias, muchas gracias por tu ayuda, pero prefiero el despertador. Corrió la cortina de plástico. —Estoy inundando el piso —dijo mientras empezaba a enjabonarse.

Ella se fue a la recámara y se sentó en la cama. Se sentía muy afligida, no tenía ganas de regresar a la isla. Quería quedarse y seguir disfrutando de la ciudad, pero más que nada, de su libertad.

—¡Listo! —exclamó Manuel, sacándola de sus pensamientos. —No estés triste, nos veremos a la noche —intentó animarla.

—No es eso, Maniuel, ¿por qué no nos quedamos aquí? —lo miró suplicante.

Él agitó la cabeza, apesadumbrado.

—Sabes que no puedo quedarme aquí. Tengo que regresar y terminar la escuela... No es tan fácil para mí. Él también hubiera querido quedarse, él también se había sentido tan libre esos cinco días. Se acercó a ella y la abrazó con fuerza.

—Lo siento, Astrid, yo tengo que regresar. Sentía un nudo en la garganta. —Si quieres, tú te puedes quedar, lo entiendo perfectamente —le aseguró.

Ella aspiró el delicioso aroma de su colonia.

—¿Y dejar de verte? ¡Nunca, Maniuel, nunca! —se entristeció aun más, pues ese "nunca dejar de verse", no era para ellos.

Él no dijo más, con delicadeza la apartó y buscó su maleta.

—Quédate, si quieres, unos días más. Tomó su chaqueta y se la puso.

Ella no contestó, lo veía suplicante. Quería que se quedara con ella en París.

Se acercó y la besó.

—Si quieres, nos vemos a la noche.

Cogió la maleta y salió de la habitación. No podía presionarla para que regresara con él, comprendía muy bien cómo se sentía. Pero él, debía regresar. Bajó a la recepción, entregó la llave de la habitación y pidió que le llamaran un taxi. En menos de cinco minutos, se acomodó en el asiento trasero y con desgano le pidió al chofer que lo llevara al Charles de Gaulle.

Astrid seguía en la recámara. Lo observó por la ventana y al verlo subirse al taxi, sintió que su corazón estalló en pedazos. Los días de libertad, habían terminado para ella.

***

—¡Ay, Manuel! Pero qué tristeza, después de andar tan felices esos días, ¿para que regresaban? Hubieran seguido allá, disfrutando de su amor –dijo Laria entre sollozos. -¡Yo no hubiera podido pasar por todo eso! –confesó con temblorosa voz.

—Se oye muy trágico, lo sé, pero lo disfruté al máximo. Fueron cinco días de completa libertad, no sé ni cómo explicar lo que sentíamos –dijo nostálgico.

—No hace falta, lo comprendo bastante bien –le aseguró. -Cada vez siento más simpatía por Astrid –confesó con algo de pena.

—¡Al fin pareces entenderlo! Como te he dicho, no era mala, ella no pidió ser eso en que la habían convertido. Su esencia era como la de cualquier chica –exclamó gustoso. -Siento que se rebelaba mucho contra su destino. Ella fue una víctima, Laria –se alegraba de que viera a Astrid como él lo hacía.

—Oye, y a los otros vampiros parisinos, ¿no los volviste a ver? –preguntó expectante.

A Manuel le causó risa, la forma en que lo dijo.

—No, al menos yo, no. Imagino que todavía deben andar por los bares y asaltando ebrios –soltó una carcajada. -Iban muy bien vestidos, tal vez hasta traigan novias "normales".

—¡Nunca sabes! Pasa cada cosa... Ya ves, ¡quien se iba a imaginar tu historia! Mi hermano entre vampiros. ¡Que tal!

—Como decía Clara: Llega un momento en que ya nada te sorprende, y es verdad. Gracias Laria, estoy muy sorprendido de la manera en que has tomado las cosas –le agradeció sinceramente.

Laria lo miró con mucha ternura.

—Tal vez ya estaba preparada, sabía que algo había pasado, para que no quisieras regresar. Pensaba que era algo muy fuerte, pero no sabía qué, no tenía la más mínima idea. Eso me atormentó por años Manuel, toda la vida. Papá y mamá también fueron muy herméticos al respecto. Tal vez querían que fueras tú el que me dijera la verdad... No lo sé.

—No sabes cómo les agradezco, la forma en que respetaron mi decisión, de irme y no regresar. Sé que les hice mucho daño. Ellos querían que regresara e hiciera una vida aquí, junto a ustedes, pero yo ya tenía allá una vida, ya estaba encarrilado. Me iba muy bien, me llegó la fama muy pronto. Estaba contento con todo lo que tenía y había logrado. En verdad, Laria, hacía lo que quería y lo que me gustaba –sintió un nudo en la garganta. -No me arrepiento de nada, sólo del daño que les causé –aseguró con sinceridad.

—Tú también te hiciste daño, Manuel. Fuiste muy terco al no querer venir nunca. Pienso que eso los entristecía, era como si te castigaras solo –le dijo con lágrimas en los ojos.

Se aclaró la garganta.

—Como te dije, el pasado ya no lo podemos cambiar. Sólo espero en el futuro hacer las cosas correctamente, si es que me equivoqué, me gustaría poder reparar lo que esté en mis manos.

—La vida siempre nos da una segunda oportunidad, nosotros somos los que las dejamos pasar, eso decía mamá. Pero bueno, y después de los días en Paris, ¿Astrid se quedó en París o regresó a la isla? –preguntó emocionada, quería saber todo.

Manuel rió, derrotado.

—¿Pero qué no me vas a dar ni una pausa? Ya no tengo más saliva –sentía la garganta seca de tanto hablar. -Parece confesión policiaca. ¡Hasta parece tortura! –exclamó dejándose caer en el sillón a todo lo largo.

Ella sonó las palmas, apresurándolo.

—¡No, no, no! Si quieres vamos por más café o una botella de vino. Pero debemos continuar –lo presionó entre risas.

—Bueno, vamos por más café –dijo con desgano y se puso de pie. –Y regresamos para seguir con la historia –comentó con resignación.

25

Cuando Manuel llegó al aeropuerto, sus papás lo esperaban ansiosos. Tamara casi derramaba lágrimas de felicidad, pero se contuvo, no quería hacer una escena dramática, así que le sonrió y lo abrazó efusivamente. Erik, tratando como siempre de disimular su emoción, sólo le palmeó la espalda afectuosamente.

Manuel esbozó una leve sonrisa, casi imperceptible. Les agradeció que hubieran ido a recogerlo, aunque no se alegrara tanto como ellos del encuentro. Su cabeza era una maraña de dudas y razonamientos sin sentido. Pensaba que pronto serían las vacaciones de Pascua, dos semanas que podría disfrutar con Astrid, en algún otro lugar. Tal vez Berlín o Londres, ¿por qué no?

Tamara se sintió inquieta, al verlo tan serio.

—¿Cómo la pasaste, Manuel? —preguntó tratando de sonar casual.

—Bastante bien —No quería entrar en detalles, al menos no ahora.

Era sábado, en dos días regresaría a la rutina de siempre y ya empezaba a sentirse agobiado. Además, no quería hablar de los maravillosos días que había pasado con Astrid, de lo libres que se habían sentido los dos, sentía un nudo en la garganta sólo de recordar. ¿Cómo explicarles que no tenía ganas de regresar?

Erik trató de alivianar la tensa situación.

—Creo que podemos cenar en el restaurante que está antes de tomar el ferri —sugirió animadamente.

Tamara dijo que sí de inmediato y a Manuel le pareció muy buena idea, rodeados de gente, no habría necesidad de conversar.

—Me parece bien —contestó y deseó encontrar a gente conocida, como era costumbre en ese lugar, así sus padres conversarían con ellos, dejándolo a él en paz.

Esa noche, en su habitación, se sentía tenso. No sabía si Astrid se quedaría en París con Sigurd y sus secuaces o si ya estaría en la isla. Si se había quedado allá, no podía reprocharle nada, la comprendía totalmente. Recordó a sus amigos de escuela, se preguntaba que estarían haciendo, tal vez hoy regresaban a casa también. No se dio cuenta, pero al recordar a Idunn, su cara se iluminó, sintió una gran tentación de llamarla.

—Uhhh uhhh, uhhh uhhh —la voz de Astrid lo volvió a la realidad. —¿Cómo fue tu viaje? —preguntó sonriente.

—Un poco de retraso en París, pero todo bien —contestó indiferente. —¿Y tú?

Astrid lo notó distante.

—¿Todo bien, seguro? —Lo miró con curiosidad, no parecía muy contento de volverla a ver.

—Sí, sólo que extraño nuestros días en París.

Se le acercó y lo estrechó.

—¡Yo también! Si no hubiera sido por las ganas que tenía de verte, no hubiera regresado. Al estar de nuevo en La Olla, sentí un gran vacío, una gran pena —confesó, apretando la cara a su pecho con fuerza. Sentía unas ganas enormes de pedirle que regresaran de inmediato, pero sabía que él tenía que terminar la escuela primero. Aunque en el fondo, sabía que no quería darles más penas a sus padres.

Manuel se acercó a la cama y se dejó caer pesadamente. Astrid lo siguió y se acomodó junto a él. Lo besó en la mejilla y le empezó a desabotonar la camisa. Él le tomó la mano y la detuvo, ella lo miró sorprendida.

—Estoy muy cansado, Astrid. Sólo quiero dormir —dijo en un tono que pareció áspero.

Ella se sintió ofendida.

—¿Quieres que me vaya? —preguntó con desilusión.

—No quiero que te vayas. Solamente te estoy diciendo que necesito dormir —parecía molesto. Pero no, no estaba molesto, sentía una gran impotencia de no poder hacer lo que en verdad quería. Estaba enojado, pero consigo mismo, de haber aceptado un destino que no quería, un futuro que aborrecía.

Astrid comprendió que debía estar muy cansado y no contestó. Se abrazó a él y acomodó la cabeza junto a su hombro, le dijo que quería pasar la noche junto a él. Pero Manuel no contestó, sus ronquidos le avisaron que ya estaba dormido.

Cuando despertó, sintió a Astrid abrazada a su cuerpo. Volteó a ver el reloj, pero ella se adelantó:

—Las 11:30, dormilón —lo saludó con voz alegre. —¿Dormiste bien?

—¡Increíblemente bien! —contestó sonriente.

Ella se alegró de oírlo, al parecer, de mejor humor.

—¿Qué piensas hacer hoy? —preguntó, deseando que le dijera, que quería pasar todo el día en cama con ella.

—No lo sé... Tal vez ponerme al corriente con unos trabajos pendientes, así no tendré mucho que hacer entre semana. Se puso de pie y se dio cuenta de que había dormido con la ropa puesta. Se dirigió a la cómoda y sacó ropa limpia.

—¿Y tú, que harás? —preguntó sin voltear a verla, mientras escogía un pantalón.

—¿Qué pasa, Maniuel? ¿Hay algo que me quieras decir? —dijo Astrid con tono severo.

Manuel la volteó a ver, extrañado.

—¿Estás enojada? —al parecer, no comprendía su actitud. -¿Qué quieres que te diga?

—¡Tu actitud! Parece que te molesta mi presencia, desde ayer. Si no quieres verme más, ¡sólo dímelo! —dijo con tono amenazante.

—¡Te dije que estaba cansado! ¿También tienes que hacer un problema de eso? —se impacientó y alzó la voz. —¡Yo no soy como tu amigo Sigurd y sus lacayos! Soy un hombre normal, me canso y necesito descansar, me da sueño y necesito dormir. ¿Qué es lo que no entiendes? —estaba furioso.

Ella lo miró con los ojos húmedos. Él se arrepintió de lo que acababa de decir y cerrando los ojos con fuerza le pidió disculpas.

—No tienes que recordarme que somos diferentes, Maniuel. Lo sé y desde un principio te dije que te arrepentirías —hablaba con voz temblorosa. -No fue mi idea que viajáramos a París. Lo siento, si no soy lo que quisieras. Se puso de pie y lentamente caminó hacia la ventana, apesadumbrada.

—¡Espera! —gritó y se acercó a ella. -Pero es que, ¡ya no aguanto más esta situación! No quiero que sigamos escondiéndonos. Quiero que nos amemos con libertad. La tomó en sus brazos, con lágrimas en los ojos y la besó.

Ella sentía la misma impotencia, lo comprendía perfectamente. Pero había decidido no hacer más triste la situación. Respondió a sus besos y sus caricias.

Él la tomó en sus brazos y la llevó a la cama. Se desvistieron con ansiedad y se amaron con ímpetu, hasta quedar agotados.

—Ya extrañaba esto —le confesó ella, con lánguida voz.

—Igual yo, pero en París lo veías como pérdida de tiempo —rió débilmente. -No es queja, sólo una observación —le advirtió.

Ella trató de defenderse.

—Es que al verte tan agotado, no quería presionarte, hubieras terminado en un hospital —bromeó.

—Bueno, ahora tengo que recobrar mi honor —le dijo sonriente y la besó suavemente.

Astrid no pudo resistirse y nuevamente le respondió, con deseo desmedido.

—¡Ya son las 2:30! —exclamó Manuel alarmado. -Me voy a bañar y bajaré a comer, que será a la vez mi desayuno, mi comida y mi cena. Me podría comer un rinoceronte entero —bromeó y se levantó de la cama.

Ella hizo lo mismo y se empezó a vestir.

—Creo que te dejaré para que estés con tus padres, han de estar ansiosos de saber cómo te fue —se sentía ya más tranquila y contenta. -Debes de entregarles lo que has comprado para ellos.

—Sí, tienes razón. Creo que debo platicarles lo que hicimos. Estoy seguro que sospechan que anduvimos juntos —comentó pensativo. -Creo que Laria ha de andar con Dina, de lo contrario, ya estaría tocando a la puerta y preguntando qué le compré —dijo entre risas.

Al terminar de vestirse se le acercó y lo besó en la mejilla.

—Tal vez sea mejor dejarte descansar esta noche. Nos vemos mañana —le sonrió y tardó más en darse la media vuelta, que en desaparecer de la habitación.

No alcanzó a decirle nada, agitó la cabeza y salió él también.

Cuando Manuel entró a la cocina, sus papás preparaban la cena. Tamara le sonrió contenta y Erik lo saludó con un movimiento de la cabeza.

—¿Puedo ayudar en algo? —preguntó amablemente.

—No hace falta, ya está casi todo listo. Pescado gratinado y pasta. Receta de tu abuela, tu favorito. Tamara hablaba con mucho entusiasmo, quería que se sintiera a gusto, trataba de hacerlo sentir especial. Metió el refractario al horno. -Laria viene pronto, le dije que cenaríamos juntos y dice no aguantar las ganas de verte —le sonrió.

Erik se lavaba las manos, ya había terminado de rallar las zanahorias.

Manuel vio que la cafetera estaba encendida y con suficiente café para dos tazas.

—Creo que tomaré un café. ¿Alguien quiere la última taza?

Al ver que Erik no dijo nada, ella contestó:

—Ya he tomado suficiente, pero sí, te acompaño con un café. Se acercó con su taza a servírselo.

Manuel tomó una taza del estante y se sirvió. Al darse la media vuelta, se sorprendió de verlos a los dos, sentados a la mesa y mirándolo atentamente. Comprendió que no le quedaba más que sentarse con ellos y platicarles de su viaje.

Tamara no disimuló su alegría cuando se sentó a la mesa. Ellos no decían nada, lo miraban si parpadear, así que comenzó a platicarles desde que se subió al primer avión. Vio las caras de sorpresa cuando les dijo que Astrid andaba con él a todos lados.

Erik apretó la mandíbula y Tamara lo oía con los ojos desorbitados y la boca abierta, gestos que no pasaron desapercibidos para él.

—Tienen que entender que ella es también como cualquiera de nosotros. Con el maquillaje se veía como una de tantas, traía ropa de invierno y se veía tan...

Erik se paró de la mesa sin decir nada y salió de la cocina. Tamara lo miró sin saber qué hacer.

Manuel bajó la mirada al suelo, desilusionado.

—No lo entiendo —dijo casi en un susurro, lamentándose.

—Tienes que darle tiempo. Esto es muy difícil para él... Y para mí también, hijo —hablaba con voz cálida, como tratando de disculpar la reacción de Erik, que gritó avisando que iría a recoger a Laria.

—Pero, ¿por qué no lo intentan? ¿Por qué no hacen la prueba de conocerla, sin juzgarla primero? —preguntó, aunque más bien pareció un ruego.

—Tu papá y Vladim, han estado siempre muy preocupados por mantener ese "tratado de paz" entre los habitantes de la isla y los de La Olla. Desde que nos mudamos aquí, el anciano que estaba a cargo lo nombró a él para que siguiera en "su puesto", digámoslo así. No quiso nombrar al que debería ser su sucesor, dijo que necesitaban hombres jóvenes... Y como tu papá es antropólogo, pensó que era el más indicado. Él se sintió orgulloso de que lo nombraran. Cuando me lo dijo, yo me asusté tanto que le pedí que nos fuéramos de este lugar lo más pronto posible.

Pasaba las noches sin poder dormir, caminaba constantemente, de tu cuarto al de Laria, sólo para asegurarme de que seguían bien. Estaba aterrorizada de pensar que hubiera esas criaturas tan cerca de nosotros —suspiró profundamente y tomó un trago de su café, que empezaba a enfriarse.

Prosiguió al instante:

—Decía que cuando tuvieras edad suficiente, tu ocuparías "su puesto", estaba muy seguro de eso. Pero ahora con esto está muy decepcionado. Ellos tienen estrictamente prohibido mezclarse con los de la isla y nosotros con ellos. Por eso decidí quedarme, al sentir que no había peligro —dijo con tristeza.

Él empezó a comprender la actitud de su padre. No era que no le tuviera confianza, sólo ahora se dio cuenta de que había puesto en peligro, algo que habían logrado mantener por tantos años. No había comprendido lo delicado de la situación o no había querido comprenderlo.

—¡Pero las cosas sólo sucedieron así! ¿Qué puedo hacer ya? —trató de defenderse.

—Lo que nos sucede es porque nosotros lo permitimos, Manuel —contestó tajante. —Acepta tu parte de la culpa. No quiero que seas de esas personas que se la pasan renegando de su destino y sintiendo lástima de sí mismos. ¡Tú no, Manuel! —le temblaba la voz, estaba a punto de las lágrimas.

—¡No fue mi culpa, sólo sucedió! —seguía sin doblegarse.

—Sí, la viste una vez y así lo hubieras dejado. ¿Por qué tenías que insistir tanto por volver a verla? ¿Por qué tienes que ser tan terco?

Tenías que insistir e insistir, tanto que casi te cuesta la vida, Manuel —ya no pudo luchar contra las lágrimas que le corrían por ambas mejillas. No pudo continuar hablando, se paró en busca de una servilleta o algo para enjugar su rostro.

Manuel no dijo nada, se sentía apenado y enojado a la vez, sabía que ella tenía razón.

Tamara se volvió a sentar con un puñado de servilletas en la mano.

—No entiendo, Manuel, por qué no la dejaste cuando ella te lo pidió, cuando ella desapareció de tu vida —se sentía aliviada de poder decir lo que había traído guardado por tanto tiempo. —No me mires así, no te juzgo, sólo te pido que tú tampoco nos juzgues y trates de comprendernos. Te has vuelto como un completo extraño en esta casa, tampoco merecemos eso. Has decidido irte el próximo verano a México, sólo estarás con nosotros unos meses. ¿Te cuesta tanto convivir con nosotros y mostrarnos un poco de cariño? Tampoco nos dejas demostrarte cuánto te queremos, al parecer no tienes idea —se detuvo para secarse las mejillas.

Él quiso decir algo, pero oyó que la puerta de la entrada se abrió de golpe.

—Deben de ser Laria y papá —supuso, y en ese instante la alarma del horno empezó a timbrar avisando que la cena estaba lista.

Tamara apagó el horno y sacó el refractario.

Manuel se dirigió a recibir a Laria, quien corrió hacia él y le saltó echándole los brazos al cuello.

—¡Manuel! ¡Manuel! ¡Ya llegaste! —gritaba emocionada, entre beso y beso, que le plantaba en cada mejilla. -¡Te extrañé muchísimo, de aquí hasta la luna! —le aseguró dramáticamente. -¡Ya no te vuelvas a ir, por favor! —le pedía, abrazada fuertemente a su cuello. -¿Qué me trajiste? ¿Me compraste muchas cosas? —preguntó impaciente.

Él sintió que el estómago se le contrajo, sólo unos meses y se iría para siempre. Trató de disimular su aflicción.

—Cuando veas lo que te traje, te vas a desmayar de la emoción —le aseguró. -Pero primero vamos a cenar, ¡que me muero de hambre!

Laria rió y caminó junto a él. Erik notó que Tamara había llorado, pero no hizo ningún comentario y se sentó a la mesa.

Laria le hacía preguntas sin cesar, quería que le dijera cómo era París y él le pedía paciencia, pues le era difícil comer y hablar al mismo tiempo.

***

—Ahora recuerdo cómo te gustó el bolso que te traje —comentó Manuel, riendo.

Laria soltó una carcajada.

—¿Cómo se te ocurrió comprarme semejante bolso? ¡Parecía niña cabaretera! —se apenó al recordarlo. -Era muy brillante, como de charol rojo y grandes letras con lentejuelas doradas 'PARIS'. Sólo para bañarme me lo quitaba, porque hasta para dormir lo ponía debajo de la almohada. ¡Lo amaba! Cómo olvidar su adorado bolso, todos los días lo llevaba a la escuela y hasta para andar en la casa lo traía colgado al hombro.

¡No lo quería soltar por nada del mundo! Mamá tuvo que cortarle la correa mientras dormía y reemplazarlo por uno nuevo, más decente. Fue la única forma de que lo dejara en paz. La realidad era que, cuando Manuel se fue, era como tenerlo a su lado, como seguir con una parte de él.

—Lo que pasa es que era el único pequeño que encontré, sólo había grandes. En ese entonces, ¡qué sabía yo! Así que me alegré al ver uno que no era tan grande para ti. Sólo me fijaba en el tamaño, no más. Sabía que te gustaban mucho los bolsos.

—Y para mí, sólo era algo que tú me diste, ¡y de París! ¿Cómo no lo iba a querer? Todas las noches lo limpiaba, sin excepción. Hasta ahora que veo las fotos de ese entonces me doy cuenta de lo mal que me veía.

Volvió a ponerse seria antes de preguntar:

—Bueno, pero dime, ¿por qué estabas tan enojado? ¿Por qué con papá y mamá? —lo miraba con curiosidad.

—Me sentía enojado conmigo mismo, ese era el problema, pero fue más fácil culpar a otros, por supuesto. Ellos tenían razón, fui muy terco y mi terquedad me llevó a cometer muchos errores. Me enfurecía saber que no me apoyaron, que no les importaban mis sentimientos por Astrid, porque yo quería estar con ella. Creí que habrían podido hacer más por mí.

—No, no lo comprendo, Manuel. ¡Claro que te ayudaron! Segura estoy de que papá tuvo que hablar y convencer a Vladim para que ustedes se siguieran viendo. Y sé que les dolió mucho tu decisión de irte para siempre, y no te detuvieron, respetaron tu elección. Fuiste injusto con ellos.

Él lo sabía.

–Contra alguien tenía que desfogar toda mi frustración y ellos estaban ahí. ¡Fui un completo idiota! Ahora, después de casi treinta años, es fácil decirlo. Tenía diecinueve años cuando la conocí, Laria, era muy inmaduro y no tenía experiencia en nada. Me sentía culpable por la estupidez que cometí y aun más culpable de que a Astrid la expulsaran de la isla. Después de haber insistido e insistido, sin descanso, para que me hiciera caso, no podría haber actuado de otra forma. ¿Crees que me iba a quedar como si nada? ¿Que nada más ella fuera castigada y yo seguir muy campante con mi vida? Me hubiera sentido el más grande de los cobardes. Yo también debía pagar por mi error.

Laria se acongojó, entendió cómo se sentía. Imaginó que ella también hubiera sufrido si alguien pagara por una falta que ella también cometió.

Él continuó:

–Yo me fui con las tías, fueron muy buenas conmigo. Yo estaba atribulado y amargado, fueron infinitamente pacientes también. Si no hubiera sido por Clara, no sé qué hubiera sido de mí. Era un total desastre en esa época –hablaba con arrepentimiento. –Ella se ganó mi confianza desde el primer momento en que la vi. No te imaginas cuánto la apreciaba –Manuel siempre sintió que no le había agradecido lo suficiente toda su ayuda.

–Bueno, ¿y cómo te ayudó tanto? –lo interrumpió. -Si se puede saber, claro.

–Te tengo que decir cómo fueron los primeros días allá, al otro lado del mundo. Estaba deshecho cuando llegué a México. ¡No tenía ganas ni de respirar! –hablaba lentamente, experimentando el dolor de aquellos días.

–¡Espera! Pero, ¿qué pasó con Astrid? ¿Ya no la volviste a ver? –lo interrogó sorprendida.

–Creo que primero te platicaré sobre Clara –dijo sonriendo maliciosamente, sabía lo impaciente que era.

–¡NOOO! ¿Qué pasó con Astrid? ¡No me puedes dejar a medias! –exigió gritando.

–Lo sabrás, pero creo que te lo diré en este orden –intentó tranquilizarla, sabiendo lo que le costaba a ella tener que esperar.

Laria se dejó caer pesadamente sobre el respaldo del sillón.

–¡No es justo, Manuel! –replicó resignada. Comprendió que había sido la época más triste de su vida, tal vez por eso prefería posponer hablar de eso por ahora. No insistió más y continuó escuchando con atención.

Manuel se sirvió más café en la taza, sonriente.

–La tía Flor estaba desesperada, después de casi tres semanas de estar allá, yo no quería hacer nada. Me la pasaba en la que era mi habitación todo el día. Sólo salía a la cocina o a bañarme de vez en cuando, no más. Era una completa catástrofe.

26

Mientras Laria se acomodaba en el sillón como si esperara a que volviera a empezar la película, Manuel continuó, siempre hablando de él mismo como si fuera un personaje, el protagonista de esa película.

Al llegar a México, Manuel se hospedó con Flor y Lorenzo, en Saltillo. Ocupó la habitación del hijo mayor, Sebastián, que estaba estudiando en la Universidad en Monterrey. Carlos, el menor de quince años, casi nunca estaba en casa, iba a la escuela, regresaba, comía, hacía la tarea y salía con sus amigos, a "noviar", como decía Flor.

Preocupada por el aislamiento de Manuel en las cinco semanas que estaba en su casa, Flor llamó a Clara, que era terapeuta familiar y vivía en Monterrey:

–Deberías venir y hablar con él. No me da buena espina este muchacho. Dice Tamara que es mal de amores, pero para mí que, ¡hasta lo embrujaron! –se oía tan alarmada, que Clara se dispuso a pasar un fin de semana en su casa para verlo.

Flor se alegró y ese sábado, temprano, tocó a la puerta de la habitación muy animada.

—Hoy viene Clara de visita, hijo. Así que ponte guapo, para que la saludes -salió, deseando que su petición fuera escuchada, cosa que no fue así.

Clara llegó, se instaló en el cuarto de visitas y pasó buena parte del día sentada en la sala, esperando a que saliera Manuel.

—Ya no sé cuántas tazas de café me he tomado, siento temblorina de tanta cafeína, ¡y este muchacho que no sale!

Al fin apareció Manuel y Clara se sorprendió de verlo con el pelo que parecía un penacho de maguey, los cabellos parados apuntando hacia todos lados y la barba, que en cinco días o más no había tocado un rastrillo. La camiseta y el pantalón tenían arrugas sobre las arrugas. Pero no olía mal y a pesar de todo lo negativo, pudo apreciar que era apuesto.

—¡Hola, Manuel! —le extendió la mano. -Yo soy Clara, la otra hermana de tu mamá —le decía, mientras trataba de encontrarle los ojos entre los cabellos que le caían en la cara.

—¡Hola! Soy Manuel —dijo con voz áspera y se quedó parado viéndola. No la recordaba. Las veces que había viajado a México con la familia, ella siempre estaba en la ciudad trabajando.

—Pero siéntate, hijo. ¿Un cafecito? —preguntó amablemente Flor.

A Manuel no le quedó otra más que sentarse y acompañarlas. Sólo por un rato, pensó. Temía que empezara con preguntas personales pero para su alivio, no fue así.

—Dime, Manuel, ¿cómo te ha ido en este pueblo? Deberías venir a visitarme a Monterrey, sé que te gustará —dijo Clara.

—Muy bien, mi tía me trata de maravilla. También mi tío.

Clara le sonrió. Hablaba buen español, con un poco de acento, pero se le entendía bien lo que decía.

—¿Lo dices en serio o le tienes miedo porque te está oyendo? —preguntó riendo.

Él no pudo evitar sonreír.

—Es cierto, estoy a gusto —afirmó con una amplia sonrisa.

—Pero qué hermosa sonrisa tienes, hijo —Flor quería decirle que sonriera más a menudo, pero se contuvo, Clara le había prohibido que lo sermoneara.

—Imagino lo aburrido que debes estar aquí, solo con Flor y Lorenzo. Yo acepté venir, sólo porque sabía que no estaría sola con ellos —Clara seguía riendo. Se cubrió la boca con la mano como si le estuviera diciendo un secreto:

-Así no me andarán presentando a todo hombre soltero que se les para en frente —tenía una risa tan contagiosa que Manuel la secundó.

—No, son muy buenos. Me tratan muy bien —le aseguró.

Flor miró a Clara un poco molesta, pero al ver a Manuel reír por primera vez, también se les unió.

Clara lo miró inquisitiva.

—¿Sabes, Manuel? A la entrada, viniendo de Monterrey, está mi restaurante favorito. Ya es tarde, me gustaría invitarte a comer. ¿Quieres ir? Es la comida más deliciosa que te puedas imaginar —aseguró.

Manuel titubeó un poco antes de contestar.

—Sí, ¿a qué hora vamos?

—En una hora, si te parece bien —contestó dándole un vistazo a su reloj.

—Sí, claro —contestó de inmediato, ante el asombro de Flor. Se puso de pie y se dirigió a su cuarto.

Flor lo veía con la boca abierta.

—¿Pero cómo lo has logrado? —preguntó a Clara estupefacta.

Ella se acomodó el cabello con ambas manos y respondió con pedantería:

—Tengo mis encantos —exclamó soltando una carcajada. -No le hice ninguna pregunta personal. Se sintió seguro, sabe que no lo estaré interrogando —comentó satisfecha.

—Bueno, pues definitivamente, eres muy buena con las personas —reconoció Flor.

—Ni tanto, siempre he fallado contigo —dijo por molestarla. -No te enojes, estoy jugando. Y creo que yo también me iré a arreglar para mi cita —le guiñó el ojo y se retiró.

Flor esperaba a Lorenzo, dijo que saldría temprano y la llevaría a Monterrey, irían al cine y a cenar. Se quedarían a dormir en un hotel y aprovecharían para visitar a Sebastián, al día siguiente.

Carlos andaba de campamento con sus compañeros de clases. Se sentía tranquila de que Clara estuviera en casa con Manuel. Para ocupar el tiempo en algo, se dispuso a doblar unas toallas sobre la mesa de la cocina. Estaba muy concentrada en su trabajo cuando un olor a colonia masculina la sacó de sus pensamientos, haciéndola reaccionar. No pudo creer lo que veía.

—¿Has visto a Clara? —preguntó Manuel ante la mirada atónita de Flor.

Traía puestos unos jeans con una camisa blanca, las mangas arremangadas y los tres primeros botones desabrochados. Un dije de plata, con su signo zodiacal, brillaba sobre su pecho. Se había rasurado y traía el pelo engomado hacía atrás.

—¡Ay, hijo! ¡Pero si hasta pareces modelo de revista! —exclamó ella llevándose una mano a la boca. —Ahí viene tu acompañante —señaló a Clara que venía sonriente por el pasillo. Traía una falda recta negra, arriba de la rodilla, una blusa roja de seda con manga larga. Se había recogido el cabello y traía un maquillaje discreto, al igual que sus aretes de diamante que hacía juego con el dije de un pequeño diamante.

—Por lo que veo es la noche de los guapos. Será mejor que me arregle yo también, no quiero ser el patito feo de la familia —dijo, agarrando las toallas dobladas.

Clara soltó un silbido.

—¡Uyyy! Pero qué guapo estás —exclamó mirándolo de arriba abajo. —Voy a ser la envidia de todas —le aseguró con un guiño.

—Y yo seré la envidia de los hombres —contestó Manuel sonriente.

Ella lo tomó del brazo y se dirigieron a la puerta.

—Tendré que apoyarme en ti, hace mucho que no me ponía tacón alto —confesó entre risas.

Durante el camino, fue más bien ella la que hablaba de su trabajo y de los casos, algunas veces tan increíbles, sobre los que le pedían consejo.

Manuel la escuchaba interesado. Descubrió que Clara era una mujer inteligente y divertida, se sentía cómodo en su compañía.

El restaurante tenía un amplio estacionamiento, no batallaron en encontrar un lugar disponible.

–Cada vez que vengo con Flor y Lorenzo, no puedo dejar de visitar este lugar –comentó Clara mientras caminaba abriéndose paso entre las mesas y los meseros que hacían malabares con las charolas en las manos, la saludaban con familiaridad.

–Allá, en la esquina, esa es mi mesa favorita –le dijo señalando una mesa frente al gran ventanal, por el que se apreciaba el jardín bien cuidado, con flores y arbustos. En el centro, una enorme fuente de cantera, alegraba con sus chorros intermitentes el paradisiaco oasis.

Él observaba el lugar, admirado.

–Es muy bonito –alcanzó a decir antes de impactarse con un mesero, que con el golpe dejó caer la charola al suelo.

–Lo siento, no lo vi. Se disculpó Manuel apenado y se iba a agachar para ayudarlo, pero le hizo señas de que no era necesario.

–No se preocupe, señor, están vacíos –le aseguró con una amplia sonrisa, mientras en cuclillas, recogía los platos que afortunadamente no se habían quebrado.

Clara lo esperaba riendo.

–Ay, Manuel, tú sí que entras con bombo y platillo.

–No lo vi, iba distraído –se disculpó.

–No te preocupes, pasa todo el tiempo –trató de tranquilizarlo.

Él continuaba admirando el lugar. La luz del techo era muy tenue y las mesas tenían pequeños candelabros plateados con dos velas. Las mesas estaban cubiertas por finos manteles rojos. Y las sillas eran pequeños sillones negros, bastante cómodos.

–¡Qué bonito jardín!

–Sí, me encanta sentarme aquí e imaginar que ando por un país lejano. Y déjame decirte que la comida es deliciosa. Ahí sí, no tengo favoritos, todo me gusta por igual –le dijo mientras se sobaba el abdomen con ambas manos. –No necesito el menú, lo sé de memoria –confesó riendo.

—En ese caso, te dejaré pedir por mí —aseguró Manuel con aplomo.

Halagada, aceptó. Pidió enchiladas potosinas y una jarra de limonada. No quería tomar alcohol, pues tendría que manejar. Así que decidieron que se tomarían una copa de vino en casa, al regresar.

Manuel estaba muy tenso al principio, pero con la plática y los comentarios chuscos de Clara, poco a poco se fue relajando. Y sin darse cuenta, él también empezó a platicarle de su niñez y los viajes que hacía con sus padres. Hubiera querido hablarle de París, pero no se atrevió.

Entendió por qué tanta gente acudía a ella para que les ayudara con sus problemas. Le infundía mucha confianza y no se sentía que juzgaba, sino que entendía.

Manuel insistió en pagar la cuenta, pero ella no lo dejó. Ella lo había invitado y estaba feliz de que la hubiera acompañado.

El camino a casa fue menos tenso, ambos platicaban por igual. El trayecto pareció más corto. Cuando Clara se estacionó frente a la casa, le preguntó, al ver que el carro de Lorenzo no estaba:

—¿Traes llave de la puerta?

Manuel la miró incrédulo, soltando una risilla nerviosa.

—¿No traes llave? —preguntó con los ojos muy abiertos.

Él negó con la cabeza. Pues era la primera vez que salía, desde que había llegado, y nunca se le ocurrió pensar en la llave.

—¡No lo puedo creer! ¿Por qué no pregunté en el restaurante? ¡Así hubiéramos dormido en uno de los hoteles que están alrededor! —se lamentó, golpeando su frente contra el volante.

—Espera, creo que siempre dejan una llave bajo la maceta de la entrada —afirmó Manuel y se bajó del auto, corriendo hacia la entrada.

Ella lo siguió.

—¿Estás seguro? —preguntó con incredulidad una vez que estuvo a su lado.

—No, no muy seguro... Pero lo he visto en muchas películas —confesó moviendo la pesada maceta roja hacia un lado. -¿Ves algo? —su voz salió entre pujidos, era mucho más pesada de lo que creyó.

—No, nada... Y ahora ¿qué haremos? —desilusionada hizo sonar el tacón de su zapato sobre el suelo.

Él sonrió con el rostro iluminado.

—Siempre está una ventana abierta. Iré a checar. Espérame aquí —y sin más, dio la media vuelta y se dirigió a la parte trasera de la casa.

Clara se recargó sobre la puerta y sin muchas expectativas, decidió esperar un poco. Pensó que lo mejor era regresar y buscar un hotel cercano. Pero en lo que se decidía, oyó ruidos detrás de la puerta y dejó escapar una carcajada al ver a Manuel dándole la bienvenida.

—Pase usted —le pidió, haciendo una exagerada caravana.

—¡Pero si eres un experto! Cualquiera diría que lo has hecho antes, muchas veces —exclamó todavía riendo.

Manuel sintió una punzada de dolor en el corazón. Recordó que era Astrid la que se apresuraba a abrir la puerta de la cabaña, para que él entrara. Su rostro se ensombreció.

Clara notó su cambio de actitud. Decidió callar y se dirigió a la sala mientras él cerraba la puerta. Aventó los zapatos de tacón como si estuviera pateando una gran pelota de fútbol.

—Ya no los aguantaba un minuto más —confesó dejándose caer pesadamente sobre el sofá.

Taciturno, él la secundó, dejándose caer en el sofá más largo.

Ella suspiró aliviada.

—Tenía miedo de tener que regresar al otro lado de la ciudad, he manejado suficiente por hoy —le aseguró. Vio que él seguía con la vista clavada en la alfombra. Se puso de pie y se dirigió a la vitrina donde Lorenzo guardaba los vinos. Sacó una botella de tinto, dos copas y el sacacorchos.

Él aceptó la copa que le ofreció, sin decir nada. Esperó a que descorchara la botella y le hizo la señal de que se detuviera, cuando su copa estuvo llena hasta la mitad.

Clara volvió a sentarse en el sofá, con su copa de vino.

—Me encanta la quietud de las noches en este pueblo, bueno, ciudad. Creo que es lo que más extraño —quería sacarlo de sus pensamientos, sabía que algo que dijo o hizo le había traído recuerdos tristes.

Pero él ni se inmutó. Siguió con la vista clavada en la afelpada alfombra azul.

Ella continuó tratando de sonar casual.

—Espero que te guste la quietud. A muchas personas el silencio las saca de quicio —dio un trago al vino, lentamente, para pensar que más diría.

Él afirmó con la cabeza.

—Me gusta el silencio —confirmó en voz baja.

Clara se entusiasmó al recibir respuesta.

—Eso es bueno, Manuel. Siempre he pensado que a las personas que no les gusta el silencio o un poco de soledad, no saben disfrutar de su propia compañía —le aseguró sonriente.

Manuel la miró suplicante, quería sincerarse con ella y decirle que ya no podía con tanto dolor, que esta situación lo estaba matando. Por primera vez quería abrirse con alguien y sabía que ella era la persona indicada.

Ella comprendió y le sonrió con ternura, no dijo nada. No quería espantarlo y perder la oportunidad, que sabía, al fin había llegado.

Manuel dudó, no sabía cómo empezar, pues estaba seguro de que si daba el primer paso, ya no habría marcha atrás.

—Tía Clara —hizo una pausa y titubeante preguntó:

—¿Por qué no te has casado? —fue lo primero que se le ocurrió.

Ella le regaló una amplia sonrisa. Sabía que las preguntas personales invitaban a una conversación más íntima. Estaba segura de que pronto le contaría lo que tanto lo atormentaba. Dio un hondo suspiro y subió las piernas al sofá, como si estuviera frente a un psicoanalista.

—No sé ni por dónde empezar y no tengo una respuesta concreta... Son muchas cosas, Manuel.

Lo miró de reojo y vio que él también había subido las piernas al sofá y que la miraba con mucha atención.

—A veces pienso que fue sólo rebeldía. Me enojaba oír cada día cómo nos preparaban o más bien dicho, nos programaban, para ser buenas madres y buenas esposas. ¿Pero por qué no alentarnos a ir en busca de lo que en realidad nos hace felices? ¿Qué tiene de malo ir en busca de nuestros ideales y nuestros sueños? ¿Por qué nos limitan de esa manera?

Hizo una pausa, dio un trago a su copa de vino y continuó:

—Ni te cuento por lo que pasé, cuando soltera, me fuí a estudiar enfermería. Y hoy, a mi edad y todavía soltera, es peor. ¡No te imaginas la cantidad de citas a ciegas que me han hecho! Como si algo me faltara, como si no estuviera bien mi vida —se sorprendió al verlo sonreír.

—Sí, te creo. A mí me pasaba lo mismo —confesó. Recordó que toda la secundaria y la preparatoria no tuvo novia, porque él quería andar con Idunn, pero sus padres se lo tenían prohibido.

Ella rió y levantó la copa hacia él.

—¡Salud por los estigmatizados! —brindó.

Él la imitó soltando una sonora carcajada, le gustaba su cinismo.

Ella continuó:

—Entre otros, estuve en una cita con un supermacho que a la primera me soltó que si quería andar con él, debía dejar mi trabajo. Otro, que prometió casarse conmigo, si le ayudaba a pagar sus deudas de juego. Un homosexual, que me pidió que me casara con él, porque su familia no sabía lo que era —explotó riendo. —¡Como si me estuvieran haciendo el gran favor al casarse conmigo! Pensaban que yo estaba desesperada —exclamó sin dejar de reír.

Entre carcajadas, él preguntó:

—¿Y cómo le haces cuando te llegan con una cita?

—Sólo doy las gracias y cuando me llama el pretendiente, digo que estoy muy ocupada, que yo le llamaré, cosa que nunca hago, por supuesto —inspiró profundamente varias veces, para recobrar el aliento. —No lo sé, tal vez nunca me topé con el hombre correcto... Tal vez soy muy complicada —confesó con algo de melancolía.

Y no es que tenga algo contra el matrimonio o la vida en pareja, para nada. He visto parejas muy felices, unidas por verdadero amor. La cara se le iluminó y siguió su explicación: —¡Eso es! No todos andan buscando unirse a alguien por verdadero amor. Siempre para satisfacer necesidades egoístas. Porque tienen miedo a estar solos, porque ya se están haciendo viejos para tener hijos, porque quieren un hombre que las mantenga o una mujer que los atienda. Y se enredan en relaciones y matrimonios de los que después ya no hallan cómo salir –Clara lo miró satisfecha de haber podido expresar correctamente lo que pensaba.

Manuel la miró interrogante, asimilando lo que acababa de oír.

Ella continuó:

–Nos hacen sentirnos infelices porque no tenemos una pareja... ¡Y somos infelices! Así qué, pensamos que al casarnos, seremos completamente felices, vamos llenas de ilusiones y cargadas de romanticismo, cosa que no resulta así. Después con los hijos y las responsabilidades, las cosas se ponen peor. Y para rematar, estar con un hombre que no resultó ser lo que habíamos pensado o habíamos imaginado. ¡Frustración total!

–¡Vaya, tienes toda una teoría! –exclamó asombrado.

–No te asustes, por favor. Soy feliz con mi vida, si no, ya hubiera cambiado lo que anduviera mal. Pero deberíamos casarnos sólo por amor y no esperando que nos hagan felices. Si no sabes ser feliz, nadie lo hará por ti.

–Pero hay personas que sí te hacen felices –aseguró Manuel con voz entrecortada.

Clara lo vio con infinito cariño. Reflejaba tanto dolor que no sabía que decir, cosa que no le sucedía con mucha frecuencia.

–¿Por qué lo dices? –preguntó cuidadosamente.

–Porque hay personas que sacan lo mejor de ti. Hay personas con las que quieres estar, sin importarte lo que pueda pasar... Personas por las que estarías dispuesto a hacer lo que te pidieran, por verlas felices... Personas sin las que la vida no tiene ningún sentido –no pudo continuar y tampoco pudo contener las lágrimas.

–Tal vez, entonces, fue sólo una ilusión –quiso decirle, pero se contuvo, no era el momento adecuado, pensó. Guardó silencio, lo dejó desahogarse.

Él se talló los ojos con las palmas de las manos para retirar las lágrimas. Seguía sin poder contenerse.

Clara se puso de pie y fue a la cocina en busca de servilletas.

Manuel las tomó y se limpió la cara. No podía hablar.

Se volvió a sentar en su lugar y se atrevió a preguntar:

—Y ella, ¿sentía lo mismo por ti? —lo miró expectante.

—Sí —contestó él balbuciente.

Clara se acomodó en el sillón y pensó que era el momento adecuado para ahondar en el tema.

—Pero si terminó la relación, era porque así debía ser —sugirió con voz suave.

Él la miro directo a los ojos, con mucho coraje.

—¡No! No terminamos porque nosotros quisimos, terminamos porque otros así lo decidieron! —gritó.

Ella no perdió la postura y siguió hablando con suavidad.

—No sé lo que pasó. Quiero que estés seguro de que lo que me digas, quedará entre nosotros, Manuel —le aseguró, aunque no era necesario, pues él lo sabía. —Cuando quieras, me puedes platicar.

—Lo sé —la interrumpió al instante. Levantó su copa y de un trago, se tomó todo el contenido al hilo. Puso la copa vacía sobre la mesa de centro y se dejó caer sobre el sillón. Una débil sonrisa se dibujó en su rostro.

Clara lo miraba con sumo interés y él le dijo:

—Se llama Astrid. Y comenzó a platicarle desde el primer instante en que la vió.

Lo oyó con toda su atención. Hubo momentos en que lo hubiera querido interrumpir o exclamar algo, pero se contuvo. Era mejor dejarlo terminar sin distracciones, sin preguntas.

Sintió compasión por él. Hablaba con mucha ternura cuando se refería a Astrid y notó que a sus padres les guardaba rencor. Se preguntaba si había sido verdadero amor, cosa de la que él estaba seguro y de la que ella empezaba a convencerse. Manuel trató de resumir su historia sin entrar en detalles, sólo los necesarios.

—Y nos dejaron vernos, sólo en casa, por supuesto —finalizó. No pudo continuar hablando sobre el viaje a Paris, eso lo dejaría para otra ocasión.

Ella no pudo articular palabra de inmediato. No esperaba una historia así, ¡para nada! Había oído muchas historias de fantasmas y duendes, pero nada parecido. Había visto un sinnúmero de películas de hombres lobos, de momias y de vampiros. Tamara le contaba historias de los trolles y huldras, que oía en Noruega y que tanto le gustaban. Pero de ahí, a que alguien le platicara una experiencia personal de ese tipo, ¡nunca!

Él la miró inquisitivo. Se sirvió un poco más de vino y se recargó en el sillón, con la copa entre sus manos.

Clara se estremeció un poco, antes de hablar.

–Y siguieron viéndose... Supongo.

–Sí, cada noche llegaba a mi cuarto. Se quedaba por horas, muchas veces hasta el amanecer –le confesó. –Hablábamos de todo y... Y... –se sintió apenado.

–Hacían el amor, lo entiendo –le ayudó.

Asintió con la cabeza, ruborizado.

–Aprovechábamos el tiempo al máximo. No quería ni dormir, no quería desperdiciar ni un segundo de tiempo junto a ella –confesó.

–Imagino –dijo y se sirvió más vino.

–Han sido los meses más felices que he vivido –al decirlo, se iluminó su abotagado rostro.

–¿Y cuándo fue la última vez que la viste? –preguntó con curiosidad.

Y Manuel no pudo contener las lágrimas que empezaron a correr nuevamente por sus mejillas.

***

Laria también cogió una servilleta y enjugó sus mejillas.

–Nunca pensé que la hubieras pasado tan mal, Manuel –se lamentó, por enésima vez.

–Te lo dije, era un total desastre. Si no hubiera sido por Clara, no sé qué hubiera sido de mí. Desde el primer instante, sentí confianza en ella. Tú sabes, hay veces que pasas años con personas, que al final descubres que no las conocías y al contrario, puedes estar unos minutos con alguien y es como si la hubieras conocido desde siempre. Sólo me ha pasado eso con muy pocas personas –desvió la mirada por el gran ventanal. -Tal vez, sólo fue que ya no aguantaba más, tenía que desahogarme con alguien... Y ella estaba ahí.

Ella se recostó en el sillón.

–¿Y por qué decidiste irte a México? –le dijo mirándolo con curiosidad.

–Te lo he dicho. Quería estar lo más lejos posible de aquí. Sentí que era la mejor forma de olvidarla y no caer en la tentación de venir y buscarla. No me hubiera sentido bien al saber que ella pagaba por un castigo, que yo no tuve el valor de aceptar. Además, para mí la vida ya no tenía sentido, todo me daba igual. Estar aquí o allá, era lo de menos. Y créeme, fueron muchísimas las veces que estuve tentado de regresar –cogió el termo para servirse más café, pero desistió, pensó que ya había tomado suficiente. -Ahora pienso que fui muy cobarde. ¿Qué hubiera pasado si volvía? Tal vez Astrid y yo nos hubiéramos ido a vivir a otro país, juntos, lejos de aquí.

–Pero ni siquiera lo intentaste, tal vez tu vida hubiera cambiado de rumbo. Pero como dices, el pasado ya no lo podemos cambiar –vio la tristeza que su rostro reflejaba y trató de animarlo. -Bueno, ¿qué pasó después?

Manuel sonrió resignado, comprendió que no lo dejaría descansar hasta que le contara toda la historia de su vida. Suspiró profundamente y continuó con su relato.

27

Clara miraba a Manuel sin parpadear, esperó hasta que estuvo más tranquilo.

—Si dices que siguieron viéndose, imagino que la viste antes de venirte —hablaba con voz suave.

Él asintió con la cabeza.

—Sí, en febrero nos fuimos a París, los dos solos. ¡Fue algo que nunca olvidaré! —sonrió al recordar. -La pasamos tan bien, que no queríamos regresar a casa. Y planeábamos irnos durante las vacaciones de Pascua, a Berlín o Roma, pero mi abuelo falleció una semana antes y fuimos a visitar a mi abuela y pasar unas semanas con ella. La pobre estaba muy mal.

—¿Y no crees que te hiciste más daño al seguirla viendo, sabiendo que pronto terminaría esa relación? —más que una pregunta parecía un reclamo.

Manuel la miró extrañado, cómo si no hubiera comprendido nada.

—¿Por qué? ¿Acaso cuando sabes que la persona que amas tiene una enfermedad incurable?, ¿no quieres pasar con ella todo el tiempo que esté en tus manos? Eso sentíamos, queríamos estar el mayor tiempo posible juntos, antes del final —no quería arrepentirse después, del tiempo que desperdició y pudo haber estado con ella. En ese aspecto, se sentía satisfecho.

Clara comprendió al instante.

—Entonces no tienes remordimientos, le diste tu tiempo disponible —pensó en voz alta.

Él se llevó ambas manos a la cabeza.

—¡No lo sé! Tal vez pude haber sido mejor, tal vez pude haber hecho más. ¡No sé qué fue de ella! —comentó afligido.

—No te atormentes de esa manera, Manuel. ¿Que si fue suficiente o no? ¿Qué importancia tiene ya? Hiciste lo que estuvo en tus manos y eso es lo que importa —trató de aliviar el dolor que sentía, pero sabía que las palabras no eran suficientes.

—Tal vez pude haber salvado nuestra relación. Tal vez debó volver y hablar con papá y Vladim. No hice lo suficiente y tal...

—¡Pero una relación de pareja es de dos! ¿Por qué debes tú hacer todo lo que esté en tus manos y aun fuera de tu alcance? ¿Y ella? —lo interrumpió y hablaba severamente. -Discúlpame Manuel, pero no puedes dejar caer todo el peso de una relación, solamente sobre ti. Si ella hubiera querido, también hubiera hecho algo más, como tú dices —ante la mirada atónita de él, suavizó el tono al hablar. -No puedes culparte por algo que estaba tan fuera de tu alcance. Culpas a tu papá y Vladim de tu ruptura con Astrid, pero si sabían que era algo que no podía ser, ¿para qué empezar? Y peor aún, ¿para qué seguir? —ella no comprendía por qué habían decidido llegar tan lejos, le sorprendía que un chico tan inteligente y maduro para su edad estuviera en semejante situación. Sabía que tenía que haber algo más y esperaba llegar a la causa de esa pesadilla, que tanto lo atormentaba.

Manuel la observaba con coraje, sentía rabia de que no comprendiera su sentir.

—Tú no entiendes nada, ya no te seguiré contando mis problemas —dijo decepcionado.

Ella suspiró ruidosamente, parecía un chiquillo malcriado. Recordó que había sido un hijo muy consentido.

–Si pensabas que me iba a sentar junto a ti a compadecerte de lo mucho que sufres, estás muy equivocado. No puedes dejar que algo así, que en parte tú mismo causaste, acabe con tu vida –su rostro se endureció.

–¡Yo no lo causé, sólo sucedió! ¡La amo y eso no lo puedo cambiar! –gritó molesto.

Clara esperó un momento, antes de contestar. Sabía que pasaba por un duelo y quería ayudarlo a salir adelante. Con voz suave y hablando pausadamente le comentó:

–Lo sé Manuel, la quisiste mucho, la amabas y la perdiste. Te llevará un tiempo llegar a aceptarlo y superarlo. Estás enojado y dolido... Desahógate, eso es bueno, pero no te quedes compadeciéndote para siempre, tienes que salir de esta etapa por tu propio bien –se sirvió más vino, tomó la copa entre sus manos y se recostó de nuevo en el sillón. - Creo que ya me está venciendo el sueño –dijo cerrando los ojos.

Él seguía llorando, la observó confundido. Comprendió que era lo que ella quería, que siguiera desahogándose hasta quedar vacío, sin coraje ni rencor.

Ella lo sentía y lo oía, decidió dejarlo solo con su dolor, sabía que al día siguiente se sentiría mejor. Siguió con los ojos cerrados, dando de vez en cuando un trago a su vino, hasta que sin darse cuenta, se quedó dormida.

El timbre de la puerta los despertó. Clara se paró del sofá y corrió a abrir, batallando para abrir los ojos. Forcejeó con la cerradura y al abrir la puerta, se golpeó en el dedo gordo del pie derecho. Gritó del dolor, pues no llevaba zapatos.

El chiquillo parado en la puerta, no pudo disimular su sorpresa al verla.

Ella comprendió que debería verse fatal, como una ebria vagabunda que había dormido en la banca de algún parque. Haciendo un esfuerzo por mantener los ojos abiertos, preguntó con voz carrasposa:

–¿Que deseas, niño?

Él le extendió una bolsa de plástico.

–La barbacoa de los domingos. Y con una amplia sonrisa, agregó:

–Más la propina.

Clara se rascó la cabeza, alegre de que llegara el almuerzo.

–Espera, voy por el dinero. Tomó la bolsa de plástico y se dirigió a la sala en busca de su bolso. Cogió unos billetes y regresó a pagarle al niño.

–Aquí tienes, que tengas buen día –le dijo con una sonrisa torcida.

–¡Muchas gracias! –dijo efusivo, al ver una gran propina. -Usted también, que tenga buen día –y salió corriendo, emocionado.

Clara se dirigió a la cocina a poner la cafetera y a poner la mesa. La barbacoa estaba caliente, al igual que las torillas que la acompañaban.

–Ven, Manuel, hora de almorzar –gritó fuertemente, pues no vio que él ya estaba en la puerta.

–Buenos días –saludó con voz ronca y se sentó sobre una silla pesadamente. -¿Necesitas ayuda? –ofreció, tallándose los ojos.

Soltó una ruidosa carcajada al verlo.

–¡Ay, Manuel, pareces calabaza del día de las brujas! –de tanto que reía se le cayó una taza. De inmediato se agachó a recogerla. -Uyyy, que bueno que no le pasó nada, es de la vajilla favorita de Flor –se sintió aliviada, pues Flor decía que esa vajilla de porcelana era tan difícil de encontrar, que la cuidaba como a la niña de sus ojos. -No sé para qué agarré estas tazas, deja, las cambio por otras –y sacó unas tazas, menos elegantes.

Manuel estaba sentado con el cabello que parecía una lamentable cola de un gallo de pelea, de tanto llorar tenía la cara muy hinchada y los ojos casi ni se le veían, entre los abotagados párpados. Se levantó de la silla, mientras ella sacaba los platos y demás utensilios para el almuerzo y se dirigió al baño.

Al verse en el espejo, no pudo aguantar una carcajada y se echó agua fría para tratar de bajar lo inflamado. Oyó a Clara que le gritaba que la comida estaba lista. Dio de nuevo un vistazo en el espejo y se dio cuenta de que de nada había servido el baño de cara. Así que se mojó el cabello y lo peinó, para no verse tan mal.

Clara se recogió el cabello en una cola de caballo, traía el maquillaje corrido, con ojos de mapache, como ella decía.

—Bueno, después de haber andado como muñecos ayer, hoy enfrentamos la triste realidad —bromeó.

Se sentaron a la mesa y ella no pudo resistir el delicioso olor de la barbacoa y las tortillas recién hechas, relamiéndose los labios, mientras se preparaba los tacos.

—No sé qué te guste más, la salsa roja o la verde. Yo prefiero la verde.

Manuel le sonrió.

—Gracias por haberme escuchado, tía —dijo. Se sentía apenado de haber llorado sin control y de haberle dicho que ella no entendía nada.

Ella movía el cuerpo al son de una música imaginaria.

—No te apures hijo, me alegra que me tengas confianza. ¡Mmmmmmmm! —exclamó al saborear el primer bocado y ya no pudo hablar más.

Él la secundó, sentía mucha hambre, siguieron disfrutando el almuerzo y manteniendo una ligera conversación.

Al terminar de comer, él cogió el plato y se levantó para ponerlo en el lavavajillas. Flor se sentía muy orgullosa de su reciente adquisición y le había enseñado a Manuel, cómo usarla.

—Creo que ya estará llena, pero como yo no le sé a esas cosas, Flor lo hará cuando regrese —se disculpó Clara, extendiéndole el plato a Manuel para que lo colocara adentro. -Si quieres, te puedes venir conmigo unos días. Mi departamento es chico y no tengo cuarto de visitas, pero te puedes dormir en el sillón. Lo acabo de comprar, es de los que se hacen cama —le ofreció, pensando que le haría bien salir un poco.

Él se le quedó mirando, sin saber qué decir. No quería que Flor y Lorenzo se sintieran ofendidos si se iba.

Clara se imaginó lo que pasaba por su cabeza.

—No te preocupes por Flor y Lorenzo, no se molestarán —intentó convencerlo. -Nunca has estado en Monterrey, ¿verdad? —sabía que no, pero quiso estar segura.

—Creo que no es mala idea pasar unos días por allá —dijo, aunque sin mucho entusiasmo.

Ella se alegró.

—No te arrepentirás, ya lo verás. Es una ciudad muy grande y con mucha vida —dijo orgullosa, ella se sentía regiomontana. -Prepara un poco de ropa y nos vamos. Déjame escribirle un recado a Flor, de que te fuiste conmigo y que a la noche le llamo —agarró una hoja del recetario de Flor y escribió la nota que dejó sobre la mesa, bajo el salero.

—Me gustaría bañarme antes de irnos. ¿Tenemos tiempo? —vio el reloj en la pared, las dos y media de la tarde. -Tal vez no tarden mucho. Recuerda que no tenemos llave —comentó algo preocupado.

—Yo sé en donde tienen siempre una copia de la llave, no te apures. Y no creo que vengan tan temprano. Ella también le echó un vistazo al reloj. -Hoy es domingo, me gustaría invitarte al cine. Está le película de Sérpico, con Al Pacino, dicen que está muy buena. Después te quiero llevar a La Purísima, ahí cenaremos algo y verás lo que hacemos los domingos —le guiño el ojo, sonriente.

Manuel se quedó sin decir nada, con la cabeza agachada.

—¿Pero qué te pasa? ¿No tienes ganas de ir? Si te quieres quedar aquí, no hay problema, nos vemos el próximo fin de semana —sintió que tal vez lo presionaba mucho.

Él agitó la cabeza.

—No, claro que quiero ir. ¡Pero mira mi cara!

—¡Ayy, sí, tu cara! —hablaba tratando de contener la risa. —Ven, con un paño mojado en agua helada, te deshinchas de volada.

Buscó entre los cajones y sacó una toallita, de las que usaban para limpiar la mesa.

—Siéntate aquí —señaló una silla y se dirigió al refrigerador. Sacó una jarra con agua y en el fregadero, empapó la toalla. Con cuidado se la colocó sobre el rostro. -Está muy fría. ¡Aguanta! —le advirtió.

—Siento que estoy en Noruega.

—Bueno, no te aseguro que quedes completamente normal, pero esto ayuda.

Volvió a remojar la toalla tres veces más. Él se empezaba a impacientar, así que le dijo que se bañara con agua lo más fría que aguantara y dejara caer el chorro sobre la cara. Y él obediente, se dirigió al baño.

Mientras tanto, llegaron Flor y Lorenzo. Clara les dijo que la habían pasado muy bien y que se iría unos días con ella. La noticia los alegró, sabían que sería lo mejor para él y le agradecieron por su ayuda.

—Es un chico muy bueno. Espero que pronto salga de esta etapa —les dijo, al momento que llegaba Manuel a la cocina, con una maleta en la mano y los saludó.

—Pues es saludo y despedida, hijo. Si no te sientes a gusto en la ciudad, llama y nos dices, así podemos ir a recogerte cuando quieras... Aunque no creo que quieras regresar, te lo aseguro —le dijo Flor, mientras lo abrazaba.

Manuel les agradeció y les dijo que pronto regresaría. No se imaginaba lo que esa noche se iniciaba para él.

Clara lo apremió diciendo que se apurara, que no iba al fin del mundo y que pronto los volvería a ver.

En hora y media estuvieron en Monterrey. Manuel disfrutó el viaje y admiró las montañas, que le recordaban a su país, aunque el paisaje era desértico. Ella le platicaba sobre lo que hacía durante la semana y de los vecinos que tenía. Vivía en la colonia del Obispado. Era una de las exclusivas áreas de Monterrey. Su departamento estaba en un edificio en la calle Hidalgo. Era pequeño, tenía una diminuta cocina, la sala comedor, un baño completo y medio baño para las visitas, dos recámaras, una la ocupaba como su dormitorio y la otra la tenía como estudio. Comparado con las grandes residencias que lo rodeaban, ella decía que todo su departamento cabía en uno de los clósets de cualquiera de ellas, pero para ella sola tenía lo que necesitaba.

Le pidió que pusiera su maleta en el estudio. Le mostró la tv y el tocadiscos y la gran cantidad de discos. Adoraba escuchar música, le confesó, y le señaló el estante de cinco niveles llenos con discos de vinil.

A Manuel, se le iluminó el rostro y de inmediato empezó a repasar los lomos de las cubiertas.

–Tienes muy buena música –comentó emocionado.

–Bueno, ya tienes en qué entretenerte mientras me baño. Aquí está el tocadiscos, me imagino que sabes cómo funciona.

Sin despegar la vista de los discos, afirmó con la cabeza.

Clara se retiró a su recámara, para escoger ropa limpia. Se decidió por pantalones negros y una blusa de manta con motivos en batik, azules y amarillos. No quería verse tan formal, ya que él traía sus jeans con una camiseta amarilla.

Desde el baño, oía la música que Manuel había escogido y ella se puso a bailar, con George Mc Rae, que cantaba "Rock me baby". Se alegró de que no escogiera a Roberto Carlos o Camilo Sesto. –¡Entonces se pondría otra vez a llorar! –pensó. Se apresuró a terminar para no llegar tarde al cine, no le gustaba sentarse muy atrás.

Cuando Manuel la vio entrar en la sala, no pudo disimular su sorpresa.

–Te ves muy guapa, tía –pensó que no representaba su edad, se veía quince años más joven o tal vez, veinte. Apagó rápidamente el estéreo y guardó el disco en su cubierta.

–Parezco hippie y el cabello no me lo lavé para salir más rápido. Lo traía recogido y usaba un maquillaje muy natural. –¡Anda, vámonos, que no quiero llegar tarde! Y agarrándolo del brazo, salieron a toda prisa.

***

–Pues, en verdad, que sí le agarraste mucha confianza a Clara, desde un principio –comentó Laria, pensativa. –Me extraña que no se haya casado nunca. Dices que era muy guapa, debió de haber tenido algunos, o tal vez muchos, pretendientes.

—Eso creo, aunque nunca me habló de nadie. Creo que era un poco remilgosa en cuanto a andar con alguien. Era muy simple y muy franca. Tal vez, como sabían que tenía estudios y maestrías, la veían como inalcanzable. Sólo los oportunistas se le acercaban, para pedir algo o sacar ventaja. Ella era de las que decía: mejor sola, que mal acompañada, lo recuerdo bien —la miró con recelo. -Creo que debemos tomar un descanso, Laria. Mañana podemos seguir con mi historia, que tanto quieres oír —le sonrió burlonamente.

Ella arrugó la nariz.

—Pero es que si no seguimos, siento que perderás el hilo de la historia. ¡No quiero que eso suceda! Claro que sé que te has reservado algunos fragmentos muy íntimos —dijo con sorna.

Él agitó la cabeza, apenado.

—No insistas con esas cosas. No te voy a decir más —sintió que se ruborizaba.

Laria soltó una sonora carcajada y siguió provocándolo.

—Sí, anda, dime, cuéntame. Pero al ver su rostro tan serio, desistió. —¡Esta bien! Ya no te molestaré, si no me quieres decir, no hay problema -desvió la mirada hacia el horizonte. -Supuestamente iba a llover, volvieron a fallar.

Se alegró de que cambiara de tema.

—Si, nada que llega, la tan anunciada lluvia. Y yo que tengo tantas ganas de un copioso aguacero. Han estado muy secos estos últimos meses por allá —escudriñaba el cielo por arriba de las montañas, pero no encontró ningún indicio de lluvia.

—¿Que te parece si vamos a comprar un helado? —sugirió ella con una amplia sonrisa.

Su rostro se iluminó. Al fin, la pausa que tanto había esperado.

—¡Magnífica idea! —respondió y de inmediato se puso de pie. Eran cinco cuadras las que tenían que caminar, sintió que un poco de aire fresco le caería bien.

293

Después de comprar el helado, decidieron caminar un poco por el embarcadero. El cielo estaba todavía claro y los tonos rosas, azules y grisáceos, por donde se ponía el sol, le daban un aspecto casi irreal. Parecían trazos perfectos, dadas por algún experto del pincel. Manuel no se cansaba de admirarlo.

—Siempre me he preguntado qué hubiera pasado si no me hubiera ido o si hubiera regresado hace muchos años —comentó sin bajar la mirada.

Laria, quería decirle tantas cosas, pero sabía que no era el tiempo preciso, así que calló y mordió su helado.

—Mmmm —fue su contestación.

Volteó a verla, le sorprendió que por primera vez no tuviera algo que decir.

—¿Piensas que debí haberme quedado aquí? —hizo la pregunta directa, quería saber su opinión.

Se pasó la servilleta por la boca antes de contestar:

—No puedo juzgarte, Manuel. Tuviste tus razones. Eras un puñado de dudas y temores. ¡Qué ibas a saber! Cada cabeza es un mundo -no quiso ahondar en el tema. -Creo que es mejor que nos vayamos. Siento mucho frío.

—Tienes razón. Me desacostumbré al frío y me acostumbré al calor —buscó un cesto de basura para tirar la servilleta. -Este verano, antes de venir, hubo días que estuvimos a cuarenta y cinco grados en la sombra. ¡Te imaginas! Andaban en la tv algunos que aseguraban que podías cocer un huevo sobre el pavimento de las calles o las banquetas —comentó riendo.

Laria también depositó su servilleta en el cesto.

—Creo que yo no podría vivir allá. ¡Sentiría que me cocinan! —se estremeció al decirlo. -¡Sopa de Laria! —aseguró soltando una risotada.

—Bueno, lo que no se te ocurre a ti, a nadie, te lo aseguro. ¿Sopa de Laria? Hay aire acondicionado en todos lados, no lo sientes tanto.

Caminaban de regreso, con paso acelerado, así no sentirían el frío, según él.

Ya en casa, Manuel dijo que se sentía cansado y que prefería irse a dormir.

Ella, decepcionada, aceptó.

—Pero mañana me contarás el resto de tu historia. ¿Trato? -le extendió la mano, esperando que aceptara su propuesta.

Él la estrechó con firmeza.

—¡Trato hecho! Mañana sabrás la segunda parte de mi novelesca vida – aseguró burlonamente.

—Creo que deberíamos hacer una película... Sólo nos falta buscar un buen título –habló como si estuviera dando un discurso, con voz clara y recalcando cada palabra fuertemente.

—Ese será tu trabajo. Se acercó para darle un abrazo. -¡Hasta mañana! Y no creo despertar temprano, ando muy cansado –le advirtió.

Ella lo besó en la mejilla.

—¡Hasta mañana! Que descanses y no te apures, creo que yo también me levantaré tarde... O al menos no tan temprano. Se despidió y se dirigió a la cocina por un vaso de agua, pues con la caminata sintió sed.

Manuel daba vueltas en la cama sin poder conciliar el sueño. Se sentía cansado, pero en su mente se agolpaban todos los recuerdos de su juventud. Recordó las primeras semanas que pasó en México, que tan olvidadas tenía. El baúl de sus recuerdos estaba abierto y poco a poco, liberaba todo su contenido.

Se levantó y abrió las cortinas, para dejar entrar la luz del sol de medianoche, que ya tenía ganas de volver a ver. Decidió poner orden en su mente, así le sería más fácil platicarle a Laria cómo fue su vida en aquel país. Se le hizo raro, que en todo ese tiempo se encontraban dos o tres semanas de vacaciones al año; hablaban por teléfono, mínimo una vez por semana, pero siempre mantuvieron conversaciones superficiales. Que cómo te va con tu trabajo y viajes, que cómo están las niñas, hablaban de todo, menos de cosas personales. Y así fue con sus padres también. Nunca dejó que se asomaran a su mundo privado, a sus sentimientos, a lo que guardaba en su corazón. Aunque la realidad era que nadie sabía lo que había en el fondo de su corazón, él mismo trataba de no tocar esa área.

Sus padres trataban siempre de platicar sobre su vida privada, pero él inmediatamente cambiaba de tema. Ni Gina Zacs, su representante y ángel guardián, como él la llamaba, sabía por lo que pasaba. Clara fue la que le dijo que tenía que sacar sus sentimientos, que no era saludable guardarse todo.

—Escribe, saca todo lo que traes, afuera con ese dolor —le decía. Y así fue como empezó a escribir las canciones que lo hicieron tan famoso.

28

Manuel volvió a recordar el primer domingo en Monterrey. Llegaron a ver la película de Al Pacino y estaba maravillado con aquel extraordinario recinto. Admiraba la decoración oriental y las filas de butacas en varios pisos que parecían no tener fin.

–¡Pero qué hermoso cine! –dijo volteando para todos lados, una vez que se sentaron. -¡Y qué grande es!

–Mi favorito, el cine Elizondo –dijo Clara orgullosa.

–¿Cuánta gente cabe?

Las paredes eran de fina madera oscura con figuras talladas. Un dragón por aquí, serpientes por allá y un gran buda sobre la gigante pantalla. Los asientos parecían de terciopelo rojo y eran muy cómodos.

Ella contestó orgullosa:

–Tiene 1792 asientos. Increíble, ¿verdad? Y no oyes ni una mosca cuando la película empieza... Bueno, a menos que sea comedia o de terror. Hubieras visto el año pasado, con la película del Exorcista, ¡qué barbaridad!, nadie quería ni ir al baño. Hasta la sala se sentía helada. Se había sentido aliviada de haber ido con Flor, que pasaba ese fin de semana con ella. No quería estar sola, en su departamento esa noche. –Bueno, ya están apagando las luces, acomódate que ya empieza –le advirtió sin despegar los ojos de la gran pantalla.

Al día siguiente, Clara salió a trabajar temprano. No hizo ruido, para que él no se despertara. La noche anterior le había explicado que trataría de regresar a casa lo más temprano posible y así lo hizo. No se imaginó que estaría todavía dormido. Faltaban quince minutos para las doce del día y no la oyó entrar. No sabía si despertarlo o no.

–¡Manuel! ¡Manuel! –trató de despertarlo, pero él ni se movió. Fue a su habitación a cambiarse de ropa. Abrió el último cajón del clóset, para sacar una camiseta sin mangas, quería andar cómoda pues hacía bastante calor.

–¿Clara?

–¡Ayy, Manuel! ¡Qué susto me diste! –gritó sobresaltada.

–Lo siento, pero no te oí llegar –se disculpó sonriente.

–No, no me oíste llegar, ni me oíste cuando me levanté, ni cuando desayuné ni cuando me fui.

–Tenía mucho tiempo de no dormir tanto –aunque la realidad era que tenía muchas noches sin dormir.

–¿Tienes planes para hoy? –preguntó él tímidamente.

Clara se mordió el labio inferior, antes de responder:

–Mmmm... Te quería llevar al centro de la ciudad o si quieres vamos aquí al museo del Obispado.

–Me baño y nos vamos, tú decides a dónde. Como yo no conozco nada, tú serás mi guía. Le sonrió y no esperó a que contestara. Se dio la media vuelta y desapareció ante la mirada perpleja de Clara.

Decidió llevarlo al Obispado, era lo que les quedaba más cerca y pensó que, como ya era tarde, sería la mejor opción. Ella iba muy emocionada de poder mostrarle algo, que sabía le interesaría.

Estacionó el carro y él se extrañó que no hubiera más autos.

–Creo que es muy temprano y somos los primeros –comentó Manuel, volteando para todos lados, en el desolado estacionamiento.

—Es lunes, todos empiezan la semana y muy pocos visitan museos —contestó ella, mientras batallaba para estacionar el auto en reversa. -¡Me choca manejar en reversa! Simplemente, no se me da.

Manuel soltó una carcajada.

—Creo que tendré que conseguirme una guía que conozca mejor la ciudad —dijo mientras señalaba el gran letrero que tenían enfrente.

Ella se apresuró a leer:

—¡Cerrado los lunes! —gritó incrédula.

Él le palmeó la espalda, para tranquilizarla.

—No te apures, podemos hacer otra cosa.

—¿Alguna idea?

—Ayer que pasamos por una gran bola, dijiste que era un cine, ¿recuerdas?

—¡Ah, sí, el Rio 70! ¿Quieres ir? —se le iluminó el rostro, se alegraba de tener un compañero que disfrutara tanto el cine como ella. -Está la nueva de James Bond. Y me imagino que debes tener hambre, ahí nos comeremos unos "hot dogs", te encantarán. Y de inmediato encendió el auto de nuevo.

—¿Qué es lo que vamos a comer? —preguntó arrugando la cara en un gesto de disgusto.

—Lo sabrás cuando lleguemos, mi pronunciación no es la mejor, lo sé —se disculpó, siempre que tenía que decir algo en inglés, batallaba para pronunciarlo. Ella decía que estaban en México, así que ella no se explicaba para qué sacaban esas palabras extranjeras, teniendo un idioma tan hermosos y amplio.

Cuando compró los boletos y entraron, ella le advirtió:

—Este cine no es tan grande como el de ayer, tiene sólo 1200 asientos —hablaba como si se estuviera disculpando.

La miró asombrado.

—Bueno, pues es muy grande, como quiera. Y se ve muy moderno.

Ella se dirigió con paso firme a la dulcería, él la seguía.

—Lo inauguraron hace seis años, en el 69. ¿Qué quieres que compremos? —preguntó, mientras escudriñaba la vitrina.

–Lo que sea, en verdad, tengo hambre. Y no debió haber dicho eso, porque ella compró tantas cosas como pudieron abrazar entres sus dos brazos.

Hasta que él la detuvo.

–Ya no más cosas. No podremos ver la película por estar comiendo –le advirtió riendo.

–Tienes razón.

–Yo invito la próxima, ¿está bien? –dijo Manuel, que se sentía incómodo, desde que había llegado, no lo dejaban pagar nada. Les había ofrecido a Flor y Lorenzo cooperar con dinero para la comida y el hospedaje, pero no lo aceptaron. Y ahora Clara le pagaba todo.

–Sí –balbuceó Clara, mientras sacaba un billete de su cartera.

–Me gusta mucho más Roger Moore que los otros James Bond. Tiene mucho ángel –comentó Clara, al terminar la película, mientras caminaban hacia el auto. -Todos dicen que Sean Conery, pero a mí me gusta más el nuevo 007.

–A mí me gusta más Sean, creo que nadie lo personificará tan bien –dijo Manuel. –¿Trabajas mañana?

–No, pedí el día, te quiero enseñar la ciudad, para que cuando yo no esté contigo, puedas salir y te desenvuelvas sin problemas. No creo que tengas hambre, así que vamos a la casa y te explicaré en el mapa. Mañana saldremos temprano y andaremos por los principales puntos de la ciudad.

Al día siguiente, ella le enseñó el centro de la ciudad y los centros comerciales, cómo tomar los camiones y cuáles lo llevaban a casa.

Y así pasó Manuel la semana. Se levantaba temprano, desayunaban juntos y cuando ella salía, él se metía a bañar. Tomaba el camión de las nueve y regresaba cerca de las cinco de la tarde. Esperaba a Clara y después salían por la noche, al cine o al teatro, o solamente a pasear y platicar.

El viernes en la noche, decidieron ir a cenar fuera. Él la invitó, aunque ella se negaba a que él pagara.

–¡Por favor! Si no me dejas pagar, ya no volveré a salir contigo –casi la amenazó y ella no tuvo más que aceptar.

–Bien, bien, está bien. ¿Y a dónde me vas a invitar? –preguntó, más que nada, para probarlo, para saber qué tanto había descubierto durante la semana.

–Vamos a comer cabrito al pastor. Vi un restaurante cerca de la Alameda –contestó orgulloso.

–¡Oh! Vaya que has aprendido, es de mis restaurantes favoritos – comentó feliz y recordó que hacía tiempo no se paraba por ahí.

–Ya ves, preguntando se llega a Roma– bromeó, sin poder ocultar su satisfacción al haber dado en el clavo.

Cuando terminaron de cenar, mientras esperaban la cuenta, él preguntó tímidamente:

–Tía, sé que dijiste que me podía quedar contigo unos días, pero, ¿sería posible que me quedara un poco más? –la miró suplicante.

–¡Por supuesto, hijo! Pensé que nunca me lo pedirías. Mañana hablamos con Flor y le decimos que te quedarás por más tiempo.

El mesero llegó con la cuenta y ella la tomó automáticamente.

Él se la arrebató.

–Dijimos que yo invitaba hoy. Y sacó de su cartera dinero suficiente para pagar y darle una generosa propina al mesero.

–Si quieres, podemos ir a caminar a la Alameda, tengo muchísimo tiempo de no andar por estos rumbos –sugirió ella, cuando salían del restaurante.

–Sí, nunca he venido en la noche, pero creo que habrá mucha gente. ¡Es viernes! –exclamó contento y a Clara le dio gusto de verlo tan animado.

Mientras se dirigían a casa, Clara sugirió que podrían ir a Real de Catorce al siguiente día y regresar el lunes.

–Tienes que conocer ese lugar mágico.

Manuel no pudo disimular la emoción que sintió. Había oído tantas veces a sus padres mencionar ese maravilloso pueblo que no dudó en aceptar. Así que salieron temprano por la mañana. Él se sentía muy alegre y disfrutó bastante el viaje. Platicaron animadamente durante todo el trayecto.

—¡El túnel! —exclamó Manuel, cuando se detuvieron frente al túnel que tenían que atravesar.

—Es un lugar encantado. Siempre trato de venir cuando menos una vez al mes. Aquí me desconecto de todo. Espero que no te afecten las alturas.

—No lo sé —contestó encogiéndose de hombros.

—Tú has vivido siempre al nivel del mar. Real de Catorce está a 2750 metros de altura. Espero que no te afecte.

—No creo... O tal vez al principio. ¿Cuánto mide el túnel? —preguntó ansioso.

—Tiene 2300 metros de longitud —contestó orgullosa. —¡Agárrate, aquí vamos! —gritó entusiasmada, como una chiquilla, ante el no menos emocionado Manuel.

Al llegar al hotel en donde se hospedarían, subieron de inmediato a la habitación, dejaron el ligero equipaje con el que viajaban y decidieron bajar al restaurante.

Los meseros saludaban a Clara cortésmente, ella se dirigió a su mesa de costumbre, una pequeña mesa redonda para dos, cerca de las escaleras de caracol, que daban al segundo piso.

Manuel admiró los altos techos con sus arcos y las antiguas fotografías colgadas en las paredes. Las velas hacían el lugar más acogedor.

—Es muy bonito.

—Sabía que te gustaría. Era una hacienda vieja, la remodelaron y la hicieron hotel.

Después de comer salieron a caminar. Entraban a las tiendas de artesanías y pasearon por la concurrida plaza principal.

Él comprendió por qué a la gente le gustaba tanto ese lugar, parecía que el tiempo no había transcurrido por ahí. Las empinadas y angostas calles de piedra, los burros o las mulas que tiraban viejas carretas, nada que recordase el ambiente de la ciudad. Clara tenía razón. Se dijo que tenía que volver.

El tiempo pasó más rápido de lo que esperaba, casi ni lo sintió, hasta qué una noche, mientras él oía un disco de Camilo Sesto, Clara se sentó frente a él. Lo miró seriamente y él, de inmediato comprendió que le quería decir algo, se puso de pie y bajó el volumen del estéreo. Volvió a su lugar y le preguntó si la música estaba muy fuerte.

—No, Manuel, no es eso. Lo que sucede, es que... Me preocupo porque no sé qué es lo que quieres, no me malinterpretes, pero te mudaste conmigo a principios de agosto y ya estamos en diciembre. ¿Piensas seguir así? ¿No tienes ningún plan? —hablaba con voz suave y pausada.

—¿A qué te refieres? —se puso a la defensiva.

—Como te dije, no me malinterpretes, pero ¿qué piensas hacer? Sé que estabas muy triste y enojado cuando te viniste, pero creo que es tiempo de que sigas con tu vida —la voz le temblaba. -Tienes talento, Manuel, no lo desperdicies.

Su rostro reflejó el coraje que sintió.

—Si te molesto, me puedo ir a vivir a otro lado, eso no es problema.

—¡No es eso! Lo sabes muy bien. Me refiero a que no puedes sentir lástima por ti el resto de tus días. Tienes que superar esa etapa, esa pérdida. Ya vas para veintidós años, a esta edad la mayoría ya está por terminar una carrera. Tú no sabes, ni qué es lo que quieres.

Sus palabras lo molestaron, porque sabía que tenía razón, pero, no tenía la más mínima idea de por dónde comenzar. Eso lo frustraba. No pudo contener las lágrimas.

—¡Tú no sabes nada! Yo quería seguir con Astrid. ¡La amo! Y no hay un segundo durante el día que no piense en ella. Es tanto el dolor que siento, que a veces me cuesta respirar —gritó con rabia.

—Lo sé. ¡Sufres muchísimo! Pero tus padres te mandaron con la familia, que saben, te quieren y te tratan bien. Te mandan dinero, sin falta cada mes y llaman para preguntar cómo estás, cada fin de semana. ¿Le llamas a eso no quererte?

Él no respondió.

Clara estaba bastante molesta con él.

—¿Sabes lo que es tener seis hijos y no tener nada que llevarles de comer? ¿Sabes lo que es que un padrastro abuse de ti y no tengas alguien que pueda ayudarte? ¿Sabes lo que es no tener dinero para pagar una renta y salirte con tu familia, en medio de la noche, sin tener un techo bajo el cual dormir? —sus ojos centelleaban.

Manuel dejó de llorar. Comparado con los casos que ella veía a diario, era una tontería por lo que él lloraba.

Ella continuó:

—Y estas gentes no se sientan en la banqueta a llorar y lamentarse, Manuel. No tienen tiempo para eso.

—Pero es que me duele mucho, la extraño mucho, quiero estar con ella. ¿Que nadie lo entiende? Se veía deshecho.

—Pero ya sabías que esa relación terminaría. ¡Ya, supéralo! Escúchame, Manuel —hablaba otra vez, con voz pausada y suave. -Lo peor que puedes hacer es poner tu felicidad en manos de otra persona. No puedes arruinar tu vida porque ella ya no está junto a ti, eso es una tontería.

Manuel la miró sorprendido.

Ella continuó:

—Lo hablamos antes, ¿recuerdas? En nuestras primera borrachera. Traes mucho dolor, ¡pues sácalo! Te gusta la música, ¡pues escribe canciones! Dedícaselas, dile cuanto la amas y la extrañas. Eso te servirá de terapia. En unas semanas verás que ya no queda dolor —hablaba con entusiasmo, esperaba hacerlo cambiar de actitud.

Manuel no decía nada, sólo la escuchaba, sin parpadear.

—Hay muchas escuelas de música, reconocidas en la ciudad. Te he oído tocar... Eres muy bueno, Manuel —se refería a la guitarra que había comprado en el mercado Juárez y que trataba de tocar durante el día, cuando sabía que los vecinos ya habían salido a sus trabajos.

Le pareció buena idea lo de inscribirse en una academia de música y se lo dijo.

Clara se puso de pie, quería darle un gran abrazo, pero se contuvo y se dirigió de nuevo a su recámara.

–Gracias, tía, buscaré una escuela de música y empezaré cuanto antes.

Apagó el estéreo y arregló el sofá cama, quería dormir para levantarse temprano, por primera vez, después de mucho tiempo, se sentía ilusionado.

La Navidad la celebraron en Saltillo, con Flor y Lorenzo. Viajaron desde el día 22 y regresaron el día primero de enero. Juntos celebraron también la llegada del año nuevo. Sebastián estuvo con ellos, era la primera vez que coincidían y se llevaron de maravilla. Pasaron mucho tiempo juntos y lo acompañó cuando salía a visitar a sus amigos. Manuel se sintió cómodo y disfrutó esos días. A Sebastián le gustaba oírlo tocar la guitarra.

–Yo lo he intentado, pero no se me da. ¡Créeme! Por eso mejor me dedico a comprar discos. Eso sí, tengo una envidiable colección de discos... Deberías visitarme algún día en Monterrey –dijo Sebastián.

–Sí, claro, te visitaré pronto –prometió entusiasmado.

Flor y Lorenzo se alegraron de ver a Manuel más contento. Lo animaron a que visitara a Sebastián, sabían que le haría bien conocer más chicos de su edad.

Manuel, orgulloso, les dijo que iniciaría el curso de guitarra clásica el tres de enero.

En esos días, sus padres llamaron a casa de Flor y Manuel no quiso hablar con ellos. Volvieron a llamar para desearles un feliz año nuevo, pero también se negó. Tampoco quería atenderlos cuando llamaban a casa de Clara.

Sin embargo, se veía más alegre; desempacó sus cosas en cuanto llegaron y se dispuso a oír música.

Clara se sentó frente a él y, como en otras ocasiones, él entendió que quería decirle algo. Bajó al volumen de la música y le hizo seña de que hablara.

—Soy muy predecible. Pero me gustaría hablar contigo sobre algo que me preocupa —dijo Clara.

Él no contestó, sólo asintió con la cabeza.

—Sé que no es de mi incumbencia, Manuel, pero creo que les causas mucho daño a tus padres al no hablar con ellos. Y tú también te dañas, no es bueno guardar rencor.

La expresión de Manuel se ensombreció. Él también lo sabía y eso era lo que quería, que sintieran el dolor de perder a alguien al que amaban. No dijo nada, solo observó a Clara con una mirada dura.

—Sólo piensa, si algo les sucediera y no volvieras a verlos, te sentirías en verdad mal —sin decir más, se levantó y se dirigió a su habitación. —¡Buenas noches! —oyó que dijo, antes de cerrar la puerta de su cuarto.

Manuel se quedó meditando, al fin reconoció que tenía razón, ¡como siempre! Se arrepintió de haberse comportado tan infantilmente. Después de todo lo que habían hecho por él, no merecían ese trato. Se levantó y apagó el estéreo, tendió el sofá cama y se acostó llorando en silencio hasta que se quedó dormido.

La escuela de música quedaba cerca del departamento, así que se iba a pie. Había comprado una guitarra de más calidad y un estuche, lo llevaba consigo todos los días. Las clases eran seis horas diarias, empezaba a las ocho de la mañana y terminaba a las dos de la tarde. Le gustaba el horario y las materias que había escogido: dos horas de teoría, una de vocalización y una de canto, las últimas dos eran de práctica. No eran más de diez alumnos por clase y eso le gustó, sentía que de este modo, los maestros les ponían más atención.

Sus compañeros le caían bien, aunque nunca faltaba el que se creía el niño prodigio, como Sara, una chica de veinticinco años que tocaba a la perfección el violín y el piano, y ahora empezaba con la guitarra. Al principio lo ignoraba, pero al oírlo tocar, empezó a interesarse en él. A veces, ella tocaba el piano y él la acompañaba con la guitarra, o al revés, el llevaba la melodía con la guitarra y ella lo acompañaba con el piano o el violín.

La primera semana se le pasó muy rápido. El viernes en la noche, al terminar de cenar, le dijo a Clara:

—Si mañana llaman mis papás, me gustaría hablar con ellos.

—Y si no llaman, nosotros les llamamos, no te apures por eso —dijo Clara, se levantó de la silla y cogió los platos de la mesa. —¿Qué tal la escuela?

—La paso muy bien, tía, ¿sabes quien vive en la casa blanca con las vistas negras? -dijo refiriéndose a una casa frente a la que pasaba todos los días y que le parecía salida de un cuento de hadas o de una montaña alemana, no se parecía en nada a las casas que la rodeaban. No tenía el techo plano, como las demás, lo tenía de dos aguas, como los que había en las casas de la isla donde había vivido. Las paredes eran blancas, el techo y los marcos de las ventanas eran negros y estaba cercada por una reja de unos dos metros y con un enorme jardín entre la casa y la reja de enfrente, el césped bien cortado y flores alrededor.

Clara notó que su estado de ánimo mejoraba cada día, la curiosidad era un buen síntoma.

—¿Cuál? ¿La que parece un castillo?

—Sí, al otro lado del cerro del Obispado... Me llamó la atención porque se ven hombres con trajes negros y lentes oscuros, caminando por los jardines, que serán guardaespaldas, y carros elegantes con choferes en la rotonda...

—¡Ahh! Esa es la casa de los Montes, los más ricos de esta ciudad... No me digas que quieres que la compre. ¡No está dentro de mi presupuesto! —bromeó.

-No, para nada. Es solo que me llama mucho la atención, siempre con tanto movimiento... Nunca había visto una casa así. Nada más.

—¿Tienes planes para mañana?

—No, ¿alguna idea?

—Pensaba, si te gustaría ir a Real de Catorce, por el fin de semana.

—¿Dormiríamos allá? —preguntó entusiasmado.

—Sí, si quieres. Nos vamos mañana temprano y nos regresamos el lunes, que tengo libre.

—No creo que haya problema si falto a la escuela, ¿verdad?

–Para nada, el martes vuelves, sin falta. ¡Hasta mañana! No te levantes tarde.

–Me despiertas, no hay problema. ¡Hasta mañana! No era muy tarde, pero él también se sentía cansando. Preparó la cama y se acostó. Practicó un poco la guitarra, sin que se oyera mucho, pero sentía los ojos que se le cerraban. Puso la guitarra al lado de la cama, sobre el suelo y se quedó dormido.

Se levantaron muy temprano y empacaron algo de ropa. Manuel se bañó primero y cuando Clara se iba a meter al baño, la detuvo y le pidió algo nervioso:

–Si no, es mucho pedir, quisiera…

–No hay problema, puedes llamar a tus padres. Termino pronto –dijo Clara y sin más se metió al baño y cerró la puerta, frente al asombrado Manuel.

Tomó el teléfono de la mesita y lo puso sobre su regazo. Respiró hondo varias veces antes de marcar. Chequeó el reloj, eran siete horas de diferencia, casi las dos de la tarde con sus padres. Marcó y sentía su corazón que palpitaba acelerado.

–Riveland –oyó la inconfundible voz de Laria, contestar.

–¡Hola Laria, soy yo! –balbuceó.

–¡Manuel! –grito feliz su querida hermana. –¿Cómo estás? ¡Te he extrañado mucho! ¿Cuándo vienes? –hablaba atropelladamente.

Sintió las lágrimas que corrían por sus mejillas.

–¿Cómo estas Laria? –trató de que no notara que lloraba.

–¡Muy bien! Me compraron un perrito, porque estaba muy triste cuando te fuiste, pero ¡no es lo mismo! –confesó con tristeza. –Se llama Mancha.

–¡No me digas! Seguro que tiene una gran mancha en la cabeza...

–¡No! Es todo blanco. Pero cuando fuimos a la tienda de mascotas, yo quería uno con manchas, como los de la película de 101 dálmatas. Pero mamá dijo que crecían mucho. Así que me compraron este que es pequeño y todo blanco –hizo una pausa para agarrar aire. –Yo quería el otro, pero papá dijo que como quiera le podía llamar Mancha.

—Muy buena idea —le aseguró.

Erik le arrebató el teléfono a Laria, muy emocionado al saber que era él.

—¿Sí? —la voz le temblaba.

Manuel cerró los ojos con fuerza.

—¡Hola papá! Sólo llamo para saludar y ver cómo están —dijo con voz entrecortada.

Erik también cerró los ojos con fuerza, sin poder contener las lágrimas.

—Estamos bien, hijo. ¿Y tú, cómo te va?

—Bien papá, me tratan muy bien —su voz temblaba.

E inmediatamente, Tamara le arrebató el teléfono a Erik.

—¿Manuel? ¿Cómo estas hijo? —dijo entre sollozos.

—Bien, mamá. Estoy viviendo con Clara. Voy a la escuela, estoy estudiando guitarra clásica.

—Lo sé, Flor me lo comentó. ¡Te queremos mucho Manuel! Cuídate. Me dio mucho, mucho gusto oírte. Un abrazo y saluda a todos.

—Yo también los quiero mucho. Hablamos el próximo sábado.

Colgó el teléfono y se dio cuenta de cuánto los quería y los extrañaba justo cuando Clara salió del baño.

Fue a lavarse la cara.

Era antes del mediodía cuando llegaron a Real de Catorce. Pidieron una habitación en el hotel y subieron las maletas.

—Ven, vamos a caminar por el pueblo —dijo Clara, apresurándolo.

Manuel se había sentado sobre una de las camas.

—Sí, pero espera un poco... Siento que me falta el aire —se veía angustiado.

—No te apures, es la altura, al rato te acostumbrarás. Se sentó en la otra cama. —Qué extraño que la vez anterior no te sentiste mal. Clara supuso que no era casual que se sintiera así después de la llamada telefónica que tanto lo había conmovido, pero siguiendo su plan, que tan buenos resultados le estaba dando, no le dijo nada.

Manuel respiraba con dificultad, ella le dijo que se tomara el tiempo que necesitara y poco a poco se fue sintiendo mejor.

Eran casi las cinco de la tarde cuando regresaron al hotel, hambrientos y cansados, así que pasaron directo al restaurante. Se sentaron en la misma mesa, la favorita de Clara y pidieron unos entremeses.

Los atendió Georgina, la mesera nueva, de la que se notaba que era su primer día de trabajo.

Manuel y Clara observaban divertidos las peripecias por las que estaba pasando Georgina, que cambiaba los platillos de los clientes y casi se le caían los platos de las charolas, pero a pesar de las dificultades ella siempre brindaba su mejor sonrisa.

Georgina estuvo muy agradecida con ellos, eran sus primeros clientes y aunque les llevó todo lo que no habían ordenado, la trataron con mucha amabilidad. Además le dejaron una buena propina, ella era una chica agradecida y eso jamás lo olvidaría. Cada vez que los veía en el restaurante, se las arreglaba para atenderlos y platicar con ellos.

Cuando regresaron a casa, Manuel continuó con sus clases de música y Clara con su trabajo, ya estaba muy enrolado en su rutina y se desenvolvía bastante bien en la ciudad, que cada día le gustaba más.

Tres semanas después, el viernes, Sebastián llamó e invitó a Manuel a una fiesta con sus amigos.

—Ven, Manuel, te divertirás, te lo aseguro. Es mañana, sábado. Vente temprano y si quieres acá duermes, terminará tarde —le avisó, pues las fiestas con sus amigos eran de toda la noche.

Al día siguiente, Manuel se levantó temprano. Clara trabajaba ese sábado, en el programa de radio y salió más temprano que de costumbre. Él llamó a sus padres cuando terminó de desayunar, como cada sábado. Las llamadas eran más agradables y hablaba un poco de todo con cada uno.

Tomó tres camiones para llegar a lo de Sebastián. Ya Clara le había explicado cómo hacerlo.

—Al chofer del último camión dile que vas al Tec, él te dirá cuando bajarte.

—¡El Tec, joven! —le gritó el chofer, con voz pillona, una vez que estuvieron frente al Tecnológico de Monterrey.

Sebastián lo esperaba en la entrada de la escuela, como habían acordado. Atravesó la avenida y lo alcanzó.

—¡Que bueno que viniste! Espero que la tía Clara, no se haya molestado, porque le robé a su compañero de cine. Le dio un abrazo y unas fuertes palmadas en la espalda.

—No, creo más bien que le dio gusto. Y hoy trabaja casi todo el día.

Caminaron tres cuadras por la avenida Garza Sada, hacia el sur y voletaron hacia la izquierda, caminando tres cuadras más.

—Aquí vivo, en el tercer piso —dijo Sebastián, señalando un edificio de ladrillos rojos, muy elegante.

—¡Oh! Se ve muy bonito... Y sí, está bastante cerca de tu escuela —comentó Manuel, viendo hacia el techo del edificio de seis pisos.

—No es barato, pero tengo muy buenos compañeros y nunca hay problemas —comentó Sebastián, mientras abría la gruesa puerta de vidrio con la llave. -Es muy privado, eso me gusta. Le hizo la señal de que pasara.

Caminaron por el pasillo, también de ladrillos rojos. Al fondo estaban las escaleras. Los pisos, de mármol gris claro, estaban relucientes. Todas las puertas eran negras, con los números color plata al centro.

—¡Muy bonito! —volvió a exclamar Manuel.

Subieron hasta el tercer piso y se detuvieron en el descanso, disfrutando de la panorámica vista. Sebastián le mostró el Tec y el estadio del Tec, sugiriendo que debería ir algún día con él, a un partido de fútbol americano.

—No sé nada sobre eso, sólo fútbol soccer —se disculpó.

—Es fácil de entender, yo te explico luego. Pero lo mejor es el ambiente —comentó guiñándole un ojo.

Sebastián era moreno y medía cerca de 180 cm. Tenía complexión ancha, sin tener sobrepeso, muy fuertes los brazos, parecía que sus bíceps reventarían las mangas de la camiseta en cualquier momento.

Ojos negros y grandes, nariz recta y pequeña, labios carnosos y bien formados. El lacio cabello negro le caía por la frente y él lo retiraba constantemente con su mano. Era atractivo, se sabía guapo y actuaba con mucha seguridad en sí mismo. Le gustaba vestir bien, siempre pulcro y limpio, al pasar dejaba una muy suave estela de colonia. Las chicas lo hallaban irresistible, pero él sólo tenía ojos para Sandra, que aunque no era su novia formal, siempre andaban juntos y se comportaban como tales. En donde andaba Sebastián, estaba Sandra y donde andaba Sandra, estaba Sebastián. Eran inseparables y él pensaba hacerla su novia formal al terminar con sus estudios, el próximo año.

Caminaron casi hasta el final del pasillo.

–Aquí es, el 315. ¡Adelante! –comentó abriendo la puerta de golpe.

Manuel entró con reserva, como si entrara a una casa sin el consentimiento del dueño. El departamento era moderno y con lo elemental, austero, como lo llamaba Flor, más pequeño que el de Clara.

Estaba muy limpio y no había nada fuera de lugar. Manuel estaba sorprendido de tanto orden.

Sebastián soltó una carcajada.

–No creas que soy yo el que tiene todo en su lugar. Doña Mary viene dos veces por semana a hacer el aseo, se acaba de ir.

–¡Ya me había sentido mal! –exclamó Manuel con alivio.

–Pero siéntate, hombre, estás en tu casa –dijo señalando los sillones y él se dirigió a la cocina. –¿Quieres algo de tomar? –ofreció cortésmente.

–Si tienes agua o refresco de cola, está bien.

Regresó con dos botellas de vidrio y dos vasos. –Sólo tengo estas de manzana.

–Espero que te guste –no acostumbraba comprar refrescos de cola, decía que el estómago se le inflaba como globo, cada vez que los tomaba. -La fiesta es en el segundo piso. Empieza tarde, pero en un rato podemos bajar. Rogelio y Daniel te quieren conocer, les encanta la música y tocan varios instrumentos -le dio un largo trago a su refresco.

–Les hablé de ti y tenían tiempo diciéndome que te invitara, pero estaba en exámenes, tenía mucho que estudiar. Ya sabes, primero el deber y luego el placer, como dice papá —soltó una carcajada.

Manuel rió.

—Sí, yo también he estado ocupado con la escuela, no me arrepiento de haberme inscrito.

—Qué bueno Manuel, me alegra. En verdad eres bueno para tocar —miró su reloj. -Creo que ya podemos bajar. Imagino que nos están esperando. Tu maleta la puedes dejar en el sofá. Disculpa, pero no tengo camas extras.

—No te preocupes, tal vez no vengamos a dormir —contestó bromeando.

—Tienes razón, ¿quién necesita dormir? Y se golpeó el pecho como un Tarzán, ante las carcajadas de Manuel.

Cuando llegaron al departamento 210, Sebastián sólo dio un toquido y abrió la puerta. El departamento era exactamente igual al suyo, pero más elegante y saludó a sus amigos que leían el periódico sobre el sofá. Uno tenía el cabello rubio oscuro y piel bronceada, que hacía resaltar sus ojos verdes. El otro era muy blanco con cabello negro y ojos color miel.

—¡Qué onda, Sebastián! —dijo, levantándose a saludarlo, el de los ojos verdes. —¡Qué bueno que vinieron!

—¡Qué onda, Daniel! Este es mi primo, Manuel Riveland.

—¡Hola, Manuel! Soy Daniel Montes Siena, para servirte. —Le estrechó la mano y lo abrazó.

El de cabello negro se les unió y se presentó también.

—¡Hola, Manuel! Rogelio Siena Montes, a tus órdenes.

Manuel parecía confundido y Rogelio lo entendió.

—Sí, lo sabemos. Montes Siena y Siena Montes, hermanos y hermanas que se casan —bromeó. -Nuestros padres son primos lejanos, no hay nada escabroso en nuestro parentesco. ¡Pero ya sabes cómo es la raza! —dijo dándole unas palmadas en el hombro.

Manuel rió, aunque no entendía muy bien todas las palabras que usaban. Pero no quería quedar como tonto, después le pediría a

Sebastián, que le explicara el significado. Se preguntaba si eran de los Montes que vivían en la hermosa casa del Obispado. Lo siguió y se sentó en uno de los sillones.

—¿Algo de tomar? —dijo Daniel mientras se dirigía a la cocina.

Sebastián vio las botellas de cerveza, sobre la mesa de centro. —Lo mismo que ustedes —le gritó.

Rogelio y Daniel estudiaban Administración de Empresas en el Tec, junto con Sebastián. Se hicieron muy buenos amigos, desde el primer año que empezaron la carrera. Daniel tenía novia, Leticia, y Rogelio no, fueron muy discretos con Manuel, no le preguntaron si tenía novia o algo por el estilo. Sebastián les había comentado que acababa de terminar con una novia y la estaba pasando muy mal. Así que platicaron de música, sin descanso. Daniel le ofreció una hermosa guitarra acústica con cuerdas metálicas. Manuel la tomó emocionado y, ni tardo ni perezoso, empezó a tocar su favorita, Concierto de Aranjuez, de Joaquín Rodrigo, con tal sentimiento y maestría, que lo escucharon extasiados y al terminar, le aplaudieron entusiasmados.

—¡Qué bárbaro, Manuel, eres buenísimo! —dijo Daniel, sin dejar de aplaudir.

Rodrigo se levantó y le hizo una caravana y un ademán, como si se quitara un sombrero imaginario.

—No me equivoqué, ¿verdad? —aseguró Sebastián, orgulloso.

—Es sólo que me encanta la música —dijo Manuel con modestia, no estaba acostumbrado a tantos elogios.

—Queremos hacer un grupo —dijo Daniel— para tocar "covers" de los éxitos del momento. Yo toco guitarra y bajo, Rogelio es muy bueno en la batería, Santiago estaría en los teclados. Y Sebastián nos cargaría las chelas —soltó una carcajada.

—Las chelas son las cervezas, así dice la raza —le explicó Sebastián.

Manuel rió, aunque no entendió muy bien. Recordó las palabras de Clara:

—No sientas lástima por ti, tienes talento y mucho porvenir. Estás aquí y aprovecha las oportunidades que se te presentan, no las dejes escapar. Nunca sabes por dónde vendrá algo realmente bueno.

-Siempre tiene la razón - pensó.

Se sintió a gusto con ellos, como si los conociera de años y ese día, inició una amistad que duraría para siempre.

Ni cuenta se dieron que ya eran las nueve de la noche. Timbró el mesero, que había contratado Rogelio y le dijo que habían llegado unos invitados.

—¡Híjole! Todavía me tengo que cambiar. ¡Por qué no me avisaste güey, que ya era tan tarde! —le reclamó a Daniel, mientras corría hacia la puerta. -¡Nos vemos al rato! —gritó antes de salir.

—¡Este güey! De repente cree que soy su niñera, ¿o qué? —se quejó entre risas Daniel. -Bueno, yo también me cambiaré. Ya no tarda Leticia. Se puso de pie y se retiró a su cuarto.

Manuel volteó a ver a Sebastián, que seguía muy quitado de la pena, con la cerveza en la mano.

—Nos vamos con Daniel. Va a ser en el depa de Rogelio. Seremos como diez personas, algo íntimo, como dice él. Contrató a dos meseros y traerán comida de un exclusivo restaurante —levantó las cejas y sonrió. —¡Así son sus fiestas!

Daniel venía con los calcetines y los zapatos en la mano.

—¿Qué? ¿De qué hablan? —preguntó, dejándose caer sobre el sillón.

—Ahí donde los ves, estos güeyes son los dueños de todo Monterrey —comentó Sebastián.

—¡Para nada! —Daniel hizo un gesto despectivo con las manos. -Esos son negocios de nuestros padres. Rogelio y yo somos las ovejas negras de la familia. Nos dio por el arte y no por los negocios —confesó soltando una carcajada.

Sebastián lo secundó.

Manuel miró a Daniel inquisitivo.

—Y si se hace lo de la banda, ¿en dónde practicaremos? Pues volteaba a ver alrededor y no había espacio suficiente para acomodar todos los instrumentos y equipo de sonido.

—En una de las bodegas, eso no es problema. Si estás puesto, podríamos hacer una prueba el próximo sábado —dijo mientras terminaba de anudarse las cintas del zapato. -¡Listo! Ahora sí, ¡fiesta! Y caminó hacia la puerta contoneándose y agitando los hombros.

Sebastián meneó la cabeza riendo y Manuel los siguió.

El departamento de Rogelio también era muy elegante. Las paredes de color gris muy claro contrastaban con los sillones de piel negros y las cortinas gris oscuro, casi negras.

Manuel se sorprendió al ver el departamento lleno y Rogelio, como buen anfitrión, empezó a presentarlos.

–No creo que se te queden todos los nombres, pero con el tiempo te los irás aprendiendo, Manuel. Y señaló a uno por uno, diciendo sus nombres:

–Sebastián y Sandra, Daniel y Leticia, Santiago y Mónica, Carlos y Lorena, Verónica, Cordelia y Martha –dio un gran suspiro al terminar.

–¡Estás en tu casa! Fue interrumpido por uno de los meseros, que le dijo algo al oído y se retiró con él a la cocina.

–Ven, Manuel –le dijo Daniel, haciéndole una seña para que se acercara. Se movió haciéndole lugar en el sillón para que se sentara, quedando entre él y Sebastián. Les presentaron a sus novias y empezaron a platicar animadamente.

Manuel la pasó muy bien y platicó un rato con todos. Cordelia lo acaparó casi toda la noche. A él pareció gustarle estar con ella. Era muy bella, tenía piel morena muy bronceada pues practicaba mucho deporte al aire libre, le llamó la atención cómo reflejaba la luz su cabello largo, negro y liso, que le caía por debajo de los hombros, sus ojos de forma almendrada y color aceituna y unas pestañas tan largas que pensó que eran postizas. Su nariz era pequeña, con la punta levantada y una boca de labios finos, que dejaban ver unos dientes perfectos. Tenía voz gruesa y un poco ronca, le pareció muy sexy. Le dijo que estudiaba filosofía y letras, también en el Tec, le faltaban tres semestres para terminar. Le platicó sobre el viaje que había hecho con su familia en el Hurtigruta, hasta el punto más alto de Noruega. Hablaba de lo maravillada que se sintió con el famoso sol de medianoche. Él pensaba que tuvo suerte de no haber sido una víctima de los de La Olla. Le explicó dónde había vivido él y ella le dijo:

—¡Ah sí, ahora te recuerdo en la isla! Yo iba con mi helado muy contenta y tú pasaste y me empujaste diciéndome: ¡quítate tonta! Y caí al suelo.

—¿Yo? ¡No! ¡No lo recuerdo! ¿Estás segura? —dijo Manuel avergonzado.

Ella soltó una fuerte carcajada.

—¡Claro que no! Es broma, disculpa.

—¡Qué susto! —exclamó. Le gustaba que tuviera sentido del humor. Y así pasaron la noche, entre bromas y plática seria hasta que el intercomunicador timbró.

—¿Diga? —contestó Rogelio, apretando el botón bajo la bocina.

—Vengo a recoger a la señorita Cordelia —dijo el chofer.

Rogelio volteó a verla y ella se sorprendió.

—¿Qué hora es? —preguntó alarmada.

—Las cuatro de la mañana, en punto —contestó Daniel.

—¡Uy! Me tengo que ir, prometí acompañar a mamá a Houston... En unas horas —rió. Se despidió de todos antes de salir. Así, Manuel aprendió que los hombres se abrazaban, dándose fuertes palmadas en la espalda y que las chicas saludaban con besos en las mejillas. Pero solo era mejilla contra mejilla, sin posar los labios en la piel. Y le hizo señas a Manuel de que la acompañara, lo tomó de la mano y en el pasillo, le dijo:

—La he pasado muy bien en tu compañía, Manuel.

—Yo también.

—¿Qué tal si nos vemos el próximo viernes? —dijo mientras bajaban las escaleras.

—¡Perfecto! —contestó Manuel con una amplia sonrisa.

El chofer sostenía la puerta de vidrio del lujosos auto negro con vidrios oscuros, esperando por ella.

—¿Traes un papel o algo para escribir, Juan?

—Sí, un momento, señorita. Y abrió la puerta delantera, sacando un pequeño block de papeletas de la guantera y una pluma del bolsillo de su camisa.

Ella garabateó su nombre y su número telefónico.

—Ten, llámame cuando quieras, entre 8:30 y 9:00 de la noche cuando quieras hablar con alguien. Lo besó en las mejillas y se metió al auto.

Él sintió que temblaba.

—Claro, te llamo una de estas noches... Para platicar.

Manuel se quedó de pie, hasta que dieron vuelta en la esquina. Se sentía emocionado. Regresó al depa de Rogelio, caminando lentamente. Al abrir la puerta, vio que todos se estaban despidiendo. Después de unos minutos, se retiraron casi todos, quedando sólo los cuatro, Daniel, Rogelio, Sebastián y él.

—No me digan que ustedes también ya se van —comentó Rogelio desilusionado.

—No, para nada, nosotros no dormimos —contestó Sebastián entre risas.

Rogelio despidió a los meseros, que ya habían ordenado y limpiado todo. Y los cuatro se sentaron en los sillones.

—Las cinco de la mañana. No estuvo mal, ¿verdad? —les preguntó, mientras subía los pies a la mesa de centro.

—Te aventaste un diez, compadre -lo felicitó Daniel.

—¡Excelente! —respondió Sebastián, levantando los dos pulgares.

— ¿Cómo la pasaste, Manuel? —preguntó Rogelio, con curiosidad.

—Bastante bien. Me sentí muy a gusto —contestó satisfecho. —Gracias por invitarme.

—¡Qué va! Qué bueno que te animaste a venir —dijo Rogelio. -Y al parecer, te llevaste el trofeo de la noche —lo embromó.

—Cordelia, la inalcanzable —le sonrió Daniel.

—Se veía muy contenta, no te soltó en toda la noche —agregó Sebastián. -Es la chica más deseada —dijo guiñándole un ojo. -Hermosa, inteligente, divertida, de buen corazón y muuuuuuuuy rica. ¡Bravo, campeón! Levantó su botella en señal de brindis. Los otros dos lo imitaron.

Manuel se sintió atolondrado al oír lo que decían. Todos los atributos que le adjudicaban y le había parecido la mujer más sencilla del mundo.

Sebastián agregó:

—En unas horas, sale a Houston... En su avioncito privado. ¿Qué tal? —levantó ambas cejas, riendo.

—¡Guauuu! —exclamó Manuel asombrado. Nunca había conocido a alguien que tuviera avión particular. Sentía estar en un sueño. Todo le parecía tan irreal.

—¿Acaso te pidió verse de nuevo? —preguntó Rogelio, mirándolo con los ojos entornados.

Manuel se sintió intimidado.

—Sí, tal vez nos veamos el viernes.

—¡Ohhhhh! —exclamaron los tres al unísono.

—¡Tal vez! —contestó ruborizado, pues ahora empezaba a dudarlo.

—Muy bien, hiciste entrada triunfal —comentó Daniel.

—Entraste con el pie derecho, sigue así —agregó Sebastián.

—Bueno, hablemos del grupo y los ensayos —dijo Manuel, cambiando de tema. Y de inmediato comenzaron a planear el ensayo para el siguiente sábado.

***

Cuando al fin le contó todo esto a Laria al día siguiente, en que en efecto, ambos se levantaron muy tarde, ella comentó pensativa:

—Qué bueno que Sebastián y tú se llevaron tan bien desde el principio. Y qué extraño cómo una cosa lleva a otra.

—¡Como no tienes idea! Me parecía todo tan irreal, conocerlos y que nos lleváramos tan bien en pocos minutos. Y tantos años que ha durado nuestra amistad. Estaba convencido de que ellos también lo ayudaron a salir adelante. Siempre a su lado, animándolo y apoyándolo.

—Recuerdo mucho a Cordelia. Muchas veces creí que te casarías con ella. ¿Vivía en esa casa que tanto te había llamado la atención?

—En una parecida.

–Era hermosa y muy agradable –lo miró de reojo. –¿Nunca pensaste formalizar la relación con ella? Andaba siempre contigo.

Vaciló un poco antes de contestar.

–La quería mucho, nos llevábamos de maravilla... Pero éramos muy distintos. Además yo estaba todavía dolido y triste. A veces pienso que no la valoré, pero bueno, ya está casada y es feliz, me alegro por ella.

–Pero dime, después, ¿qué pasó? –quería que siguiera con el relato. Y él continuó obediente.

29

Manuel sintió que la semana había transcurrido más rápido que de costumbre.

El miércoles acompañó a Daniel a ver algunas de las bodegas, que podrían servir para los ensayos. Se decidieron al fin por la segunda que habían visto. Les pareció ideal, pues estaba aislada de las demás bodegas y era lo suficientemente grande. Estaba alejada de la ciudad y como no tenían vecinos cerca, podían ensayar hasta muy tarde por las noches, si así lo querían. Daniel dijo que si era necesario, podrían cambiar de lugar sin problemas.

Llevaron el equipo de sonido y los instrumentos, mesas, sillas, un refrigerador pequeño, lámparas de pie, abanicos y dos archiveros.

Estaban muy entusiasmados, tanto, que en lugar de hacer el primer ensayo el sábado, como habían pensado, lo hicieron el viernes en la noche.

Rogelio pasó por Manuel a las seis de la tarde. Todos fueron muy puntuales y se enfrascaron tanto en lo que hacían que no se dieron cuenta de la hora hasta que Santiago dijo que necesitaba un descanso.

–¡Las dos de la mañana! –exclamó Daniel.

Todos lo miraron igual de admirados.

–Tal vez sea mejor dejarlo hasta aquí y vernos mañana –sugirió Rogelio. -Mañana a las seis de la tarde, si les parece bien.

Estuvieron de acuerdo y se retiraron. Daniel llevó a Manuel a su casa. Y al pasar por la hermosa casa del Obispado, le dijo que ahí vivían sus padres.

–No entiendo por qué viven en un depa en el Tec, si sus familias viven en la misma ciudad –comentó Manuel extrañado.

Así no tenemos que levantarnos tan temprano para llegar a tiempo a clases. Además, nos concentramos más en las cosas de la escuela y nos llevamos mejor, sólo vamos a casa un rato los domingos –dijo Daniel mientras se estacionaba frente al edificio donde vivía Clara.

–Si conocieras a mi madre, me darías la razón –agregó Daniel. -Siempre tendría algo en que ayudarle, sin importarle qué tan clavado estuviera yo en lo mío. Ellos querían que estudiara una carrera, tienen grandes planes para mí en los negocios de la familia, algo que no me interesa. ¡Para nada! –no pudo disimular su frustración. -Por eso estoy estudiando y le echo muchas ganas, quiero darles el título para dedicarme a lo que en verdad me gusta, la música. Imagino que piensas que estoy loco –agregó soltando una carcajada.

–No. Creo que no pueden forzarte a hacer algo que no te gusta. Como dices: aquí está el título, algo que hice por ustedes, ahora haré lo que yo quiero. No creo que estés loco... Y si lo estás, entonces ya somos dos –dijo pensando en lo mucho que les hubiera gustado a sus padres tenerlo tan cerca y abrió la puerta del auto. -Pues nos vemos mañana. La pasé muy bien y me gusta como suena el grupo.

-No estuvo nada mal para ser el primer ensayo. ¡Hasta mañana!

Manuel no hizo ruido al entrar al departamento, Clara dormía y no quería despertarla. Últimamente trabajaba mucho, salía muy temprano por la mañana y regresaba después de las siete de la noche. Ya era costumbre para él, comer y cenar solo.

Se sentía ilusionado. Aunque Astrid estaba siempre en su pensamiento y se arrepentía de no haber hecho más para que la relación no terminara como terminó. Se preguntaba constantemente que sería de ella, en donde estaría. Sobre todo, quería saber que todavía existía en algún lugar del palneta, pues, no estaba muy seguro de eso.

Y pensaba en Idunn también... ¿Estaría en Trondheim? ¿Tal vez en Oslo? Varias veces había marcado el teléfono de su casa, arrepintiéndose y cortando la línea cuando le faltaban dos o tres dígitos por marcar. Ahora que la sentía tan lejos, extrañaba sobremanera sus interminables conversaciones. Con ella se sentía libre de ser como era, sentía que era su alma gemela. Extañaba su voz, su risa, sencillamente toda ella.

Después de cinco meses de muchos ensayos, el grupo sonaba fenomenal. Estaban satisfechos con lo que habían logrado. Gran parte del resultado se lo debían a Manuel, pues él hacía los arreglos y modificaciones en cada instrumento. Se desvelaba mucho, pues entre la escuela y el grupo, casi no le dejaban suficientes horas para descansar.

Su relación con Cordelia era buena. Salían los fines de semana, antes de los ensayos. Le gustaba estar con ella y ella estaba encantada con él. Iban al cine o sólo a pasear. Los fines de semana lo recogía temprano y se iban al club deportivo, del que sus papás eran socios y nadaban y hacían deporte. Salían en grupo, con los de la banda y sus respectivas novias. Los consideraban ya una pareja, aunque Manuel no tenía intenciones de formalizar su relación con ella.

Clara estaba muy contenta por él. Sabía que, ya de perdido, no estaba sumido en la depresión. Lo veía con muchas ilusiones y le alegraba saber que salía con Cordelia. A veces la invitaban al club y ella de vez en cuando aceptaba. Le gustaba acostarse en las sillas playeras de la alberca y tomar el sol mientras disfrutaba una deliciosa bebida fría. Cuando Clara iba a Real de Catorce los invitaba, no siempre la acompañaban, por los ensayos, pero las veces que iban la pasaban muy bien. Georgina siempre se las arreglaba para atenderlos, ya era una experta y, sin duda, la mejor mesera que tenían en el restaurante.

Manuel seguía hablando con sus padres y Laria cada sábado. Sus padres le seguían enviando dinero cada mes. Él era muy organizado y se las arreglaba para ahorrar. Al principio, para comprar la guitarra de sus sueños, pero Daniel lo sorprendió un sábado, le dijo que había llegado un paquete a la bodega y que estaba a su nombre. No cabía de felicidad cuando al abrirlo vio la reluciente guitarra, que tanto había querido. Dijo que no podía aceptarla o que pagaría por ella, pero Rogelio y Daniel dijeron que era lo menos que podían hacer por él, que tanto se había dedicado al grupo.

Sentían que el grupo ya estaba listo, tenían un buen repertorio de canciones y decidieron hacer una presentación privada.

—Invitaremos a todos los conocidos y daremos un concierto —propuso entusiasmado, Daniel.

Les pareció buena idea a todos y planearon la presentación.

Fue un sábado, en la bodega, a las seis de la tarde, llegaron los invitados. Hasta Flor y Lorenzo viajaron para oírlos tocar. Clara era la más emocionada.

Daniel hizo la presentación y les pidió que fueran honestos y les dijeran sus comentarios al finalizar. Empezaron música muy rítmica y a la tercera canción ya estaban todos bailando.

Intercalaron bastante bien las canciones suaves y calmadas con las rítmicas. Algunas las alargaban, al ver que todos bailaban animadamente. Entre canción y canción daban una introducción y al terminarla, las ovaciones eran ensordecedoras, a pesar de que no eran más de sesenta personas.

Fueron dos horas ininterrumpidas de música. Terminaron agotados y felices de la respuesta de sus oyentes. Sólo recibieron buenas críticas.

Clara lo felicitó con lágrimas en los ojos.

—En verdad son muy buenos, Manuel —dijo mientras lo abrazaba efusivamente.

—Nunca nadie, había hecho bailar tanto a este hombre en toda su vida como ustedes lo hicieron en dos horas —les dijo Flor señalando a Lorenzo, quien sonriente asintió con la cabeza, secándose el sudor de la cara.

Todos dijeron estar muy orgullosos de ellos, Sebastián y Sandra y los compañeros de la escuela aseguraron que sonaban mejor que los originales, Cordelia y su hermana Amalia les auguraron mucho éxito. Los únicos que no se veían muy felices eran los papás de Rogelio y los de Daniel, ahora empezaban a comprender que el grupo iba en serio, fueron los primeros en abandonar el lugar sin hacer comentarios. Y aunque Daniel y Rogelio trataron de ignorarlos y disfrutar del momento, sabían que ahora empezarían los problemas.

Cuando ya casi todos se habían retirado, Lorenzo les propuso irse a festejar juntos a algún restaurante.

—Ya somos sólo familia, como quien dice —dijo.

—Me parece una magnífica idea —comentó Manuel.

Y se dirigieron a un conocido restaurante de la calle Gonzalitos y disfrutaron hasta muy entrada la noche.

Al día siguiente, Clara se despertó primero y sin hacer ruido se dirigió a la cocina. Puso la cafetera y un par de rebanadas de pan en el tostador.

El olor a café recién hecho despertó a Manuel.

—¿Por qué no puedo resistir este aroma? —balbuceó, mientras caminaba con los ojos cerrados, dando tropezones, hacia la cocina.

—No eres el único. ¡Yo tampoco lo resisto! —sacó una taza más. —Y no era mi intención despertarte —confesó.

Manuel se dejó caer pesadamente sobre la silla. Se talló los ojos con fuerza, pero le era imposible abrirlos.

—¡Ayy, no puedo despertar! —se quejó.

—No es necesario, con los ojos cerrados te puedes tomar el café sin problema.

—¿En verdad piensas que tocamos bien?

Ella se sentó a la mesa, con las tazas.

—Son muy buenos Manuel, no debes dudarlo. ¡Y tú cantas hermoso! Tal vez...

—¡Dime! —la interrumpió, sabía que faltaba algo, por eso querían hacer esa presentación. —Dime toda la verdad, ¡por favor!

—No sé, no soy una experta, pero me encanta la música y voy a lugares donde puedo escuchar música en vivo...

—¡Dímelo, por favor!

—Tocan muy bien y tú cantas divinamente, pero te hace falta más contacto con el público. Deberías moverte un poco más, pareces estatua en el escenario —le soltó de golpe.

Al fin, Manuel pudo abrir los ojos, no se esperaba ese comentario. La miró incrédulo.

—Es cierto lo que digo. Te pones a tocar y cantar, pero como que lo haces sólo para ti. Debes mirar más a la gente, debes enamorar a tu público, cantar para ellos, sentir lo que cantas.

—¡Tienes razón! Sentía que faltaba algo, ¡pero era yo! Me concentro tanto en lo que hago, en no equivocarme, que me olvido de los que me escuchan.

—Sí, debes relajarte y disfrutar. Eres carismático, Manuel, aprovéchalo.

Le tomó la cara entre las manos y le besó la frente ruidosamente varias veces.

—Eres la mejor, tía, no sé qué haría sin ti —la abrazó con fuerza.

—¡Por lo pronto, me podrías dejar respirar! —gritó tratando de hacerse oír.

—Lo siento, pero es que, ¡me siento feliz! ¿Qué planes tienes para hoy?

—No muchos. Tengo que contestar cartas y entregar la columna para mañana. ¡Nunca me había tardado tanto en entregarla! Lo miró desalentada, no le gustaba trabajar los domingos. —¿Y tú?

—No sé. No tenía ganas de salir. Prefería quedarse en casa, a ver películas de Pedro Infante, en pijamas todo el día.

—¿Y Cordelia? Lo miró expectante. —¿No la verás hoy?

Él no contestó.

—¿Manuel?

—¡No lo sé! Trató de esquivar el tema.

—No está nada bien lo que haces. Sabes de sobra que ella siente algo por ti.

Manuel desvió la vista hacia la pared, molesto.

—¡Pero yo no le he prometido nada! ¡Somos amigos!

—¡No te enojes conmigo!... ¿Todavía Astrid? —sabía muy bien la respuesta.

Él no contestó. No hacía falta.

—¡No puedes seguir así Manuel! Tienes que superar eso, seguir adelante con tu vida —le dolía verlo así. —Cordelia, una excelente chica a la que no puedes corresponder, por seguir aferrado a una ilusión, a algo que no puede ser, ni será.

—¡La amo! Nunca olvidaré a Astrid.

—Eso no es amor, Manuel —dijo con tono severo. —¡Es terquedad! Estás sumido en un pozo del que no quieres salir. Pero ya estuvo bueno, no te voy a dejar acabar con tu vida por algo que no merece la pena.

Él hubiera querido decirle muchas cosas, pero pensaba que no entendía nada.

—No me mires así. ¡Saca todo ese dolor de una vez por todas! Ya te dije, escribe, escríbele canciones y dile cuánto la amas y la extrañas. Eso te ayudará. No quieres hablar conmigo ni con nadie, escribe y desahógate. Imagina que son cartas, no importa que no le lleguen, ¡tú escríbelas! ¡Yo me voy! Estaré en la biblioteca o en la oficina, no puedo verte así. Se dirigió a su cuarto, a buscar ropa para cambiarse.

Mientras ella se bañaba, Manuel se tranquilizó. Esperó a que saliera de casa, agarró una libreta y una pluma y empezó a escribir y escribir.

Recordó su hermosa sonrisa, su cabello color arena y el azul de sus ojos que le inspiraban los versos más románticos que jamás había oído. Era un mar de palabras que parecía no tener fin. De pronto reaccionó y se dio cuenta... Era la imagen de Idunn a quien dedicaba esos versos de amor.

El teléfono timbró, dudó un poco antes de contestar.

—¿Bueno?

—¿Eres tú, Manuel?

Se alegró de oír a Rogelio, tenía miedo de que fuera Cordelia, no sabía cómo negarse a salir con ella.

—¿Qué onda? —aprendía rápido la forma de hablar de los muchachos.

—Fíjate que ayer, entre los que estuvieron en la presentación, estaba Martín, el hijo de un organizador de palenques. Dice que traen muchas broncas y que... Bueno, para no hacerte largo el cuento, quieren que cantemos en la próxima temporada. Abriremos para Carlos Alberto, Gómez, Toni Vela, Lola Loria. ¡Hasta para Ana María! -hablaba atropelladamente, estaba muy emocionado.

Estaba realmente impresionado, Ana María era la actriz y cantante más famosa de México

—¿Toni Vela? —articuló al fin.

—¡Exactamente! Creo que hemos empezado con el pie derecho. Va mucha gente joven, es un buen lugar para darnos a conocer —hizo una pausa. —¿Estás enfermo?

Vaciló antes de contestar.

—Estoy adormilado todavía —no se atrevió a decirle que lloraba por una chica. —¡Pero qué buena noticia me has dado!

—Si no tienes planes, ¿puedes venir? Los demás vienen también, creo que debemos hablar sobre esta oportunidad.

—Me baño y salgo para allá —contestó emocionado.

—¡Perfecto! Y no comas, pedí barbacoa, aquí almorzamos.

—¡No se hable más de este asunto! —rió y colgó.

La temporada de los palenques empezaba en tres meses. Tuvieron suficiente tiempo para ensayar y escoger un buen repertorio de canciones. Estaban muy emocionados. Pero empezaron los ensayos, sin darse cuenta de que les faltaba algo importante. Manuel fue quien lo advirtió.

—¿Y cómo nos llamaremos?

—Los alegres compadres —sugirió Santiago.

—Los güeyes —agregó Rogelio riendo. —The güeys, en inglés, para que se oiga mejor.

—The compadres -bromeó Manuel.

—The compass —sugirió Daniel. —Por compas de compadres, pero es brújula en inglés. Por cómo el destino nos guió hasta aquí.

—Me gusta ese nombre —dijo Manuel.

Los demás asintieron y así quedó el nombre del grupo: "The Compass".

—Necesitaremos también alguien que haga los contratos y sea el de relaciones públicas —dijo Santiago.

—¿Qué les parece Sebastián? —propuso Rogelio. —Es bueno para esas cosas. Además, por él conocimos a Manuel y es como parte del grupo.

—Cuestión de preguntarle —agregó Daniel. —Creo que le gustará la idea. A la noche puedo hablar con él —sugirió emocionado.

Sebastián aceptó gustoso. Desempeñó bastante bien su trabajo. Checaba los contratos meticulosamente y conseguía que les pagaran bien.

Llegó la noche de la primera presentación. Estaban muy nerviosos, el lugar estaba lleno. Tenían un pequeño camerino para todos. Sebastián estaba también nervioso, pero trataba de disimularlo y les daba ánimos.

El ambiente se congeló cuando oyeron al presentador anunciarlos.

—¡Vamos, muchachos! ¡A enloquecer al público! —les dijo Sebastián, con aplomo, aunque sentía que las piernas le temblaban.

Los cuatro salieron como autómatas. Sentían la boca seca y los labios temblorosos. Cada uno tomó su lugar, sin querer voltear a ver a la gente.

Daniel saludó al público e hizo la presentación del grupo. Su micrófono estaba apagado, la gente empezó a silbarle. Todos se pusieron más nerviosos aún.

—Le apagué el micrófono a propósito. Yo tenía ganas de saludarlos esta noche —salió al rescate Manuel, provocando las risas de los asistentes. Les dio la bienvenida y presentó a cada uno de los integrantes de la banda. Hizo la introducción de la primera canción y poco a poco empezaron a relajarse. Manuel sonreía y movía el cuerpo al ritmo de la música. Le guiñaba el ojo a las chicas, que gritaban emocionadas. A la tercera canción tenían el público en la bolsa.

Prendieron tanto a la audiencia que el asistente de Lola Loria les envió unas botellas de vino al camerino.

Cada noche fue igual, pero lo mejor sucedió la noche del cierre de la temporada. Era la noche estelar, con Ana María, la más querida de México, dijo que los quería conocer y los esperaba al siguiente día, a las tres de la tarde, en la suite del hotel donde se hospedaba. Sebastián aceptó sin titubear, sabía lo que eso representaba para ellos.

Llegaron, muy puntuales y emocionados. Cuando las puertas del elevador se abrieron, los recibieron las malhumoradas caras de dos guardaespaldas, que sin inmutarse les abrieron paso, el más alto les señaló la puerta que quedaba al final del pasillo.

Antes de que tocaran, la puerta se abrió y un rubio platinado, bastante afeminado, los recibió con un exagerado:

—¡Páaaseeen! ¡Bienveniiiiidoooos! Soy Cocó, muchooo gustoooo. Les extendió la mano y uno por uno lo saludaron y se presentaron.

—Soy el asistente de Ana Maríiia, ya saben, del vestuario, imagen y eeeesas cosaaaas. Movía las manos exageradamente, también.

Ellos no decían nada, sólo le sonreían tímidamente. Se sintieron aliviados, al ver a Ana María entrar al salón. Todavía andaba en pijamas, sólo se había recogido el pelo en una cola de caballo y al parecer se había puesto un poco de maquillaje.

—Disculpen, pero acabé muy tarde anoche, casi me acabo de levantar.

Se sintieron muy nerviosos ante su presencia. Manuel se sintió tonto y fue el primero en hablar:

—Gracias por la invitación.

Cocó saltó, agitando las manos en el aire. —¡Ayyyy pero que mal educado sooooy! ¿Gustan algo de tomaaar? ¿Champañaaaa vino blancoooo?

Manuel rió. Ana María lo secundó y comentó:

—Vé hombres guapos y pierde la cabeza. ¡A veces me desespera! Pero es muy bueno en su trabajo —dijo resignada. —Por favor sírvanse y siéntase cómodos. Bueno, mi agente tuvo que salir anoche. Así que les diré el motivo de la invitación —dio un trago a su copa. —Estamos ensayando para un musical nuevo y queremos... Necesitamos rostros nuevos. El estreno es en tres meses, así que necesito una rápida respuesta, de quien esté interesado en participar. No tienen que decidirlo ahorita, dos o tres días, puedo esperar. De estar interesados, contáctense con René, mi manager. Sacó de la bolsa de su bata unas tarjetas de presentación. –A cualquier hora, al parecer nunca duerme.

–Yo me reporto con René, mañana o el martes, a más tardar –contestó Sebastián, en su papel de representante.

Sin embargo, cuando lo hablaron con más calma, comprendieron que sólo Manuel tenía la posibilidad de probar suerte en el musical, los demás no podrían abandonar la escuela, antes de recibirse, y lo animaron a que lo hiciera.

–Te haces famoso y ya cuando terminemos, seguimos con el grupo –sugirió Daniel.

–Si, ya con fama a nivel nacional, sería más fácil despegar –dijo Santiago.

–Aunque una vez famoso, te olvidarías de nosotros –agrgó Sebastián.

–¡Eso nunca! –afirmó vehemente Manuel.

–Entonces, no lo pensemos más –dijo Rogelio.

Manuel sintió una punzada en el pecho.

–¡Calma! No es nada seguro. Imagino que harán muchas pruebas antes de aceptarme... Si es que me aceptan –dijo.

–Estoy seguro de que Ana María moverá mar y tierra por tenerte de coestrella –dijo Daniel.

–Ánimo Manuel, nada se pierde con intentarlo.

Manuel no sabía qué decir. La oferta era muy tentadora, pero en un medio que no conocía. Sólo de pensar que viviría en la ciudad de México, lo hacía temblar, solo, en esa enorme ciudad.

–No estoy seguro. Déjenme pensarlo, mañana les digo mi respuesta –contestó vacilante.

–Puedo poner, como parte del contrato, que tienes que estar en un hotel muy cerca del teatro y que necesitas chofer las veinticuatro horas del día –sugirió Sebastián. –Y un asistente –agregó.

Daniel soltó una sonora carcajada.

–¡No cabe duda de que nuestro representante es el mejor!

–Además, tendrás que llevarnos a todos a las pachangas –suplicó Rogelio.

—Pero tendrán que visitarme seguido —sentenció.

—Entonces, qué, ¿confirmamos tu participación?

—¡Sí! ¡Sí! ¡Sí! ¡Sí! ¡Sí! —lo animaron todos en coro.

  Manuel rió, meneando la cabeza.

—Está bien. ¡Acepto! Pero no me dejarán solo.

  Todos aplaudieron y gritaron de júbilo, sabían que era una buena oportunidad para todos. Manuel se sentía nervioso, pero feliz. Sentía que su vida empezaba a tomar sentido.

***

—¡Qué emocionante, Manuel! —comentó Laria, eufórica. —¡Imagino los nervios que sentías! Definitivamente, fuiste muy valiente —aseguró orgullosa.

—No tenía nada que perder y mucho por ganar, como me aseguró Clara. Yo creo que ella era la más entusiasmada.

—De todos modos, fue un cambio muy abrupto y no te hiciste para atrás.

—Sólo me dejé llevar, ahí estaba la oportunidad y la tomé, ni siquiera la busqué —confesó. Nunca sintió que hubiera sido algo que se había ganado a pulso. Decía haber tenido buena suerte, nada más.

—¿Y te aceptaron de inmediato? —preguntó excitada.

  Manuel pensó un poco antes de responder.

—No, fueron dos semanas de pruebas y audiciones con diferentes personas. Por fin, me dijeron que les interesaría que participara en la obra. Las negociaciones tardaron varios días y en realidad, Sebastián consiguió algo bastante bueno.

  Recapacitó sobre lo que dijo y agregó:

—Aunque Lorenzo revisaba los contratos; profesionalmente, él ya estaba en dónde quería, así que lo nuestro fue su hobby. Y Sebastián se involucró bastante y le agarró tanto sabor que decidió estudiar leyes también. Siempre ha sido nuestro representante legal. El mejor, no cabe duda.

—Lo he tratado muy poco, me gustaría conocerlo más. No pensé que te hubiera ayudado tanto —dijo Laria.

—¡Bastante! Pero todos por igual, siempre a mi lado, dándome ánimos. No sé si lo hubiera logrado sin ellos, éramos todos como hermanos, bueno, todavía lo somos... Y cada vez que me presentaba como Manuel Riveland no lo entendían, por eso, al final lo cambié por Manuel Rivas, ya que era más simple y me daba algo de privacidad —recordó.

—Pero después, ¿qué pasó? —lo miró impaciente.

—¡Oye, no me dejas ni respirar! Sonrió, estaba agotado de tanto hablar y recordar, pero se sentía contento, sabía que ya no sería un completo desconocido para su hermana.

30

Dos meses antes de que se estrenara la obra, empezó la publicidad en serio. Anunciaban una sorpresa para el público, un rostro nuevo, Manuel Rivas, cantante y compositor.

Y un mes antes del estreno, Manuel aparecía con Ana María en todos los eventos y entrevistas. Desde el principio, se ganó muchas admiradoras. No hablaba de su vida privada ni daba entrevistas a periódicos ni revistas.

La obra tuvo mucho éxito. Le llovían invitaciones a programas de televisión, era muy ingenioso al contestar las preguntas de los entrevistadores y del público y se creaba un completo caos en cada lugar que se presentaba. Su fama crecía como la espuma del mar.

Hizo muchos comerciales, Sebastián le dijo que tenía que aprovechar su momento. Hizo bastante dinero y compró una casa en Monterrey, en un área exclusiva.

A los siete meses de estar en el musical, envió dinero a Erik para que lo visitaran y vieran la obra. Erik y Tamara, pasaron dos semanas en la ciudad de México y una en Saltillo, con Flor y Lorenzo. Estaban felices de ver lo que Manuel había logrado, en tan poco tiempo. Dos años en el país y ya era toda una estrella. Pero lo que más los alegraba, era que volvían a ser parte de su vida. Lo entristeció un poco que Laria no los acompañara, pero estaba en la escuela y no podía ausentarse por tanto tiempo.

—En el verano la traeremos —le aseguraron.

Como lo habían planeado, cuando los demás del grupo terminaron sus respectivas carreras, Manuel renunció a la obra y se regresó a Monterrey. Nunca imaginó la reacción que tendría el público.

Le enviaron una gran cantidad de cartas y, en los programas que se presentaba, saturaban las líneas telefónicas, le pedían que siguiera en la obra. Él consolaba a sus fans diciendo que era momento de cerrar ese ciclo, que seguiría en el campo musical y esperaba contar con ellas en su nueva faceta.

El grupo musical lo empezaron de inmediato. Por esa época, comenzaba a ponerse de moda el Barrio Antiguo, en Monterrey. De inmediato los contrataron en el antro más popular. Sobra decir que abarrotaban el lugar, cada fin de semana. Aparecían también en programas de la tv locales, eran muy solicitados. Tenían muchas admiradoras y admiradores también. Y poco a poco, los padres de Daniel y Rogelio, fueron aceptando su decisión de dedicarse a lo que les gustaba.

Los videos musicales se pusieron de moda y ellos no fueron la excepción. Sus clubs de admiradoras aumentaban y los lugares en que se presentaban se llenaban.

Cierto día, el agente de una disquera los contactó y los entrevistó, en un restaurante del centro de la ciudad. Les dijo que si tuvieran música inédita, su éxito sería mayor y tal vez, internacional.

—Ya llevan varios años con covers, hora de avanzar —comentó.

Sebastián le aseguró que sí la tenían, pero que hasta el momento con los covers, el grupo funcionaba bastante bien.

—Renovarse o morir, amigo —comentó José Luis, el agente. -Mándenme un demo y les aviso —comentó tajante, le extendió una tarjeta a Sebastián y se retiró.

Cuando se quedaron solos, Santiago fue el primero en hablar.
—En buen lío nos has metido. ¿Cuáles canciones inéditas tenemos?
Sebastián le clavó la mirada a Manuel.
—Hora de salir del clóset.
—Cierto, nunca hemos escuchado lo que compones. ¡Llegó la hora! —agregó Daniel.
—No creo que sea buena idea —componía sólo para él, para decirle a Astrid lo que sentía por ella.
—No creo, para nada, que sea mala idea. Escoge unas cuantas canciones y mañana las oímos —le pidió Rogelio. -A las dos de la tarde, en la bodega.
Todos estuvieron de acuerdo y se dispusieron a salir.
—Nada más por discutir. Cerró Sebastián la junta.

Ya en su casa, le costó trabajo decidir cuáles elegiría. Había acondicionado el sótano como estudio. Lo forró de cartones de huevo para no molestar a los vecinos. Todas las canciones le gustaban, pues eran por igual parte de su sentir. Después de muchas horas, escogió quince y esa noche no durmió, sentía que sería como desnudarse ante ellos, las canciones expresaban sus más íntimos sentimientos...

Fue el primero en llegar a la bodega. Tenía ganas de retirarse pero forzó una sonrisa, al ver a Daniel y Santiago. Cinco minutos después, llegaron los otros dos.
Agarró la guitarra y se preparó para cantar la primera, que escogió al azar. Les aseguró que nunca se había sentido tan nervioso frente a un público.
Tuvo que empezar dos veces de nuevo, su voz temblaba. Tomó un poco de agua y continuó.
—¡Es estupenda! —dijo Daniel emocionado. Los demás lo secundaron.

Manuel agarró valor y las fue cantando, haciendo una pausa razonable entre cada una, hasta terminar con las quince canciones que llevaba.

—Me gustan todas –dijo Rogelio. –No sabría decir cual me gustó más.

—¡Te felicito! –agregó Santiago.

—Lo mismo, yo –dijo Sebastián.

Manuel tuvo una idea.

—Qué les parece, si agregamos todos los instrumentos, hacemos los arreglos y las grabamos todas, pedimos opinión a unas cuantas personas y escogemos las cinco más populares para el demo.

En dos meses tuvieron listo el demo y lo enviaron a José Luis.

Después de tres semanas, Jose Luis llamó a Sebastián.

—Estamos interesados, los espero en la oficina, el viernes a las dos de la tarde. Y de inmediato, les dio la buena noticia a todos.

***

—Ya ves cómo fue naciendo mi carrera de un modo tan natural. Estoy rendido, creo que debemos descansar. No pensé que se llevaría tanto tiempo mi historia –comentó, ahogando un bostezo.

—Pero si no hace mucho que empezaste, tal vez un café te dé ánimos. Trató Laria de convencerlo.

Manuel suspiró.

—¡Ay, Laria! ¿Qué no te cansas de oír lo que ya sabes?

—No es, para nada lo que ya sé. Sabía que te había ido muy bien y que eres famoso; pero todos los detalles, lo más importante, siempre los ignoré, no sabía nada de ti.

—Tienes razón. Ignorabas en realidad todo. Lo demás es historia. Grabamos el primer disco y fue un éxito, que se repitió con el segundo, el tercero y todos los demás. Viajábamos por toda la república y aparecíamos en tv cada semana. Nos invitaban a participar en toda clase de eventos. Fueron diez años muy buenos. La pasábamos bastante bien y nos divertíamos aún más.

—Recuerdo la canción que los hizo famosísimos. No me cansaba de oírla. Aunque el final es muy triste –cerró los ojos y empezó a cantar:

Entre mis brazos te estrecho, con pasión te beso

y nos hacemos promesas para el siguiente verano.

Cuando volvamos a encontrarnos, cuando volvamos a vernos

te diré cuánto te extrañé y lo mucho que te amo.

Te contaré sobre mis noches en vela, cuando volvamos a vernos

cuando volvamos a amarnos, bajo las noches sin luna

el siguiente verano, el siguiente verano,

que los dos bien sabemos nunca llegará, nunca llegará.

Manuel sintió un nudo en la garganta al oírla, era la primera canción que escribió y que se había convertido en un gran éxito.

–La cantas con mucho sentimiento, a veces se me salían las lágrimas al oírla y me preguntaba a quién se la habrías dedicado –confesó emocionada.

Él no dijo nada y ella propuso:

–Ya que has decidido continuar con el relato, vamos a la cocina por una botana y algo de tomar.

Él estuvo de acuerdo y la acompañó.

31

Después de diez años de seguir en el grupo, Daniel les anunció que tenía planes de casarse con Leticia.

–Creo que ya es tiempo de sentar cabeza –les confesó bastante entusiasmado.

Y ese otoño, en noviembre, se casaron. Fue una boda muy elegante y muy concurrida. Asistieron la crema y nata de Monterrey y del medio artístico.

Manuel fue con Cordelia, con quien seguía una relación muy abierta, sin llegar a algo formal. Al parecer, ella estaba de acuerdo, era una mujer liberal e independiente. Decía no estar muy segura de querer compartir el resto de sus días con un hombre. "Hasta que la muerte nos separe", era según ella, bastante intimidante. A Manuel le venía bien su forma de pensar.

Ese invierno, también Santiago anunció su matrimonio con Mónica. Se casaron en la primavera del siguiente año, en abril. Y dos meses más tarde anunció Sebastián su boda con Sandra, que se llevaría a cabo en octubre. Rogelio, que había sido muy difícil de atrapar, llevaba tres años de relación con Soraya, una conductora de un programa de televisión. Desde el primer instante que la trató, dijo haber sentido una química muy especial. En noviembre, avisaron que se casarían el próximo año, en marzo.

Ante tal avalancha de bodas y como si de pronto hubiera cambiado de parecer, Cordelia dijo que si se casaba lo haría con Manuel, que con nadie se llevaría mejor. Pero como los meses pasaban y al ver que su relación con Manuel, no se formalizaba, lo enfrentó. Estaban en casa de él, se disponían a ver una película que habían rentado y le preguntó qué era lo que quería, hacia dónde iba su relación.

Manuel no supo qué contestar. Nunca le había dicho que la amaba, así que pensó que comprendería que no pensaba formalizar la relación.

—¿No vas a contestar? —preguntó ella con infinita tristeza.

—No creo poder ser, el esposo que tú mereces —contestó poniendo la rebanada de pizza sobre el plato.

Cordelia no pudo contener las lágrimas y salió corriendo de la casa. Manuel no se levantó del sillón, pensó que era mejor hablar con ella, una vez que se calmara. Oyó el chillido de las llantas, cuando arrancó el carro.

Clara se disponía a cenar, andaba en pijamas y había comprado de camino a casa, comida china. Contenta de poder relajarse, después de una semana de mucho trabajo, se dejó caer sobre el sillón, cuando alguien timbró a la puerta.

—¿Acaso se te olvidadó el camino a casa? —preguntó alegre, al ver a Manuel en la puerta.

Él la saludó con un beso en la mejilla y entró.

Se sorprendió, al ver su semblante tan serio.

—¿Qué pasa?

—¿Estas ocupada?

Clara señaló sus pijamas.

—Estoy esperando una visita muy importante, y acaba de llegar —dijo señalándolo, le hizo un ademán para que se sentara y cogió el envase con los fideos.

Él se dejó caer pesadamente sobre el sofá y le empezó a platicar el amargo momento que acababa de pasar.

—¿Y no la seguiste? ¿No la detuviste?

—¡No! ¿Para qué? Nunca la has visto enojada, pensé que era mejor dejar así las cosas.

—Para mí, que ya no querrá hablar contigo. Fue una excusa muy tonta la que diste.

—Lo sé, pero no supe qué decir. "Lo siento, pero no te amo, todo el tiempo que he estado contigo, pensaba en otra". ¡No pude decir eso!, aunque fuera la verdad —se disculpó.

—¡Ay, Manuel! No me digas que sigues atado a un recuerdo. ¡Tienes que seguir adelante con tu vida! Una chica que tiene todo lo que un hombre pudiera pedir y después de más de diez años, ¿le dices que no eres el indicado para ella? ¡Nada más a ti se te ocurre!

Él clavó la mirada en el piso y ella continuó:

—¡Date la oportunidad! No puedes seguir aferrado a un fantasma. No me digas que es amor, eso es terquedad. Si fuera amor, ¡ya hubieras hecho algo! Utilizas a Astrid como excusa para no relacionarte con otras chicas. Tienes miedo de que te hieran o de que la relación termine. ¡Acéptalo! Ya no te excuses con argumentos que no tienen nada que ver con la realidad —al fin había encontrado el momento para decirle lo que pensaba.

Manuel negó con la cabeza, parecía luchar por contener las lágrimas.

—En todo este tiempo has vivido en una burbuja, evitando que la gente sea parte de tu vida, protegiéndote para no ser herido de nuevo. Pero qué no piensas, ¿que te has perdido de muchas cosas buenas, al mismo tiempo? Tu mismo te lastimas. ¡Ya basta, Manuel!

Él se quedó en silencio. Se arrepentía de haber tratado a Cordelia de ese modo. ¿Seguía amando a Astrid, como él aseguraba? O tal vez, Clara tenía razón y se escudaba en un recuerdo para no involucrarse con alguien más. ¿Era realmente amor lo que sentía por Astrid, después de tantos años? No estaba seguro. Muchas noches soñó con Astrid, pero al despertar se daba cuenta de que era el rostro de Idunn el que estaba presente en sus sueños. Al escribir canciones, era el rostro de

Idunn el que estaba en su mente. Se sentía muy confundido, no sabía lo que pasaba en su interior.

Clara no supo qué hacer, se sentía frustrada.

—No pensé que fueras capaz de hacer semejante cosa. No quieres que te hieran, pero tú si tienes derecho a herir a los demás. Sigues actuando como un niño mimado. Es bastante malo mentirle a la gente, ¡mucho peor mentirse a uno mismo! Aclara tus pensamientos y sentimientos de una vez por todas. Tú mejor que nadie sabe bien lo que pasa en el fondo de tu corazón, ¡enfréntalo! Pon orden a esa maraña sin pies ni cabeza, solo tú puedes hacerlo. Se puso de pie. —Me voy a dormir, estoy muy cansada. Si quieres, te puedes dormir en el sillón.

Manuel asintió con la cabeza, no podía hablar y tampoco pensaba salir en ese estado.

—Hasta mañana, trata de descansar —le dijo mientras lo besaba en la mejilla. -Disculpa que sea tan dura, pero creo que debo decirte lo que pienso. Imagino que soy la única que se atreve a decirte las cosas como son —trató de sonar chistosa.

Él volvió a asentir con la cabeza, seguía sin poder hablar, se sentía muy mal. Como decía Rogelio: era más dura la cruda moral, que la cruda después de una borrachera. ¡Y tenía toda la razón!

Apagó las luces y se volvió a sentar, ni siquiera extendió el sillón. No pudo dormir. La pasó recordando y recapacitando sobre las palabras de Clara.

Después de mucho razonar y recordar, descubrió que se había alejado de Idunn por cobardía, por miedo a que los demás chicos lo molestaran, por un lado. Astrid, fue su mejor excusa, por eso no se quedó en París, cuando se lo pidió, quería regresar junto a Idunn. ¿Pero por qué no quería aceptar lo que sentía por Idunn? ¿Por qué luchaba contra esos sentimientos?

Miró por la ventana de la cocina y vio que el cielo estaba claro. No sintió que hubiera pasado tanto tiempo, hundido en sus pensamientos. Se dirigió al baño para lavarse, no quería recibir a Clara con su cara de calabaza.

Ella se sorprendió al verlo sentado a la mesa y se alegró al oler el café recién hecho.

—¡Mmmmm, buenos días! Lo saludó sonriente.

Se le acercó y la besó en la frente.

—¿Algún deseo especial para el desayuno? —preguntó solemne.

—Podemos llamar para que nos traigan unos tacos, muy buenos, por cierto. ¡No puedo imaginar un domingo sin mis tacos de barbacoa! —comentó mientras marcaba un número en el teléfono.

Él tomó una taza y le sirvió café.

—¡Estoy de acuerdo contigo!

Cuando terminó de hacer el pedido, se sentó a la mesa.

—En media hora están aquí. ¡Yumi!

—Creo que tienes toda la razón. Anoche no dormí.

—Lo siento, Manuel, no era mi intención...

La interrumpió inmediatamente.

—No te sientas mal, al contrario, ¡gracias! Necesitaba llegar al meollo de toda esta pelotera de sentimientos sin sentido. ¡Ya era tiempo!

Ella cambió el tema de la conversación. Quería dejar esa plática para después. Se acababa de levantar y tenía hambre, además, su mente no estaba completamente clara. Necesitaba tiempo para estar en sus cinco sentidos. Esperó a que llevaran la comida y desayunaron, platicando de cosas sin importancia.

Al terminar, recogieron la mesa y con sus tazas se acomodaron en los sillones. Manuel parecía tranquilo, ella se sintió aliviada y preguntó:

—¿Y qué descubriste anoche?

Se aclaró la garganta y desvió la mirada hacia la ventana.

—Idunn se fijó en mí desde un principio... Pero tuve miedo. Yo la adoraba. Era muy tímido y muy inseguro, en cuanto a chicas se trataba. Siempre se burlaban de mí, decían que parecía un señor, que hablaba como un viejo. Tuve miedo de que se diera cuenta cómo era en realidad y me rechazara... Ella también me gustaba mucho. Pero yo estaba lleno de inseguridades y temores. Nunca fui como los demás niños de mi edad. Los demás chicos empezaron a molestarme, eso empeoró las cosas y me alejé; no nada más de ella, de todos, durante el primer año en la isla. Fue bastante difícil para mí. Ella me seguía todo el tiempo y eso me animó, le dije que quería que fuéramos novios y ella dijo que sí. Sus padres eran demasiado estrictos y no le permitieron tener novio hasta que terminara la prepa. ¡Imagínate! Mamá decía que estaba bien, en parte porque así yo esperaría también. Eran los sesenta, ya sabes, las drogas, el sexo, la libertad. Nuestros padres tenían un miedo descomunal a que de adolescentes saliéramos con embarazos y truncáramos nuestras carreras universitarias. En ese entonces, los que salían embarazados se tenían que casar. Ya estaba decidido, en nuestra graduación formalizaríamos nuestro noviazgo y nos iríamos a estudiar a la Universidad. Yo la quería muchísimo. Ella era una linda chica, buena e inteligente. Hasta que conocí a Astrid, ella era todo lo que deseaba y no podía tener. No era, para nada, como mis compañeras de escuela. Me sacó de mi aburrida rutina, me enseñó lo que nunca imaginé. Ahora sé que Astrid no me amaba, yo era sólo la ilusión de lo que recordaba de su vida humana. Y aproveché la situación, fue un escape también para mí —aceptó apenado.

—¿Sabías lo que hacías? —Le costaba trabajo aceptar lo que oía.

—Nunca pensé que las cosas fueran a terminar como terminaron. Soy muy orgulloso y aún más terco, no podía dar mi brazo a torcer. ¡Jamás! Sentía que tenía todo bajo control -sus ojos se humedecieron. —Amé a Astrid, a mi manera, aunque sabía que nuestra relación no podía ser. A Idunn la amaba de otra forma muy distinta. Terminé atrapado en una telaraña que yo mismo construí. No pudo continuar, el llanto se lo impidió.

Clara sintió pena por él, aunque al mismo tiempo se alegraba de que al fin enfrentara su pasado y sus errores. Sabía que su vida mejoraría, no cabía duda.

—¿Y qué piensas hacer?

—Nada, ¿que puedo hacer ya?

—¿Nada? —repitió ella, no entendía su actitud.

La miró exasperado.

—¿Qué puedo hacer ya? Idunn está felizmente casada. Astrid fue expulsada de la isla. Yo prometí no regresar. ¿Se te ocurre algo? Si es así, ¡dímelo por favor! —dijo burlonamente.

—¡Espera! No la agarres contra mí.

—Lo siento, pero ya es muy tarde para remediar la situación, si hubiera aceptado mis errores a tiempo...

—¡Nunca es demasiado tarde!

—Si, eso dicen. Pero ya cada quien tiene una vida. ¿Para qué desenterrar el pasado?

—Si no quieres hacer nada al respecto, es tu decisión. Pero ya no te escondas en el pasado. Habla con Cordelia, dile que lo has pensado bien... Bueno, ¿que piensas al respecto? ¿Qué harás con ella?

—No pienso andar más con ella. Me he dado cuenta de que únicamente la quiero como amiga. De haber sentido algo más, no estaría aquí, llorando en tu regazo. La aprecio muchísimo, pero nada más. Simplemente no se dio.

—Tal vez, ella sabía en el fondo que no llegarían a nada.

—Sí, nunca le mentí. Por ese lado, no me siento culpable, ella tampoco, nunca me dijo que me amaba o que sintiera algo tan especial por mí, de haberlo hecho, hubiéramos terminado en ese preciso momento. Asumí que estaba en terreno seguro, de todos modos, le debo una disculpa. Creo que mañana hablaré con ella. ¿Qué piensas?

—Al pensar en tu relación con Astrid... —Clara se enderezó y esbozó una leve sonrisa-, creo que todos tenemos en nuestras vidas "un vampiro".

—¿De qué hablas?

—Tú te entregaste a un amor imposible. Todos hemos tenido, en alguna etapa de nuestras vidas, un amor imposible. Algunos nos detenemos y lo terminamos a tiempo, otros, siguen hasta las últimas consecuencias, muchas veces a un final fatal... ¿No crees? —hablaba emocionada, como si hubiera encontrado el bolso perdido que tanto había buscado durante meses.

—Mmmm ... Tal vez ... —vaciló. —Y en tu caso, ¿quién es ese vampiro?

—Fueron dos, Manuel, dos vampiros en mi vida. Era muy joven y bastante tonta, inexperta. Los dos eran casados y con familias... El primero apareció cuando estudiaba enfermería y el segundo, al hacer mis prácticas. Me entregué a ellos, se fijaron en mí, yo los amaba; tenía la ilusión de que dejarían a sus mujeres y se casarían conmigo, como me prometían cada día. Nos veíamos a escondidas, por supuesto. Después de más de un año, me convencí de que eran puras patrañas, que jamás abandonarían a sus esposas. Por supuesto que sus esposas sabían y por supuesto que yo no era la única relación extramarital que tenían. Era un embrollo de mentiras y engaños. Cuando andas con hombre casado, o mujer, entras a un mundo de mentiras y embustes... y no debes dudar de que de la misma manera que engañan a los cónyuges, te engañarán a ti, tarde o temprano. Como te dije, no puedes mentirte a ti mismo, ¿para qué? Esto no lo he contado a nadie, Manuel. Te pido discreción.

—No te preocupes, jamás lo contaré.

—Pues entonces, continúa con tu vida, Manuel. Me alegra que hayas puesto orden en tus sentimientos. Ya llegaste al fondo de tu corazón, lo que tanto te empeñaste en rechazar.

—Y creo que habrá cambios en el grupo, supongo que es tiempo de dar el siguiente paso.

—¿Qué? ¿Dejar de hacer lo que tanto te gusta? ¿Estás seguro de lo que dices?

Manuel sonrió y trató de calmarla.

—Hace casi seis años, los papás de Daniel le regalaron la bodega, en donde hemos ensayado desde un principio. Es muy grande y la acondicionamos y compramos aparatos de sonido y consolas. Ahí grabamos nuestros dos últimos discos. La hemos convertido en un acogedor estudio de grabación. Ahora ya todos casados, Daniel pronto tendrá su primer bebé, Santiago y Mónica esperan el suyo, las cosas han cambiado mucho. Supongo que ellos prefieren tener más tiempo con la familia. Ya nos será lo mismo andar en giras. Creo que es mejor dedicarnos a promocionar nuevos talentos y a componer canciones. Hemos tenido muchas propuestas de personas que quieren que les compongamos canciones.

–Es una buena decisión. ¡Te felicito! Hay que reconocer cuando un ciclo se termina... Y los demás, ¿que piensan?

–No lo sé, mañana que nos juntemos les diré lo que pienso. Aunque te puedo asegurar que aceptarán. Seguiremos juntos, pero haciendo algo diferente –estaba contento con la idea.

–¿Más café?

Vaciló un momento, antes de contestar:

–Tal vez es mejor que me vaya. Te ves cansada y mañana vuelves a tu ajetreada rutina –dijo poniéndose de pie. –Pero, ¿que tal el próximo fin de semana en Real –sugirió antes de salir.

Ella gustosa aceptó. Necesitaba desconectarse y sobre todo, desestresarse. Sentía que su trabajo la absorbía cada vez más.

–¿Sabes? Creo que trataré de tener libres el viernes y el lunes, así podremos tener un largo fin de semana por allá.

La besó en la mejilla.

–Me parece perfecto. ¡Trato hecho! Nos vemos el próximo fin. Se despidió y salió.

Al siguiente día, se juntaron en la bodega, que ahora era el estudio. Cuando les explicó lo que sentía, los demás aceptaron. Parecían aliviados. Así que Sebastián, hizo cita con un reportero y dio a conocer los planes que tenían. Hubo gran revuelo al publicarse la noticia.

Mientras tanto, Manuel llamó a Cordelia muchas veces, sin conseguir que le contestara. El miércoles en la noche fue a su casa dispuesto a hablar con ella. El mayordomo abrió la puerta, y como nunca, le pidió que esperara, ni siquiera lo hizo pasar. Después de unos minutos, salió Amalia y le pidió que se fuera, que su hermana no deseaba hablar con él, que no quería verlo nunca más.

–Necesito hablar con ella. Le debo una disculpa y una explicación –imploró.

–Lo siento, Manuel, es mejor que la dejes en paz.

Él no contestó, asintió con la cabeza y se retiró. No volvió a insistir.

El jueves en la noche, decidió irse a dormir a casa de Clara, así saldrían temprano hacia Real, al día siguiente.

Se sentaron en los sillones, con sus tazas de café, a platicar.

—Me da mucho gusto que hayas reconocido tus errores. No es nada fácil —reconoció Clara.

—Me llevó muchos años reconocerlos al fin. Y sí... ¡Es muy difícil!

—¡Pero lo lograste! Es lo que cuenta y te felicito. No sabes el coraje que me da siempre que llega alguien, después de una ruptura en una relación o un divorcio y culpan a la expareja. ¡Siempre es la culpa del otro! Tengo ganas de que un día me diga alguien "me divorcié porque soy un egoísta y no valoré la mujer que tenía", o al revés, una mujer que acepte su culpa. Creo que no viviré para oírlo —se lamentó.

—Creo que eres muy dura con los demás, demasiado dura.

—Sí, tal vez. ¿Pero no te has dado cuenta de eso?

—¡Ay, tía! Si hubiera más gente como tú, el mundo sería distinto.

—De lo bueno, poco. Bromeó. Dio un vistazo a su reloj y continuó:

—Creo que es mejor dormir, para salir temprano. ¿Desayuno en el camino? —sugirió.

—Me parece muy bien. Yo también estoy cansado, ha sido una semana muy tensa. Le dio las buenas noches y se dispuso a dormir.

***

Laria estaba muy emocionada y bastante triste. Le dio mucha alegría saber lo que sentía por Idunn y bastante tristeza por todos los años que desperdició.

Comprendió el por qué de su reacción cuando le dijo que Idunn se habría sentido igual de emocionada al encontrarlo, hacía unos días. Quería decirle tantas cosas, pero sintió que no le correspondía a ella, ya Idunn lo haría, estaba segura.

—Si vas a llorar así, será mejor que no siga —sentenció, una vez más.

—¡No seas así! Es que... Son tantas emociones... —tomó una servilleta para secarse las lágrimas. —O sea que lo de Astrid fue sólo una ilusión. Yo pensé que se amaban —estaba dolida.

Se acercó a ella y la abrazó.

–Lo sé. No te preocupes. Entiendo que han sido demasiadas sorpresas en tan pocos días –trató de hacerla sonreír, sin lograrlo y continuó:

-Fue una especie de amor, no lo niego; como te dije, hay muchas formas de amar. Fue algo que ella añoraba, recuerda que estaba a unos meses de casarse cuando Masha y Vladim la hicieron una de ellos. Yo le provocaba esa nostalgia. En el fondo, los dos sabíamos que era algo imposible, una relación sin futuro.

–¿Sabes? Clara tiene toda la razón, todos tenemos un vampiro en nuestras vidas –dijo pensativa.

–¿Y se puede saber quién es el vampiro en tu vida?

Laria se cubrió la cara con ambas manos.

–¡Ay, no, no preguntes eso! –exclamó avergonzada.

–¡Ah! O sea que yo debo confesar mi vida, pero no puedo saber tus cosas. ¡Eres injusta!

–No, no, no es eso…

A Manuel le pareció extraño su comportamiento.

–¿Es alguien que yo conozco, acaso?

–Síiiiii... Pero fue un amor de niña, sólo ilusiones.

–Está bien, amor infantil... Pero ¿se puede saber quién?

Agarró valor y dijo:

–Desde el primer instante que conocí a Rogelio, quedé perdidamente enamorada de él –confesó, cerrando los ojos con fuerza, al terminar de decirlo.

Manuel soltó una sonora carcajada.

–¿Qué? ¿Rogelio? ¡Pero si era muy viejo para ti! Nunca lo imaginé... Disimulaste tu amor bastante bien todos estos años –comentó divertido.

–Ya lo dije, ¡era enamoramiento de niña! Por supuesto, sabía que no me casaría con él... Pero quedé prendada. ¡Era tan guapo! Su blanca piel, su cabello negro y sus ojos color miel, su boca y su irresistible sonrisa...

–¡Oye, espera! Si sigues, harás que yo también me enamore de él –bromeó.

–Bueno, así lo veía yo. Las veces que me llevabas a los ensayos o a las presentaciones, no podía dejar de verlo. Cuando él me miraba y me guiñaba el ojo, sentía que me derretía, podías oír los huesos de mis rodillas que temblaban. Y mis ilusiones se desvanecían cuando lo veía con la chica de turno. Aunque nunca perdía por completo mis ilusiones.

–Fue tu amor platónico. Lo comprendo... Pero quién lo diría.

–¡Ya, por favor! Me da pena reconocerlo, a nadie le había contado sobre esto... Bueno a Dina, pero nada más... También tienes que contarme cómo fue que encontraste a Gina... Tan bien que me cae, la aprecio bastante. Nunca le agradeceré suficiente todo lo que hace por ti.

–¡Calma, calma! Para allá voy –aseguró entre risas y continuó hablando.

32

Cuando llegaron al hotel y subieron a su recámara, Clara sacó un montón de cartas y las distribuyó sobre la cama.

Manuel la miró estupefacto.

—¡Dijiste que te querías desconectar! ¡Me has tomado el pelo!

—No... No me malinterpretes. Hoy no debía trabajar, pero... Bueno, sólo unas cartas y termino mi artículo, lo debo entregar sin falta el martes. ¡No puedo fallar! —se disculpó. -Ve a dar una vuelta por el pueblo y nos reunimos a comer en el restaurante... Como a las cinco. ¿Está bien? —lo miró suplicante.

—Está bien. A las cinco, ni un minuto más.

El día estaba hermoso, como a Manuel le gustaba, el aire frio y el sol radiante. Después de dar algunas vueltas, se sentó en una banca, cerró los ojos y expuso su cara al sol, alegre y relajado.

—¡Hola, joven! ¿Cómo está? —oyó una voz femenina, que lo sacó de sus pensamientos.

—¡Hola, señorita! ¿Cómo está? —No la reconoció, pero no quiso ser descortés. Se acomodó los lentes de sol, tratando de recordarla.

—¿No se acuerda? Ya tan pronto se olvidó de mi. Soy Georgina, la mesera... Usté es el sobrino de la licenciada Salas. ¿Verdá?

—¡Oh, sí! ¿Cómo has estado?

—Aquí, matando el tiempo... Me corrieron del restaurante, ¿sabe? —bajó la mirada, clavándola en sus desgastados botines de cintas.

—¿Por qué te corrieron? -le pareció descortés no preguntar.

—Una noche, un cliente borracho... Me agarró el trasero... Y le solté tremenda bofetada... Y como el cliente siempre tiene la razón, pos esa fue mi última noche allí... No debí de haberlo cacheteado, lo sé —habló aflijida.

—¡Claro que debiste! Hiciste bien, Georgina —la animó. —Si no te respetan, debes hacerte respetar

Ella se ruborizó.

—¡Ayyy, jóven!... Usté, retefamoso... Ayyy, me siento como una reina. Estaba muy emocionada, se cubría la cara con ambas manos. —Pero, bueno... Y usté, ¿no necesita una secre, alguien que le pase recados y conteste el teléfono? Bromeó, tratando de cambiar de tema.

Manuel sonrió y después de un rato contestó:

-Sí. ¿Estarías dispuesta a irte a Monterrey?

-Éjeleee, me esta vacilando, ¿verdá?

Él negó con la cabeza.

-No. Lo digo en serio —confirmó.

—¡Estoy disponible!... Sí, sí... Sí acepto —era un manojo de nervios. Reía y lloraba al mismo tiempo. Todavía no lograba asimilarlo.

Manuel se puso de pie. —Está bien, nos vemos el lunes... En la recepción del hotel —dijo antes de marcharse.

Al regresar al hotel, le explicó a Clara lo sucedido y auque no estuvo de acuerdo, no tuvo más remedio que aceptar su decisión.

El lunes, Georgina estuvo muy puntual. Durante el trayecto, Clara le hacía preguntas, y aunque era necesario enseñarle buenos modales y a hablar correctamente descubrió que era divertida, lista y muy ocurrente. Pensó que, después de todo, Manuel había hecho una buena elección.

—Lo que sí le pido, joven, es que me deje cambiarme el nombre —pidió, un poco apenada. —¡No me gusta! —aseguró.

—¡Oh! Te gustaría un nombre más artístico. Bromeó Clara.

—Sí —contestó segura. —Georgina de Zacarías Mandola. ¿A quién le gusta eso? —comentó molesta.

Manuel y Clara rieron.

—Y que te gustaría, ¿entonces? —preguntó Clara divertida.

Georgina lo pensó por unos instantes. —Mmmm... No sé... Mmmm... Mmmm... ¡Qué les parece Gina Zacs! —exclamó triunfal.

—¡Gina Zacs! Gina Zacs... Me gusta —confesó Manuel.

—A mi también, suena muy chic —agregó Clara.

—Pues desde este momento seré Gina Zacs —aseguró orgullosa. —Vida nueva, nombre nuevo —concluyó.

$$***$$

—Esa sí que es una historia de cenicienta. Te quiere mucho, Manuel. Le diste una oportunidad de oro, que nunca esperó —comentó Laria.

—Sí, lo merece y le estoy muy agradecido de todo lo que hace por mí. La verdad, no sé qué haría sin ella.

33

Mientras Manuel disfrutaba de su trabajo en el estudio de grabación y componía sus canciones, Gina seguía preocupada por su soltería y le arreglaba citas con chicas que consideraba buenas candidatas; pero al poco tiempo se desilusionaba al ver que no llegaban a nada.

–Gina, por favor, no más citas con fines románticos. Eso llega solo, el día que me llegue el amor, serás la primera en saberlo.

Sin embargo, esa noche no pudo dormir. ¿Qué le sucedía? ¿Por qué no se interesaba en ninguna mujer? Bueno, se interesaba en las chicas, pero sólo se involucraba en relaciones superficiales. No llegaba a nada formal, con ninguna de ellas. Ya no era el fantasma de Astrid, eso ya lo había superado. Le vinieron a la memoria imágenes de los últimos meses que pasó en Noruega, cuando se disponían a celebrar el fin de cursos.

Todos estaban felices y hacían planes para la fiesta de graduación. Lars iría acompañado de Berit, Manuel le pidió a Idunn que lo acompañara y ella feliz aceptó. Ya tenían el salón y habían contratado una banda musical y las chicas preparaban sus vestidos con esmero.

Manuel no hablaba de los preparativos con Astrid, sabía que sentía celos de Idunn y le había pedido que no la mencionara.

¿Los celos de Astrid habrían sido lógicos y él no se daba cuenta? Tal vez, por lo que ella le insistía:

—Vámonos a un lugar lejos de aquí en el que podamos vivir, sin que nos molesten —imploraba Astrid.

—No es tan fácil —era su respuesta.

Los meses se fueron más rápido de lo que hubieran deseado. El día de la graduación llegó. La noche anterior Astrid le pidió que se amaran por última vez y él se negó contestando:

—Nos vemos mañana —le dijo con una expresión de impotencia que a ella no le pasó desapercibida.

Astrid se fue y Manuel bajó a la cocina por un vaso de leche, sabía que al regresar a su cuarto ella ya no estaría. Se sentía cruel y ruin, pero no quería hacer más difíciles los últimos momentos. Tal vez Vladim y su padre tenían razón, ¿para qué seguir viéndose esos últimos meses? Estaba furioso, no quería renunciar a ella. ¿Con que autoridad se inmiscuían en su vida? ¿Por qué decidían su futuro?

Sintió un agudo dolor en el abdomen. Sólo un par de días y se iría para siempre. Sintió unas ganas incontrolables de gritar y llorar, pero se contuvo. Se acercó al cajón de los cuchillos y sacó el más grande y afilado. Temblaba de coraje. Lo puso sobre las venas de su muñeca izquierda, cerró los ojos y empezó a cortar.

—¡Noooo! ¿Te has vuelto loco? —gritó Astrid al tiempo que le detenía la mano y le quitaba el cuchillo.

—¡Suéltame, ya no puedo más! —exclamó compungido y cayó de rodillas. —Sólo quiero estar junto a ti... Nada más importa ya.

—Me fui pero sentí que algo no andaba bien. ¡Imagina si no llego a tiempo! Si algo te hubiera pasado, ¡nunca me lo perdonaría Maniuel!

—¿A quién le importa mi existencia?

—¡No digas eso! ¿Piensas que yo no he tenido ganas de dejar de existir? ¿Crees que eres el único que sufre en este mundo?

Él no supo que decir, ella tenía toda la razón.

Subieron a su recámara. Le hizo señas de que se acostara a su lado. Ella obedeció y él la estrechó entre sus brazos.

–Gracias por haber regresado.

Ella se abrazó a su cuerpo sin contestar. Permanecieron en silencio, hasta que la alarma del reloj sonó.

La ceremonia sería en el gimnasio de la escuela. La cena y el baile en el salón de fiestas, y a las diez de la noche, todos se reunirían en la casa de Helga, para seguir festejando.

La ceremonia fue algo aburrida, todos querían que terminara para irse al baile, al que irían después de festejar con sus familias.

En el camino hacia su casa, Manuel fue a encontrar a Astrid, quería despedirse de ella. Sería su último adiós. Tomó el camión hasta la playa, ella lo esperaría en las rocas, como de costumbre. Cuando se dirigía hacia ella, sintió un agudo dolor en el pecho y las piernas le temblaron.

No pudo contener el llanto. No pudo decir nada.

Astrid lo abrazó. Lo besó en las mejillas y en la frente.

–¡Vámonos, Maniuel! A cualquier otro lugar. Sólo vámonos de aquí –le rogó, una vez más.

El negó con la cabeza.

–Te amo, nunca te olvidaré –dijo Astrid con voz entrecortada.

-Yo tampoco te olvidaré –dijo él y la estrechó con fuerza entre sus brazos.

No dijo más, se dió la media vuelta y se retiró. Aunque escuchó que ella lo llamaba desesperada, no se quedó, para no alargar más ese doloroso momento.

Pero al oír sus gritos cada vez más cerca, se detuvo por fin y volteó a verla. Ella caminaba hacia él.

–¡Maniuel! ¡Maniuel! No te vayas, por favor –le suplicó con un hilo de voz. El sol brillaba. Ella había salido de las sombras, lo seguía. Parecía desvanecerse. Manuel no supo qué hacer, se sintió confundido. ¿Qué hacía Astrid bajo el sol? Al fin reaccionó y trató de correr hacia ella. Tenía que llevarla de nuevo a la sombra. Pero ella se esfumó, desapareció ante su vista, sólo a unos pasos de distancia. Todo fue tan rápido.

–¡Aaaastriiiid! –dio un grito desgarrador. –¡Aaaastriiiid! –cayó de rodillas y desconsolado lloró. –¡Astrid! ¿Pero qué he hecho? –se lamentaba. Tuvo miedo, pero no la vio por ningún lado.

Cuando se repuso, corrió hacia su casa. Sus padres estaban preocupados por él. Tamara había comprado un pastel, para celebrar su graduación. Él no les había dicho cuáles eran sus planes, seguía enojado con ellos. Lo oyeron llegar y lo vieron subir corriendo hacia su cuarto. Todos se quedaron en la sala, sin saber qué hacer.

–¿Ya podemos partir el pastel? –preguntó Laria, al ver que nadie decía nada.

Tamara asintió y la acompañó a la cocina, en silencio.

Manuel se dejó caer sobre la cama y lloró amargamente. Al fin podía desahogarse. Eran muchos los sentimientos, que se agolpaban en su pecho, al mismo tiempo. Lloró sin poder contenerse, las lágrimas le brotaban sin control, hasta que unos fuertes golpes en la puerta, lo sacaron de su profundo dolor.

–¡Déjenme en paz! –pidió con voz entrecortada.

Tamara abrió la puerta, no le hizo caso, se sentó al borde de la cama.

–No, Manuel, no me iré –le aseguró con voz suave. –No me gusta verte así. Sé que es difícil ... Pero con el tiempo...

–¡Sí, ya lo sé! Con el tiempo comprenderé que ustedes tuvieron la razón. ¿A quien le importa lo que siento? ¡Por favor déjenme en paz! Dejen que pague por todo lo que ocasioné –sintió coraje decir, lo que no quería aceptar. Pensaba en Astrid. ¿Qué le había sucedido? ¿Se había esfumado con el sol? ¿Se había desintegrado? Estaba muy nervioso. Reconoció que había sido un cobarde al no buscarla, al no ir a La Olla y averiguar lo que había pasado con ella. ¿Seguiría viva?

Tamara se dio por vencida, sabía que de seguir ahí, sólo empeoraría las cosas.

–Idunn llamó, dijo que te espera a las cuatro y media. Se puso de pie y salió de la habitación.

Manuel no sabía qué hacer. Era ya muy tarde, sólo tenía una hora para bañarse e ir a recoger a Idunn. No le quedaba tiempo suficiente, para ir a la playa, en busca de Astrid. Ella, que tanto se cuidaba del sol, ¿por qué tenía que salir de las sombras? ¡Precisamente ese día!

Agarró unos jeans y una camiseta azul claro, una camisa de franela por si hacía algo de frío. Metió las cosas en un maletín, junto con una chaqueta ligera. Se dirigió al baño, a lavarse la cara con agua fría, eso lo calmó un poco. Bajó a la sala y avisó que salía a la fiesta, que después irían con Helga y allá dormirían.

—No me esperen —dijo secamente y salió.

La fiesta estuvo muy divertida. Idunn y Manuel se sentaron en la misma mesa, con Lars y Berit.

Aunque no lo esperaba, Manuel se divirtió. Mientras lo recordaba, se preguntó cómo pudo casi olvidarse de Astrid. Pero lo cierto es que así había sido. Bailó con Idunn, hasta la última canción. Ella estaba radiante, no podía disimular la emoción que sentía por tener a Manuel como su acompañante. Esa emoción lo dominaba ahora a él al evocarla, ¿después de tantos años?

Rumbo a la casa de Helga, Manuel y sus acompañantes se detuvieron en el restaurante que frecuentaban después de ir al cine. Pidieron pizza y compartieron un postre.

—Tanto bailar me abrió el apetito —comentó Berit.

—Nunca había bailado tanto en una fiesta —confesó Idunn.

—Y a mí, nunca me habían pisado tanto en una fiesta —bromeó Manuel.

—No soy mala bailadora, ¡eres un mentiroso! —dijo Idunn.

—No, no lo eres —aseguró Manuel y sin pensarlo, la besó en la mejilla.

Idunn se ruborizó. Sintió su corazón estallar de felicidad. Berit la miró con tremendos ojos, emocionada.

No era la primera vez que Manuel evocaba ese momento tan inocente, pero que fue tan importante para los dos. ¿Importante para los dos? Se preguntó si Idunn también lo recordaría.

Desde que llegaron a casa de Helga, Manuel empezó a tomar cerveza, y como no era su costumbre, al poco tiempo, empezó a mostrar los efectos del alcohol. En un principio, Idunn se molestó pero él la abrazó y le besó la frente.

–No te preocupes, no pasa nada –le aseguró. -Ven, vamos a bailar. La tomó del brazo y la llevó al área que habían destinado como pista de baile. Cada dos canciones, se dirigían a tomar algo. La noche estaba clara, el sol de medianoche, brillaba en el horizonte. La música no dejaba de sonar y se detenían en los diferentes grupos a platicar, en su camino a la pista de baile.

Cuando pusieron la música suave, Manuel la abrazó fuertemente y ella le rodeó el cuello con sus brazos. Bailaban muy juntos, él la apretó aun más fuerte. Iba a decir algo, pero él puso los labios sobre los suyos. Manuel la besó apasionadamente. Ella le correspondió, había esperado tanto ese momento, no se quería separar de él, quería que la canción nunca terminara.

En una pausa, Manuel platicaba con Lars, animadamente. Idunn se les unió y Manuel le pasó el brazo por los hombros. Ella le sonrió y él la besó en la boca de nuevo, ante el sorprendido Lars. A lo lejos, Berit le hizo señas, para que los dejara solos.

–Bueno, nos vemos al rato –les dijo, pero no lo oyeron, siguieron muy ocupados en lo que estaban.

La música sonaba, pero Manuel ya no quería bailar. Agarró cuatro cervezas y propuso:

–¿Qué te parece si buscamos un lugar tranquilo para sentarnos?

Idunn asintió con la cabeza, no le salió la voz, como si se sintiera en un sueño del que no quería despertar.

–¿No crees que ya has tomado suficiente? –dijo Idunn al ver que empezaba a perder el balance y tenía los ojos vidriosos.

–Estoy bien, no te preocupes. Es nuestra esperada graduación –trató de animarla. -¿Nos sentamos aquí? –dijo Manuel al fin.

–Me da igual el lugar. Quiero estar contigo –le confesó Idunn con voz temblorosa.

Manuel puso las botellas sobre el césped, se quitó la chaqueta y la extendió para que ella se sentara. Él continuaba bebiendo mientras hablaban. Ella lo miraba preocupada. Él la besó en la mejilla y le susurró:

—Eres muy hermosa Idunn. Le tomó el rostro entre sus manos y la besó en los labios.

Ella se dejó llevar. Se acostaron sobre el pasto y se siguieron besando y acariciando. Besos y caricias que fueron subiendo de tono. Estaban embriagados de placer. Poco a poco, Manuel sintió que todo le daba vueltas y se detuvo. Ella lo volvió a besar, no estaba dispuesta a dejarlo ir. Manuel no pudo más, se sentó rápidamente y se presionó las sienes con ambas manos. Había bebido en exceso, se dejó caer pesadamente sobre la espalda e inesperadamente se lanzó a llorar.

—Todo me da vueltas —dijo apenas.

Idunn se sintió desesperada, no podía dejar pasar esa oportunidad. Él estaba casi inconsciente, ¡estaba ebrio! Trató de enderezarlo, pero estaba muy pesado.

—Párate, Manuel, vámonos a una de las habitaciones, es mejor que nos vayamos a descansar —trató de disuadirlo.

Él no respondía, la veía con los ojos entrecerrados. Balbuceaba cosas inentendibles.

—¡Levántate, no puedo contigo! —le ordenó, sin obtener respuesta. No sabía qué hacer, no podía levantarlo. Fue a pedirle ayuda a Lars que se sorprendió de verlo tan mal.

—¿No crees que será mejor llamarle a su padre para que venga por él? —sugirió.

—¡No! Pronto se le pasará, sólo ayúdame a meterlo en la casa. ¡Por favor! No se preocupen —les aseguró una vez más.

Lars batalló para levantarlo, aunque las dos le ayudaron. Manuel no reaccionaba. Al subir la escalera, le pidieron a Berit que se adelantara, que buscara una habitación.

Lo colocaron sobre la cama.

—¿Estas segura que estarás bien? —Berit la miró preocupada.

Manuel balbuceó algo. Idunn aprovechó la ocasión. —¡Sí! Ya ven, pronto estará bien —les abrió la puerta para que salieran, agardeciéndoles una vez más. Y regresó a la cama y se acomodó junto a él.

Al siguiente día, cuando Manuel abrió los ojos, oyó que alguien le hablaba.

—¡Buenos días! —lo saludó una cantarina voz al oído. —¡Holaaa, holaaa!

Volvió a cerrar los ojos tratando de poner orden en su atolondrada cabeza. Le agradó sentir el cuerpo tibio y desnudo junto al suyo. El tibio brazo sobre su pecho. De repente reaccionó. ¿Tibio? ¡Pero si Astrid está fría! Volteó rápidamente a su lado, para descubrir el sonriente rostro de Idunn. La alejó de su cuerpo al instante y se sentó sobre la cama.

Se sentía embotado, parpadeó varias veces, sin lograr reconocer el lugar en donde estaba. Volteó confundido a su alrededor. No estaba en su habitación, tampoco en la cabaña donde pasó los fines de semana con Astrid. Le clavó la mirada a Idunn.

—¿En dónde estamos? ¿Qué ha pasado? —estaba angustiado. Vio su propia desnudez y la de ella, que apenada, se cubrió con la colcha.

—¡Estamos en casa de Helga! ¿No lo recuerdas? —lo interrogó con los ojos húmedos.

Manuel se puso de pie y empezó a vestirse, apresuradamente. Estaba furioso.

—¿Por qué estamos aquí? —no recordaba nada. Perdió el equilibrio y se tambaleó, se detuvo en la cama a tiempo para no caer. No se sentía bien, sentía el estómago revuelto y la cabeza que no dejaba de darle vueltas, todo le molestaba.

—¿No recuerdas nada? —preguntó Idunn con profunda tristeza.

Intentó calmarse, se sentó con cuidado en el borde de la cama.

—Discúlpame, pero me siento mal. Siento la mente en blanco.

Ella hizo un gran esfuerzo para no llorar. La noche más feliz que había tenido, junto a el hombre que amaba, y él no recordaba lo sucedido. Quedando en el olvido todas las caricias, besos y palabras de amor que le brindó.

—Nada, no pasó nada —le aseguró.

–¿Y por qué nos quitamos la ropa?

–Tomaste demasiado y bailamos mucho, estábamos rendidos y acalorados, hacía mucho calor –se notaba que Idunn luchaba por contener las lágrimas.

–Esperaba que fuera verdad lo que oía. Forzando una sonrisa se despidio:

–En verdad te veías hermosa ayer. Hablamos pronto. Quizo decirle más pero un nudo en la garganta se lo impidió. Salió de la habitación cerrando la puerta cuidadosamente.

Cuando llegó a casa, Laria corrió a saludarlo.

–¡Manuel! ¡Manuel! ¡Qué bueno que llegaste! ¿Quieres pastel? –se le echó de un salto al cuello, como era su costumbre. -Te guardé un pedazo, pero si no lo quieres, ¿me lo das?

Tamara se acercó y preguntó:

–¿Cómo la pasaron?

–Bien –contestó agriamente. –Me duele mucho la cabeza.

–Ven Laria, déjalo descansar.

–¿En verdad no quieres pastel? –insistió la pequeña.

–No. Estoy cansado. Más tarde... Cómetelo tu, no hay problema. Le sonrió levemente y se retiró a su habitación. -¡No me pasen llamadas! –les gritó antes de cerrar la puerta.

Manuel se sentía desconcertado. ¿Qué había pasado la noche anterior? ¿Fue él quien sedujo a Idunn? No estaba muy seguro. Aparecían en su mente, imágenes sin sentido. ¿La había besado? Tal vez, pero un beso no es tan importante. ¿Le había dicho que la quería? No, imposible. ¿Había tenido relaciones con ella? No, estaba bastante ebrio. Tal vez en la borrachera sólo se desvistieron y se quedaron dormidos... Sí, así debió ser, traían puesta la ropa interior. De otra forma lo recordaría. Por supuesto, no debía ni pensar en eso. Si hubiera pasado algo así, no lo olvidaría. No había por qué darle más vueltas al asunto. Idunn quería que las cosas parecieran lo que no eran, estaba seguro de eso.

Erik tocó a la puerta.

—¿Manuel, estas dormido? —preguntó antes de entrar.

—¡Adelante! —contestó con voz ronca.

—¿Ya terminaste de empacar? Tenemos que salir muy temprano mañana.

—Me falta muy poco. No quiero llevar tanto, tampoco puedo llevar todo lo que quiero —contestó con sarcasmo.

—Nos gustaría que cenáramos juntos. Laria no quiso ir con Dina, dijo que festejaríamos tu graduación.

Pensó que era su última noche en la isla y era lo menos que podía hacer.

—Está bien —dijo con desgano. —Pero por favor, nada de melodramas ni lágrimas —exigió.

Erik asintió y se disponía a cerrar la puerta, cuando lo detuvo.

—¡Papá! Me siento muy mal, tome más de la cuenta... ¿Qué debo hacer?

—No te preocupes, te traeré unas tabletas. Te sentirás mejor de inmediato. Cerró la puerta y se alejó.

Manuel esperó a que le llevara las tabletas. Después de tomárselas se dispuso a terminar de empacar. Se sentía intranquilo. Quería saber qué había pasado con Astrid, pero no dejaba de pensar en Idunn. Decidió darse un regaderazo para despabilarse un poco.

***

Laria lloraba sin poder controlarse. Casi no recordaba ese último día que él estuvo en casa.

—Pero no te pongas así, eso pasó ya hace mucho tiempo. Ni siquiera te diste cuenta.

—Eso es lo que más coraje me da. Todo lo que pasaba a mi alrededor y yo ni cuenta me di de nada. ¿Cómo pude ser tan ciega? ¡Qué tonta fui! Nunca me lamentaré lo suficiente —se recriminaba nuevamente. —Pero dime, ¿que pasó con Astrid? ¿No la volviste a ver? ¿Sigue viva?

Meneó la cabeza antes de contestar.

—No lo sé, nunca la volví a ver, ese era el acuerdo. Leí mucho sobre vampiros y vi todas las películas sobre vampiros que salían.

En un principio, pensé que se había desintegrado con el sol. Después, supe que no se deshacen con los rayos solares. Dicen que el sol los debilita, pero no los desintegra. Todo fue tan rápido, el sol encandilaba mis ojos, tuve tanto miedo, creo que seguirá viva. De haber pasado lo contrario, papá me hubiera dicho algo, estoy seguro. Al menos a ese pensamiento me aferré todos estos años. También creí que Masha o Vladim la levantaron y la llevaron a las sombras de nuevo, o alguno de ellos. Fui un cobarde, lo sé.

—Bueno, y qué pasó la noche de graduación. Estuviste con Idunn, ¿no es así?

Esa parte, lo que pasó en casa de Helga, no se la contó.

—No lo sé. Después del salón, nos fuimos a cenar pizza y de ahí a casa de Helga. Y aunque no lo creas, no pasó nada. Me emborraché y me quedé dormido. Al despertar, regresé a casa y cenamos juntos. ¿No lo recuerdas? —esperaba que creyera su versión.

Laria empezó a llorar de nuevo, con mucho sentimiento.

—¡Pobre Idunn! Una noche tan importante y tú te quedaste dormido, ¿y además borracho? ¡Vaya acompañante! —no podía creer lo que oía. Sintió una profunda pena por ella.

—Fue un día desastroso para mí. Sólo quería emborracharme y olvidar mi existencia —confesó con un nudo en la garganta.

Laria comprendía ahora el gran temor de Manuel por hablarle.

—Sé que me comporté como un idiota.

—Como el vampiro de Idunn —dijo Laria.

—Tienes razón. No lo había pensado. Pero ya no soy el mismo tonto inmaduro de esa época. No tengo la más mínima esperanza de que Idunn quiera hablar conmigo, y no la culpo. De todos modos, le llamaré más tarde para invitarla a tomar un café o a cenar. ¡Con nulas expectativas! —reconoció con pesadumbre.

Ella trató de disimular la emoción que sintió. Sacó su teléfono celular y se lo entregó.

—Ten, quédate con él. Llámala y cuando termines me lo regresas. Ahí tengo sus teléfonos, en la lista de contactos.

–No estoy muy seguro... Tal vez no sea buena idea... Tal vez no quiera ni verme –sintió pánico.

–No lo sabrás hasta que lo hagas.

–Tienes razón. Y si no me quiere hablar ni ver, me lo merezco –confesó con resignación. Se puso de pie. –Pues ya sabes toda mi vida.

–Bueno, casi toda, me imagino que algunas cosas muy íntimas, las seguiré ignorando –dijo con picardía.

–No, no lo creo –bromeó.

–No me dijiste que sentías al besar a ...

–¡No empieces! –la interrumpió y salió rápidamente, oyendo su risa atrás. Se dirigió a su habitación, era buena hora para hablarle a Idunn. Nervioso, buscó su número y le llamó.

34

Laria seguía en la terraza, sentada sobre el sillón, leyendo una revista. Manuel entró de repente, sonriente y con la respiración entrecortada y la sobresaltó.

—¿Qué pasó?

Se dejó caer en el sillón, antes de poder hablar.

—Le llamé a Idunn y después de saludarla y hablar del clima y del viaje, la invité a cenar. Y ella, ¡aceptó! Mañana la recojo a las cinco de la tarde —dijo Manuel, emocionado.

—¡Qué alegría escuchar eso! Aventó la revista sobre la mesa de centro. —¿Y a dónde la llevarás? ¿Qué te vas a poner? Debes ir muy guapo.

—No lo sé. ¿Qué restaurante me recomiendas?

—¿De qué tienes ganas? Comida francesa, italiana, española, algo formal o informal. ¡No te creas! No hay mucho dónde escoger. Sólo tres restaurantes, pizzas o un poco de todo y el Café junto al cine. Tú escoges.

—Ya me habías asustado. Y si la dejo a ella escoger, ¿que piensas? Se sentía, como un adolescente en su primera cita.

Laria lo miró con ternura.

–Tal vez, al que tiene un poco de todo. Así tendrán más opciones. Aunque olvídate del alcohol, por si acaso…

–Tienes razón. Muy buena elección –aunque su entusiasmo era tal que todo le hubiera parecido bien. -Aquí tienes. Le regresó el teléfono. - Creo que me voy a dormir. Nos vemos mañana. Se acercó para besarla.

Ella lo abrazó con fuerza.

–Gracias, Manuel, por platicarme lo que no conocía de tu vida. Ya no te siento tan lejano, ya no eres un desconocido para mi. Lo que la llenaba de alegría.

–Me da gusto saberlo.

Lo miró apenada.

-Debo confesarte que en ocasiones tuve miedo de que dijeras que te habían convertido en vampiro. No podía dormir pensando que aparecerías frente a mi cama con enormes colmillos junto con Vladim. ¡He estado tan nerviosa estos días!

El se echó a reir.

-¡Qué barbaridad! Me siento culpable de haberte tenido tan estresada. Pero bueno, ya sabes que no fue así. Ya conoces toda mi historia y de ahora en adelante, así será. Te lo prometo. La besó en la frente y se retiró a su recámara. Sabía muy bien que también esta noche le sería imposible dormir.

Y cuando abrió un ojo para ver el reloj, ¡eran las nueve de la mañana!, hacía tan solo tres horas que se había dormido. Deseaba seguir un poco más, pero escuchaba el ruido en la cocina y, además, en cuanto recordó el encuentro que le esperaba esa noche, supo que ya no conciliaría el sueño.

Todo el día la pasó silbando sus canciones favoritas, derrochando alegría y tratando de controlar sus nervios. Laria lo notó y trataba de tranquilizarlo.

–No sabré qué decirle…

–¡Basta! No te tortures. Ahora son dos adultos, maduros y con experiencia. Tendrán mucho para contarse. Sólo sé tu mismo y todo estará bien. Y si no es lo que esperan, pues no se vuelven a ver y se acabó. No hay nada que perder —quiso aparentar que no le daba tanta importancia, pero ella estaba tan nerviosa como él.

—Sí, para ti es fácil decirlo. Pero tienes razón. Si las cosas se ponen difíciles, pues la llevo a su casa y ¡hasta nunca! Miró su reloj, por énemisa vez. —Creo que es hora de prepararme. Sintió mariposas revolotear en su estómago.

—¿Prepararte? Son las dos de la tarde, apenas.

—¿Por qué las mujeres piensan que nosotros estamos listos en cinco minutos? Tengo que ver lo que me voy a poner, tal vez necesite planchar el pantalón o la camisa, me tengo que rasurar y bañar, y faltan sólo tres horas.

—Y colocarte una mascarilla, perfumarte, cepillarte los dientes y arreglarte el cabello —dijo Laria entre risas.

—¡Entonces ya no tendré tiempo para todo, no había pensado en lo que dices! —bromeó. —Será mejor que me apure, no pienso empezar con malas impresiones llegando tarde —le guiñó el ojo y salió de la sala.

A las cuatro y media volvió a la sala. Laria, seguía sobre el sillón, leyendo un libro. No pudo disimular su sorpresa al ver lo bien que se veía con unos jeans en color negro y una camisa en un tono morado oscuro, con finísimas rayas, verticales negras.

—¡Te ves muy bien! —exclamó emocionada.

—Creo que no muy formal, pero tampoco como si fuera a un día de campo —le explicó.

—Estas perfecto, Manuel. ¡Y hueles delicioso! Cerró los ojos, aspirando el aroma de su colonia.

La besó en la mejilla.

—Bueno, me voy. Espero, no estar de regreso en media hora.

Ella lo animó.

—No, se la pasarán de lo mejor, ya verás.

—¿Quieres que me lleve la llave de la casa?

—¡No! Estaré esperando. Me tienes que platicar cómo te fue. Lo sentenció.

—¡Laria! ¡Por favor!

—Ya vete, no pierdas más tiempo. Recuerda que no debes llegar tarde. Lo apremió.

Manuel meneó la cabeza resignado y salió.

Al llegar a casa de Idunn, sintió que el estómago se le contrajo en un puño. Le temblaba la mano al tocar el timbre.

Idunn no tardó en abrir.

—¡Hola! —Lo recibió sonriente, pero no lo hizo pasar.

Manuel la besó en la mejilla.

—¡Hola! Estas muy guapa —la saludó y se tranquilizó al verla tan sonriente. Se veía hermosa con sus jeans azules y la blusa pegada al cuerpo, color naranja muy claro. Una chaqueta de piel, color café, muy estilizada que hacía juego con sus botas y su bolso. Un collar largo en tonos naranjas y cafés, en juego con los aretes. El rubio cabello lo llevaba suelto y un maquillaje fresco y natural.

—Tú también, te ves muy guapo. Le regresó el cumplido, mientras cerraba la puerta de la casa con llave.

—¿Que te parece si vamos al restaurante que está frente al parque? —Al menos, ya no sentía que temblaba.

—Sí, esta bien. Además, no tenemos muchas opciones. Rió, para calmar sus nervios.

Caminaron y hablaron, sintiéndose cada vez más tranquilos. Platicaron de cosas superficiales, cómo él decía, de todo y de nada a la vez.

En el restaurante, no había mucha gente y escogieron la mesa frente a la gran ventana, desde la cual podían ver el parque.

—¿Ves algun conocido entre los asistentes? —preguntó Manuel, un poco incómodo al verla mirar alrededor.

—No. Bueno, de los de nuestra generación, casi no queda nadie aquí ahora. La gran mayoría, se va de vacaciones a España o Grecia, Turquía.

Se sintió aliviado. Ordenaron la cena y platicaron sin descanso. Hablaron de sus años en la escuela, de sus maestros y compañeros. Reían de las situaciones embarazosas y las cosas que se les ocurrían en esa época.

Fueron cuidadosos, de no tocar, temas delicados o desagradables. Y sin sentirlo, pasaron las horas. Disfrutaron mucho el estar juntos y él se alegró de haberla invitado. Ordenaron café y postre, signo de que las cosas marchaban sobre ruedas.

Se sentía emocionado. Mientras ella hablaba, la vio hermosa; agradable, sencilla y con buen sentido del humor. Parecía estar muy feliz con su vida. Se veía plena y en armonía, como diría Gina. Era una mujer inteligente y nada aburrida. En varias ocasiones, tuvo que reprimir las ganas inmensas que le dieron de abrazarla y besarla.

Idunn, al verlo y oírlo, fue descubriendo el por qué se había enamorado de él. Era tan seguro de sí mismo, tan atento, tan agradable, tan prudente y tan apuesto. Le llamaba la atención que fuera tan sencillo, a pesar de su fama. Su encantadora sonrisa, su varonil voz y la forma en que se movía, despertaron nuevamente sus sentidos.

Al terminar, caminaron por el parque. Se sentaron en una banca y siguieron hablando, recordando y riendo. Ninguno de los dos tenía ganas de terminar la cita. Le sorprendió enterarse de que Berit y Lars se casaron al terminar la Universidad, que tuvieron dos hijos y que ya llevaban muchos años divorciados. Él siempre imaginó que estarían juntos toda la vida. Pensó que tal vez era mejor que hubiera ocurrido lo que ocurrió. De lo contrario, ahora podía estar divorciado de Idunn y no le gustaba mucho la idea. Le sorprendió su propio pensamiento que pasó como una ráfaga.

—Los dos se han vuelto a casar con nuevas parejas —estaba diciendo Idunn, justo cuando su móvil timbró y al ver quién era, se disculpó.

—Tengo que contestar, es Odd, mi hijo. Y se puso de pie, alejándose unos pasos de la banca.

Manuel esperó pacientemente. Aunque no tenía ganas de que terminara la noche, pensó que era lo más adecuado. La invitaría al día siguiente, tal vez a dar un paseo. Cuando terminó de hablar, le preguntó si la acompañaba a su casa, ella dijo que sí.

Laria miraba el reloj, impaciente. Le era imposible concentrarse en la lectura. Eran casi las doce de la noche y Manuel no llegaba. Lo único que la tranquilizaba era pensar que debían de estarla pasando muy bien, de lo contario, ya estaría en casa.

Estaba bastante ilusionada, era de las que pensaba que: donde hubo fuego, cenizas quedan. No perdía la esperanza de que lo que una vez sintieron, resurgiera, tal vez, con más fuerza.

Las niñas dormían, la casa estaba en completo silencio. Ya no quería tomar más café. Prendía la tv y la volvía a apagar, no hallaba qué hacer.

Al fin oyó que abrieron la puerta y corrió a la entrada.

—¿Estas despierta todavia? —preguntó Manuel asombrado, aunque de sobra sabía que lo estaría esperando.

Laria lo miró nerviosa.

—¡Claro! Sabes que no podría dormir. Pero dime. ¿Cómo te fue? ¿Qué dijo ella? ¿Cómo la pasaron? Estaba ansiosa por saber todos los detalles de su cita. —Ven, vamos a sentarnos, me dirás todo. Lo tomó de la mano y se dirigió a la sala.

—Será mejor hablar mañana, ¡estoy rendido! Desde ayer andaba muy nervioso y no dormí nada —le pidió.

—¡Nooo! Dime a grandes rasgos, si quieres, ¡pero dime! —insistió.

—¡Pues la he pasado de maravilla! No pensé que me sentiría tan a gusto con ella. Claro que ese era mi deseo, pero tenía tantas dudas. Se le iluminó el rostro al recordarla.

—¿Pero qué te dijo? ¿En qué quedaron? ¿Se volverán a ver? —hablaba atropelladamente.

—Espera, con calma —trató de tranquilizarla. -Hablamos de nuestra época en la escuela, de las travesuras que hacíamos, de nuestros momentos embarazosos. No ahondamos en detalles muy personales. Y sí, nos veremos mañana.

Pareció decepcionada.

—¡Oh, que bien!

–No pareces muy contenta. ¿Qué esperabas?

–No, nada. Tal vez pensé que pasarías la noche con ella, o que te hubiera invitado una copa o un café en su casa... No sé.

–¡Es nuestra primera cita! Teníamos primero que sondear el terreno en el que nos adentramos. Creo que estuvo todo muy bien. Al menos no fue la primera y la última. ¡Ten paciencia! Sabes que no soy muy bueno en esas cosas –se disculpó.

–Sí, lo sé. Pero ya sabes cómo soy. Lo siento –le sonrió. –Y creo que es mejor que te deje dormir. Te ves exhausto.

Se puso de pie.

–¡Gracias! Mañana te cuento con detalles... Y no te decepciones, la pasamos de lo más bien –le aseguró y la besó en la mejilla. -¡Hasta mañana y ya no pienses tanto!

–Trataré –lo abrazó contenta. –Que descanses. Salió detrás de él y apagó la luz de la sala.

Al siguiente día, Idunn le llamó a las dos de la tarde. Le preguntó si quería pasear en bicicleta. Él aceptó y tomó prestada la bicicleta de Karl.

Pasearon por el centro de la isla. Anduvieron curioseando por las tiendas. Manuel compró algunos recuerdos para sus amigos. Después la invitó a comer pizza. Esta vez, él quiso saber un poco más sobre su vida privada.

–Me sorprendió mucho saber que te casaras con Svein –comentó tímidamente, esperando que no se molestara.

–Yo tampoco lo esperaba, sólo sucedió. Fuimos felices, fue un buen compañero y un buen padre. No me puedo quejar –cambió de tema en seguida. -¿Y tú? ¿Cómo te va con tus fans y la fama?

Manuel le contó la historia del grupo y tampoco se explayó más. La acompañó hasta su casa. Durante el trayecto él sentía mariposas revolotear en su estómago, una inmensa emoción al estar junto a ella, se sentía como un colegial enamorado nuevamente.

La ayudó a meter la bicicleta en el garage y pensó que era buen momento para disculparse. Se puso frente a ella y la miró directo a los ojos.

—Idunn, quiero que por favor me disculpes por la forma en que me comporté contigo. Me arrepiento verdaderamente de la forma en que te traté los últimos meses antes de irme de aquí.

—Yo también me comporté mal. Éramos muy jóvenes y bastante inmaduros. Creo que de nada sirve enfrascarnos en el pasado —dijo con cierta melancolía.

—Lo sé, pero desde hace mucho tiempo, he querido pedirte perdón —su voz temblaba. -Y te agradezco mucho, que no me hayas dado con la puerta en las narices.

—No, Manuel, sé que no eres el mismo chico de ese entonces. Eres un hombre maduro y bueno. Tus padres hablaban siempre maravillas de ti —se mordió el labio inferior, pareció arrepentida de lo que dijo.

—Laria, me dice que se han frecuentado siempre. También mis padres te apereciaban —confesó.

Idunn se alegró de que lo hubiera tomado como algo muy natural.

Él se apresuró a preguntar:

—Y mañana, ¿estás ocupada? —se sintió nervioso mientras ella pensaba la respuesta.

—Tengo que hacer unas compras, pero si quieres nos podemos ver a las seis, en el Café, cerca de la plaza —trató de disimular la emoción que sintió, tenía muchas ganas de seguirlo viendo. Se sentía como una chiquilla.

—Bueno, nos vemos a las seis —confirmó sonriente. La besó en la mejilla, montó la bicicleta y se retiró.

Laria lo esperaba como de costumbre, ansiosa por conocer todos los detalles.

—¡Cuenta, cuenta! ¿Qué pasó? —lo recibió en la puerta.

—Ve a sentarte, allá te platico —pidió resignado, sabía de sobra que no escaparía a sus interminables preguntas.

Se sentaron en la cocina, ella se sirvió una taza de café.

–¿Gustas un café? –le ofreció.

–No, ya tomé suficiente, gracias –le platicó lo que habían hecho y le enseñó sus compras.

–Me sorprende que no quiera hablar de su vida privada –comentó extrañado. -Siempre que le hago una pregunta sobre su pasado, la esquiva de inmediato.

Ella se ruborizó.

–Tal vez sienta que es muy pronto... O a lo mejor, quiere saber más de ti... O se siente un poco intimidada, no lo sé –parecía nerviosa.

–¿Pero por qué? –Manuel estaba confundido. -Sabe que ustedes me platicaban sobre ella, tú la seguiste tratando, también papá y mamá... Pero bueno.

–Tal vez se siente un poco nerviosa con tu fama, eso debe ser -dijo Laria y cambió el rumbo de la conversación. Abrió una pequeña caja, que traía entre sus manos. -Mira, Manuel, quiero que lo conserves –dijo mostrándole el anillo que había pertenecido a Tamara.

Él la miró emocionado.

–¡El anillo de mamá! Pero tú lo puedes usar, yo no.

Ella respondió exasperada.

–¡Ay, Manuel! Claro que no quiero que te lo pongas. Es muy especial... Y no pierdo la esperanza de que un día te enamores y te cases –le sonrió. –Karl me regaló uno, en nuestro primer aniversario. Creo que este te pertenece, acéptalo. ¡Por favor!

Manuel lo tomó sin dejar de admirarlo.

–¿En verdad quieres que yo lo tenga? –no parecía muy convencido.

Laria afirmó con la cabeza, sin decir nada más.

Manuel empezó a recordar, todas las veces que Laria ponía en aprietos a Tamara. La tomaba de las manos y le pedía que le mostrara su anillo de diamantes.

–Este es mi anillo, es el que me dio tu papá cuando nos casamos –le decía, mostrándole la argolla de matrimonio.

–No, ese no, ¡el de brillantes! –le repetía una y otra vez. -¡Quiero ver tu anillo de brillantes!

–Ya te dije que este es mi anillo de bodas. ¿Para qué quiero más?

—En las películas, los príncipes y los novios les dan un anillo de brillantes a sus novias, cuando les piden que se casen con ellos. ¡Enséñame el tuyo!

—Yo no tuve anillo de brillantes, Laria, sólo este de matrimonio – contestaba rendida.

Y de inmediato corría con Erik.

—Papá, ¿por qué no le diste anillo de brillantes a mamá?

—Porque no llevaba dinero en ese entonces —contestaba, algo incómodo.

Y fue tanta la insistencia de Laria, que en uno de sus cumpleaños, Erik le regaló un hermoso anillo de diamantes.

—Recuerdo cómo hostigaste a papá, hasta que lo hiciste comprar este anillo —comentó Manuel entre risas.

—Sí, ahora me arrepiento. Pero es que yo veía que el chico se arrodillaba y le entregaba el anillo a su amada, mientras le pedía que fuera su esposa —dijo melodramáticamente. -Era como si con el anillo le demostrara cuánto la amaba. ¡Yo no entendía cómo papá no le había dado uno a mamá, si tanto la amaba! —soltó una carcajada.

—¡Cosas de niña!

—¡Nooo! Para nada. Cuando me casé con Karl, le pedí que me comprara uno. Le expliqué lo que sentía... Y él sólo rió. Y el día de nuestro aniversario, me sorprendió con este hermoso anillo —dijo extendiendo su mano, mostrando con orgullo el diamante montado en oro amarillo.

Manuel guardó el anillo de Tamara en el bolsillo de su pantalón.

—Creo que me iré a dormir. Hice mucho ejercicio, ¡para un viejo de mi edad! —la besó en la mejilla, como era su costumbre, antes de retirarse. - Muchísimas gracias, por el anillo.

—¡De nada, hasta mañana! Se despidió y lo vio retirarse.

35

Los días pasaban y Manuel se encontraba con Idunn todos los días. Salían a pasear, a tomar un café o a cenar, disfrutando cada instante que estaban juntos. Había descubierto sentimientos que tantos años se empeñó en ignorar. Estaba seguro de que era ella la mujer con la que quería pasar el resto de su vida.

Laria se desesperaba, lo bombardeaba con sus infinitos cuestionarios, sin oír lo que ella tanto esperaba.

—¿Pero qué piensas hacer? Ya casi acaban tus vacaciones, ¿que harás? —insistía constantemente.

Karl le pedía que lo dejara en paz, que era su vida y que no se entrometiera tanto.

Y Manuel se excusaba.

—¡Laria, no lo sé! La quiero, muchísimo. Me encanta estar junto a ella, pero es una decisión tan importante que no debemos apresurar las cosas —se defendía.

La realidad era que Idunn no hablaba mucho de su vida. No lo había invitado a pasar a su casa, aunque ella había cenado varias veces con él, en casa de Laria y Karl. Eso le daba cierta desconfianza, pensaba que tal vez ella no quería dar el siguiente paso, mucho menos, formalizar una relación con él. Probablemente, lo seguía viendo como el tonto inmaduro que fue. Tenía muchas dudas al respecto.

Una semana antes de regresar a México, decidió expresarle lo que sentía. Cada día que pasaba se convencía más de que Idunn era la mujer de su vida. Sintió que ya había desperdiciado muchos años y no estaba dispuesto a perder más tiempo.

La llamó y le dijo que tenía que hablar con ella, que si podían ir al parque y platicar. Se convenció de que si no lo invitaba a pasar, invitarla a casa de Laria no era lo más conveniente, el parque le pareció un lugar neutral. Ella aceptó sin dudar, no se imaginaba lo que con tanta urgencia le quería decir.

Manuel buscó la banca más apartada y la llevó hasta ahí. Idunn, lo siguió sin protestar.

Cuando se sentaron, él sentía su cuerpo temblar. Estaba tan nervioso que pensó lo más adecuado sería ir directo al grano, nada de comentarios sobre el pronóstico del tiempo o cosas sin importancia.

Ella lo miraba con curiosidad y también se empezó a sentir incómoda.

Se aclaró la garganta y le confesó sin más:

—Idunn, tal vez no lo vas a creer y no te culpo... Me has preguntado que cómo es, que estando siempre rodeado de mujeres hermosas, nunca he tenido una relación formal con nadie —hizo una pausa para calmar sus nervios. -Creo que en estos días junto a ti, he descubierto la razón ... Siempre te he amado, Idunn. Eres tú la que siempre ha estado en mi mente, la inspiración al componer música y mis canciones... Has sido siempre tú —le confesó con un nudo en la garganta.

Ella no contestó. Estaba emocionada, no podía hablar. Sintió que las lágrimas rodaban por sus mejillas. No quiso decirle, que había esperado tanto por este momento y que había pensado que nunca llegaría. Él le ofreció su pañuelo. Ella sonrió al verlo y lo tomó.

—Sí, en pleno siglo veintiuno y yo con pañuelo —admitió apenado.

Soltó una risilla nerviosa. Estaba feliz de oír la declaración que le hizo.

Y antes de confesar sus sentimientos, que eran los mismos, Idunn le advirtió:

—Me pediste que te perdonara, por la forma en que te comportaste hace tantos años. Yo te pido lo mismo —bajó la vista. -Yo también fuí muy inmadura y tonta. Cometí errores que... Ven, vamos a casa —se puso de pie y empezó a caminar. Él caminó junto a ella, se alegró de haber escogido el parque que estaba a tres cuadras de donde ella vivía.

Al llegar, lo hizo pasar. Él se sintió aun más nervioso, no sabía qué esperar. Al fin lo dejaba entrar a su casa, le pareció un poco extraño, pues no había hecho ningún comentario referente a lo que le había dicho en la banca. Le había declarado su amor y ella no había respondido absolutamente nada.

Idunn estaba muy seria, parecía nerviosa. Cuando estuvieron en la sala, le ofreció algo de tomar. Él pidió vino o creveza, lo que tuviera a la mano.

Cuando ella se dirigió a la cocina, él empezó a inspeccionar el lugar. No había cambiado tanto, como la casa de sus padres. Conservaba las antiguas vitrinas y la mesa del comedor con sus sillas. Había cambiado los colores de las paredes y los sillones eran nuevos. Se acercó a ver las fotos que estaban sobre los estantes y se empezó a sentir mal. Empezó a sentir que todo le daba vueltas y que sus piernas no lo sostenían. No se explicaba lo que veía. ¡Era él en las fotos! Seguía viéndolas, asustado. ¿Era en verdad él? Las tomó entre sus manos y las inspeccionaba detenidamente. Sí, era él, no había duda. Aunque parecía mucho más joven. Intentó calmarse, no podía ser él, pues junto a Idunn se veía mucho menor, demasiado joven.

Al oir los pasos de Idunn que regresaba, no pudo aguantar más y le preguntó qué era lo que pasaba.

—¿Qué es esto? ¿Me puedes explicar? —habló atropelladamente.

Ella le pidió que se sentara, pero él se negó.

—¡Por favor, Manuel, siéntate! —le pidió con voz suave, pero enérgica, una vez más.

Él negaba con la cabeza, pero después de un momento, se sentó, necesitaba una explicación, aunque parecía entender de qué se trataba. Sintió que la ira se apoderaba de él.

Idunn no pudo contener el llanto.

—No eres tú, Manuel, ¡por supuesto!... Es tu hijo —le confesó mirándolo a los ojos.

Él sintió que su cabeza quería explotar. No podía creer lo que oía, no podía ser posible, tampoco cierto. Sentía que agitaban con fuerza, el piso bajos sus pies.

Ella continuó.

—Fue en la reunión, en casa de Helga... Me dí cuenta unos días después. Tenía náuseas y vomitaba constantemente. Mamá me llevó con el doctor y nos informó que no estaba enferma, que estaba embarazada. Mamá estaba muy decepcionada de mí, como era de esperarse y me preguntaba quién era el padre de mi hijo. Le tuve que decir que eras tú. Yo preguntaba por ti, pero nadie sabía nada, era como si la tierra te hubiera tragado. Svein me hablaba y me visitaba, me decía que me olvidara de ti y que me fuera con él. Se puso de pie, necesitaba más pañuelos desechables.

Manuel no decía nada, lloraba en silencio.

Regresó con los pañuelos y puso la caja en la mesa de centro. Continuó:

—Yo estaba desesperada y fuí a tu casa, pregunté por ti y me dijeron que te habías ido del país, que no volverías. Me desvanecí, estaba muy mal. Tus padres se alarmaron y me trajeron a casa. Mamá les comentó que estaba embarazada y que tú eras el padre del bebé... Pensé que se iban a molestar y me insultarían, pero pareció haberles dado mucho gusto. Yo les prohibí que te lo dijeran.

—¡Pero por qué! ¿Por qué nunca me dijeron nada? —reclamaba él entre sollozos, no podía entender su actitud. -¿Cómo pudiste pedirles eso? ¿Por qué callaste?

—Estaba desesperada, desecha, triste y me sentí muy sola... Además no quería forzarte a regresar, si ya habías decidido irte... ¡Fueron días terribles!

–¿Por qué, Idunn? ¿Cómo pudiste ocultarme algo tan importante? ¿Cómo pudiste ocultarme la existencia de un hijo? –se negaba a creer.

–Porque después de tu reacción, ¡tenía miedo! ¡Tuve mucho miedo! –confesó balbuciente.

–¿Miedo a qué? ¡No lo entiendo! –refutó molesto. -¡Debiste habérmelo dicho! –reclamó.

–¿Para qué? ¡Pensé que me odiarías! ¿Para que dijeras que te había tendido una trampa? ¿Que me había aprovechado de tu borrachera? ¡Tú no recordabas absolutamente nada! Y sí, yo estaba desesperada porque ya no me hacías caso... Imaginé que al hacer el amor te darías cuenta de lo que significabas para mí... Fuiste el primer hombre en mi vida, ¡te amaba tanto!... Estaba muy triste y deprimida por tu reacción y por mi futuro, sólo pasaban por mi mente pensamientos negativos –se defendió

–¿Por eso te casaste con Svein? –sintió rabia, mucha rabia, de que precisamente él, estuviera junto a su hijo.

–Yo no quería, no era mi plan... Todo estaba listo para irme a la Universidad. Él me buscaba y me pedía que me fuera con él a estudiar a Bergen. Un día lo enfrenté y le dije que no, que estaba embarazada y que me dedicaría a mi hijo... Pensé que me dejaría en paz, al imaginarse quién pudiera ser el padre.

Pero no fue así, dijo que él me amaba sin importar nada más. Que sería un padre para mi hijo y que lo querría como si fuera suyo... No tenía yo muchas opciones y no quería quedarme en la isla... No quería que sintieran lástima por mí, tenía derecho a rehacer mi vida también. No era mi intención buscarte por mar y tierra, rogándote que te casaras conmigo. Lo miró y se tranquilizó al verlo un poco más calmado.

No decía nada, pero pensó que tenía razón. Como Tamara decía: pueblo chico, infierno grande. En ese entonces, la hubieran etiquetado como la pobre mujer, abandonada por el hombre que amó y que aun sabiendo que estaba embarazda, la rechazó; huyendo de su lado para nunca más volver.

Idunn continuó:

—Mi mamá estuvo de acuerdo y me apoyó. Le dije a tus papás que pensaba casarme con Svein, que nos iríamos a Bergen y que podían visitarme cuantas veces quisieran, pero que no te dijeran nada —dió un hondo suspiro. -Para mi sorpresa, Svein se portó de maravilla. Era amable con tus padres cuando nos visitaban, muy seguido, por cierto —recordó con una sonrisa. -Y tus papás, no se diga. Por eso llamé al niño Odd Erik, como mi padre y el tuyo.

—Odd Erik —repitió lentamente el nombre. Idunn lo llamaba Odd, cuando hablaba de él, ahora conocía su nombre completo y se alegró al saberlo.

—Nunca volví a la isla, al menos nunca con Odd Erik. Era igualito a ti y a Tamara. ¡Imagínate lo que hubieran dicho al verlo! Soltó una carcajada. -Hoy puedo reir, pero en ese entonces... No tienes idea por lo que pasé...

Manuel sintió cómo su rabia se desvanecía lentamente. Recordó las palabras de Astrid: ¿crees que tú eres el único que sufre en este mundo? Se compadeció por todo lo que tuvo que pasar Idunn. ¿Cómo pudo causar tanto dolor a los que estaban a su alrededor? A la vez, se alegró de que sus padres fueron parte de la vida de Odd Erik, ¡su hijo! Probablemente por eso le insistían que regresara a Noruega, sabían que su vida tomaría un rumbo distinto, pero él se negó.

—Laria preguntaba por qué se parecía tanto a ti y a Tamara. Le decíamos que no, que se parecía a mi tatarabuelo —confesó entre risas.

—Me preguntaba cómo era que no me hubiera dicho nada. ¿Cómo pudo guardar un secreto? —exclamó sorprendido. -Ya sabes, siempre con sus preguntas y comentarios.

—Quería mucho a Odd Erik, siempre la llamó tía. Ya te imaginarás a la orgullosa chiquilla. Le enseñó a hablar español y yo lo aprendí de pasada. Su rostro perdió la sonrisa. —Después de dos años de que nació, tuve problemas en los ovarios y me extirparon el útero. Ya no podía tener más hijos. A Svein no le importó, decía que ya era suficiente con el que teníamos... Lo quiso mucho. Fue un buen padre, Manuel —las lágrimas volvieron a brotar de sus ojos.

Siempre pensó ella que Svein, se había arrepentido de haberse comportado tan mal con Manuel, de que sus celos lo cegaran de tal manera. Y que, de cierto modo, sentía cargo de conciencia al pensar que él estaba en el lugar de Manuel, con su hijo y con la mujer que había amado.

Idunn nunca dudó de que Svein la amara, pero pensaba que por esas razones era tan buen esposo y padre, porque sentía que no merecía el lugar que ocupaba.

—¿En verdad lo quiso tanto Svein? —Manuel lo dudaba completamente.

—¡Como no tienes idea! Fue su hijo, Manuel. Desde que yo lo llevaba en mi vientre, estuvo a su lado. Cuando nació, cuando se enfermó, cuando dio sus primeros pasos y dijo sus primeras palabras... —se detuvo, sabía que le causaba gran dolor.

Él no luchó para ahogar el llanto. Hacía un recuento de todo lo que se había perdido. El precio de su obstinación fue muy alto.

Ella trató de alivianar su dolor.

—Odd Erik sabe que tú eres su padre. Nunca se lo ocultamos. Le dije que éramos muy jóvenes y muy inmaduros, además de tontos. Que teníamos otros planes, diferentes. Y que tú no sabías de su existencia.

—¿Y nunca sintió el deseo de conocerme, de saber de mí? —sus ojos brillaron.

—Le dije que había sido mi decisión, que por favor la respetara. Es un buen chico, así que nunca insistió. Creo que tiene el carácter de Erik —le aseguró con una sonrisa.

—Y qué hace, ¿a que se dedica? —quería saber más.

—Es fotógrafo. Le va bastante bien, es muy bueno. Ahorita está en Londres y en dos semanas va a Berlin. ¡Le encanta su trabajo! —se detuvo, no quería hacerlo sentir mal.

Él insistió.

—¡Pero cuéntame! Dime cómo fue que se dedicó a eso. La apremió entusiasmado.

Sonrió aliviada.

—Tus padres siempre quisieron darme dinero para su manutención. Decían que tu les enviabas más dinero de lo que en realidad necesitaban. Yo me negué, no era necesario. Pero ellos insistieron tanto que decidimos abrir una cuenta en su nombre y ellos depositarían de vez en cuando, una cantidad pequeña. Ya te imaginarás que no fue así. Cada mes transferían dinero, sin falta... Cuando cumplió doce años, tus padres le regalaron una cámara fotográfica, no de las mejores, pero sí bastante buena. Y de ahí, le agarró amor a la fotografía. Tomó un curso aquí y otro allá y ganó concursos. Con el dinero de su cuenta, compró equipos, cámaras y lentes. Ahora anda de trotamundos, tiene muchas ofertas de trabajo, aunque es muy selectivo... Bueno eso dice él —rió feliz.

Siguieron platicando. Él le hacía preguntas y ella las contestaba, se sentía liberada, ya no había nada qué ocultar. Idunn sacó los álbumes de fotografías, para que conociera un poco más de su infancia y su adolescencia. Le enseñó los diplomas y premios, que había ganado.

Manuel se sintió celoso de Svein, en un principio, pero al ver las fotos se sintió agradecido. Reconoció, que había suplido con creces, su papel. ¡Odd Erik, su hijo! Sintió unas ganas enormes de conocerlo en persona y hablar con él. Quería recuperar todo el tiempo perdido.

El teléfono de Idunn sonó.

—Es Odd Erik, la tengo que tomar —se disculpó y salió de la habitación.

Manuel seguía hojeando las páginas, con las viejas fotografías. En algunas estaban Erik y Tamara, Laria también. Se sorprendió al ver a Idunn, regresar con los ojos llenos de lágrimas.

—¿Algo malo? —preguntó alarmado.

—¡No, que va! Sabía que salía contigo... Le dije que estabas en casa y que veías las fotos de su infancia... ¡Se alegró tanto! —un nudo en la garganta, le impidió seguir hablando.

—¡Tengo tantas ganas de verlo! Quiero hablar con él, besarlo, abrazarlo, pedirle disculpas...

Idunn lo abrazó emocionada diciéndole:

—Tranquilo, él también te quiere ver. Le da mucha alegría, que hayamos superado el pasado.

Manuel sintió la necesidad de reclamarle muchas cosas. ¿Cómo era posible que le hubiera negado la existencia de su hijo por casi treinta años? Pero se arrepintió. Él también tenía culpa, de que las cosas se dieran de ese modo. No podía reclamar algo, de lo que él también había sido culpable. Decidió que lo mejor era superar el pasado y esforzarse por vivir a plenitud el futuro.

—No sabes cómo había esperado este momento, Manuel. Me arrepentí muchas veces por mi obstinación, por haberte ocultado la...

Él le puso la manos suavemente sobre los labios.

—No vale la pena culparnos por las torpezas que cometimos. Creo que ya pagamos suficiente por nuestros errores. Preocupémonos por disfurtar el presente... Y el futuro.

No le quedó la menor duda, de lo que había estado sintiendo por ella esos días, que habían pasado juntos. Se arrodilló y sacó de su bolsillo el anillo de brillantes, que Tamara tanto había querido.

—Idunn, se que fuí un tonto y que no te merezco. Te pido que olvidemos el pasado y nos concentremos en ser felices en el ahora y nuestros años venideros.

Ella se cubrió la boca con ambas manos, al verlo a él, postrado de rodillas y al ver el hermoso anillo, que le ofrecía. Sus manos y sus piernas temblaban, un intenso calor, recorrió todo su cuerpo.

—Idunn quiero pedirte que seas mi esposa -dijo mirándola a los ojos. -Y prometo reemplazar con amor y felicidad, cada amargo instante, que te causé —no sintió temor de ser rechazado, no esta vez. Se alegró por fin, de haber dicho lo que sentía por ella.

Ella tomó el anillo, que recoconoció al instante. Él, con manos temblorosas, se lo colocó.

—¡Sí, Manuel, sí quiero ser tu esposa! Lo abrazó efusivamente. Aturdida todavía, por las hermosas palabras que le dijo.

Él buscó sus labios y la besó. Idunn no dudó en corresponderle a ese beso impregnado de amor y de ternura, de perdón y reconciliación, de arrepentimiento y absolución.

El teléfono de Idunn sonó. Era un mensaje.

—Es Laria, que si todo está bien —comentó entre risas.

—¡Laria! ¡Se me olvidaba! Se rascó la cabeza, mientras pensaba. —No me dejará dormir... Querrá saber cada detalle —comentó apesadumbrado.

Idunn lo miraba, todavía estaba aturdida.

–Yo creo que yo tampoco podré dormir. ¿Qué le contesto?

–Creo que será mejor, que vayamos los dos y le demos la buena noticia. Ya la hemos hecho sufrir suficiente todos estos días... Y tantos años. ¡Se desesperaba tanto conmigo! –soltó una cacajada.

–Estoy de acuerdo, después de todo lo que ha aguantado. ¡Pobrecilla! Cogió su bolso y se dispuso a salir.

36

Laria y Karl oyeron cada palabra con extremada atención. Todos lloraban y se abrazaban muy emocionados.

–¡No saben lo que he sufrido por mantener el silencio! Todos estos años... Muchas veces estuve tentada a decirle a Manuel sobre su paternidad... Pero ¡lo había prometido! –confesó Laria entre lágrimas.

–Lo sé, también a ti, te pido disculpas por lo que ocasioné. ¡Fuí muy tonta! –dijo Idunn.

–Era tu vida y tu decisión –la disculpó. -Manuel también fue muy obstinado... Pero bueno, a olvidar el pasado y a planear la boda –su rostro se iluminó.

–¡No, no, no, no! No empieces otra vez, por favor. ¿Qué acaso nunca me darás un respiro? –se quejó Manuel.

Idunn soltó una carcajada.

–No hemos decidido nada, todavía. Me gustaría algo muy íntimo, sólo nuestros amigos más cercanos y la familia, por supuesto –sugirió.

Manuel asintió.

–¡Me parece perfecto! ¿Que les parece la hacienda en Vanegas? –pensó que así evitaría el acoso de la prensa.

—¡Ay, sí! No creo que haya un lugar más adecuado —estuvo Laria, de acuerdo.

Y continuaron hablando y planeando la ceremonia. Laria le pidió a Manuel, que le contara a Idunn la historia de amor de sus padres, como la platicaban en el pueblo. Al oírla, Idunn decidió que definitivamente, se quería casar en el pueblo. Quiso esperar unas horas, para llamarle a Odd Erik y platicarle lo sucedido.

—Es una lástima que no pueda venir, está muy ocupado ahora —lamentó.

—Pero nosotros podemos alcanzarlo en Londres, si quieres —le ofreció Manuel.

Idunn no pudo disimular su alegría.

—¡Sí! Le dará mucho gusto, estoy segura... Pero, ¿no tienes que regresar en unos días a México?

—Un poco de retraso, no me afectará. Además, debes arreglar ciertas cosas... Me gustaría que fueras conmigo.

Idunn lo abrazó efusivamente.

—¿Estás seguro?

—¡Absolutamente! No quiero estar lejos de ti de ahora en adelante —confirmó. -Si está bien para Odd Erik, podemos comprar los boletos y pasar unos días por allá. Siempre he tenido ganas, de visitar esa ciudad.

Laria, bostezó.

—Creo que me voy a dormir. Imagino que ustedes seguirán platicando. Yo no puedo más. Los abrazó efusivamente una vez más y subió a su habitación. Karl se había retirado antes.

Tal como Idunn imaginó, Odd Erik pensó que era una estupenda idea, que lo alcanzaran en Londres. Estaba feliz por ellos. Sabía que Idunn merecía estar con el hombre que amaba y no sentía ningún tipo de enojo contra Manuel. Estaba seguro de que era un buen hombre y que de haber sabido de su existencia, hubiera estado en contacto con él, desde hacía mucho tiempo.

Trató de ajustar su agenda, para tener algunos días libres y disfrutarlos con ellos. No dejaba de sentir nervios, era un cambio bastante drástico en su vida también. Conocería a su padre biológico, el que sólo había sido una ilusión, toda su vida.

Manuel e Idunn tenían todo listo para el viaje. Karl y Laria los llevarían al aeropuerto. Quedaron en recogerla a las seis de la mañana.

Decidieron que ella seguiría en su casa y él con Laria. Pensó que no era conveniente dar explicaciones a los curiosos vecinos. Sólo eran dos días y si ya habían esperado tantos años, unas horas más no serían ningún problema.

Viajarían a Schiphol, en Amsterdam y ahí conectarían a Gatwick, en Londres. Al abordar, les pidieron que una vez en Schiphol, checaran sus boletos, pues al parecer había retrasos.

En Amsterdam, la señorita que los atendió les dijo que, efectivamente su vuelo estaba retrasados dos horas.

Idunn le apretó el brazo con fuerza, mientras él tomaba los boletos y los pasaportes, que le regresó la amable señorita. Agradecieron sus atenciones y se dirigieron a las tiendas.

—Quiero una revista y goma de mascar —comentó Idunn.

—Yo quiero una camiseta del Ajax, para Daniel. Es su equipo favorito y la que tiene ya está en muy malas condiciones. Se alegrará bastante, estoy seguro.

Recorrieron varias tiendas. Estaban muy entretenidos hojeando las revistas, cuando oyó una voz, que no reconoció.

—¿Manuel? ¿Manuel Rivas? —le hablaban a su espalda.

Él se volteó lentamente. ¿Quién podría reconocerlo tan lejos de México?

—¡Soy yo, Rafaella!

—¡Hola, que gusto verte! Le extendió la mano, efusivo. —¿Qué haces aquí?

Idunn se hizo a una lado, no quería entrometerse en su vida pública, sabía cómo luchaba por mantener su vida privada al margen.

—Ando de vacaciones, voy para Madrid. En una hora sale mi vuelo. ¿Y tú? —preguntó con curiosidad, al ver a la hermosa dama que lo acompañaba.

–También de vacaciones. Agarró a Idunn de la manó y la acercó, le pasó el brazo por los hombros. -Rafaella, te presento a mi futura esposa, Idunn –anunció con orgullo ante la sorpresa de ambas.

–¡Ohhhh, furura esposa! ¡Mucho gusto! La saludó. –¿Y se puede saber cuándo es la boda? –lo escudriñó con la mirada.

Manuel soltó una carcajada.

–Pronto, muy pronto –contestó, mientras le lanzaba una mirada de complicidad a Idunn, que no salía de su asombro.

–Deberías de darme la exclusiva –lo embromó.

–Mmmm... ¿Por qué no? –contestó con desenfado.

Rafaella saltó de alegría y lo abrazó.

–¡Gracias, muchas gracias Manuel! –gritaba. -Me tengo que ir, ya debería estar abordando –abrazó a Idunn de nuevo. –Felicidades otra vez... Y no hagas caso de todo lo que dicen, Manuel es un buen chico –le aseguró.

–¡Gracias! Lo sé muy bien –contestó riendo, le caía en gracia la espontaneidad de Rafaella.

–¿Te llamo cuándo?

–Cuando regreses a México, ponte en contacto con Gina, ella te informará –contestó.

Ella le sonrió y se alejó.

Cuando llegaron a Londres, pidió un taxi que los llevó a su hotel. Odd Erik les reservó una suite en el hotel que se hospedaba, en Buckingham Palace Road.

Al registrarse, el gerente les entregó un sobre de parte de Odd Erik, les informaba que trabajaría hasta muy tarde, pero que esperaba encontarlos a las diez de la noche en el Pub a una cuadra del hotel, alegando que no podría esperar hasta el día siguiente para verlos.

Idunn le mandó un mensaje explicando que llegaron bien, que descansarían un poco y lo encontrarían más tarde en el Pub.

La suite, como era de esperarse, era muy lujosa. Idunn se paró frente al ventanal, extasiada ante la hermosa vista que tenía enfrente. Manuel se le acercó y la tomó entre sus brazos. Ella volteó y lo besó.

Sintió que un calor intenso invadió su cuerpo. La empezó a desvestir, lentamente, sin dejar de besarla. La tomó en sus brazos y la llevó a la cama. Él se desvistió y se acomodó junto a ella. Era como si con cada caricia y con cada beso intentaran sustituir el dolor ocasionado.

Ella le correspondía de igual manera. Se disfrutaban con delirio. Se amaron entregándose por completo, sin pensar en nada más, como si fueran las últimas horas que pasasen juntos. El tiempo transcurrió y la oscuridad se fue adueñando, lentamente de la habitación.

Idunn descansaba sobre su varonil pecho, extenuada.
–Ya es de noche –comentó peresozamente.
Con desgano, Manuel prendió la lámpara sobre la mesa de noche. –¿Qué tienes ganas de hacer? –balbuceó en voz baja. -Tenemos unas horas, todavía –comentó al ver su reloj.
–No quiero, por nada del mundo, perderme una enorme ración de "fish and chips" en Londres.
–Entonces, señora Riveland, dispóngase a salir, porque la noche apenas empieza –la besó en la mejilla y se levantó de la cama.

Caminaron por las calles, bajo el cielo anubarrado, deteniéndose constantemente, para besarse y decirse cuánto se amaban. Decidieron ir en busca del famoso pescado con papas fritas.

Era verano y había muchos turistas. Encontraron una pequeña taberna que anunciaba el platillo que buscaban. Era un lugar muy concurrido y tuvieron que esperar un poco para que les dieran mesa. No les importó, se sentaron en una de las pequeñas bancas, mientras los llamaba la amable chica que los atendió. La música estaba demasiado fuerte, tenían que hablarse al oído. Cuando por fin llegó la chica y les hizo señal de que la siguieran, se pusieron de pie, abriéndose paso entre la gente que entraba y salía sin cesar.
–Uhhh uhhh, uhhh uhhh –alcanzó a oír Manuel, entre tanto barullo y se detuvo al instante, muy sorprendido. –Uhhh uhhh, uhhh uhhh. –escuchó claramente de nuevo, la clave con la que Astrid lo encontraba, se sintió paralizado.

Idunn lo miró interrogante y lo jalaba para que siguiera caminando. Manuel soltó su mano mientras miraba a su alrededor, sabía que tenía que ser ella. Le hizo señas a Idunn para que esperara. Volteaba para todos lados, hasta que al fin sus ojos encontraron los de Astrid. Parecía que el tiempo se detenía y las personas que los rodeaban se desvanecían, el sonido se extingió por completo, sólo sentía su corazón que latía aceleradamente. Estaba igual, muy bella y bien vestida. Su esbelta figura y su hermoso cabello casi blanco que le caía por la espalda, eran inconfundibles. Sus cristalinos ojos y su pálido rostro, sí, era ella. Le sonrió, era una sonrisa serena y sincera. Parecía decirle muchas cosas, que él entendió.

Era una mirada de agradecimiento por el tiempo que pasaron juntos, le daba gracias por haberla hecho salir de la isla y sobre todo, de la oscuridad. Ya no tenía miedo de andar entre la gente, le decía que era feliz. Él le dijo lo mismo con su mirada.

No pudo ignorar al rubio alto que la acompañaba, con su cabello recogido y negra vestimenta. ¡Sigurd! La llevaba abrazaba por los hombros. Volteó a verlo, sonrió y le guiñó un ojo, al tiempo que la puerta se cerraba a sus espaldas.

Manuel rió. Idunn lo jaló para que la siguiera, sin darse cuenta del gran significado de los segundos que acababan de transcurrir.

Se sentaron a la mesa y ordenaron la comida y las bebidas.

—Voy a lavarme las manos —se disculpó Idunn.

Manuel volvió a repasar en su mente lo que acababa de suceder. Le daba mucho gusto saber que Astrid estaba viva y saber que había vencido sus temores y ahora andaba como cualquier chica citadina. Ya no se escondía en las sombras. Se veía radiante y sabía que ella también se había alegrado al verlo tan feliz al lado de Idunn. Estaban verdaderamente agradecidos el uno con el otro, habían vivido una breve relación, pero ese corto tiempo significó mucho para ambos.

No le cabía la menor duda de que Sigurd había cuidado muy bien de ella, todos estos años. Sintió una gran paz en su corazón. Tantos años sintiendo culpabilidad por lo que le pudo haber sucedido y ella estaba bien. Tal vez andaba de trotamundos con Sigurd, probablemente también eran una pareja, sí, era lo más seguro.

Idunn se acercaba, sonriente a la mesa. Con esa sonrisa que la hacía tan hermosa y le iluminaba el rostro. Manuel le regresó la sonrisa.

De inmediato, una extraña, pero muy agradable sensación, recorrió todo su cuerpo. Una infinita alegría se apoderó de él, sentía que su corazón explotaría de felicidad.

–¡Te amo! Le susurró al oído, cuando se sentó junto él.

Ella lo besó cariñosamente.

Por primera vez, después de tantos años de turbulencia emocional, se sentía completo y feliz. Sintió que todas las piezas del enrevesado acertijo de su vida estaban al fin en su lugar.

FIN

www.ingramcontent.com/pod-product-compliance
Lightning Source LLC
Chambersburg PA
CBHW051550250626
47157CB00001B/254